DROEMER

HOPE ADAMS

NIEMANDS MEER

ROMAN

Aus dem Englischen von
Leonie von Reppert-Bismarck
und Anja Kirchdörfer Lee

DROEMER

Die englische Originalausgabe erschien 2021 unter dem Titel »Dangerous Women« bei Michael Joseph / Penguin Random House, London.

Besuchen Sie uns im Internet:
www.droemer.de

Aus Verantwortung für die Umwelt hat sich die Verlagsgruppe Droemer Knaur zu einer nachhaltigen Buchproduktion verpflichtet. Der bewusste Umgang mit unseren Ressourcen, der Schutz unseres Klimas und der Natur gehören zu unseren obersten Unternehmenszielen. Gemeinsam mit unseren Partnern und Lieferanten setzen wir uns für eine klimaneutrale Buchproduktion ein, die den Erwerb von Klimazertifikaten zur Kompensation des CO_2-Ausstoßes einschließt. Weitere Informationen finden Sie unter: www.klimaneutralerverlag.de

FSC
www.fsc.org
MIX
Papier aus verantwortungsvollen Quellen
FSC® C083411

Deutsche Erstausgabe August 2021
Droemer HC

Die Zitate in den Kapiteln 14 und 39 stammen aus George Herbert: The Elixir. In: Ders. The Temple. Sacred Poems and Private Ejaculations. Mit einer deutschen Versübersetzung von Inge Leimberg. Münster: Waxmann 2002. Abdruck mit freundlicher Genehmigung.
Redaktion: Antje Nissen
Covergestaltung: Nicole Pfeiffer
Coverabbildung: © Magdalena Russocka/Trevillion Images
Satz: Adobe InDesign im Verlag
Druck und Bindung: CPI books GmbH, Leck
ISBN 978-3-426-28230-4

2 4 5 3 1

Dieses Buch ist den Frauen gewidmet, die den Rajah-Quilt erschaffen haben. Ihrer Hände Arbeit lebt fort.

Dieser Quilt, gefertigt durch die Strafgefangenen auf der Rajah *während ihrer Verschiffung nach Van-Diemens-Land, wird überreicht als Zeichen der tiefen Dankbarkeit, mit der sie an der Damen Bemühungen für ihr Wohlergehen in England wie auch während ihrer Überfahrt zurückdenken, und zudem als Beweis, dass sie die freundliche Ermahnung der Damen, Fleiß an den Tag zu legen, beherzigt haben.*

Kreuzstich-Spruch auf dem *Rajah*-Quilt,
Sammlung der National Gallery of Australia, Canberra.

Ich denke, ich darf behaupten, nie so viele erbärmliche Kreaturen auf einem Haufen versammelt gesehen zu haben.

Auszug eines Briefs von Ralph Clark,
Offizier an Bord des Sträflingsschiffs *Friendship*,
das Teil der *First Fleet* nach Australien war.

Ich wünschte, ich wüsste es nicht, dachte sie. *Ich wünschte, ich hätte es nie herausgefunden. Ich wünschte, ich wäre noch dieselbe, die ich war, ehe wir uns heute Morgen zum Nähen zusammengefunden haben.*

Das Meer, das am Schiffsrumpf entlangglitt, wirkte fast schwarz im schwindenden Licht. In diesen Breiten, mitten im Südlichen Ozean, war die Spanne zwischen Sonnenuntergang und Dunkelheit sehr kurz.

Sie lehnte sich weiter vor, um der Bewegung des Wassers besser folgen zu können. Es rauschte am Rumpf vorüber, rollte davon in kleineren Wellen, um sich in den großen Wogen des Ozeans zu verlieren. Anfänglich hatte sie das Meer gefürchtet. Wochenlang war sie nur mit gesenktem Kopf und starr auf die Planken gerichtetem Blick an Deck herumgelaufen. Den Ozean hatte sie nur gesehen, wenn es unvermeidbar war, und auch dann nur aus den Augenwinkeln. Doch je näher sie Van-Diemens-Land kamen, desto mehr hatte sie sich an das Meer gewöhnt, und nun verehrte, ja, liebte sie es, wenngleich mit einer ordentlichen Portion Respekt.

Sie hatte sich angewöhnt, nach Erledigung ihrer Näharbeit an die Reling zu treten. Sie stand gerne eine Weile alleine dort und versuchte zu erkennen, was jenseits des Horizonts lag, während sie die Weite des Meeres in sich aufnahm und die Unendlichkeit des Himmels betrachtete, der sich in solche Höhen schraubte, dass ihr fast schwindelte. Doch heute kreisten ihre Gedanken ausschließlich um das, was sie entdeckt hatte. Ihre Gefühle waren seitdem in wirrem Aufruhr, und die Angst, die sie erfasst hatte, seit sie die winzige, bemerkenswert vertraute Geste wahrgenommen hatte, wollte einfach nicht weichen. Vorhin hatte sie einen Schatten bemerkt, neben dem Tauwerk. Jetzt blickte sie sich um, suchte das Deck ab nach jemandem, der sie beobachtete, entdeckte jedoch nichts. Aber war da nicht ein Geräusch? Sie hielt die Luft an, um besser lauschen zu können, nahm jedoch lediglich das vertraute Knarzen der Takelage wahr. Plötzlich spürte sie, wie sich die Luft um sie herum verdichtete. Neben ihr war jemand. Sie wandte sich um und wollte gerade sagen, dass sie in Ruhe gelassen werden wollte.

Da raubte ihr heißer, gleißender Schmerz die Worte. Sie griff nach dessen Quelle, doch ebenso rasch, wie die Klinge ihre Kleidung, ihre Haut, ihr Fleisch durchbohrt hatte, war sie wieder verschwunden und mit ihr die Person, die sie geführt hatte. Zurück blieb nichts als der Schmerz und das rote, klebrige Nass an ihren Händen, mit denen sie ihren Bauch hielt.

Das Messer, dachte sie, *das Messer hat mich umgebracht*, und ein Tosen machte sich in ihr breit und entströmte ihrem Mund in kreischendem Schwall.

1
JETZT

5. Juli 1841
91. Tag auf See

»Ein Messer soll's gewesen sein … wirklich? Wer von uns hat denn ein Messer?«

»Verstecken, ich muss mich verstecken … Oh, heilige Jungfrau Maria, hilf uns … Is sie am Bluten?«

»Wo ist es? Ist es hier? Jemand hat ein Messer …«

»Wer hat's jetzt? Wo ist es?«

»Sie schneiden uns die Kehle durch …«

In der aufkommenden Dunkelheit flossen die Stimmen der Frauen auf dem Sträflingsdeck ineinander, mal lauter, mal leiser. Die Laternen waren noch nicht entzündet worden, und das Licht vor den kleinen Bullaugen verblasste allmählich. Entweder weinten die Frauen oder klagten laut und klammerten sich aneinander, und wenngleich es auch niemand aussprach, so hing doch die Frage schwer in der abgestandenen Luft: *Ist sie tot?*

Die Frauen, die während des Vorfalls an Deck gewesen waren, saßen eng beieinander, blass und zitternd. Einige hielten noch ihre Körbe mit Stoffresten und Garn in der Hand. Die drei sogenannten Newgate Nannies schauten sich um und ließen sich schließlich auf der längsten Bank nieder, wobei sie ihre Röcke unterschlugen wie drei Raubvögel, die ihre Flügel zusammenfalten. Hinter ihnen ragten die Schlafkojen auf, während die dunklen Ecken des Sträflingsdecks noch pechschwärzer als sonst wirkten. Die *Rajah* rollte ein wenig im Seegang, ihre Balken ächzten unter dem Andrang der Wellen.

Sie befanden sich mittlerweile näher an Van-Diemens-Land

als an England. Während das Meer in den vergangenen zwei Wochen spiegelglatt gewesen war, zeigte es sich seit dem Morgengrauen leicht bewegt. Gegen Abend waren Vögel aufgetaucht, die als schwarze Silhouetten am blassen Himmel in weiten Kreisen um die Masten schwebten. In diesen Breitengraden war der Juli ein Wintermonat, weshalb von der Luft ein kalter Hauch ausging.

»Vielleicht hat sie's ja verdient gehabt«, zischte eine harte Stimme gehässig.

»Halt dein dreckiges Maul«, konterte eine pockennarbige Frau. »Noch ein Wort, du fette Kröte, und ich ramm dir meine Faust so fest in deine hässliche Fresse, dass du deine Zähne nur noch ausscheißen kannst.«

Eine der Frauen rückte ab, als sich das Wortgefecht zu Gebrüll steigerte. Eine andere zischte: »Klappe! Alle miteinander! Sie kommen.«

Sie hörten die Männer, ehe sie zu sehen waren. Ihre Stimmen durchdrangen dröhnend die Dunkelheit, ihre schweren Schritte hallten vom Niedergang herunter. Die Sträflingsfrauen starrten die Männer an, als wären sie seltsame, übermenschliche Wesen: größer, stärker, ruhiger als Normalsterbliche. Der Kapitän und Reverend Davies, begleitet von drei Matrosen, traten vor die zusammengekauerten Frauen. Auch Miss Kezia Hayter, als *Matron* für die verurteilten Frauen verantwortlich, war bei ihnen. Sie hatte ihr blaues gestricktes Schultertuch um sich geschlungen und sah sehr ernst aus. Ihr sonst so ordentlich sitzendes Haar wirkte zerzaust, und in ihrem Blick lag tiefe Traurigkeit.

Während die Frauen auf die Ansprache des Kapitäns warteten, weinten einige von ihnen, andere hingegen schienen mit zusammengepressten Lippen und misstrauischem Blick nur darauf zu warten, beschuldigt zu werden. Und dann waren da jene, die sich wünschten, die Zeit zurückstellen zu können, zurück zum Gefühl der Eintracht, das sie erfahren hatten, ehe die Schreie ertönt waren. Ehe sie Hattie Matthews an Deck hatten liegen sehen, ihr Haar ausgebreitet wie rot-goldenes Herbstlaub. Ehe alles aus den Fugen geraten war.

Die Rajah *läuft behände vor einem harten Wind. Ihre Segel leuchten blass im nächtlichen Schwarz, und schwarz sind die Wellen, die das Licht der Laternen kurz mit sich reißen, um mit goldenen Schaumkronen am Schiffsrumpf entlangzurauschen.*

Baumwollstück aus Kammgarn: schwarz, versehen mit einem Muster aus kurzen, weißen Heftstichen, die an Schnee denken lassen, der in der Dunkelheit fällt.

2
FRÜHER

London, April 1841

Kezia

Die Frauen in dem kleinen Beiboot hielten den Blick starr und unverwandt auf die *Rajah* gerichtet, die in der Bucht vor Anker lag. Selbst das Besteigen der Barke hatte sie verängstigt, als sie das ungewohnte Schaukeln und die Nähe des Wassers wahrnahmen. Jetzt waren sie vor Angst wie versteinert angesichts der langen Reise in die Verbannung. Und dann war da die *Rajah*. Wie konnte ein Gebilde mit einem so imposanten Rumpf und so hohen Masten auf der Wasseroberfläche schwimmen? Und wie sollten sie an Deck gelangen? Die Fragen, die sie nicht zu stellen wagten, erfüllten sie mit Furcht und Scheu.

Kezia Hayter verspürte ebenfalls eine nagende Unruhe, allerdings hatte dies weniger mit der unberechenbaren Bewegung des kleinen Boots zu tun, in dem sie sich befanden. Sie hatte diese kurze Strecke zur *Rajah* in den letzten zwei Wochen etliche Male zurückgelegt, um immer neue Frauen an Bord zu bringen. Nein, dachte sie, das ist es nicht. Aber dies wird das letzte Mal sein, dass ich London sehe.

Es gab vieles in London, das sie nur zu gerne hinter sich ließ, so viel stand fest. Doch das große Unbekannte lag nun sehr konkret vor ihr. Was, wenn ihre Zukunft schlimmer aussähe als das, wovor sie fliehen wollte? Was, wenn sie die Dinge doch noch hätte ändern, doch noch hätte bereinigen können?

Sie hob den Blick und sah hinauf zu den weißen Wolkenbäuschen, die von einem frischen Wind, der den Frauen die Zipfel ihrer Tücher ins Gesicht wehte, über den blauen Himmel geschoben wurden.

Die Sträflingsfrauen im Boot blieben während des kurzen Übersetzens vom Woolwich Hafen zur Ankerstelle der *Rajah* dicht aneinandergekauert. An Land ging das Leben weiter. Dort waren die Leute den Anblick von Strafgefangenen, die verschifft wurden, so gewohnt, dass kaum jemand den Frauen auch nur einen Blick schenkte. Männer liefen mit riesigen Säcken beladen über den Kai. Am Flussufer liefen dürre Kinder barfuß durchs Wasser. Alle schienen in Eile, alle lärmend auf dem Weg zu irgendeinem Ziel zu sein. Kezias Blick wandte sich zur *Rajah,* die imposant und majestätisch in einiger Entfernung vom Ufer vor Anker lag. Was für einen beeindruckenden Anblick ein Schiff abgab, dachte sie, und die *Rajah* würde besonders herrlich wirken, wenn erst all ihre Segel gehisst wurden und sich wie unzählige Blüten entfalteten. Der Gedanke beruhigte sie.

»Immer mit der Ruhe, meine Damen«, sagte der groß gewachsene Mann mit sandfarbenem Haar, der am Bug der Barke saß. Kezia hatte ihn auf einer ihrer Fahrten zum Schiff bereits kennengelernt. Er hatte fröhlich gewirkt, als er sich lächelnd vorgestellt hatte: »James Donovan, offizieller Schiffsarzt der *Rajah,* und von denselben Damen bestellt, die auch Sie beauftragt haben.«

Nun lächelte er die Frauen an.

»Das Übersetzen dauert nicht lange. Keine halbe Stunde. Bald seid ihr an Bord und habt euch auf eurem Deck eingerichtet, und dann seid ihr auch bald Londons Dunkelheit und Kälte los und auf dem Weg zur warmen Sonne am anderen

Ende der Welt. Denkt doch nur an all die Kreaturen, die es dort zu entdecken gibt. Unbekannte Vögel und großes und kleines Getier, herrlich und seltsam zugleich. Verzagt also nicht. Nehmt euch ein Beispiel an Miss Hayter hier.« Und damit nickte er zu Kezia hinüber. »Wirkt sie auch nur im Geringsten aufgeregt? Oder ängstlich? Nein, das tut sie nicht. Sie ist die Ruhe selbst, und sie wird euch während dieser Reise unterstützen und unterweisen. Ihr könnt euch glücklich schätzen.«

An Kezia gewandt, flüsterte er: »Miss Hayter, bestimmt werden Sie sich meiner Hoffnung anschließen, dass diese Reise so angenehm wie möglich für uns alle verlaufen möge.«

»Gewiss doch, Sir«, erwiderte Kezia. »Ich werde mein Möglichstes tun.« Jetzt, da sie zum letzten Mal zur *Rajah* übersetzte, wurde ihr das Endgültige ihrer Entscheidung richtig bewusst. Sie versuchte, sich die vor ihr liegenden Wochen vorzustellen. Würde sie ihr altes Leben, ihr ehemaliges Zuhause vermissen? Würde sie ihr Heimweh für sich behalten können? Oder die Übelkeit, die sie bei Seegang empfinden würde? Sie war entschlossen, stets stark zu bleiben für die Frauen, die schließlich oft Opfer waren, ganz gleich, wie sie sich benahmen.

Ihre Mitreisenden waren Strafgefangene aus dem Millbank-Gefängnis, die in die Kleinkriminalität abgerutscht oder von oft brutalen Vätern oder Ehemännern zum Diebstahl gezwungen worden waren. Verbannung war die Strafe, die das Gesetz für diese Vergehen vorsah, Deportation nach Van-Diemens-Land, ans andere Ende der Welt. Unter den dazu Verurteilten entdeckte Kezia nun zu ihrer Freude eine Frau, die sie mit Namen kannte: Joan Macdonald. Ein vertrautes Gesicht. Sie war älter als die meisten anderen und wirkte unsicherer, wie sie Kezia gegenübersaß. Graue Strähnen durchzogen ihr Haar, ihre Stirn war gefurcht, und sie zupfte nervös am Stoff ihres Rocks. Hinter ihrer Brille wirkten ihre Augen größer, als sie in Wirklichkeit waren. Sie hielt den Blick auf die Planken des Beiboots gerichtet und ignorierte alle Landmarken, an denen sie vorüberglitten.

»Joan Macdonald, wenn ich mich nicht irre«, sagte Kezia. »Wie angenehm, dich wiederzusehen.«

»Vielen Dank, Miss«, sagte Joan und lächelte schwach.

Das Schiff, dem sie sich mittlerweile genähert hatten, ragte hoch über ihrer kleinen Barke auf. Die Masten erinnerten an hohe Bäume, an deren dünnen, schwarzen Ästen die Segel aufgerollt lagen wie riesige Blätter, bereit, sich zu entfalten. Wenn ich heute über die Leiter an Deck klettere, dachte Kezia, wird das mein erster Schritt auf dieser langen Reise sein. Der Anfang von etwas, das ich dann nicht mehr ändern kann.

Während man den Frauen an Bord der *Rajah* half, lehnten mehrere Matrosen an der Reling des Schiffs und gafften sie an. Sie riefen ihnen Anzüglichkeiten zu, die Kezia zu überhören versuchte, indem sie den Kopf senkte und Blickkontakt zu den Männern mied.

»Oh, schaut mal. Was haben wir denn da? Frauen an Bord«, sagte einer und packte eine der Jüngeren am Arm, als sie an Bord geklettert war. »Das nenn ich aber hübsches Gepäck. Wir werden auf dieser Reise gut versorgt sein, Jungs.«

»Die da würd ich jedenfalls nicht aus meiner Hängematte stoßen«, sagte ein anderer.

»Benehmt euch, Männer, sonst melde ich euch Kapitän Ferguson«, rief Mr Donovan, der hinter den Frauen gestanden hatte. Sein Ton war eisig, und die Männer wirbelten wie ertappt herum, ihr Ausdruck unwillig.

Kezia staunte, wie abrupt die anzüglichen Bemerkungen eingestellt wurden und wie schnell die Matrosen verschwanden. Bei einigen der vorigen Ankünfte an Bord waren sie deutlich länger damit konfrontiert gewesen. Sie selbst besaß eine leise Stimme, doch selbst wenn sie so schneidend wie Mr Donovan hätte protestieren können, hätten die Matrosen ihren

Worten mit Sicherheit keine Beachtung geschenkt. Kezia war klar, dass sie von diesen Männern keinen Gehorsam erwarten konnte. Frauen wurden oft ignoriert oder herablassend behandelt. Der Gedanke löste in ihr die vertraute Entrüstung aus.

»Kommt, meine Damen«, sagte Mr Donovan. »Bitte folgt mir. Dies ist der Niedergang zu eurem Deck.« Er lächelte. »Niedergang ist an Bord das Wort für Treppe.« Er führte die Frauen zu einer kurzen Stiege, die Kezia als Erste und jetzt deutlich sicherer hinunterkletterte als beim ersten Mal zwei Wochen zuvor.

Kezia hatte sich die Hölle immer als feurigen Ort mit Forken schwingenden Dämonen vorgestellt, doch gleich nach ihrem ersten Besuch in einem Gefängnis hatte sie ihr Bild revidiert. Die klammen, dreckigen Zellen von Millbank, in denen Frauen weinten und Obszönitäten von sich gaben, in denen keine fröhliche Farbe existierte, sondern nur ein ewiges Grau, Braun und Schwarz, das war die echte Hölle, das war das Gegenteil von allem, das gut und schön war. Selbst das Licht der Sonne, sofern es durch die hohen, schmierigen Fenster drang, offenbarte lediglich Zellen voller Dreck, alter Essensreste, verschütteter Inhalte der Klokübel und jeder Menge Rattenkot. Und überdeutlich, selbst im schwachen Licht, sah man überall tränenverschmierte Wangen, strähniges Haar und Augen, in denen der Schmerz lebte.

Das Sträflingsdeck an Bord der *Rajah* war ebenfalls eine Art Gefängnis. Der Raum war begrenzt, er ließ sich in weniger als einer Minute der Länge nach durchqueren. Durch die kleinen Bullaugen drang nur schwaches Licht herein. Kezia hatte sich nicht vorstellen können, wie so viele Frauen – fast zweihundert – auf so engem Raum zwei Monate würden überleben können. An Land wussten die Gefangenen wenigstens, dass sich außerhalb ihrer Gefängnismauern eine ganze Stadt erstreckte. Strafanstalten bestanden aus langen Fluren, anderen Zellen, Außenhöfen. Es waren riesige Gebäude voller Betriebsamkeit und Lärm. Hier dagegen waren die Frauen, sowie die *Rajah* ausgelaufen war, vollkommen auf sich gestellt. Keine Besucher mehr. Umgeben von nichts als Wasser und noch mehr Wasser. Gefangen in der Angst vor dem ständigen Schaukeln der *Rajah,* vorm Kentern, vor gnadenlosen Stürmen. Und all das an einem Ort, an dem es nur enge Kojen zum Schlafen gab und ein wenig Raum auf schmuddeligen Planken. Zwar hatte Kezia mit den ersten Sträflingsfrauen, die an Bord gebracht worden waren, jeden Quadratmillimeter gründlich geschrubbt, weshalb dieses Deck vielleicht nicht ganz so schmutzig war wie einige der Zellen, die sie gesehen hatte, aber es war schlimm genug.

An den Seiten waren übereinander mehrere schmale Kojen angebracht, auf denen die Frauen gestapelt wie auf Regalbrettern liegen konnten. Einige von ihnen würden jedoch auf Matratzen in der Nähe der Kojen schlafen müssen. Ein paar Frauen wurden von Kindern begleitet. Das Gericht hatte es erlaubt, da es niemanden gab, der sich um diese zehn Kinder kümmern konnte, und es den Behörden bequemer und günstiger schien, die Kinder mit ihren Müttern ans andere Ende der Welt zu schicken, als sie den Armenhäusern ihrer Gemeinden aufzubürden.

Als sich Kezia Ende März zum ersten Mal auf der *Rajah* umgesehen hatte, hatte sie das Holz des Sträflingsdecks genau inspiziert. Dreck und Unrat von Jahren schien es schwarz verfärbt zu haben, und es fühlte sich klebrig an vor lauter, ja, was war es? Salzwasser? Blut? Der Gestank stach ihr in der Nase und schien sich ihr fast greifbar um die Schultern zu legen wie Nebel.

Eine Gefangene hatte sich damals die Nase zugehalten und gemeint: »Hier stinkt's schlimmer als aufm Misthaufen. Und das noch bevor wir die Klokübel benutzt haben.«

»Und bevor das Schiff aufm Meer hin- und herrollt und sich die meisten von uns die Seele aus dem Leib kotzen.«

Eine andere hatte losgekreischt: »Ich kann das nicht. Wie sollen wir mit so wenig Licht auskommen? Das sind doch keine Fenster!«

»Ich dachte, wir hätten's hier besser als im Gefängnis. Ich dachte, aufm Schiff tät's sauberer sein.«

Die Frauen hatten sich auf die Bänke fallen lassen und ihre Umgebung angestarrt.

»Kein Grund zur Sorge, Ladys«, war Mr Donovan eingesprungen. »Wenn ihr euch erst einmal eingelebt habt, wird alles besser. Ihr werdet euch rasch an das Leben an Bord gewöhnen, auch wenn es zweifellos anfänglich seltsam erscheint.«

»Aber hier ist doch gar nicht genug Platz, oder?«

Darauf entgegnete eine andere Frau: »Ich dachte, im Knast isses schlimm genug. Aber wenigstens hatten wir dort richtige Wände und Böden, und die waren auch nicht so kratzig.«

Sie standen beieinander, scharrten unruhig mit den Füßen, wollten vor lauter Nervosität möglichst eng bei den anderen bleiben. Schließlich begann eine beherzte Frau, ihre Koje zu begutachten. Einige andere machten es ihr nach.

»Gestapelt wie Äpfel im Vorratskeller«, sagte eine von ihnen. »Werden wir bei schlechtem Wetter nicht runterrollen? Ich hab keine Lust, auf diesem Drecksboden zu landen und mir Splitter im Arsch zu holen.«

Einige Frauen, die ihre Bemerkung gehört hatten, mussten lachen. Mit pochendem Herzen trat Kezia vor und hoffte, dass ihre Stimme resolut genug klang. »Wir werden die Böden und Wände schrubben, ehe wir auslaufen. Ihr alle könnt dazu beitragen, eure Umstände zu verbessern. Wir werden den Raum, so gut es geht, aufteilen. Und ihr bekommt Laternen, damit ihr mehr Licht habt.«

»Und ich sorge dafür«, sagte Mr Donovan an Kezia gewandt, doch so laut, dass alle ihn hörten, »dass sofort einige Matrosen mit Eimern und Wasser hierhergeschickt werden. Dann sollte der gröbste Dreck weg sein.«

»Die feine Lady gehört doch zu denen da oben. Die wird sich doch nicht zum Schrubben auf Hände und Knie herablassen, oder?«, flüsterte jemand so laut, dass Kezia wusste, dass es für ihre Ohren bestimmt gewesen war. Sie merkte sich, von wem die Äußerung stammte: ein hübsches Mädchen mit Grübchen und einer unter ihrer Haube hervorlugenden Locke. Kezia entschied, so zu tun, als habe sie die Bemerkung nicht gehört. Sie holte tief Luft und versuchte, die plötzliche Sorge zu verdrängen, die Frauen könnten ihr nicht gehorchen und sich ihr gegenüber unverschämt und ungehobelt verhalten.

Ihr fielen die Worte ihrer Freundin Mrs Pryor ein. »Wenn du bestimmt und freundlich bist, werden sie auf dich hören. Jeder Mensch spricht auf Freundlichkeit an.« Kezia holte noch einmal tief Luft und wandte sich dann den Frauen zu. »Ich werde alles in meiner Macht Stehende tun, um euch zu unterstützen.« Sie war insgeheim sehr zufrieden mit dem festen Klang ihrer Stimme gewesen.

»So ist es«, hatte Mr Donovan gesagt. »Wir werden diesen Ort bewohnbarer machen. Und jetzt legt bitte eure Bündel ab und folgt mir zurück an Deck.«

Heute, zwei Wochen nach diesem Ereignis, sah Kezia, dass die dunklen Holzplanken deutlich sauberer aussahen, wenn auch nicht vollkommen makellos. Der Gestank dagegen war fast vollständig verschwunden, abgelöst durch den frischen Geruch nach geschrubbten Holzböden und Salzwasser. Sie folgte Mr Donovan und den anderen Frauen zurück an Deck, wo ein stämmiger Matrose auf sie zutrat. Er hatte graues Haar und ein Gesicht, das so braun und windgegerbt aussah wie Leder. Beim Lächeln blitzten seine Zähne weiß.

»Darf ich mich vorstellen, Matron? Isaac Margrove, zu Ihren Diensten. Wir haben die letzten Ihrer Gepäckstücke in Ihre Kabine gebracht.«

»Danke schön, Mr Margrove.«

»Man nennt mich Isaac, Matron.«

»Dann also: danke, Isaac.«

Sie folgte ihm an Deck entlang zu einer Konstruktion, die aussah wie ein kleines Häuschen.

Er öffnete eine Holztür, deren Messingknauf frisch poliert glänzte, und bedeutete Kezia einzutreten. »Ich lasse Sie jetzt allein«, sagte er.

Kezia bedankte sich abermals bei Isaac, ehe sie ihre Kabine betrat und er an Deck verschwand. Sie hatte ihr Quartier bisher nur einmal kurz, während ihres ersten Besuchs an Bord, in Augenschein genommen und war jetzt froh, all ihre Habseligkeiten ordentlich in einer Ecke gestapelt zu sehen. Wieder ließ die Ungewissheit sie erschaudern. Sie dachte an alles, was sie zurückließ, und wusste zugleich, dass es ihr – sosehr ihr Vorhaben sie auch zittern ließ – eine große Erleichterung bedeutete, sich nie wieder mit bestimmten Dingen befassen zu müssen.

Sie schaute sich um. Der Raum, der ihr in den kommenden Wochen ein Zuhause sein würde, gefiel ihr. Sie setzte sich auf die schmale Koje und spürte Ruhe und Gelassenheit. Diese winzige Kabine, dachte sie, ist wie eine Klosterzelle. Die kleine Kammer war aufgeräumt und sauber. Ein Emaillekrug stand neben einem Waschbecken, das in eine Kommode eingelassen war, in der Kezia ihre Habseligkeiten verstauen würde. Außerdem gab es einen kleinen Schrank, in dem der Krug bei rauer See aufbewahrt werden konnte. Das einzige Fenster war klein und rund, mit plombierten Glasscheiben, die in einen Holzrahmen eingelassen waren. Wenn Kezia sich auf die Zehenspitzen stellte, konnte sie hinausschauen.

Sie wäre gerne noch länger in ihrer Kabine geblieben, doch ein weiteres Beiboot mit Gefangenen befand sich auf dem Weg zur *Rajah,* und Kezia wollte dabei sein, wenn die Frauen eintrafen. Sie verließ ihre Kabine und begab sich zum Vordeck. Auf dem Weg sah sie, wie jemand in Richtung Beiboot geschoben wurde, der offensichtlich wieder zurück an Land gebracht werden sollte. Es handelte sich um eine stämmige Frau mit verfilztem Haar, die nicht mehr ganz jung war und dunkle, einfache Kleidung trug. Sie jammerte und schluchzte und griff nach allem, das sie zu fassen bekam. Zwei andere Frauen, drahtig und mit grimmiger Miene, hielten sie fest, versuchten, ihr Beben, das Rudern ihrer Arme in den Griff zu bekommen. Gefängniswärterinnen, dachte Kezia, die schwierige Gefangene gewohnt waren. Das Kleid der Frau war zerrissen. Sie musste verrückt sein, dachte sich Kezia, denn was sie hörte, konnte nur von jemandem stammen, der den Verstand verloren hatte. In den Augen der Frau lag nackte Angst, und sie kreischte wie von Sinnen, wobei Kezia nun auch einzelne Wörter erkannte. »Ma … Wasser … Nimm mich mit. Hast du die Ratten gesehen?«

Die drei Frauen mussten an Kezia vorbei, die stehen geblieben war. Dabei begegnete Kezia dem Blick der Sträflingsfrau. »Hilf mir!«, schrie sie. »Bitte, liebste Ma, nimm mich mit nach Hause!« Sie entriss einen Arm dem Griff der Wärterin und streckte Kezia eine schmutzige Hand mit abgekauten Nägeln entgegen und versuchte, ihr Kleid zu fassen zu bekommen. Die Wärterinnen beeilten sich, die Frau zurückzuziehen.

»Verzeihen Sie, Miss, tut uns schrecklich leid«, rief ihr eine über die Schulter zu, während sie das arme Geschöpf fortzerrten. »Wir haben sie im Griff, keine Sorge.«

Das Kreischen verwandelte sich in Schluchzen und dann in Schweigen, während die drei Frauen davonstolperten, ineinander verhakt wie ein einziges sechsbeiniges Wesen. Kezia blieb sehr still zurück, schockiert von der Begegnung. Ich muss mich fassen, ehe jemand etwas bemerkt, dachte sie. Sie zog ihr Tuch fester um sich und ging weiter in Richtung Vordeck, als sie plötzlich jemanden ihren Namen rufen hörte.

»Miss Hayter! Miss Hayter!«

Kapitän Ferguson holte sie ein. Obwohl sie schon oft auf der

Rajah gewesen war, um den Frauen beim Putzen und Einrichten ihres Decks zu helfen, hatte sie den Kapitän bisher nur aus der Ferne gesehen.

»Miss Hayter.« Er verbeugte sich und sagte in förmlichem Ton: »Darf ich mich vorstellen? Charles Ferguson, Kapitän der *Rajah*. Willkommen an Bord.«

Kezia betrachtete den Mann, der nun für ihre Sicherheit verantwortlich war, eingehend. Er war von normaler Größe und überragte sie dennoch um mehr als einen Kopf. Er hatte breite Schultern und trug seine Uniformjacke mit Stil. Jeder der Messingknöpfe glänzte, und Kezia fiel auf, dass der Kragen und die Ärmelaufschläge auffallend weiß waren. Kapitän Ferguson hatte große, blaue Augen und einen offenen Blick. Sein Haar war hellbraun, seine Stimme ruhig, aber klar.

»Ich danke Ihnen, Sir«, sagte Kezia.

Er senkte den Blick. »Wir sehen uns später, Madam«, sagte er dann mit einer weiteren Verbeugung und eilte davon.

Kezia schaute ihm nach, bis er verschwunden war. Dann ging sie zur Reling und blickte zum Hafen, der in der Ferne zu sehen war. Die Umrisse der Dächer, die sich vom blassen Himmel abhoben, schienen wie aus schwarzem Papier geschnitten. Wieder überkamen sie Zweifel, fühlte sie ihr Herz plötzlich wild pochen. Die Worte einer entfernten Verwandten kamen ihr in den Sinn.

»Van-Diemens-Land? Und da bist du dir ganz sicher, Kezia, Liebes? Es ist wirklich schrecklich weit weg. Und so überaus heiß. Gibt es dort nicht auch seltsame Tiere?«

Kezia lächelte. Die Frauen, die solche Dinge sagten, verbargen dahinter ihre Befürchtungen über die Reise selbst. Nicht die Entfernung zu England machte ihnen Sorgen, und auch nicht die Hitze, die Flora oder Fauna. Was sie eigentlich beunruhigte, sie innehalten ließ, war die Gesellschaft, in der Kezia reisen würde. Einfache Frauen. Sträflinge. In diesem Augenblick erfasste ein Sonnenstrahl den Mast und kleidete ihn golden. War dies ein gutes Omen für die Reise? Die Wolken hatten sich verzogen, und Kezia fühlte sich plötzlich wie beflügelt.

Liebste Henrietta,
dies ist mein erster Brief an dich von Bord des Schiffs. Ich werde dir schreiben, wann immer ich Zeit und Gelegenheit finde. Dann kann ich mich dir nahe fühlen, auch wenn jeder Tag uns weiter voneinander entfernt. Sowie wir in Hobart angekommen sind, werde ich meine gesammelten Briefe abschicken.
Ich fühle mich sehr wohl in meiner Kabine. Ich habe mein Tagebuch und einige Bücher zur Zerstreuung mitgenommen, und obwohl ich mich angesichts all des Unbekannten, das vor mir liegt, etwas unsicher fühle, habe ich kein bisschen Angst. Du kannst also beruhigt sein, dass ich mich allem, was in dieser Überfahrt auf mich zukommt, durchaus gewachsen fühle. Aber, ach, liebste Henrietta, ich werde dich arg vermissen! Dein lächelndes Gesicht, deine fröhliche Stimme, mit der du mir von den Vorkommnissen in der Londoner Gesellschaft erzählst. Hier gibt es niemanden, der mich aufzieht, der mich zurechtweist, wenn ich töricht bin. So muss ich mir wohl behelfen, indem ich mir deine Bemerkungen vorstelle.
Ich hoffe, dass wir, meine Frauen und ich, uns im Laufe der Reise hier gut eingewöhnen werden und wir gemeinsam optimistisch in die Zukunft blicken können. Wobei ich ja nicht in die Verbannung geschickt werde, vergiss das nicht. Wenn Van-Diemens-Land nicht nach meinem Geschmack ist, kehre ich einfach nach England zurück.

Kezia überlegte, wie viel Trost ihr dieser letzte Gedanke tatsächlich spenden würde, wenn sie erst einmal auf hoher See waren. Sie versuchte, das plötzliche Gefühl von Nervosität abzuschütteln, das sie beim Schreiben überkommen hatte. Entschlossen nahm sie den Stift wieder zur Hand und machte sich daran, Worte zu finden, die ihrer Schwester vermittelten, wie sehr Kezia sie vermisste und sich wünschte, sie sehen zu können.

Schon in dem Augenblick, als sie zugesagt hatte, die *Rajah* zu begleiten, hatte Kezia gewusst, dass sie mehr erreichen wollte, als die Frauen in ihrer Obhut in die grundlegenden Kenntnisse der Nadelarbeit einzuweisen. Ich werde etwas erschaffen können, war ihr erster Gedanke gewesen. Zum ersten Mal in meinem Leben werde ich etwas Außergewöhnliches erschaffen können. Und so hatte sie einen Plan entworfen und fest entschlossen verfolgt, der vorsah, mithilfe der Sträflingsfrauen auf dieser Reise etwas umzusetzen, von dem sie wusste, dass es die Zukunft der Frauen nachhaltiger verbessern würde als jede Lektion im Säumen von Taschentüchern.

Stoffstück aus Chintz: schwarzer Untergrund mit dicht bedrucktem Muster aus blauen, roten, grünen und weißen Blumen. Blätter und kleine Äste mit Blüten vervollständigen das Muster.

3
FRÜHER

April 1841

Clara

Heute Nacht. Ich muss es heute Nacht tun. Morgen früh bei Dämmerung werden sie die Frauen abholen, die zur Verbannung verurteilt sind, und sie dorthin bringen, wo die *Rajah* vor Anker liegt. Ich habe gehört, wie der Name des Schiffs in dunklen Ecken gewispert, von einer Person an die nächste weitergegeben wurde, und ich selbst habe mir den Namen immer wieder vorgesagt, seit ich vor zwei Tagen in diese Zelle gestoßen worden bin. Ich habe schon lange nicht mehr gebetet, aber jetzt flehe ich Gott an: Bitte, Herr, bitte bring mich zur *Rajah*. Bitte bring mich weit, weit fort von hier.

Ich habe dennoch meine Zweifel an Gott und seiner Macht, daher muss ich selbst für mich sorgen. Auf mich kann ich bauen. Seit sie mich in diese Zelle geworfen haben, bleibe ich für mich und wechsele kaum ein Wort mit den anderen Frauen. Das ist nicht schwer, denn keine beachtet mich. Diese Frauen sind zu sehr mit sich selbst beschäftigt, um sich um andere zu kümmern. Der Gedanke an die Schiffspassage macht ihnen Angst, und ihnen graut es vor einem Leben fern von ihrem vertrauten Umfeld, fern von ihren Lieben. Sie stehen murrend in kleinen Grüppchen zusammen oder brechen über Kleinigkeiten einen Streit vom Zaun. Viele sitzen auf ihren schmutzigen Matratzen und weinen vor sich hin.

Ich bin anders. Ich will an Bord der *Rajah,* und ich habe einen Plan geschmiedet, wie ich dieses Ziel erreichen kann. Aber dazu muss ich sofort handeln. Denn bald schon beginnt es zu dämmern. Mir kommt entgegen, dass ich in dieser Zelle bin und mein Opfer bereits gefunden habe.

Ich bemerkte sie, kaum dass die Zellentür hinter mir zufiel. Die anderen hielten sich fern von ihr, weil sie kleinwüchsig war und als schwachsinnig galt. Ihre mangelnde Größe freut mich. Das wird es mir einfacher machen, sollte ich Gewalt anwenden müssen. Ich hoffe, ich hoffe inständig, dass es für uns beide glatt läuft, aber ich bin für alles gerüstet. Ich werde tun, was ich tun muss.

Letzte Nacht habe ich im Schutz der Dunkelheit meinen Unterrock in Streifen gerissen. Der Stoff scheint mir schrecklich dünn. Ob diese improvisierten Seile stark genug sein werden, um sie an Armen und Beinen zu fesseln? Als junge Frau war ich in der Lage, Gliedmaßen fester zusammenzubinden als die meisten anderen. Jetzt muss ich dieses arme Ding zusammenbinden wie ein Brathähnchen und sie zudem noch knebeln. Sie darf keinen Laut von sich geben. Ich darf kein Mitleid mit ihr haben. Ich sage mir, dass ich stark bleiben muss. Die Fesseln werden ihr nicht schaden. Sie wird betäubt sein und nichts spüren.

Oft taste ich nach dem Fläschchen, das in einer Tasche steckt, die ich unter meinen Röcken trage. Als sie mich hierher verlegten, war meine Kehle aus Angst vor einer Durchsuchung wie zugeschnürt. Doch der Wächter, der mich nach Millbank brachte, hatte nur Augen für eine der Wärterinnen, die offensichtlich an ihm ebenfalls Gefallen gefunden hatte. Sicher hatten sie über Wochen hinweg erst Blicke, dann Worte und schließlich sicher auch mehr als das getauscht. Die meisten

Menschen vergessen ihre Pflichten, wenn die Lust sie überkommt. Sie vergessen Gefängnisvorschriften, und dafür danke ich meinem guten Stern. So wurde mein geheimes Fläschchen nie entdeckt.

Ich durchquere die Zelle und setze mich neben die Frau. Die meisten anderen schlafen mittlerweile oder stöhnen und schluchzen in ihre dünnen Kissen. Mein Opfer dagegen sitzt aufrecht und starrt ins Leere.

»Wie heißt du, Liebes?«, frage ich in demselben Ton, mit dem ich immer die Frauen beruhigt hatte, die sich Hilfe suchend und verzweifelt an mich wandten.

Sie antwortet. Ich bitte sie, ihren Namen zu wiederholen, indem ich vorgebe, sie nicht richtig gehört zu haben. Ich muss mir den Namen merken. Dann zieht sie etwas aus dem Ausschnitt ihres verdreckten Kleides hervor. Es ist eine Schlinge aus Kordel, an der etwas hängt, das wie ein Etikett aussieht. Sie hält es mir entgegen, und da steht ihr Name, in das dünne Metall gestanzt. »Wir tragen alle diese Marken um den Hals«, sagt sie. »Die tun vielleicht jucken, ich sag's dir.« Sie zerrt die Schnur über den Kopf und wirft die Erkennungsmarke neben sich auf den Boden.

»Und für welches Vergehen wirst du verschifft?«

»Ich hab Leinensachen vom Markt gestohl'n.«

»Morgen geht's für dich auf die *Rajah*. Das weißt du doch, oder? Einige haben Angst davor, aber man braucht keine Angst zu haben.«

Sie mustert mich, als sähe sie mich zum ersten Mal. Ihr Haar hängt ihr strähnig ins Gesicht, ihre Haut wirkt so weiß wie Käse.

»Ich hab Angst davor«, sagt sie. Zumindest glaube ich, dass sie das sagt, denn sie ist über das plötzliche laute Weinen einer der Insassinnen kaum zu verstehen.

Am anderen Ende der Zelle entflammt ein Streit. Stimmen ereifern sich. Immer mehr Frauen mischen sich ein und ergreifen Partei. Keine schaut zu uns herüber. Wir sind zu weit entfernt vom Geschehen. Ich greife unter meinen Rock nach dem Fläschchen. Ich lächele ihr zu. »Ein ordentlicher Schluck hilft gegen die Angst, meinst du nicht? Aber, pst, kein Wort zu den anderen …« Ich halte ihr das Fläschchen hin, und ihre Augen leuchten auf.

»Ah … was zu trinken.« Sie streckt die Hand nach dem Fläschchen aus. Ich weiß, was der Inhalt mit ihr machen wird. Es ist ein Betäubungstrank, den ich schon seit vielen Jahren in den verschiedensten Situationen einsetze. Ich ziehe den Korken aus dem Fläschchen und reiche es ihr. Blitzschnell hat sie das Gefäß geschnappt, den Kopf zurückgeworfen und sich den Inhalt bis auf den letzten Tropfen in den Mund geschüttet. Dabei fällt ihr Haar zurück und enthüllt ein Gesicht, das von Pocken gezeichnet ist. Im nächsten Augenblick sinkt sie auch schon zurück auf die Matratze. Ich sage leise ihren Namen. Dann etwas lauter, dicht an ihrem Ohr. Sie rührt sich nicht.

Ich verliere keine Zeit. Ihr Mund klappt auf, und ich knebele sie, indem ich ihr einen Strang Stoff zwischen die Zähne lege und ihn dann am Hinterkopf sanft genug befestige, dass sie keine Schmerzen spürt, wenn sie aufwacht, aber doch fest genug, dass sie keinen Laut von sich geben kann. Ich zittere und muss mich ans Atmen erinnern. Ich fessele ihre Arme und Beine, so schnell ich kann, dann hänge ich mir ihre fortgeworfene Erkennungsmarke um den Hals. Anschließend schiebe ich sie an den Rand der Matratze und rolle sie hinunter in eine Art Wasserrinne, die an der Wand entlang verläuft. Dann schiebe ich die Matratze etwas über sie und bedecke den Rest des Körpers, so gut es geht, mit ihrer verdreckten Decke. Wer genau hinschaut, kann an der Wand etwas Unförmiges erkennen, aber ich hoffe, inständiger denn je, dass das Verlegen der Frauen auf die *Rajah* in Eile geschehen wird. Ich gehe zurück zu meiner eigenen Matratze, lege mich hin und tue so, als würde ich schlafen, während ich eigentlich die Sekunden zähle und mir die Dämmerung herbeiwünsche.

Es ist ein seltsames Gefühl, den eigenen Namen abzustreifen. Clara Shaw. Ich bin nicht mehr Clara Shaw. Ab jetzt heiße ich wie jenes arme Geschöpf, das unter einer stinkenden Decke gefesselt im Rinnstein liegt. Ich darf so nicht denken. Ich muss an mich denken.

Ich kann nicht schlafen. Gedanken des Grauens und furchterregende Bilder schießen mir durch den Kopf, sowie ich die Augen schließe. Was ist, wenn die Frau aufwacht, ehe wir fort sind? Was ist, wenn der Trank nicht mehr so stark wirkt? Bis auf das Schnarchen der schlafenden Frauen und das Stöhnen der von Albträumen Geplagten herrscht endlich Ruhe in der Zelle. Ich starre auf das Häuflein im Rinnstein und versuche zu erkennen, ob es sich bewegt. Mir ist kalt. Mein Mund ist trocken. Wo nur bleibt die Dämmerung? Ich starre hinauf zum kleinen Fenster mit den Gitterstäben und warte darauf, dass der Himmel heller wird.

Als die Männer endlich kommen, um uns zur *Rajah* zu bringen, ist mir übel vor Angst und Hoffnung zugleich.

»Sträflingsfrauen für die *Rajah,* einmal vortreten und eine Reihe bilden«, bellt einer der Männer.

Wird mich jemand ansprechen, wenn ich den Platz der anderen Frau einnehme? Ich senke den Blick und schlurfe hinter einer Gruppe lärmender Frauen her, die jammern, herumkreischen und die Aufmerksamkeit auf sich lenken.

»Ruhe dahinten«, befiehlt eine Wärterin. »Ihr verpasst sonst euren Namen beim Aufrufen.«

»Dafür ist keine Zeit«, sagt ein zweiter Mann. »Wir zählen durch. Das muss reichen.«

Der Gefängniswärter zählt leise vor sich hin, aber ich kann ihn hören. Elf von uns sind für die Verschiffung vorgesehen. Ich halte den Kopf leicht abgewandt und den Blick gesenkt. Komm schon, denke ich. Lasst uns sofort aufbrechen. Sie könnte sonst aufwachen, sich rühren, um Hilfe rufen … Mein Plan könnte jetzt noch zunichtegemacht werden.

Es herrscht große Eile. Keiner durchsucht uns. Keiner stellt irgendwelche Fragen. Wir werden aus dem Gefängnis und auf einen Karren getrieben wie Vieh.

Ich habe Angst, dass die ganze Welt mein pochendes Herz hören kann. Auf dem Weg zum Hafen schließe ich die Augen und versuche, das Geräusch zu ignorieren, aber es ist zu durchdringend. Wie eine zufallende Kerkertür dröhnt es mir in den Ohren: Bumm, bumm, bumm. Ich denke an die Frau, die ich zurückgelassen habe. Was wird sie den Wärtern sagen, wenn man sie findet, ehe die *Rajah* in See sticht? Werden sie ihre Geschichte glauben oder ihre Worte als Lügen abtun? Oder als das irre Gebrabbel eines Menschen, der kaum zwischen Tisch und Stuhl unterscheiden kann? Denk nicht darüber nach, ermahne ich mich. Denk an deine Zukunft. Jetzt geht es einzig und allein um dein Überleben.

Dicht gedrängt hocken wir auf den Bänken des Karrens. Keiner beachtet mich, was mich erleichtert. Trotzdem lasse ich mein Haar vors Gesicht fallen und tue so, als sei ich von Trauer überwältigt. Niemand spricht mit mir. Die anderen Frauen weinen, seufzen oder trösten ihre Freundinnen. Einige haben sich ihr Schultertuch über die Augen gezogen. Andere schauen auf ihre Fußspitzen. Wieder andere kneten ihre Hände. Während wir durch die Straßen rumpeln, vorbei an Männern und Frauen, die ihrem Alltag nachgehen, rechne ich jeden Augenblick damit, dass mich jemand erkennt, mit dem Finger auf mich zeigt und meinen richtigen Namen ruft. Ich rutsche noch etwas tiefer in meinen Sitz, starre auf meine Füße und treibe den Karren innerlich zu größerer Eile an. Ach, wie ich mich danach sehne, an Bord der *Rajah* zu sein! Dort kann ich inmitten der anderen ein neuer Mensch werden. In Gedanken sage ich mir den Namen der Frau vor, die ich gefesselt und verborgen habe. Er muss mir leicht und flüssig von den Lippen gehen, wann immer ich danach gefragt werde. Bei jeder Umdrehung der Räder befürchte ich, dass jemand hinter uns herrennen könnte. Bestimmt haben sie die gefesselte Frau und damit die Wahrheit mittlerweile entdeckt. Aber anscheinend ist mir keiner auf den Fersen.

»Schaut, Ladys, dort liegt die *Rajah*«, sagt der Kutscher. »Euer neues Zuhause, ihr Hübschen, das ich euch von Herzen gönne. Ein sehr schöner Anblick, da werdet ihr mir zustimmen. Ihr seid jetzt nur noch eine kurze Bootsfahrt davon entfernt.«

Die *Rajah*. Ich betrachte ihre hohen Maste, die gereffften weißen Segel, das Takelwerk, und mein Herz macht einen Sprung angesichts von so viel Eleganz. Ein heftiger Wind pfeift durch die Takelage, der Himmel ist azurblau und nur hier und da durchzogen von weißen Wolken. Wahrscheinlich werden wir die meiste Zeit unter Deck verbringen müssen. Wir sind immer noch Strafgefangene. Unten wird es düster sein. Die Matratzen werden wenig besser sein als im Gefängnis. Mir ist das egal. Bald schon werden die Segel gehisst, werden sich im Wind aufblähen und das ganze Schiff in Bewegung setzen, fort von unseren Vergehen. Die *Rajah* wird über das Wasser gleiten wie ein riesiger Vogel und mich mit sich davontragen.

Als wir das kleine Beiboot erreichen, sitzt bereits jemand in der Nähe des Bugs. Eine richtige Dame. Sie sieht so anders aus als wir, dass sie genauso gut aus einer anderen Welt stammen könnte. Sie ist klein und jung, mit heller Haut, offenem Blick und geradem Rücken. Ihre Hände sind in fingerlose Spitzenhandschuhe gekleidet, aber auch ohne sie zu sehen, könnte ich wetten, dass sie nie harte Arbeit gesehen haben. Sie trägt ein dunkelgrünes Kleid und ein rotbraunes Schultertuch. Ich frage mich, wer sie ist, allerdings nur kurz, denn dann gilt meine gesamte Aufmerksamkeit dem Betreten des Beiboots, ohne dabei ins Wasser zu fallen und einen Affen aus mir zu machen. Einige der Frauen kreischen vor Angst, da sie die Bewegung der winzigen Barke auf dem Fluss nicht gewohnt sind. Ich verhalte mich still. Ich bin glücklich. Nicht mehr lang. Es dauert nicht mehr lang, und dann bin ich auf der *Rajah* und segele weit, weit von London fort.

Nachdem wir an Bord der *Rajah* geklettert sind, fragt uns ein Herr, der dort an Deck an einem Tisch sitzt, nach unseren Namen. Der Name, den ich nenne, fühlt sich seltsam an auf meiner Zunge. Mein eigener Name gilt nicht mehr. Ich habe ihn abgelegt, als wäre er nichts weiter als eine billige Brosche.

Der Herr am Tisch hat ein dickes Buch vor sich liegen, ein Tintenfass neben sich und eine Feder in der Hand. Er notiert unsere früheren Arbeitsstellen und unsere Vergehen: Einbruch, Falschmünzerei, Lebensmitteldiebstahl, Hehlerei, Taschendiebstahl. Mir wird abwechselnd heiß und kalt, und ich spüre, wie sich meine Wangen röten. Werde ich meinen neuen Namen ohne Zögern aussprechen können? Ich nenne ihn. Ich nenne ihn perfekt. Und mein Vergehen: Diebstahl. Aber was für eine frühere Tätigkeit soll ich angeben? Meine Zunge liegt mir wie Blei im Mund.

»Danke«, sagt der Mann, nachdem er meine Angaben aufgeschrieben hat. »Und als was hast du vor deiner Verurteilung gearbeitet?«

Die Sekunden, die vergehen, ehe ich antworte, ziehen sich endlos in die Länge, während mir tausend Gedanken durch den Kopf schießen. Was soll ich sagen? Die Wahrheit jedenfalls nicht. »Ich hab für eine Hutmacherin gearbeitet«, antworte ich. Die Lüge taucht aus dem Nichts auf, und ich sehe, wie er »Hutmacherin« neben meinen Namen schreibt. Wie komme ich auf diese Lüge? Sicher, in meinem früheren Leben habe ich meine Hauben gerne selbst verziert, aber der Schritt von einfacher Handarbeit zur Hutmacherin ist gewaltig. Egal, sage ich mir. Hier kümmert es keinen, was ich ihm gesagt habe. Meine Lügen interessieren niemanden.

»Danke«, wiederholt der Mann. Und dann: »Die Nächste, bitte.«

Ich beeile mich, um die Frau einzuholen, die in der Schlange vor mir stand. Ich möchte nur noch unter Deck verschwinden und mich in der Dunkelheit verstecken. Im Vorbeigehen packt mich jemand am Arm, zieht mich an sich, greift mir an die Brust und drückt zu, fest. Ich reiße mich gewaltsam los, worauf er sagt: »Kein Grund, zickig zu werden, Püppchen. Ich geh jede Wette ein, dass du als Bordsteinschwalbe unterwegs warst, und nach Van-Diemens-Land ist es sehr weit.«

Ein Matrose, schielend und hässlich. Männer müssen es eben immer versuchen. Sie können anscheinend nicht anders. Bestimmt zucken ihre Schwänze schon bei dem Gedanken an so viele Frauen, ganz gleich, wie dreckig, armselig, pockenvernarbt und schäbig diese sind. Als ich merke, dass er mich nicht kennt, sondern einfach sein Glück versucht hat, drehe ich mich zu ihm um und trete so nah an ihn heran, dass ich seinen widerlichen Atem riechen kann. Ich spreche leise und schaue ihn dabei unverwandt an.

»Wenn du noch einmal auch nur einen Finger an mich legst, melde ich das deinem Kapitän. Und zwar nachdem ich deine winzigen Eier zu Mus getreten hab und du meine Schere im Hals stecken hast. Klar?«

Er huscht davon wie eine Kakerlake vor dem Licht. Er wird mich nicht wieder belästigen. Wenn ich mich mit etwas auskenne, dann mit Männern. Er wird sich sagen, dass er die Falsche angesprochen hat, und es bei der Nächsten probieren, in der Hoffnung, dass sie entgegenkommender ist.

Ich zittere, obwohl niemand unseren Austausch gesehen hat. Was mir Angst macht, ist nicht, von einem Mann belästigt zu werden. Daran bin ich seit meiner Jugend gewöhnt. Doch ich fürchte, entlarvt zu werden. Zu gerne würde ich unbemerkt bleiben und niemandem auffallen. Ich wünschte, ich könnte so vollständig mit der Menge verschmelzen, dass ich auf dieser Reise so gut wie unsichtbar bin. Unser Trupp ist der letzte, der an Bord der *Rajah* gebracht wurde, und für heute bin ich sicher im Bauch des Schiffs angekommen.

Bald werden wir in See stechen. Ich muss weiter vorsichtig sein. Sonst erkennt mich womöglich noch jemand als die Person, die ich bin. Zwar sehne ich mich nach frischer Luft und Licht, aber ich werde so viel Zeit wie möglich in der stickigen Dunkelheit verbringen. Die anderen Sträflingsfrauen, meine Gefährtinnen auf dieser Reise, sind überwiegend Betrügerinnen und Diebinnen, und ich werde so tun, als sei ich eine von ihnen, obwohl ich in meinem Leben noch nie etwas gestohlen habe außer den Namen einer Frau und obwohl mein Vergehen, für das ich verurteilt wurde, schlimmer, viel schlimmer ist als die der anderen Frauen. Es ist das schlimmste Verbrechen überhaupt.

Ich versuche, nicht an meine Freveltaten zu denken. Was ich bin und was ich werden kann, hängt größtenteils davon ab, ob ich entlarvt werde. Wenn irgendjemand mich durchschaut, werde ich nicht mehr eine Kleinkriminelle sein, die einem neuen Leben in Van-Diemens-Land entgegensegelt, sondern eine Frau, die Blut an den Händen hat und die zurück nach England gehört, an den Galgen.

Unter den Frauen wird gemunkelt, dass wir bald auslaufen, vielleicht schon morgen. Das ist meine Chance, die Person, die ich war, hinter mir zu lassen. Viele Frauen sind zu mir gekommen, haben mich aufgesucht, nachdem ich vor langer Zeit einmal dachte, ich könnte einem Menschen helfen.

Ehe ich in Millbank landete, nahm ich Babys auf von Frauen, die sich nicht um sie kümmern konnten. Für einige konnte ich ein Zuhause finden bei Frauen, die sich nach einem Kind sehnten. Andere dagegen … nun, ich tat mein Bestes, um ihren Schmerz zu lindern und sie so sanft wie möglich zur Ruhe zu bringen. Es gab Menschen, die mich furchtbare Namen schimpften. Doch für die Frauen, die meine Hilfe suchten, war ich ein Engel, eine Retterin. Niemand, außer denen, die es durchlebt haben, kann sich die verzweifelte Lage mancher Frauen nach der Geburt eines Kindes vorstellen. Ich stellte ihnen keine Fragen. Ich tat einfach mein Bestes für jede Einzelne von ihnen.

Kaum habe ich eine Koje für mich gefunden, taucht die Dame aus dem Beiboot neben mir auf. Ich sitze auf meiner Matratze, als sie meinen neuen Namen sagt, und springe sofort auf, fast als hätte ich nie anders geheißen. Ich habe immer schon eine schnelle Auffassungsgabe gehabt, daher wird eine neue Identität kein Problem für mich sein. Auch Lesen- und Schreibenlernen fiel mir leicht. Mein Vater sorgte dafür, dass ich es lernte, und dafür bin ich ihm dankbar. »Wenn du lesen und schreiben kannst, kommst du weit im Leben«, erklärte er mir. »Dann können sie dir nicht die Wolle über die Augen ziehen mit seltsamen Zeichen auf dem Papier, verstehst du? Können dich nicht übers Ohr hauen …« Ich merkte außerdem schon früh, dass ich bei meiner Arbeit bessere Chancen hatte, wenn ich mich gut ausdrücken konnte. Hier an Bord werde ich meine Sprache dem ungeschliffenen Ton der Sträflingsfrauen anpassen müssen. Ich werde derartig mit meiner neuen Identität verschmelzen, dass ich darüber vielleicht sogar meinen alten Namen vergesse.

»Entschuldigung«, sagt jetzt die Dame aus dem Beiboot. »Ich bin Miss Hayter, eure Matron vom Damenkomitee, und ich begleite euch auf der Überfahrt. Darf ich fragen, ob du jemals genäht hast?« Sie lächelt. »Ich sehe, dass du als Hutmacherin registriert bist. Hast du Erfahrung mit Patchwork?«

»Ja, habe ich«, antworte ich.

Miss Hayter nimmt ein Notizbuch aus einer kleinen Tasche, die an ihrem Handgelenk hängt, und schreibt meinen Namen mit einem winzigen Bleistift unter eine Reihe anderer. Patchwork … Ich weiß, wie man Löcher mit Flicken so bedeckt, dass das Kleidungsstück länger hält. Vielleicht reicht mein Wissen aus.

»Du darfst dich unserem Nähzirkel anschließen«, sagt sie lächelnd. »Ich stelle gerade eine Gruppe von Frauen zusammen, die an einem gemeinsamen Vorhaben teilnehmen können. Wir wollen etwas herstellen, das unser aller Hände Arbeit benötigt. Ich bin mir sicher, dass du ein Gewinn für diese Gemeinschaft bist.«

Miss Hayter wendet sich nun einer anderen Gefangenen zu. Die Frau ist fast einen ganzen Kopf kleiner als ich, und es umgibt sie eine Aura der Ruhe. Sie spaziert an Deck entlang, als würde sie durch einen Park schlendern oder die Seeluft bei einem Spaziergang an einer Uferpromenade genießen. Vielleicht ist das der Grund, weshalb das Damenkomitee sie als Matron für die *Rajah* ausgewählt hat. Ob die Sträflingsfrauen wohl auf sie hören werden? Ihren Anweisungen Folge leisten? Mit einem freundlichen Lächeln wird sie bei einigen der härter gesottenen, düsteren Frauen nicht weit kommen.

Ich halte mich ein wenig abseits und beobachte meine Mitgefangenen. Ich frage mich, was für ein Leben sie hatten, welche Verbrechen sie begangen haben. Ich weiß, dass nicht eine von ihnen eine Mörderin ist. Denn sonst wären sie nicht hier, sondern würden bereits kalt und tot am Seil eines Galgens hängen.

Ich schlafe schlecht. Im Traum sehe ich sie: die Frau, die ich im Gefängnis gefesselt zurückließ. Und ein Teil von ihr bin ich. Jemand mit meinen Gedanken und ihrem Körper steigt die Stufen hinauf zum Galgen. Als sich die Schlinge um ihren Hals zuzieht, erwache ich, keuchend und nach Luft ringend.

Ich hatte gehofft, den Albträumen zu entkommen, aber die Frau verfolgt mich in meinen Träumen. Ob sie die Geistesgegenwart besitzt, ihre Unschuld zu beteuern, den Wärtern zu erklären, was passiert ist? Die Erkennungsmarke mit ihrem

Namen hängt ja nicht mehr um ihren Hals. Ob ich sie zum Tod durch Erhängen verurteilt habe? Dagegen würde sie sich doch wehren. Bestimmt würde sie aufbegehren, etwas sagen. Und bestimmt würde sich einer der Wärter an sie erinnern, geistig zurückgeblieben, wie sie ist.

Der Traum vom Erhängen ist nur einer meiner Albträume. In dem anderen sehe ich schlafende Babys, weinende Babys und Babys, die mich aus großen Augen anstarren.

Ich blicke mich um. Hier unten sind so viele von uns eingepfercht, dass ich mir vorstelle, einen gemeinsamen Atem zu haben, der sich wie ein blasses Band hinaufwindet in die dunklen Zwischenräume über unseren Köpfen. Ein plötzlicher Gedanke lässt mich erstarren. Was, wenn eine von ihnen die Frau kannte? Irgendwann einmal etwas mit ihr zu tun hatte? Jedes Mal, wenn ich ihren vollen Namen nenne, muss ich davon ausgehen, entlarvt zu werden. Selbst die Stillen, geistig Zurückgebliebenen haben Freunde. Ich bin hier nicht in Sicherheit. Ich kann mich nicht frei fühlen.

Eine der Frauen, Marion heißt sie, fährt hoch und fängt an zu kreischen. »Hilfe«, schreit sie. »Die Dunkelheit. Ich kann's nicht. Ich muss raus. Raus. Holt mich hier raus! Bitte! Bitte!«

»Fresse halten!«, sagt eine Stimme.

Eine andere reagiert scharf: »Jetzt haste uns alle geweckt. Rücksichtslose Schlampe, das biste. Interessiert dich einen Scheiß, dass wir schlafen wollen, in dem Drecksloch hier.«

»Es is' mitten in der verdammten Nacht. Ruhe jetzt!«, sagt eine dritte Stimme. Doch zwei Frauen, die neben Marion liegen und deren Gesichter ich nicht erkennen kann, wenden sich ihr zu und kümmern sich um sie. Ich höre ihre Worte.

»Hör nich' auf die Zicken, Marion. Und schließ die Augen. Dann geht's besser. Bald wird es hell, und dann können wir an Deck. Ich komm mit dir. Gleich wenn's hell wird. Jetzt dürfen wir doch gar nicht raus. Sie würden uns sofort wieder hier runterschicken.«

Eine der älteren Frauen unter den Gefangenen, Joan Macdonald, steht auf und geht zu Marion hinüber, um zu sehen, was los ist. »Beruhig dich, Marion, Liebes«, sagt sie. »Nimm meine Hand. Mach die Augen zu und nimm meine Hand. Denk an den Himmel. Denk dran, wie weit und blau er ist. Dann kannst du wieder einschlafen.«

Getröstet und umsorgt schläft Marion schließlich wieder ein. Doch ich bin hellwach. Ich habe noch nie ein Problem mit engen Räumen oder Arrest gehabt, auch wenn viele dabei in Panik geraten. Doch bei so vielen Frauen, dem Geruch ihrer ungewaschenen Körper, dem Schnarchen und schweren Atem, dem Stöhnen und Ächzen aus so vielen Mündern finde ich nur schwer in den Schlaf.

Ich hoffe, mein Leben wird sich wandeln. Ich hoffe, die alte Clara Shaw wird in der Versenkung verschwinden. Ich wünsche mir ein neues Leben mit einem neuen Namen, fern von England. Daher werde ich alles tun, um mich zu schützen, sollte irgendjemand herausfinden, wer ich wirklich bin. In so einem Fall hätte ich keine Wahl. Ich müsste und ich würde handeln.

4
JETZT

5. Juli 1841
91. Tag auf See

Der Kapitän ergriff das Wort, und sein tiefer Bass drang in jeden Winkel des dunklen Sträflingsdecks vor. »Ich muss allen«, sagte er, »die sich nicht an Deck aufgehalten haben, leider mitteilen, dass eure Mitgefangene, Hattie Matthews, angegriffen und ernsthaft verletzt wurde.« Er hielt kurz inne und ließ seinen Blick über die Köpfe der Frauen, die direkt vor ihm standen, nach hinten wandern, bis er alle einmal angeschaut hatte.

»Wird sie sterben?«, rief eine Frau aus einem hinteren, dunkleren Winkel. Bestimmt hatte sie damit gerechnet, in der Dunkelheit unerkannt bleiben zu können, ihren Namen nicht nennen zu müssen. Aber sie hatte sich geirrt. Kapitän Ferguson war ein gründlicher Mann.

»Tritt ins Licht, wenn du eine Frage zu stellen hast. Und sag mir, wie du heißt.«

»Maud Ashton«, sagte die Frau, die sich an ihren Mitgefangenen vorbei nach vorne drängelte. Dort angekommen, starrte sie auf ihre Fußspitzen und schien sich zu wünschen, die Dunkelheit möge sie verschlucken.

»Miss Matthews ist schwer verletzt«, beantwortete der Kapitän jetzt ihre Frage. »Wir wissen nicht, ob sie überleben wird. Mr Donovan, unser Schiffsarzt, ist gerade bei ihr. Ich werde meine Mannschaft jetzt gründlich befragen, um herauszufinden, wer was gesehen hat, als die Sonne unterging. In der Zwischenzeit sollte jeder auf diesem Schiff fieberhaft für eine Besserung von Miss Matthews' Zustand beten, denn wenn sie stirbt, haben wir auf der *Rajah* einen Mörder.«

Reverend Davies trat vor. »Ihr seid alle, jede Einzelne von euch, verurteilte Verbrecherinnen. Doch dieses Schiff sollte euch zu einem neuen Leben führen, wo ihr auf einen Neuanfang hoffen durftet. Wenn wir herausfinden, dass eine von euch diese Tat begangen hat, dann wird eure Zukunft in Van-Diemens-Land ganz anders aussehen, als ihr euch das erhofft habt. So wahr mir Gott helfe.« Er funkelte die versammelten Frauen an, sodass einige, die noch dazu seine dröhnende Kanzelstimme aus nächster Nähe erlebten, geduckt zurückwichen.

»Wir sind doch keine Messerstecherinnen«, rief jemand von hinten. »Sie ham kein Recht, so was zu sagen! Wir ham nix getan.«

Weitere Frauen fielen ein. »Sie ham kein Recht …«

»Nie täten wir …«

»Woher woll'n Sie denn wissen, dass wir's waren?«

Die drei Matrosen schoben sich in die Menge und drängten nach hinten zu den rufenden Frauen.

»Haltet die Klappe«, brüllte einer von ihnen. »Wenn ihr wisst, was gut für euch ist, dann setzt euch jetzt hin und seid still.«

»Gehorcht gefälligst dem Kapitän!«, rief ein anderer. »Denkt an eure Manieren, ihr Lumpenpack!«

Die Frauen beruhigten sich, und allmählich verebbte der Lärm. Die Matrosen kehrten daraufhin zum Kapitän zurück und stellten sich wieder hinter ihm auf. Miss Hayter runzelte die Stirn und presste die Lippen zusammen, als wollte sie ihre Kritik an der Sprache und dem Ton der Matrosen unterdrücken.

Als der Kapitän sein Augenmerk wieder auf Maud Ashton richtete, ging ein Raunen durch die Menge. Auch Mr Davies starrte Maud mit stechendem Blick an. Als sie das Misstrauen der Männer wahrnahm, fiel ihr die Kinnlade herunter, und ihre Augen weiteten sich vor Schreck.

»Ich? Niemals! Ich doch nich'! Nich' Mord. O Gott, nein,

niemals. Schon gar nicht mit'm Messer. Ich hasse Messer«, heulte sie los.

»Setz dich! Weib!«, donnerte Mr Davies.

Der Kapitän trat vor. »Bitte geh an deinen Platz zurück«, sagte er mit ruhiger, fester Stimme. »Du bist hier nicht angeklagt. Aber ich verspreche euch: Ich werde die Wahrheit herausfinden, und dann wird es Konsequenzen geben. Ihr werdet alle befragt, und jede, die sich einer Lüge schuldig macht oder etwas verbirgt, landet in der Arrestzelle, bis wir in Hobart anlegen. Dort wird sie dann den Behörden übergeben. Sie wird keine Arbeitsstelle annehmen dürfen, und sollte Miss Matthews sterben, so wartet auf ihren Mörder in Van-Diemens-Land der Galgen.«

Joan Macdonald wandte sich an Phyllis, eine weitere Frau aus dem Nähzirkel, und murmelte halblaut: »Jetzt sind wir alle in Gefahr. Wer sagt denn, dass es nicht noch mal zu 'ner Messerstecherei kommt? Wir wissen noch nicht mal, wie die Person ans Messer gekommen ist. Oder wo es jetzt ist. Wie sollen wir ruhig schlafen, wenn es eine Verrückte unter uns gibt?«

»Wenn du nix Schlimmes getan hast«, meinte Phyllis, »dann passiert dir auch nix.«

»Aber wenn wir 'ne Irre an Bord haben? Da ist doch alles möglich«, sagte Joan. »Und was ist, wenn sie uns nicht glauben? Sie ham uns ja schon mal verurteilt und auf dieses Schiff gebracht. Und jetzt woll'n sie wieder über uns urteilen. Was, wenn sie jemanden in die Zelle werfen, der unschuldig ist? Wie wollen sie denn rausfinden, wer das wirklich getan hat?«

Der Kapitän ergriff wieder das Wort: »Ich hoffe sehr, dass ihr große Bereitschaft zur Zusammenarbeit zeigt. Mr Donovan, Mr Davies und ich werden – zusammen mit Miss Hayter, die euch deutlich besser kennt als wir – diesem furchtbaren Ereignis auf den Grund gehen. Ich habe eine Untersuchung eingeleitet. Jede, die etwas weiß, und sei es auch noch so nebensächlich, sollte dies bei der Befragung preisgeben. Ich werde die Wahrheit herausfinden, das garantiere ich, und die schuldige Person wird ihre gerechte Strafe bekommen. Die *Rajah* wird nicht mit dem schwärenden Rätsel um einen ungelösten Fall und vielleicht einem Mörder an Bord in einen Hafen einlaufen. Habt ihr verstanden?«

Aus allen Ecken hörte man bejahendes Gemurmel. Dann hob Agnes Dwyer die Hand.

»Ja, Dwyer?«, sagte Kapitän Ferguson. »Du hast etwas zu sagen?«

Selbst der Kapitän kannte die Newgate Nannies. Warum Dwyer und Selwood mit Nachnamen angesprochen wurden, Tabitha Brown, die Dritte im Bunde, aber nur Tabitha hieß, wusste dagegen niemand.

»Die meisten von uns sind hier unten gewesen«, sagte sie. »Miss Hayters Trupp war grad mit seiner Näherei fertig. Wir andern ham auf unsre Abendration gewartet. Wir sind doch eh immer nur morgens und nachmittags kurz oben. Wenn die Sonne untergeht, sind wir alle hier. Sie müssen also bloß rausfinden, wer an Deck war, dann können Sie sich 'ne Menge Arbeit sparen. Denn wer hier unten war, kann's ja nicht gewesen sein, oder? Is' doch logisch.«

Die Frauen wurden bei Dwyers Worten zunehmend unruhig und nervös. Einige flüsterten ihren Nachbarinnen hinter vorgehaltener Hand etwas zu. Eine Frau spuckte einer anderen ins Gesicht, nachdem diese etwas gesagt hatte, das sonst niemand mitbekommen hatte.

»Wie lang soll'n wir uns das denn hier noch anhör'n?«, wagte eine Frau weiter vorne zu fragen, worauf ein Matrose zu ihr ging, sie am Kragen packte und nach hinten schleifte.

»Ruhe! Sofort!«, donnerte Mr Davies, und die Menge verstummte.

»Wie viele von euch waren denn an Deck?«, fragte Kapitän Ferguson. »Bitte hebt die Hand. Diejenigen, die ehrlich sind, werden es nicht gerne sehen, wenn jemand fälschlicherweise behauptet, hier unten gewesen zu sein, also rate ich euch: Keine Lügen.«

Kezia Hayter trat vor und schaute in die Runde, ließ den Blick über ihre Näherinnen gleiten, ehe sie sprach. Sarah Goodbourne und Emily Paxton hatten den Blick zu Boden gesenkt. Emilys Pockennarben schienen im Laternenlicht zu leuchten. Phyllis stand Hand in Hand mit Ann und blickte sich nervös um. Sie war eine mütterliche Frau, die sich wie selbstverständlich um andere Menschen kümmerte. Momentan hatte sie Ann unter ihre Fittiche genommen, und diese hielt sich gerne in Phyllis' Schatten auf. Marion zitterte und hatte Tränen in den Augen. Miss Hayter sah die Frauen ernst an, als sie mit klarer, fester Stimme zu reden begann: »Wir, also meine Näherinnen und ich, waren gegen Sonnenuntergang an Deck. Es sind achtzehn Frauen, und mit mir sind wir neunzehn. Ich habe allen gesagt, dass wir die Arbeit für den Tag bald beenden würden, und die meisten haben daraufhin ihre Sachen zusammengesucht und sind nach unten gegangen. Ein paar von ihnen blieben noch an Deck.« Ihre Stimme bebte ein wenig, als sie sich an den Kapitän und die anderen Männer wandte. »Ich kann nicht glauben«, fuhr sie fort, »dass jemand aus meiner Gruppe verantwortlich sein soll für etwas so …«, und dabei fasste sie sich an den Hals, »so furchtbar Grässliches.«

Schließlich waren es Joan, Marion, Sarah, Ann, Phyllis und Emily, die sich meldeten. Dann zeigte Emily auf Tabitha und sagte: »Du warst auch oben, Tabitha. Schon vergessen?« Sie starrte Tabitha an, die das Gesicht verzog und leise fluchte, ehe sie laut sagte: »Das wollt ich den Herrschaften grad sagen. Aber du hältst dich wohl für besonders schlau, was? Dabei wollt ich grad den Mund aufmachen, du dumme Schlampe.«

»Das reicht!«, ertönte die laute Stimme des Kapitäns. »So. Waren das alle?«

Als sich niemand Weiteres meldete, fuhr der Kapitän fort:

»Also gut. Ihr sieben. Könnt ihr füreinander bürgen? War sonst niemand bei Sonnenuntergang an Deck? Vielleicht einer der Matrosen? Gut, dann erhebt euch bitte.«

Die sieben Frauen standen auf, und alle starrten sie an. »Na, sieh mal einer an«, rief eine aus der Menge. »Der feine Nähzirkel. Seit wir aus London weg sind, denken die, sie sind was Besseres, und jetzt stehn sie da. Jetzt isses aus mit dem feinen Gehabe. Nach Hochmut kommt eben doch der Fall!«

Joan ergriff das Wort. »Die Matrosen, die Wache hielten, waren an Deck, aber sonst niemand. Oder ich hab jedenfalls sonst niemanden gesehn. Aber ich hab auch nicht wirklich aufgepasst, wer da war und wer nicht. Miss Hayter war grad mit dem Quilt weg, wie immer. Es war ganz still …« Sie starrte auf ihre Fußspitzen, als könnte sie dort weitere Antworten finden. »Hattie hat was gesagt, von wegen, wie schön der Abend ist, dann ist sie in Richtung Reling davon, und wir haben unsre Taschen noch gepackt, damit wir auch nix an Deck liegen lassen. Danach wollten wir gleich hier runtergehen. Und wir ham uns dann auch auf den Weg gemacht, nach achtern, Richtung Niedergang.«

»Nun gut«, sagte der Kapitän. »Wir haben sieben Frauen. Ihr habt euch freiwillig gemeldet, was für euch spricht. Ihr anderen befandet euch auf diesem Deck und könnt daher für den Angriff auf Miss Matthews nicht verantwortlich sein. Ab morgen wird ein Untersuchungskomitee mit jeder von euch sieben reden und versuchen herauszufinden, wer …«, mit durchdringendem Blick musterte er jede einzelne Frau, »… wer von euch diese Gräueltat begangen hat. Es fällt mir sehr schwer zu glauben, eine von euch könnte es gewesen sein. Aber wir werden Klarheit in diese dunkle Geschichte bringen.«

Er hielt inne. Die Frauen starrten ihn an.

»Warum so'n großes Brimborium, wenn Sie doch einfach Hattie fragen könn'?«, rief jemand. »Die erzählt Ihnen bestimmt, wer ihr'n Messer in den Bauch gerammt hat. Und dann ersparn wir uns das ganze Theater hier.«

In diesem Augenblick hörte man schnelle Schritte den Niedergang herunterkommen.

Mr Donovan, den das ganze Schiff als stets gut gelaunten Mann kannte, der immer ein freundliches Wort für jeden übrig hatte, schwitzte trotz der Kälte, und seine Lippen waren ein einziger grimmiger Strich. Als er an den Kapitän gewandt sprach, klangen seine Worte schwer und aller Fröhlichkeit beraubt.

»Sir, darf ich die Frage beantworten?« Der Kapitän nickte. »Ich war bis soeben an Hatties Seite und kehre auch gleich wieder zu ihr zurück. Ihr kleiner Sohn, Bertie, ist bei ihr. Ich habe Hattie gefragt, wer sie überfallen hat. Mehrfach. Doch sie ist nicht in der Lage zu antworten, nicht zuletzt, weil sie überwiegend ohne Bewusstsein ist. Vielleicht, wenn sie wieder zu sich kommt … Ich möchte euch alle bitten, wachsam zu sein. Bertie bringen wir in Kürze nach unten. Ich darf mich empfehlen.« Nach knapper Verbeugung verschwand er.

Der Kapitän brach das betroffene Schweigen, das sich nach Mr Donovans Abgang ausgebreitet hatte. »Mr Davies, erhellen Sie doch unseren Weg mit einem Gebet.«

Die Frauen senkten die Köpfe, als Reverend Davies zu sprechen begann: »Erhelle unsere Nacht, o Herr, wir flehen dich an, und in deiner großen Gnade beschütze uns vor allen Gefahren und Fährnissen der Dunkelheit, im Namen deines einzigen Sohns, unseres Heilands, Jesus Christus, amen.«

Anschließend entfernten sich die Männer und Miss Hayter und ließen die Frauen allein. Auf dem gesamten Sträflingsdeck begann ein Tuscheln in der Dunkelheit, ein an- und abschwellendes Stimmengewirr. *Kriegt der Käpt'n das hin?*

Arme Hattie. Sie hat bestimmt arge Schmerzen. Ich weiß, was Messer anrichten könn'.

Gibt schon 'n paar grobe Seelen unter uns.

Hat jemand ein Messer versteckt? Isses noch hier?

Bis die Sache geregelt ist, sind wir doch alle durch'n Wind. Aber der Käpt'n regelt das schon.

Allmählich wichen die Stimmen der Stille, wie eine Kerze, deren Licht flackernd erlischt. Unter den Frauen gab es eine, vielleicht auch mehrere, die etwas wussten. Sie hätten etwas sagen können, einen Funken Wahrheit anbieten, der den Weg hätte aufzeigen können, aber die Angst hielt sie zurück. Angst schnürte ihnen die Kehle zu, ließ jedes Wort im Halse stecken bleiben, wie ein Knorpelstück, das zum Ersticken führt, wenn man spricht.

Das Meer umspülte schwarz das Schiff bis zum dunklen Horizont. Unten auf dem Sträflingsdeck lagen die Frauen, und die Köpfe der Schlafenden waren erfüllt von blutigen Träumen.

Baumwollstück: breite, olivgrüne Streifen wechseln sich ab mit schmalen blauen Streifen. Das Olivgrün ist hell bedruckt mit roten, weißen und blauen Blumen. Die blauen Streifen sind mit weißen, senkrechten Linien und roten Punkten verziert.

5
FRÜHER

April 1841

Hattie

»Lass deine Drecksfinger vom Essen meines Sohns, du verfluchte Schlampe!« Hatties Brüllen war laut genug, um die nächstsitzenden Frauen innehalten und zu ihr herüberstarren zu lassen, doch Hattie scherte sich nicht um ihre Blicke. Sie würde nicht tatenlos zusehen, wie eine dürre, bleichgesichtige Diebin sich am Essen ihres Sohnes vergriff, ganz gleich, wie ekelhaft der harte Schiffszwieback in der fettigen Soße war. »Was bist du für ein Stück Scheiße, dass du einem Kind das Essen stiehlst!?«

Mit der linken Hand hielt sie das Handgelenk der Diebin gepackt und drückte fest zu. Sie lehnte sich zu dem Mädchen vor, bis sich ihre Gesichter fast berührten, und starrte in deren angstgeweitete Augen. »Verpiss dich und komm mir und den Meinen nie wieder unter die Augen. Sonst drück ich dir dein kleines Handgelenk, bis es knackt, kapiert?«

»Nein, bitte nicht.« Das Mädchen zappelte in Hatties eisernem Griff und versuchte, sich loszumachen. »Ich bin schon weg, versprochen. Und komm auch nie wieder. Aber bitte lass mich los.«

Hattie drückte noch einmal etwas fester zu, bevor sie losließ. »Hau ab! Mach schon.« Das Mädchen rieb sich ihr Handgelenk und flüchtete. Hattie lächelte. Die seh ich nie wieder, dachte sie. Und wenn doch, wird sie einen weiten Bogen um uns machen. Sie ging hinüber zu Bertie, um sicherzugehen, dass er sein Essen aß. So ungenießbar es auch war, so war es doch das Einzige, das es gab, und er musste essen, um die Reise gesund zu überstehen.

Die Frauen hier unten waren alle in kleinere Gruppen mit jeweils etwa zwölf Personen aufgeteilt worden. Eine der Komiteedamen hatte schon in Millbank erklärt, dass die Verurteilten an Bord in kleineren Gemeinschaften zusammenleben, ihr Essen teilen und ihren Bereich sauber halten würden. Die Kojen waren schmal und so hart wie die Betten im Gefängnis, aber unter den Frauen in ihrer eigenen Gruppe war keine, über die sie entsetzt gewesen wäre. Sie wusste bereits einige Namen und würde auch bald die restlichen kennen.

Da war zunächst einmal Susan, eine älter aussehende Frau mit weißem Haar und traurigem Gesicht, die stumm neben ihrem Bündel saß. Eine andere, Phyllis, schien so eine ganz Penible zu sein, das hatte Hattie gleich an der Art erkannt, wie sie ihre Sachen um sich herum sortierte und sich dann umschaute, ob es nicht andere Dinge zu organisieren gab. Na, viel Spaß dabei, dachte Hattie. Sollte sie doch die Rolle der Hausmutter übernehmen und sich nach Herzenslust fürs Putzen und Aufräumen verantwortlich fühlen. Izzy Croft gehörte ebenfalls zu ihrer Gruppe. Sie saß dicht bei ihrer Freundin Becky Finch, die klein und rundlich war, schlammbraune Augen und ebensolches Haar hatte. Hattie verstand nicht, was die Frauen aneinander fanden, doch sie versuchte schon lange nicht mehr, zu ergründen, was Menschen einander zugeneigt machte. Hattie war schon im Gefängnis mit diesen beiden in einer Zelle gewesen und hatte sie immer zusammen in einer Ecke sitzen sehen, wo sie kichernd die Köpfe zusammensteckten. Es hieß, die beiden seien so gut wie verheiratet. Na und, dachte sie, ist doch ihre Sache.

Hattie wusste um ihre eigenen Stärken und Schwächen, und ihre Gefährtinnen würden diese auch noch kennenlernen. Nachdem sie soeben die Beherrschung verloren hatte, wusste sie, dass sie vorsichtiger sein musste, wenn sie – wie sie sich vorgenommen hatte – auf diesem Schiff für eine fröhliche, charmante junge Frau gehalten werden wollte. Sie war es gewohnt, eine Fassade aufrecht zu halten. Einige ihrer geheimsten Gedanken hätten viele schockiert, die nur ihr hübsches Gesicht und ihr sanftes Lächeln sahen. Bevor sie Kitty fortgeben mussten, hatte Hattie die Welt als freundlichen Ort erlebt. Auch sie war freundlich gewesen. Seitdem hatte sie jedoch gelernt, dass es galt, den eigenen Vorteil zu sichern. Einige der Dinge, die sie getan hatte, waren daher alles andere als freundlich gewesen. Aber es war ihr dabei immer nur darum gegangen, Berties und ihre Situation zu verbessern, um nichts anderes. Was gut für sie beide war, hatte in ihrer Welt Priorität, auch wenn das seinen Preis hatte. Die liebenswürdige Hattie von ehemals hatte sich in eine Frau verwandelt, die vor dem Notwendigen nicht zurückschreckte. Und es gab nichts, das sie nicht für Bertie getan hätte und jederzeit wieder tun würde.

Viele der Frauen, mit denen Hattie auf der *Rajah* gesprochen hatte, waren unglücklich. Sie sehnten sich nach ihren Familien, die sie hatten zurücklassen müssen, und nach ihrem Leben in England. Für sie gab es nur noch die Schande ihrer Verurteilung, der Verbannung ans andere Ende der Welt. Hattie teilte diese Sichtweise nicht. Im Gegenteil. Wenn sie schon nicht frei sein konnte, dann wollte sie zumindest einen neuen Ort kennenlernen. In Van-Diemens-Land war es häufig warm und sonnig, hatte sie sich sagen lassen, und vor allem konnte man sich dort ein neues Leben aufbauen und wunderbare Dinge erreichen, wenn man nur dazu bereit war. Sie stellte sich vor, wie Bertie am Strand entlangtobte, mit den Wellen spielte und dann zu ihr und ihrem Haus zurückkehrte, das zwar einfach, aber sauber wäre.

Hattie liebte es, Tagträumen nachzuhängen, und sie wusste, dass diese Gabe ungewöhnlich unter ihresgleichen war. Die meisten Menschen konnten nicht weiter denken als bis zum nächsten Tag, das wusste sie. Sie denken, sie lieben ihre Kinder, dachte sie, aber ihre Liebe ist nichts, verglichen mit meiner zu Bertie. Meine Liebe unterscheidet sich von ihrer wie Diamanten von Glasperlen. Seit Berties Geburt waren Hatties Wünsche ausschließlich auf ihren Sohn ausgerichtet: auf seine Zukunft, seine Erziehung, sein Wohlergehen. Sie hatte sich geschworen, ihre geballte Kraft dafür einzusetzen, Berties Leben schön und bequem zu gestalten. Die Vorstellung, ihr Sohn könnte in irgendeiner Weise leiden, stürzte sie in tiefe Verzweiflung. Oft hatte sie an seiner Wiege gestanden, sein schlafendes Gesichtchen betrachtet und stille Gebete zum Himmel geschickt, der Herr möge seine schützende Hand über ihren Sohn halten.

»Was für ein hübscher Junge«, sagte eine Stimme.

Sie gehörte einer mageren Frau, mit einem Tuch ums Haar und einigen blonden Strähnen, die ihr ins Gesicht fielen. Dünne Lippen, wässerige, graue Augen und hier und da pockenvernarbte Haut. Schön war sie nicht, aber ihre Stimme klang sanft und melodiös. Bertie schaute zu ihr auf. An Hattie gewandt, sagte die Frau lächelnd: »Wir werden gut auf ihn aufpassen, versprochen. Ich bin Emily, Emily Paxton.« Dann beugte sie sich zu Bertie herab. »Ich bin gebeten worden, die Kinder zu unterrichten, also wirst du Schulstunden bei mir haben. Wie heißt du?«

»Bertie«, antwortete der Junge und schielte hinauf zu seiner Mutter, um zu sehen, wie sie auf die Aufmerksamkeit der Fremden reagierte. »Eigentlich heiß ich Albert, aber meine Ma nennt mich Bertie.«

»Also gut: Bertie. Du kannst immer zu mir kommen, wenn

du ein Lied oder etwas Lustiges hören willst. Außer dir sind noch andere Kinder an Bord, wusstest du das? Wir werden zusammen lernen und dabei Spaß haben.«

»Hast du auch Kinder?«, fragte Hattie und bereute es im nächsten Augenblick. Vielleicht hatte Emily sie in England zurücklassen müssen und wollte nicht an sie erinnert werden. Sie selbst war froh, dass sie Bertie hatte mitbringen dürfen. Nicht jede hatte dieses Glück. Wenn bei der Gerichtsverhandlung Verwandte anwesend waren, übergaben die Behörden meistens denen das Kind. Aber Hattie hatte alleine vor dem Richter gestanden und dabei so süß und zerknirscht getan wie möglich, bis er ihr erlaubt hatte, Bertie ans andere Ende der Welt mitzunehmen. Wenn der Richter anders entschieden hätte, hätte Hattie sich und Bertie lieber umgebracht, als eine Trennung zu ertragen, und Bertie wäre ohne seine Mutter verloren gewesen. Es würde angenehm sein, Hilfe bei seiner Erziehung zu bekommen, es war gut zu wissen, dass er das Lesen lernen sollte, und Emily schien ein netter Mensch zu sein. Hattie merkte, dass die Frau zögerte, als sei es ihr unangenehm, ihre Frage zu beantworten.

»Ich hatte einen Sohn, aber er ist gestorben.«

»Oh, lieber Gott im Himmel, tut mir leid, dass ich gefragt hab. Wie furchtbar für dich.« Hattie nahm Emilys Hand in die ihre und drückte sie.

Emily zeigte auf die Pockennarben, die ihr Gesicht zeichneten. »Das hier hat ihn mir genommen. Zwei Jahre ist's her. Ich wünschte, es hätt mich erwischt.« Sie schaute Hattie unverwandt an. »Kannst du dir das vorstellen? Wenn dein Kind plötzlich weg ist?«

Hatties Augen weiteten sich. Sie legte eine Hand auf Emilys Schulter. »O Gott, nein, das kann ich nicht. Wirklich nicht.«

Aber das war gelogen. Hattie konnte sich in die Situation nur allzu gut hineinversetzen. Es hatte Nächte in Hatties Leben gegeben, in denen ihr Sohn krank oder noch unfassbar klein und verletzlich gewesen war und in denen sie sich ausgemalt hatte, wie Berties Leiche in einem Sarg aufgebahrt war. Sie hatte sein Begräbnis tausend Mal vor Augen gehabt und immer überlegt, was sie dabei wohl fühlen würde. Aber ihre Vorstellungskraft hatte versagt. Stattdessen hatte sich bei diesem Gedanken in Hatties Kopf ein schwarzes Loch geöffnet, in dem es nichts weiter gab als eisige Dunkelheit. Jetzt, da Emily sie gerade daran erinnert hatte, fühlte es sich an, als legte sich eine Hand fest um ihr Herz und drückte es zusammen. Sie musste die Augen schließen, um die in ihr aufwallende Panik niederzukämpfen. Es fiel ihr schwer, doch schließlich schaffte sie es, Emily anzulächeln. »Es tut mir so leid, Emily.«

»Ich versuche, nicht so oft an ihn zu denken. Ich habe seinen Namen noch niemandem verraten. Nicht auf diesem Schiff. Als die Pocken umgingen, sind wir beide krank geworden, und Gott hat ihn zu sich genommen. Aber sag den anderen nichts, bitte …«

»Ich sag kein Wort, zu niemandem, versprochen.«

»Wenn du versprichst, nichts zu sagen, flüstere ich dir seinen Namen ins Ohr.«

»Ich versprech's«, sagte Hattie.

Emily lehnte sich vor und flüsterte Hattie einen Namen ins Ohr.

»Ein wunderschöner Name«, flüsterte Hattie zurück. Sie wollte mehr sagen, etwas Tröstendes, aber sie fand keine Worte. Was konnte man schon sagen, wenn ein kleines Kind tot war? Wenn Bertie von irgendeiner schrecklichen Krankheit dahingerafft würde … Hattie konnte nicht daran denken, ohne dass ihr Tränen in die Augen stiegen. Sie breitete die Arme aus, um Emily zu umarmen, was diese auch zuließ, zumindest kurz. Nach wenigen Momenten löste sie sich jedoch wieder und sagte: »Danke, Hattie. So lieb war keiner zu mir, seit Jahren nicht mehr. Keiner stellt Fragen. Danke.« Sie lächelte.

Hattie wollte gerade etwas erwidern, da näherte sich ihnen Miss Hayter.

»Guten Tag, zusammen«, grüßte sie.

»Sag der freundlichen Dame Guten Tag, Bertie«, sagte Hattie und schob ihren Sohn mit einer Hand ein wenig vor, während sie ihm mit der anderen den abgetragenen Mantel richtete.

»Guten Tag, Miss«, sagte der Junge lächelnd. »Ich heiße Albert, aber meine Ma nennt mich Bertie.«

»Man spricht die Dame nicht nur mit *Miss* an, Bertie«, wies ihn seine Mutter rasch zurecht. »Entweder mit Miss Hayter oder Matron. Das ist die Dame, die für uns alle verantwortlich ist.«

»Der Käpt'n is' verantwortlich«, sagte Bertie.

Hattie wurde rot und schalt ihren Sohn. »Wie unhöflich von dir, Bertie. Der Kapitän ist verantwortlich für das Schiff, aber Matron ist verantwortlich für uns. Das hab ich dir doch schon mal erklärt!«

»Der Kapitän ist verantwortlich, Bertie, da hast du ganz recht«, sagte Miss Hayter. »Meine Aufgabe ist es, deiner Mama und den anderen Frauen auf jede erdenkliche Weise zu helfen. So, wie ich denke, dass du mir helfen wirst. Wie alt bist du denn?«

»Ich bin sechs, Miss«, sagte Bertie stolz, stellte sich aufrecht hin und salutierte. »Groß genug, um zu helfen.«

Miss Hayter lachte, und Hattie war ebenso stolz wie peinlich berührt. Sie sagte: »Er ist es gewohnt, seine Meinung zu sagen, Miss Hayter. Ich habe versucht, ihn so zu erziehen, dass er auf mich hört, aber er kann frech sein, auch wenn er das nicht böse meint.«

»Natürlich nicht«, sagte Miss Hayter. »Er ist ein entzückender Junge und macht seiner Mutter alle Ehre.« Sie schwieg einen Moment. »Ich habe im Schiffslog gelesen, dass du bei Herrschaften angestellt warst und auch in einer Wäscherei. Hast du während dieser Tätigkeit nähen müssen?«

»Ja, habe ich, Miss Hayter.«

Hattie hätte noch anmerken können, dass das Vergehen, für das sie verurteilt worden war, ebenfalls den Einsatz von Nadel und Faden voraussetzte, ließ die Bemerkung aber lieber bleiben.

»Dann wirst du mir bei meinem Vorhaben während unserer Reise bestimmt von großem Nutzen sein können. Ich werde schon bald mit dir und den anderen sprechen, die ich für meine Idee auserwählt habe. Sag mir doch deinen Namen, damit ich ihn mir notieren kann.«

»Harriet Matthews, Miss Hayter. Ich werd aber Hattie genannt.«

»Danke, Hattie.«

Hattie schaute zu, wie Miss Hayter ihren Namen in ein kleines Notizbuch schrieb und es dann wieder in ihrem Täschchen verstaute, das an ihrem Handgelenk hing.

Emily flüsterte Hattie zu: »Sie soll erst dreiundzwanzig sein.«

»Das ist ziemlich jung, um die Verantwortung für uns alle zu haben«, meinte Phyllis, die sich zu ihnen gesellt hatte.

»Ich war siebzehn, da bin ich schon verantwortlich gewesen für vier Kinder«, warf eine andere Frau ein.

»Deine Rabauken sind aber nich' so'n ungehobelter Haufen gewesen, als wir das sind, oder?« Einige Frauen mussten daraufhin lachen, und Hattie wandte sich wieder Miss Hayter zu.

Die Matron war von zierlicher Statur und wirkte in der Tat ziemlich jung. Einige hellbraune Locken hatten sich aus ihrem Haarknoten gelöst und kräuselten sich jetzt in ihrem Nacken. Ihr Lächeln war freundlich, und wenn sie einen anschaute, schien sie ehrlich interessiert zu sein. Sie trug ein dunkelrotes Kleid und ein Schultertuch aus Spitze. Ihre Stimme war hell und klar, und ihre Worte – obwohl ruhig gesprochen – strahlten eine gewisse Autorität aus. Sie sprach wie die hohen Damen, die Hattie in schickeren Läden belauscht hatte. Einige der ungehobelteren Sträflingsfrauen würden Miss Hayter mit

Sicherheit grob und unfreundlich behandeln, aber Hattie war sich sicher, dass Matron allen gleichermaßen mit kühlem Kopf und Höflichkeit begegnen würde.

Als sich Miss Hayter abwandte und ging, entschied Hattie, dass sie sich auf ihre Seite schlagen würde, ganz gleich, was diese vorhatte. Hattie war schon immer stolz gewesen auf ihre Fähigkeit, den Weg zum eigenen Vorteil sofort erkennen zu können, und ihr Instinkt sagte ihr jetzt, dass hier auf dem Schiff dieser Weg über Miss Hayter führte. Bertie ließ sich auf eine Holzkiste plumpsen, Hattie setzte sich neben ihn und seufzte.

Gleich würde Miss Hayter ihre Ansprache halten. Hattie betrachtete sie und die Sträflingsfrauen, die alle gespannt darauf warteten zu hören, was sie zu sagen hatte.

»Ich bin Miss Kezia Hayter«, begann sie und wartete dann ab, bis auch das letzte Gemurmel und Geraschel eingestellt war.

»Ihr alle, jede Einzelne von euch, habt eine Chance erhalten. Vielleicht seht ihr das gerade anders, weil ihr euer Zuhause, eure Liebsten, alles Vertraute zurücklassen musstet.« Hattie erkannte, dass Miss Hayter Mühe hatte, selbstsicher zu klingen. Sie hatte den Blick starr auf einen Punkt jenseits der Menge gerichtet, und ihre Stimme schien doch ein wenig zu zittern. »Ihr seid auf einer Reise, die euch weit weg von England führt, manche für viele Jahre. Was auf dieser Überfahrt vor euch liegt, mag euch Angst machen. Deshalb seht ihr in der Verbannung womöglich eine ganz schreckliche Strafe. Aber man kann es auch anders betrachten. Die *Rajah* bringt euch fort von eurem früheren *kriminellen* Leben, fort von den Sorgen und Nöten, die ihr womöglich erfahren habt, ob durch eigenes Verschulden oder aufgrund eurer Umstände. Es ist meine Aufgabe, euch zu unterstützen, und ich habe diese Aufgabe angenommen in dem vollen Bewusstsein, dass mein Tun hier Gottes Werk ist.«

Hattie hatte noch nie einen überzeugenden Beweis von Gottes helfender Hand erlebt, aber Miss Hayter lächelte jetzt selig, also musste wohl zumindest sie daran glauben.

»Ich werde mein Bestes tun, euch Fähigkeiten beizubringen, die in Van-Diemens-Land von Nutzen sein werden. Die Tage werden schneller vergehen, wenn ihr beschäftigt seid, und ich habe vor, euch alles, was ich weiß, über Nadelarbeiten und Patchwork beizubringen. Jeden Abend, am Ende unserer Arbeit, werden wir eines meiner Lieblingskirchenlieder singen: ›Lehr mich, mein Gott und König‹. Einige von euch kennen es vielleicht schon, aber wenn nicht, werdet ihr es bei mir lernen.«

Einige Frauen begannen, unruhig zu werden, was Miss Hayter bemerkte und deshalb etwas schneller sprach.

»Die Kinder werden Unterricht im Lesen und Schreiben erhalten«, sagte sie und schob dabei beide Ärmel höher. »Sie werden jeden Tag unterrichtet werden. Sollte außerdem jemand seine Kenntnisse in diesen Bereichen verbessern wollen, so gibt es unter euch einige, die früher in Klassenräumen assistiert haben. Diese Frauen können den anderen das Lesen und Schreiben beibringen. Gott liebt geläuterte Sünder, und das werdet ihr hoffentlich sein.« Miss Hayter lächelte in die Runde, vielleicht vor Erleichterung, dass sie fast am Ende ihrer Ansprache war. »Die Zeit auf See ist eine Möglichkeit für euch, euer Leben zum Guten zu verändern, und so solltet ihr das auch sehen. Und obwohl es euch mit großer Trauer erfüllt, dass ihr Altvertrautes und Liebgewonnenes zurücklassen müsst …«

Wie wahr, dachte Hattie. Einige Frauen blickten grimmig, als hätten sie ein Pfund verloren und einen Penny gefunden. Andere schnieften vor sich hin. Viele Augen waren gerötet.

»… so ist dies doch eine Chance, in eurem Leben all das zu verändern, das ihr ändern möchtet. In diesem Sinne wünsche ich euch allen eine gute Nacht.«

Während Miss Hayters Ansprache hatten die Frauen überwiegend aufmerksam zugehört, wie Hattie feststellte. Doch kaum hatte sie das Sträflingsdeck verlassen, ging das Gemurre los.

»Ganz schön herrisch, die kleine Mamsell«, sagte eine Frau. »Was fällt der ein, uns zu sagen, was wir tun und lassen sollen? Was, wenn ich nix lernen will? Ihr blödes Lied interessiert mich einen Scheißdreck, das is' mal klar.«

»Sie hat doch gar nicht gesagt, dass sie uns dazu zwingt«, wandte eine andere Frau ein. »Was hast du denn für ein Problem damit, dass sie uns helfen will? Du könntest schon ein bisschen Hilfe gebrauchen, so wie du ausschaust. Und so blöd, wie du bist, tät schon ein Krümel Hilfe bei dir echt was bringen.«

Die erste Frau bäumte sich auf und warf sich auf die zweite. Sie zerrte ihr den Schal vom Haar und packte sie am Schopf. Doch ihre Gegnerin war ihr ebenbürtig. Sie trat nach der ersten Frau, griff dann nach deren Rock und zog so fest daran, dass er am Bund entzweiriss. Die zuschauenden Frauen teilten sich in zwei Gruppen, die jeweils ihre Favoritin anfeuerten. So erfuhr Hattie, dass die erste Frau Tilly hieß und die zweite Grace.

»Los, Tilly, zeig's ihr. Kratz ihr die Augen aus! Mach schon! Pack ihr Haar! Ja! Los, zieh dran, Tilly, los!«

»Gracie! Gib's ihr! Zeig ihr deine Nägel, nu mach schon!«

Das Gebrüll hörte gar nicht mehr auf, und Hattie zog sich unauffällig vom Geschehen zurück, als ein Matrose den Niedergang herunterkam, der sicher für Ruhe und Ordnung sorgen sollte. Er ging zu den Frauen, die sich prügelnd über die Planken wälzten, nahm einen Eimer Wasser, der neben einer der Kojen stand, und kippte den Inhalt kurzerhand über Grace und Tilly, als seien sie zwei räudige Hunde.

»Wollt ihr mehr davon, oder reicht's jetzt? Beruhigt euch!«

Der Matrose war ein Riese von einem Mann mit einem buschigen, schwarzen Bart, der ihm fast bis zur Mitte des Bauchs ging. Er hob eine sehr durchnässte Tilly vom Boden auf und schüttelte sie. »Du kriegst es mit mir zu tun, wenn du hier weiter Ärger machst. Verstanden? Ich bin Jack. Geh und trockne dich ab, du dumme Gans.«

Während er sprach, mühte sich Grace, eilig auf die Beine zu kommen, in der Hoffnung, einer näheren Begegnung mit Jack zu entkommen. Fast gelang ihr das, doch ehe sie ganz außerhalb seiner Reichweite war, griff er nach ihr, bekam ihre Arme zu fassen, überkreuzte sie und zog Grace dann so nah an sich heran, dass ihr Gesicht fast in seinem Bart vergraben war.

»Das hier ist ein anständiges Schiff«, erklärte er. »Hier herrscht Ruhe. Und Frieden. Verstanden? Und jede zänkische Hure, die hier Ärger macht, wird mich so richtig kennenlernen, und das will keine von euch, das könnt ihr mir glauben.«

Dann war er ebenso schnell wieder verschwunden, wie er aufgetaucht war, und Hattie bewunderte die Wirkung seines Auftritts. Tilly und Grace zogen sich rasch in ihre jeweilige Unterstützergruppe zurück, und alle schnatterten über das Erlebte, wobei jede ihre Version ein wenig ausschmückte.

Kurze Zeit später betrat ein Mann mit einer Laterne das Sträflingsdeck, und als die Frauen den Kapitän erkannten, verstummten sie und blickten ihn an. Hattie fand, dass er ziemlich streng aussah, wie er kerzengerade, die Hände hinter dem Rücken verschränkt, dastand.

»Guten Abend, die Damen«, sagte er. »Mein Name ist Charles Ferguson, und ich werde die *Rajah* sicher in ihren Hafen führen, so Gott will. Ich bin noch nicht lange Kapitän dieses Schiffs, aber eines weiß ich sehr genau: Reisen, auf denen die Menschen friedlich miteinander umgehen, sind für alle deutlich angenehmer als solche, auf denen pausenlos gekeift und gezankt wird. Jack hat mir berichtet, dass sich zwei von euch geprügelt haben. Dazu habe ich nur eines zu sagen: Wer Ärger macht, dem wird es hier schlecht ergehen. Ihr seid das

Leben auf See nicht gewohnt, und es gibt bestimmt Dinge, die euch seltsam oder gar furchterregend vorkommen. Aber all das ist erträglich, wenn man unter Freunden ist. Ich rate euch daher, seid gut zueinander. Und wenn das zu viel verlangt ist, dann reicht auch Höflichkeit.« Er schaute in die Runde und wirkte etwas irritiert. Ob er wohl erwartete, dass sie über seinen kleinen Witz lachten, fragte sich Hattie. Als keine der Frauen reagierte, fuhr er fort: »Dann gute Nacht, zusammen. Wenn ihr Hilfe benötigt, könnt ihr euch an Miss Hayter wenden.«

»Der is' ja mal 'n ganz Fröhlicher«, meinte Dwyer.

Und Selwood fügte hinzu: »Ja, 'n echter Sonnenschein.«

»Ist doch egal, oder?«, sagte Hattie. »Solange er das Schiff in die richtige Richtung steuert.«

In jener ersten Nacht an Bord lag Hattie in ihrer Koje unter der von Bertie und konnte nicht einschlafen. Sie lauschte dem unterdrückten Schluchzen, das hier und da zu hören war, und versuchte, sich an die undurchdringliche Dunkelheit und die ungewohnten Gerüche zu gewöhnen. Doch obwohl die Umstände unbequem waren, hatte sie das Gefühl, hier wirklich die Gelegenheit zu bekommen, ihr Leben ein wenig zu ändern. Sie hatte es früher schon mehrmals allein durch Charme geschafft, mehr Aufmerksamkeit und eine bessere Entlohnung für sich herauszuschinden, als eine andere Frau erhalten hätte. Es hieß nicht umsonst, dass man mit einem Löffel Honig mehr Fliegen fing als mit einem Fass Essig. Hattie war gut darin, ihre Worte in Honig zu kleiden, wenn Aussicht auf Belohnung bestand. Und hier bot sich die Gelegenheit, aufzusteigen und die Möglichkeiten zu nutzen, die ein neues Land für jemanden wie sie bereithielt, die zwar nicht sonderlich gebildet war, dafür Intelligenz und eine rasche Auffassungsgabe besaß. Ihre Mutter hatte ihr ein wenig Lesen und Schreiben beigebracht, und das hatte bisher immer ausgereicht. Jeder Mann, der ihr bislang begegnet war, hatte sie mit Aufmerksamkeiten überhäuft. Kinder himmelten sie an, eine Tatsache, die sie ausgenutzt und damit ihr meistes Geld verdient hatte.

Kindern ihre Kleidung zu stehlen, fand sie, war nicht das schlimmste aller Verbrechen. In den Straßen in der Nähe teurer Läden oder großer Märkte machte sie ihre Opfer aus. Sie ließen sich leicht von ihren mit Einkäufen beschäftigten Kinderfrauen fortlocken und folgten Hattie stets willig, wenn sie ihnen versprach, junge Kätzchen streicheln zu dürfen. Bertie übernahm dabei einen wichtigen Part. Sie hatte ihm seine Rolle sorgfältig erklärt.

»Wenn du die Kleinen nett anlächelst«, hatte sie gesagt, »kommen sie gerne zu uns auf unser Zimmer. Dort nehmen wir ihnen ihre wunderschöne Kleidung ab und schicken sie dann zurück zu ihren Mamas und Papas.«

»Aber was woll'n wir denn mit ihren Klamotten? Is' denen dann nich' kalt?« Bertie hatte die Stirn gerunzelt.

»Aber doch nicht lang«, hatte Hattie gemeint. »Ihre Eltern suchen doch nach ihnen und finden sie auch gleich. Dann bekommen sie neue Kleidung, ist das nicht fein? Vielleicht treffen sie auf dem Weg sogar 'nen Polizisten, der sie sofort nach Hause bringt. Sie sind auf jeden Fall nie in Gefahr … und du bekommst auch eine Zuckerstange, wenn du mir hilfst.«

»Aber wir haben doch keine Kätzchen«, hatte Bertie eingewandt.

»Mach dir keine Sorgen, Schatz. Schlaf jetzt.«

Wenn die Kinder später Hatties Unterkunft verließen, dann rannten sie aus dem kleinen Zimmer in einem Haus voller winziger Räume und rannten und rannten, voller Entsetzen über die plötzliche Veränderung in Hatties Verhalten. Sie ließ ihre Gesichtszüge gefrieren, hörte auf zu lächeln und zwang die Kinder, vor ihr stillzustehen, während sie ihnen die äußere Kleidung auszog. Auch ihre Stimme veränderte sich. Nie hatte ein Junge oder Mädchen es je gewagt, gegen sie aufzubegehren. Bertie hatte immer vor der Zimmertür warten müssen, wenn sie sich auf diese Weise verwandelte, denn Hattie wollte nicht, dass er sah, wie grausam seine Mama sein konnte, obwohl ihr klar war, dass sie ihre Drohungen höchstwahrscheinlich nie würde ausführen müssen. *Ich rasier dir das Haar ab, bis du kahl bist, du quäkende Kröte. Du fängst dir gleich eine. Ich zwack dich, bis du heulst, wenn du nicht stillstehst, und schau mal, was für scharfe Fingernägel ich hab.*

Sie hatte die Kinder nur so behandelt, um für Bertie Essen auf den Tisch stellen zu können. Wenn nicht die Gefahr bestanden hätte, dass sie beide verhungern, wäre sie nie zu solchen Taten fähig gewesen. Aber das lag jetzt alles in der Vergangenheit, dachte Hattie. In Van-Diemens-Land würde sie immer lieb und freundlich sein.

6
JETZT

6. Juli 1841
92. Tag auf See

Kezia

Bertie saß auf einer Kiste, die Beine angezogen, den Kopf auf den Knien. Unsicher, wie sie ihn trösten sollte, ging Kezia vor ihm in die Hocke. Sie war unsagbar traurig über das, was Hattie zugestoßen war, und gleichzeitig tief beunruhigt. Der Junge hatte geweint, und gelegentlich schüttelte ihn noch ein letzter Schluchzer. Neben ihm saß Emily und strich ihm übers Haar.

»Emily«, sagte Kezia, »ich bin dir so dankbar, dass du für Bertie sorgst. Du hast so eine liebevolle Art mit ihm …«

»Armer kleiner Kerl. Wir kümmern uns alle, so gut wir können.«

»Ich muss mit ihm sprechen, Emily. Darf ich ihn für eine Weile mitnehmen?«

»Natürlich, Miss«, erwiderte Emily. »Geh mit Miss Hayter, Bertie.«

Der Junge stand langsam auf, und es schien Kezia, als habe er seine Lebhaftigkeit ebenso verloren wie seine Mutter ihr Blut.

»Bertie, wir werden jetzt deine Mutter besuchen, und du musst wieder sehr stark sein. Sie schläft, und du wirst nicht mit ihr sprechen können. Aber es ist sehr wichtig, dass sie schläft, damit sie gesund werden kann, verstehst du das?«

Bertie nickte stumm. Ihr Schweigen auf dem Weg zur Krankenkajüte war wie eine schwere Last, an der sie gemeinsam trugen, und Kezia begann, über allerlei zu plaudern, um sie ihnen zu erleichtern. Erst erzählte sie, wie geschickt Mr Donovan sei, und wie gut er sich um Berties Mutter kümmere, dann zeigte sie auf einen Meeresvogel, der auf der Takelage rastete, und schließlich fragte sie Bertie, ob ihm der Unterricht an Bord Spaß mache. Der Junge nickte zu allem, blieb jedoch stumm. Nach einer ruhigen Nacht schien das Wetter umzuschlagen, denn die *Rajah* hob und senkte sich zunehmend ächzend im Wogen der Wellen, die Segel im auffrischenden Wind gebläht.

Kezia fragte sich unruhig, in welchem Zustand sie Hattie wohl vorfinden würden. Ob sie inzwischen aufgewacht war? Sie hoffte inständig auf eine Verbesserung ihres Zustandes, auf ruhigeres Wetter. Als sie Berties Hand drückte, tat sie das sowohl, um den Jungen zu trösten, als auch um sich selbst Mut zu machen.

Nachdem Mr Donovan Kezia und Bertie eingelassen hatte, nahm er neben einem Tisch mit Instrumenten und Arzneimitteln Platz. Hattie lag in einer schmalen Koje. Ihre Augen waren geschlossen und ihre roten Haare sorgfältig geflochten. Das musste wohl Joan gemacht haben, die gebeten worden war, Mr Donovan mit den Kranken zu helfen, vermutete Kezia.

Beim Anblick seiner blassen, so still daliegenden Mutter erstarrte Bertie zunächst und klammerte sich an Kezia. Doch dann rannte er zu Hattie, warf sich auf sie und schrie: »Ma! Ma! Wach auf, Ma! Ich bin's doch, dein Bertie! Bitte, Ma!«

Er schlang seine Arme um ihren Nacken und vergrub sein Gesicht in dem Laken, das Hattie bedeckte. Doch Hattie rührte sich nicht.

Mr Donovan ging zu dem Jungen und flüsterte ihm etwas ins Ohr, bis er seine Mutter langsam, sehr langsam losließ und sich aufsetzte.

»Bertie, sie kann nicht mit dir sprechen«, erklärte Mr Donovan. »Sie schläft nicht so wie du. Sie kann nicht aufwachen. Ihr Schlaf ist ganz, ganz tief in ihr drinnen, und wir hoffen, dass er sie heilt. Setz dich neben sie, Bertie, und halte ihre Hand.«

»Kann sie mich denn fühlen?«, fragte der Junge traurig. »Weiß sie, dass ich hier bin?«

»Das wissen wir nicht, Bertie«, antwortete Mr Donovan. »Aber wenn sie es spürt, dann wird es ihr guttun.«

Bertie saß auf der Koje und zitterte. Als Kezia einen Arm um ihn legte, konnte sie durch den Stoff des Hemdes seine Knochen spüren. Er sollte nahrhaftes Essen bekommen, Milch, Eier, Kuchen und Fleischpasteten, und nicht den trockenen Schiffszwieback mit Soße. Kezia erinnerte sich, wie es ihr ergangen war, als sie wie Bertie mit sechs Jahren ihren Vater verloren hatte. Er hatte damals in seinem Bett gelegen, und Kezia hatte nicht verstanden, warum er nicht mit ihr sprach. Warum er so stumm und bleich war. Ihr Vater, der ihr immer jede Frage beantwortet hatte, der sie liebevoll ansah, wenn er mit ihr redete, und der nie zu beschäftigt war, um ihr vorzulesen oder ihre Bilder anzuschauen …

»Er ist tot, Kezia«, hatte Henrietta gesagt. »Er wird nicht mehr sprechen. Nie wieder.«

Da hatte Kezia zu schreien begonnen und nicht mehr aufgehört. Und ihre Mutter hatte sie aus dem Raum gezerrt und allein in dem Zimmer eingesperrt, das sie sich mit Henrietta teilte. Die Abwesenheit ihres Vaters hatte Kezia noch lange gespürt wie eine schmerzende Wunde. Und sie spürte den Verlust noch immer.

Vielleicht würde Bertie jetzt denselben Kummer durchleben müssen. Als sie seine Hand nahm, fühlte sich Kezia so traurig wie seit vielen Jahren nicht mehr. Gleich war es Zeit für eine erste Vernehmung der Frauen, die am Vortag an Deck gewesen waren. »Wir sollten zurückgehen«, sagte sie. »Zu den Freundinnen deiner Mama. Sie werden sich um dich kümmern.«

Bertie gehorchte, wenn auch sichtlich widerstrebend. Er blickte noch einmal zu Hattie zurück. »Können wir wiederkommen?«

»Es wird dich jeden Tag jemand hierherbringen«, erwiderte Kezia. »Versprochen. Du darfst deine Mama jeden Tag besuchen.«

Kezia betrat die Kajüte des Kapitäns kurz vor der ersten Vernehmungsrunde. Es gab etwas, das sie ihm unter vier Augen mitzuteilen hatte. Der Kapitän hatte beschlossen, die sieben Frauen, die sich zum Zeitpunkt des Angriffs in Hatties Nähe aufgehalten hatten, hier in seiner Privatunterkunft zu befragen. Der Gegensatz zwischen der Unterbringung der Frauen und dieser offensichtlichen Manifestation der Macht des Gesetzes war so groß, wie es an Bord eines Schiffs nur möglich war. Der Tisch war auf Hochglanz poliert, das Messing funkelte in üblicher Pracht. Kezia wusste, dass ein Schiffsjunge jeden Tag damit beauftragt war, die Messingbeschläge der *Rajah* zu polieren. Das Logbuch des Kapitäns war geöffnet, und Tinte und Feder lagen für Reverend Davies bereit.

»Ich möchte nur wissen, was irgendjemand gegen Hattie Matthews hätte haben können«, sagte der Kapitän.

»Es gibt da etwas, was ich Ihnen unbedingt erzählen muss«, erklärte Kezia hastig. »Ich hätte Ihnen schon früher davon berichten müssen, und es tut mir leid, dass ich das nicht getan habe.«

In diesem Moment klopfte es an der Tür, und Mr Donovan und Mr Davies betraten den Raum.

»Miss Hayter«, sagte Mr Donovan, »Sie sehen blass aus. Ich hoffe, dass Hatties Anblick Sie nicht zu sehr verstört hat.«

»Es war in der Tat erschütternd«, erwiderte Kezia und fragte sich, wie Mr Donovan unter diesen Umständen so vergnügt aussehen konnte. »Und ich sorge mich natürlich um Bertie. Aber ich bin sicher, es wird eine Erleichterung sein, mehr über den Tathergang zu erfahren. Die Frauen sind beunruhigt, und auch ich mache mir Sorgen.«

»Wie geht es Hattie?«, fragte Mr Davies an Mr Donovan gewandt.

»Ihr Zustand ist instabil. Ich werde sie während der Befragung hin und wieder besuchen müssen, aber ich weiß Joan Macdonald an ihrer Seite. Sie wird mich rufen, wenn ich gebraucht werde.«

»Ja«, sagte Kezia leise. »Wenn uns Hattie doch nur erzählen könnte, wer sie angegriffen hat, dann bliebe uns all das erspart.«

Mr Davies nahm Platz und strich die Seite im Logbuch glatt. Er galt als der geübteste Schreiber und war gebeten worden, während der Untersuchung alles Wichtige festzuhalten. Wie selbstverständlich er diesen Platz einnimmt, dachte Kezia. Er benimmt sich, als gehörte das Logbuch ihm und als sei er es gewohnt, in allerlei Sitzungen Notizen zu machen. Mr Donovan stellte sich ans Fenster und blickte durch die kleine plombierte Glasscheibe hinaus aufs Meer.

»Miss Hayter, ich bin froh, dass Sie hier sind, um uns zu helfen, die Frauen zum Sprechen zu bewegen«, sagte Charles.

»Das können wir auch gut allein«, brummte Mr Davies.

»Aber ein freundliches Gesicht wird beruhigend auf sie wirken«, erklärte Kezia bestimmt. »Die fremde Umgebung könnte sie sonst einschüchtern und am Reden hindern, und das wäre für Ihr Verfahren wenig hilfreich.«

Charles lächelte ihr zu. »Natürlich wollen wir herausfinden, woher das Messer kam«, antwortete er. »Doch Sie dürfen nicht vergessen, dass diese Frauen Verbrecherinnen sind. Jede Einzelne von ihnen wurde verurteilt und für schuldig befunden. Sie sind Strafgefangene, die wegen aller möglichen Vergehen verbannt werden.«

»Aber unter ihnen ist nicht eine Mörderin und auch keine, die mit Messern umzugehen versteht.« Kezia stand in der

Nähe ihres Stuhls und versuchte, die in sich aufsteigende Wut zu bändigen. »Ja, sie alle haben Scheren, das mag sein, aber Mr Donovan, Sie sagten doch, die Wunde stamme von einem Messer und nicht von einer kleinen Schneiderschere.«

»Das stimmt, und das sehe ich auch weiterhin so«, erklärte Mr Donovan, der sich vom Fenster zu ihr umgedreht hatte.

»Und von wegen Verbrecherinnen, Sie wissen ganz genau, dass die Frauen wegen Bagatelldelikten verurteilt wurden und nach Van-Diemens-Land transportiert werden, weil Hoffnung auf ihre Wiedereingliederung in das gesellschaftliche Leben besteht«, fuhr Kezia fort. »Es ist ein Unterschied, ob die Frauen Kleider von einem Markt stehlen, um von dem Erlös ihre Kinder zu ernähren, oder ob sie einer jungen Frau ein Messer in den Leib stoßen.«

Kezia hielt inne, um ihre Gefühle in den Griff zu bekommen, denn sie war nah daran, die Männer anzuschreien. Doch ihren Frauen würde es wenig nutzen, wenn sie die Fassung verlor, und die Männer wussten schließlich ohnehin schon, was sie ihnen gerade zu erklären versuchte, da war sie sich sicher.

»Wer auch immer das getan hat, war eindeutig verzweifelt …«, sagte Charles schnell, und Kezia entnahm seiner Stimme, dass er sie beruhigen und ihre Gedanken auf die bevorstehende Aufgabe lenken wollte.

Kezia seufzte. »Auf diesem Schiff befinden sich fast zweihundert Frauen, Kapitän Ferguson. Natürlich kenne ich nicht alle gleichermaßen gut, aber ich bildete mir ein, sie einschätzen zu können. Wir … sie arbeiten so fleißig an unserem Vorhaben, dass sie zu einer Gemeinschaft mit einem hehren Ziel zusammengewachsen sind.« Sie merkte, dass sich eine Haarsträhne gelöst hatte, und machte sich daran, sie wieder festzustecken. »Außerdem dachte ich wirklich, dass sie einander freundschaftlich, ja von ganzem Herzen, zugetan sind. Habe ich mich getäuscht? Oder war es vielleicht doch ein Mannschaftsmitglied? Haben Sie mit den Männern gesprochen? Wenn sich herausstellt, dass eine meiner Frauen schuldig ist, dann muss mir vieles entgangen sein, und das schmerzt mich mehr, als ich mit Worten auszudrücken vermag. Ich hätte mich stärker bemühen müssen, sie wirklich kennenzulernen.«

»Ich bin mir sicher, dass Sie keine Schuld trifft«, erwiderte der Kapitän. »Aber es wäre gut, mehr über die Frauen zu erfahren, bevor wir sie sehen. Ich habe mir ihre Namen nicht notiert.«

»Sie heißen Joan Macdonald, Emily Paxton, Marion Williams, Sarah Goodbourne, Ann Skipton, Phyllis Armstrong und Tabitha Brown … Was kann ich Ihnen über die Frauen erzählen? Manche kenne ich besser als andere. Marion Williams, die heute Morgen als Erste kommt, hat gesundheitliche Beschwerden.«

Der Kapitän nickte, und Kezia fuhr fort: »Sie hasst es, eingesperrt zu sein, hat in engen Räumen das Gefühl, nicht atmen zu können, bekommt Albträume und meint, an jeder nur denkbaren Krankheit zu leiden oder sie demnächst zu bekommen.« Kezia fragte sich, was sie noch berichten könnte, um die Männer von Marions Unschuld zu überzeugen. Was wussten diese schon von Schwäche? Von Angst? Von Schmerz? »Sie ist ängstlich und schüchtern, und dass sie mit einem Messer auf Hattie losgeht, ist ungefähr so wahrscheinlich wie eine Reise zum Mond.«

»So etwas dürfen Sie nicht sagen, Miss Hayter«, rügte Mr Davies. »Unsere Aufgabe ist es, die Zeugenaussagen anzuhören, und wir können nicht über Schuld oder Unschuld entscheiden, bevor wir die Wahrheit kennen.«

Wie können Sie es wagen, mir vorzuschreiben, was ich sagen darf und was nicht?, dachte Kezia, doch sie verbiss sich eine Antwort, ging an ihren Platz und sprach erst weiter, als sie sich gesetzt hatte.

»Aber vielleicht darf ich mir eine Meinung über die Eigenschaften meiner Frauen erlauben«, erwiderte Kezia sanft und lächelte ihr süßestes Lächeln. »Ich kann nicht glauben, kann *immer* noch nicht glauben, dass eine von ihnen so etwas getan haben soll. Marion ist nicht besonders klug, aber sie ist eine gute Seele. Das kann ich selbst bezeugen, denn ich habe beobachtet, wie sie anderen geholfen hat, und soweit ich weiß, hat sie keine Feinde. Sie mag Hattie und hat mir selbst etwas wehmütig gesagt, sie wünschte, sie könnte nur halb so optimistisch in die Zukunft blicken wie sie.«

Mit fester Stimme und entschlossen, sich von keinem der Männer unterbrechen zu lassen, fuhr Kezia fort: »Phyllis sorgt bei den Frauen für Ordnung. Sarah ist ruhig, aber wenn sie es wagt, die Augen zu heben, sieht man darin ihre Intelligenz. Ann hat eine scharfe Zunge, lässt sich aber nicht in die Karten schauen. Für sie kann ich mich nicht in dem Maße verbürgen wie für die anderen …, aber ich bin mir sicher, dass sie nicht gewalttätig ist. Wenn Joan für diese Tat verantwortlich ist, werde ich nie wieder in der Lage sein, an das Gute im Menschen zu glauben. Ich bin überzeugt davon, dass sie das Verbrechen, für das sie verurteilt wurde, nicht begangen hat. Und Mr Donovan kann über ihre Arbeit nur Gutes berichten.«

»Sie ist eine hervorragende Pflegerin.« Mr Donovan nickte zustimmend.

Kezia fuhr fort, schneller und eindringlicher: »Emily Paxton ist den Kindern eine gute Lehrerin, und die Kinder lieben sie. Und Kinder können sich doch nicht zu einer Frau hingezogen fühlen, die in der Lage wäre, eine andere zu erstechen, oder? Nehmen Kinder nicht Schuld und Unschuld intuitiver wahr als wir Erwachsenen? Tabitha, nun, wenn ich ehrlich sein soll, kann ich mir vorstellen, dass ihr Messer nicht fremd sind. Sie gehört zu den Newgate Nannies. Aber warum sollte sie das getan haben?«

»Genau das gilt es herauszufinden«, erwiderte Charles. »Zuerst sprechen wir also mit Marion Williams, sagen Sie.«

Mr Davies tauchte die Feder in die Tinte. »Schreibt man Marion mit ›a‹ oder ›o‹?«, fragte er.

»Ich glaube, mit ›o‹«, sagte Kezia. »Aber das fragen Sie sie am besten selbst, wenn sie hier ist.« Es erschien ihr typisch für einen Geistlichen, in diesem Moment mehr an der Schreibweise des Namens als an den Charaktereigenschaften der zu verhörenden Frau interessiert zu sein.

Charles stellte sich neben Kezia und bat: »Miss Hayter, kann ich Sie einen Augenblick sprechen?« An die anderen gewandt, erklärte er: »Ich muss kurz allein mit Miss Hayter sprechen, bitte entschuldigen Sie uns.«

Kezia stand auf und folgte dem Kapitän zur anderen Seite des Raumes, wo in Fensternähe ein paar bequem aussehende Polsterstühle standen.

»Setzen wir uns einen Augenblick«, schlug der Kapitän vor. »Ich möchte Sie etwas fragen.« Er blickte zu Mr Donovan und Mr Davies hinüber, die ins Gespräch vertieft waren. »Sie wollten mir vorhin, glaube ich, erzählen, wer etwas gegen Hattie Matthews gehabt haben könnte.«

Kezia presste eine Hand gegen den Mund, als wollte sie die Preisgabe des Geheimnisses selbst jetzt noch verhindern. »Es tut mir leid, dass ich Ihnen nicht schon früher davon berichtet habe«, sagte sie dann. »Das war falsch. Ich hätte es Ihnen erzählen müssen, aber ich hatte versprochen, nichts zu verraten. Irgendjemand hat Hattie bedroht, wenige Wochen nachdem wir in London abgelegt hatten.«

Kezia wollte gerade weitererzählen, als sich die Tür öffnete und Marion Williams die Kajüte betrat.

Baumwolldreieck: indigofarbener Stoff mit gelbem Zickzack-Muster, bedruckt mit gelben Blumen und Blättern.

7
FRÜHER

April 1841

Clara

Endlich sind wir in See gestochen. Beim Ablegen standen wir alle an der Reling, obwohl es windig und kalt war und der Himmel mit Regen drohte. Ein steifer Ostwind blies uns ins Gesicht, sodass wir zitterten und unsere Tücher enger um uns schlugen. Zuerst sahen wir London in der Ferne verschwinden, dann die Flussmündung, und schließlich wurde England immer kleiner und kleiner und verschwand schließlich ganz. Manche von uns haben schon Freundinnen gefunden. Na ja, zum Teil sind die Frauen ja schon seit vielen Tagen unter Deck eingesperrt. Einige waren von anderswo – Edinburgh, Irland, Wales – nach London gebracht worden, aber für mich ist London mein Zuhause, und egal was dort passiert ist, ich werde es vermissen.

Mein Traum von letzter Nacht kommt mir in den Sinn, und ich rede mir ein, es sei nur mein Unterbewusstsein, das mir üble Streiche spielt. Als ich noch mein eigenes Leben hatte und arbeiten ging, kannte ich keine bösen Träume, aber seit ich ins Gefängnis kam, plagen sie mich oft. Ich sehe kleine Babys, manche in Decken gewickelt, andere nackt, viele weinen, und ich versuche, eines nach dem anderen hochzuheben, aber sie entgleiten mir und verschwinden in einer Art Nebel. Ihr

Brüllen höre ich noch lange, nachdem ich aufgewacht bin. Den anderen erzähle ich nichts von meiner Vergangenheit. Das muss niemand wissen. Ich werde ans andere Ende der Welt gebracht, also kann das Vergangene ruhen. Nur nachts werde ich daran erinnert, aber damit kann ich leben.

Ich starre wie gebannt auf die an- und abschwellenden Wellen. Tief unter uns bewegt sich das dunkle Meer wie ein lebendiges Wesen.

Als alles Vertraute allmählich am Horizont verschwindet, überkommt mich ein flaues Gefühl. Dann spüre ich, dass jemand neben mir steht. Es ist Joan Macdonald, und sie weint. Sie gibt keinen Laut von sich, hat jedoch ihre Brille abgenommen und weggesteckt. Tränen laufen ihr ungehindert über die Wangen, und ich wünschte, ich könnte ihr ein Taschentuch anbieten. Sie zittert und presst die Lippen fest aufeinander, als wollte sie einen schrecklichen Angstschrei zurückhalten. Ich möchte möglichst wenig Aufmerksamkeit auf mich ziehen, aber ihr offensichtliches Unglück rührt mich so, dass ich mich fast zu einer Äußerung hinreiße.

Da kommt ein Matrose, der in der Nähe gestanden war, auf uns zu und hält Joan ein Taschentuch hin. »Isaac Margrove, zu Ihren Diensten«, sagt er. »Das Taschentuch ist sauber, und ich wär froh, wenn Sie's annehmen.«

Joan blickt ihn erstaunt an. Er nimmt ihre Hand und schließt ihre Finger um den Stoff. »Ein Geschenk, Madam«, sagt er. »Und nichts zu danken.« Er lächelt Joan an, die sich vergeblich bemüht, das Lächeln zu erwidern.

»Vielen Dank, Mr Margrove.«

»Alle nennen mich Isaac«, sagt er und geht. Er ist ein gut aussehender Mann von etwa fünfzig Jahren, mit eisengrauem Haar und geradem Rücken.

Joan wischt sich über Augen und Nase und steckt das Taschentuch weg. Ihre Trauer scheint anders als die der anderen Frauen. Sie scheint aus ihrem tiefsten Inneren zu kommen, und ich müsste schon ein Herz aus Stein haben, wenn mich das nicht berührte. »Willst du mir erzählen, was los ist?«, frage ich.

Halb erwarte ich, keine Antwort zu bekommen, doch Joan dreht sich zu mir und blickt mich aus trüben braunen Augen an. Sie zeigt in die Richtung, wo England am Horizont verschwunden ist.

»Ich ertrag's nicht«, sagt sie dann. »Sie sind alle dort, und ich bin hier … Wie soll ich denn weiterleben ohne sie?«

»Ohne wen?«, frage ich, obwohl ich mir die Antwort denken kann. So geht es wohl allen. Wer Kinder hat, wird sich nach ihnen sehnen, wer noch Eltern hat, wird deren Tod oder Krankheit fürchten und die Hilflosigkeit, nichts für sie tun zu können. Manchen geht es vielleicht wie mir, und sie sind froh, alles hinter sich zu lassen. Mehr als eine Frau, da bin ich sicher, wird erleichtert sein, einen grausamen oder tyrannischen Ehemann los zu sein. Aber Joan Macdonald ist nicht wie die anderen. Sie scheint nicht erpicht darauf, mir von ihrem Schmerz zu berichten, und greift Halt suchend mit einer Hand nach der Reling. Doch unser Gespräch muss sie etwas beruhigt haben, denn sie weint nicht mehr. Um Fassung bemüht, wischt sie sich mit Isaacs Taschentuch noch einmal über die Augen und steckt es dann wieder in ihre Schürzentasche. Sie nimmt ihre Brille heraus und setzt sie auf. Dann erklärt sie: »Meine Lydia hat vor zwei Monaten ein Kind gekriegt, und ich werd's nicht aufwachsen sehen. Und all die anderen … Meine zwei Töchter und vier Enkelkinder. Ich werd sie nie wiedersehen. Und mein Haus, mein Garten …« Sie schüttelt den Kopf, als wolle sie die traurigen Bilder loswerden. »Es ist nichts Großes, wo ich wohn, nur ein paar Zimmer, aber meine Osterglocken … Ob's in Van-Diemens-Land wohl auch Osterglocken gibt?«

»Ich weiß nicht«, erwidere ich. »Aber dort wachsen andere, einheimische Blumen.«

Ich habe keine Ahnung, wie es am anderen Ende der Welt aussieht, aber ohne zu zögern, tue ich so, als wüsste ich Bescheid. Dann füge ich hinzu: »Und wenn du deine Strafe verbüßt hast, gehst du nach England zurück. Wie lang hast du denn bekommen?«

»Fünfzehn Jahre«, antwortet Joan. Ich warte auf Einzelheiten ihres Verbrechens, aber sie meint nur: »Ich bin unschuldig. Ich hab's nicht getan, was sie mir vorwerfen.« Sie sagt es beiläufig, als handele es sich dabei um eine ganz gewöhnliche Information, doch sie klingt jetzt bestimmter und energischer als zuvor. Ich lächle. Auch wenn ich noch nicht lange mit Häftlingen zu tun habe, weiß ich, dass die meisten von ihnen unschuldig sind. Fünfzehn Jahre sind eine lange Zeit, und diese Frau wirkt zerbrechlich. In ihrer Jugend muss sie um einiges stärker gewesen sein, aber jetzt kommt sie mir vor wie eine zertretene Blume.

»Das war's dann also«, sagt sie. »Nichts als Wasser, wochenlang. Jemand muss sich um die Kinder kümmern.«

Sie zeigt auf einen Jungen, der auf eine Kiste geklettert ist. Zwei weitere Kinder, ein dunkelhaariger Junge und ein jüngeres Mädchen, kreischen und lachen.

»He, pass doch auf!«, schreit eine Frau, die in der Nähe steht. »Beinah hättest du ihr das Auge ausgestochen.«

»Gar nich' wahr«, gibt der Junge zurück und streckt ihr die Zunge heraus, worauf die Frau auf ihn zustürmt und ihm von hinten auf die Beine schlägt. Jetzt heult und brüllt er, und seine Mutter, eine dicke, langsame Frau, walzt heran, um ihren Sohn zu retten. Ich habe sie noch nie gesehen.

»Lass die Finger von ihm! Was fällt dir ein, anderer Leute Kinder zu schlagen?« Sie selbst wirkt eher so, als sei ihr bereits das Ausholen zu viel, doch dann herrscht sie ihren Sohn an: »Du! Hör auf! Sonst knallt's.«

»Was ist denn hier los, meine Damen?«

Und da ist er. Der Kapitän. Seine Worte lassen die Frauen

verstummen. Da niemand seine Frage beantwortet, fährt er fort: »Die Kinder spielen doch nur. Nichts passiert.« Er ignoriert die Mutter und wendet sich an den Jungen: »Ich bin der Kapitän auf diesem Schiff, musst du wissen.«

Der Junge nickt ehrfürchtig und reibt sich die schmerzenden Beine.

»Weißt du, was ich mache, wenn sich meine Männer nicht benehmen?«

»Nein, Sir.«

»Glaub mir, du willst es nicht wissen … Und dasselbe gilt für meine Passagiere. Verstanden?«

»Ja, Sir. Nur, so war's nich'. Ich hab nix gemacht. Wir ham gespielt. 's war 'n Verseh'n.«

»Nun gut«, erwidert der Kapitän. »Wir wollen nicht mehr davon sprechen, aber du benimmst dich. Ich habe dein Wort, junger Mann?«

»Ja, Sir«, verspricht der Junge und versteckt sich hinter dem Rock seiner Mutter.

»Sehr gut. Euch allen einen guten Tag«, sagt der Kapitän und entfernt sich mit raschen Schritten, sichtlich froh, von den Frauen wegzukommen, die ihm hinterherstarren.

Ich wende mich an Joan. »Ich glaube, der Kapitän ist die Gesellschaft von Frauen und Kindern an Bord der *Rajah* nicht gewohnt.«

»Dann wird er sich wohl dran gewöhnen müssen. Wir müssen alle mit dem leben, was wir bekommen. Ich weiß nichts von Krankenpflege, aber ich werd's machen, um Mr Donovan zu helfen.«

»Wir werden es nicht mehr lang sehen«, sage ich. »Das Land, meine ich.«

Joan und ich schauen über die Reling aufs Meer. Die Sonne lugt jetzt zwischen den Wolken hervor, und das Meer glitzert wie tausend Diamanten im unerwarteten Licht.

Baumwollstück: dunkler Untergrund mit vielen, dicht beieinanderliegenden hellgrünen Pünktchen sowie stilisierten Blumengebinden in breitem Abstand, ebenfalls grün.

8
FRÜHER

April 1841

Kezia

Noch nie in meinem Leben habe ich so viele Frauen an einem Ort gesehen, dachte Kezia. Fast zweihundert standen hier als farblose Masse beisammen. Ein Meer aus Braun und Graubraun, Schwarz und Grau, ohne jegliche Spur von Rot oder Gelb oder frischem Grün, um die triste Eintönigkeit zu durchbrechen. Kezia löste den Blick von der Menge und sah in den eisengrauen Himmel, dann auf die weißen Schaumkronen der dunklen Wellen, die sich am Schiffsrumpf brachen. Die Bewegung der *Rajah* fanden viele der Frauen noch immer beängstigend. Das erkannte Kezia an der Art, wie sie sich an Deck bewegten und die Hände Halt suchend nach allem ausstreckten, was solide und fest aussah, als erwarteten sie, jeden Augenblick das Gleichgewicht zu verlieren. Obwohl die See bisher ruhig gewesen war, wirkte das stetig stampfende, rollende Schiff in seiner beständigen Bewegung wie ein lebendiges Wesen.

»Ich würde nur zu gerne wissen, was Sie gerade denken, Miss Hayter«, sagte Mr Donovan auf seine fröhliche und freundliche Art. Der Kapitän, Mr Donovan, Mr Davies und Kezia standen gemeinsam auf der Back. Kezia, die ihre Nervosität vor der kommenden Ansprache nicht zugeben wollte, erwiderte: »Ich habe nur gerade überlegt, wie tief das Meer sein muss und wie viel Wasser es auf der Welt wohl gibt.« Ihre Antwort entsprach zwar in diesem Augenblick nicht genau der Wahrheit, jedoch grundsätzlich schon, versuchte sie ihre Notlüge zu rechtfertigen.

Gerade hatten sie ein gemeinsames Lied gesungen, auf das nun eine Predigt folgen sollte, doch Kezia konnte sich nicht konzentrieren. Der Himmel lenkte sie ab. In London war er häufig von tief hängenden Wolken verdeckt, doch dort gab es Geschäfte und Kirchen und prächtige Häuser, die dem Auge Ablenkung boten. Hier war es leicht, sich im unendlichen Grau zu verlieren. Auch die *Rajah* störte ihre Konzentration: Die elegant gewölbten Segel lenkten sie ebenso ab wie der Anblick der für die Segel verantwortlichen Männer, die jetzt hinter den Frauen standen und lauschten, wie Mr Davies das Vaterunser betete und dann mit der Predigt begann.

Schließlich trat der Kapitän vor und sagte: »Ich möchte mich aufrichtig bei Mr Davies für seine Predigt bedanken, die uns sicher alle seelisch und moralisch gestärkt hat. Wir sind froh, ihn bei uns an Bord zu haben.« Dann wandte er sich Kezia zu, die ein Stück von ihm entfernt stand, lächelte und fuhr fort: »Und nun möchte Miss Hayter ein paar Worte an euch richten. Miss Hayter …«

Kezia folgte seiner einladenden Armbewegung und stellte sich neben ihn. Würde ihre Stimme laut genug sein, um den Wind zu übertönen? Sie würde sich besondere Mühe geben müssen, damit man sie verstand. Miss Matilda Brown kam ihr in den Sinn und die Sprechübungen, die sie mit ihr vor langer Zeit gemacht hatte: »Sprich nicht aus dem Hals heraus, Kezia, Liebes, sondern tief aus der Lunge und dem Bauch.« Henrietta und sie hatten bei dem Gedanken gekichert, Miss Brown könne so etwas Banales wie Körperlichkeit besitzen.

Doch jetzt atmete sie tief ein und versuchte, sich auch an

andere Ratschläge zu erinnern. *Heb den Kopf. Atme. Konzentriere dich auf jemanden in deiner Nähe und sprich diese Person an.*

»Guten Morgen, zusammen«, begann sie. Kezia hatte lange überlegt, wie sie die Frauen ansprechen sollte, denn diese Ansprache war formeller als jene, die sie bereits zuvor gehalten hatte. »Meine Damen« kam ihr unpassend vor. Auch »Freunde« hatte sie in Erwägung gezogen, als eine Art Hommage an Mrs Fry, die den Quäkern, der »Religiösen Gesellschaft der Freunde«, angehörte. Doch schließlich entschied sie sich für das schlichte und angemessene »Guten Morgen, zusammen«.

»Ich möchte euch ein Vorhaben vorstellen, das ich mir für diese Reise überlegt habe. Manchen von euch habe ich bereits davon erzählt. Wie ihr wisst, haben euch die Komiteedamen, die sich in unseren Gefängnissen sehr engagieren, mit Stoff und Wolle ausgestattet, damit ihr auf der Reise nach Van-Diemens-Land eine Beschäftigung habt. Ich weiß, dass einige von euch daraus Waren herstellen und nach unserer Ankunft verkaufen möchten. Andere wollen Kleidung für den eigenen Gebrauch stricken und nähen.«

Kezia strich sich eine Haarsträhne aus der Stirn und fuhr fort: »Meine Aufgabe an Bord dieses Schiffs ist es, euch bei euren Vorhaben zu helfen. Doch es gibt noch etwas anderes, das ich schon seit geraumer Zeit plane, und ich hoffe, dass ihr mich darin unterstützt. Ich möchte einen Quilt nähen. Das Mittelstück habe ich selbst entworfen und bereits fertiggestellt, und nun möchte ich mit einigen von euch am Gesamtwerk arbeiten. Nach einigen Gesprächen mit euch habe ich mich entschieden, folgende Frauen für diese Aufgabe auszuwählen.« Kezia entnahm der kleinen Tasche an ihrem Handgelenk ein Notizbuch mit einem Zettel, den sie auseinanderfaltete.

»Ich habe mir ein paar Namen notiert«, sagte sie und blickte in die Menge. »Bitte tretet vor, wenn ihr aufgerufen werdet, und stellt euch dorthin«, wobei sie auf den Teil des Decks deutete, der unterhalb der Back lag.

Während Kezia die Namen verlas, wandten sich die Matrosen wieder ihren Aufgaben zu: Einige gingen in die Takelage, andere arbeiteten als Grüppchen an Deck. Sie hörten mit halbem Ohr zu, sprachen aber leise miteinander. Die meisten Frauen standen dagegen ziemlich still da, wenngleich hier und da eine zappelte oder kicherte. Kezia wusste, dass sich alle so lange gut benehmen würden, wie der Kapitän und seine Offiziere neben ihr standen. Sie sah, wie sich die angesprochenen Frauen durch die Menge nach vorne bewegten. »Joan Macdonald, Hattie Matthews, Emily Paxton, Susan Downer, Phyllis Armstrong, Lottie Marshall, Isabel Croft, Beth Jones, Dora O'Hare, Louisa Taylor, Ruth Elmerside, Elsie Chambers, Alice Hardiman, Tabitha Brown, Rose Manners, Sarah Goodbourne, Ann Skipton, Marion Williams.«

Kezia blickte den Kapitän an, der langsam vortrat. Er schien sich angesichts der vielen Frauennamen etwas überfordert zu fühlen, doch schließlich drückte er die Schultern durch und begann zu sprechen, offensichtlich daran gewöhnt, noch den größten Sturm zu übertönen. »Vielen Dank, Miss Hayter. Wir wünschen Ihnen viel Erfolg und … freuen uns auf das Ergebnis. Alle Frauen, die Miss Hayter nicht aufgerufen hat, können jetzt auf ihr Deck zurückkehren. Ich bedanke mich bei euch allen.«

Die aus grauen, braunen und schwarzen Körpern bestehende Masse begann sich aufzulösen. Manche lachten nach der erzwungenen Stille. Andere hatten die Arme umeinandergelegt und sangen. *Oh, give us your hand, you sailor bold.* Ein paar Matrosen näherten sich den Frauen, kniffen die ein oder andere in die Backe und versuchten, einen Kuss zu erhaschen, bis ein Offizier kam und sie wieder an die Arbeit schickte.

»Schämen Sie sich, Sir«, sagte eine der Frauen. »Uns so den Spaß zu verderben.«

»Geht nach unten«, befahl der Offizier, »oder ich muss den Kapitän über euer Verhalten informieren.«

»Nur ein kleiner Kuss, Süßer«, scherzte eine andere.

Der Offizier scheuchte die Frauen zum Niedergang. »Runter da«, befahl er. »Zeit, auf euer Deck zurückzukehren.«

Die kleine Gruppe, die auf Kezia wartete, blickte ihr mit leuchtenden Augen entgegen, die von der Freude zeugten, für diese Aufgabe ausgewählt worden zu sein. Alle Menschen blühen auf, wenn man sie lobt oder ihnen Anerkennung zollt, dachte Kezia, besonders, wenn damit gewisse Privilegien einhergehen. Jetzt, da die Fröhlicheren unter den Frauen verschwunden waren, bemerkte Kezia, wie die anderen, die es nicht in die Auswahl geschafft hatten, langsam davonschlurften. Sie würde mit ihnen sprechen, sie nicht zugunsten ihrer kleinen Gruppe vernachlässigen.

»Bei Gott, Matron«, gackerte Tabitha Brown. »Bin noch niemals nie zum Helfen gefragt worden. Komm mir vor wie 'ne feine Dame. Nähen soll ich? Na, ich kann's probier'n. Macht mir nix. Helfe immer gern. Fragen Se die andern.«

»Pst«, machte eine der Frauen, und es wurde still.

Kezia lächelte. »Ich freue mich sehr, euch hier zu sehen, und ich hoffe, dass ihr unser gemeinsames Vorhaben nicht nur als Möglichkeit betrachtet, eure Nähfertigkeit zu verbessern, sondern auch während unserer langen Reise daran Gefallen findet.«

Die Frauen sahen sie verwirrt an, die Stirn gerunzelt, die Lippen geschürzt. Kezia atmete tief ein und fuhr fort:

»In einem Brief des Paulus an die Epheser heißt es: ›Wer gestohlen hat, der stehle nicht mehr, sondern arbeite und schaffe mit den Händen etwas Gutes, auf dass er habe zu geben dem Dürftigen.‹ Und genau das werdet ihr tun, mit eigenen Händen etwas schaffen.« Kezia wandte den Kopf ein wenig und blickte die Frauen zu ihrer Linken an. »Ich habe euch ausgewählt, weil ihr mit der Nadel umgehen könnt, manche von euch sind auch mit Flickwerk vertraut. Ich weiß, dass ihr erniedrigende Arbeiten verrichten musstet, um genug Geld zum Essen zu haben, und ich weiß, dass ihr euch nach einer Gelegenheit sehnt, ein besseres Leben zu führen. Häufig konntet ihr nichts für euer Verhalten, sondern wurdet in der Not dazu getrieben. Mit dem, was ihr hier lernt, werdet ihr auf rechtschaffene Weise Geld verdienen können. Ich weiß, dass ihr Waren fertigen möchtet, die ihr verkaufen könnt, und dafür wird euch auch Zeit bleiben, aber in unserem gemeinsamen Vorhaben wollen wir ein Geschenk für das Damenkomitee nähen.«

»Nie von denen gehört!«, warf eine der Frauen ein. »Wer sagt, dass die so was verdienen? Mir fall'n da so einige Richter und Wärterinnen ein, denen tät ich ganz gern was schenken, aber das findste oben im Pisspott schwimmen.«

Ein paar der Frauen prusteten los. Kezia versuchte, sich von der derben Bemerkung nicht aus der Fassung bringen zu lassen, bemühte sich um eine ruhige Stimme und sagte: »Ihr werdet noch merken, dass ich derlei Reden keiner Antwort würdige. Ich verstehe, dass ihr mich damit provozieren wollt, doch das wird euch nicht gelingen. Tun wir also so, als wäre die Bemerkung nie gefallen.« Sie lächelte Rose Manners milde an, die, so glaubte sie, dafür verantwortlich war. Vielleicht sprach sie immer so. Kezia hoffte, dass niemandem auffiel, wie unangenehm ihr die derbe Ausdrucksweise war. Sie nahm sich vor, bei ihren Zusammenkünften auf Rose' Sprache zu achten, doch war ihr auch bewusst, dass sie sich an derartige Bemerkungen würde gewöhnen müssen.

Kezia fuhr fort: »Ich kenne euch alle schon ein bisschen und werde euch in nächster Zeit noch besser kennenlernen, aber heute bitte ich euch, die Hand zu heben, wenn ihr euren Namen hört. Danke.« Sie las die Namen vor, wie eine Lehrerin, die die Anwesenheit ihrer Schülerinnen prüft, und die Frauen antworteten nacheinander »Hier, Miss«.

Kezia seufzte. Sie hoffte, dass die Frauen am Ende über ihr Werk staunen und es genießen würden, mit ihren eigenen Händen etwas so Schönes zu erschaffen. Und wenn sie einmal erkannten, dass Schönheit möglich war, was würden sie dann noch entdecken? Würden sie vielleicht versuchen, die eigene Lebenssituation zu verändern?

Kezia hatte sich mit Begeisterung in die Vorbereitung für ihr Nähprojekt gestürzt. Zunächst hatte sie auf einigen Aquarellbildern festgehalten, wie das Werk als Ganzes aussehen würde, wenngleich sie wusste, dass sich dies ändern würde. Sie hatte Vögel gemalt, in Scharlachrot und Tiefblau, in Smaragdgrün und Gold. Sie hatte Studien angefertigt von Blumen in der Natur und andere Blüten aus Büchern abgemalt. Sie hatte Blättergirlanden gezeichnet und die Spitzen der Blüten mit der Ahnung eines blassen Grün versehen. All diese Zeichnungen hatte Kezia in ihre Bibel gelegt, sie zwischen den Seiten des Johannesevangeliums versteckt. Anschließend war sie in jeden Laden, der Chintzstoff verkaufte, gegangen und hatte nach Stoffen gesucht, die ihrer Vorstellung entsprachen. Sie hatte Blumen und Vögel ausgeschnitten und sie mit winzigen Fischgrätenstichen auf einen einfachen Kalikostoff genäht, im persischen Stil. Sie hatte viele Stunden auf diese Arbeit verwandt, manchmal bis spät in die Nacht, und es sich als das Zentrum eines größeren Werks vorgestellt, eines Werks, das sie gemeinsam mit den anderen während dieser Reise anfertigen würde. Sie hatte auch einige wohlüberlegte Widmungsworte für das zentrale Bild verfasst. Daran hatte sie in den letzten Tagen immer wieder gedacht, wenn ihr Vorhaben sie schier zu überwältigen drohte.

Auch die Mitglieder des Damenkomitees hatten sich über die lange Reise Gedanken gemacht. Gemeinsam mit Kezia hatten sie die beinah zweihundert Sträflingsfrauen mit allem Notwendigen für die Überfahrt ausgestattet: In den Bündeln befand sich neben Schürze und Haube, Nadel und verschiedenfarbigem Garn auch ein wenig Wolle. Jedes Bündel enthielt außerdem eine Brille, einen Kamm, eine Schere, einen Fingerhut und zwei Pfund Stoff, überwiegend Reste der Baumwollhändler von Manchester. Kezia hatte ihre eigene Tasche mit Textilien, darunter ein Stück Chintzstoff in fröhlichem Hellgelb mit einem Muster aus winzigen Rosen, das ihr die gute Mrs Pryor geschenkt hatte. »Weil die Farbe so schön ist«, hatte sie gesagt. »Wie die Sonne im Winter.« Außerdem führte sie Seide mit, einige Meter Baumwollstoff in Türkischrot und weitere Stoffe, die sie zu sammeln begonnen hatte, sobald sie wusste, dass sie auf der *Rajah* nach Van-Diemens-Land reisen würde.

Kezia glaubte fest daran, dass die Verbannung eine Chance für die Frauen war. Weit entfernt von den Umständen, die sie zur Sünde und zum Verbrechen getrieben hatten, erhielten sie die Möglichkeit, noch einmal neu zu beginnen und ein besseres Leben zu führen. Wenn sie nähten und die auf der Reise angefertigten Waren verkaufen konnten, würden sie vielleicht ein bisschen Selbstachtung zurückgewinnen, ihre schlechten Gewohnheiten ablegen und zu besseren Menschen werden.

Später in ihrer Kabine nahm Kezia ihr Notizbuch aus dem Samtbeutel und sah sich die Liste der Namen an, die sie dort notiert hatte, Namen von Frauen, die sie ausgewählt hatte. Sie seufzte. Wenn diese Frauen auserwählt waren, dann waren es alle anderen nicht. Die Zurückgelassenen. Würden sie sich wertlos fühlen? Würden sie den Frauen, die sie nun als privilegiert wahrnehmen mussten, das Leben erschweren? Wenn ich meine Frauen eingearbeitet habe, werde ich auch Zeit für andere Projekte haben. *Meine* Frauen … Kezia wurde schamrot und rügte sich für ihre Eitelkeit. Das sind nicht meine Frauen, so darf ich nicht denken. Sie sind ganz einfach diejenigen, die mir für meine Pläne und Träume am geeignetsten scheinen.

Kezia wandte ihre Aufmerksamkeit den Stoffen zu, die sie für die Arbeit nutzen würden. Am besten schneiden wir jeden Tag nur so viel zu, wie wir brauchen, dachte sie. Sonst gehen all die vielen kleinen Quadrate und Dreiecke nur verloren oder werden schmutzig, bevor wir sie vernähen. Jedes Quadrat sollte etwa zehn Zentimeter groß sein, mit ein bisschen zusätzlichem Material als Saumzugabe.

An diesem Abend verfasste Kezia einen Brief an Mrs Pryor.

Meine liebe Elizabeth,
du wärst heute stolz auf mich gewesen, denn ich habe furchtlos vor vielen Menschen gesprochen: der gesamten Schiffsmannschaft und den Sträflingsfrauen.

Kezia legte die Feder nieder und las sich das eben Geschriebene durch. Es entsprach durchaus der Wahrheit. Nur das »furchtlos« stimmte nicht, denn während ihrer Rede hatte ihr Herz wie wild gepocht, wobei dies vielleicht auch mit Kapitän Ferguson zusammenhing, von dem sie wusste, dass er sie die ganze Zeit beobachtete. Sie hatte seinen Blick auf ihrer Schulter gespürt wie eine warme Berührung.

Kezia nahm die Feder wieder auf und fuhr fort:

Ich habe einige Frauen ausgewählt, die mir bei dem Vorhaben helfen sollen, von dem wir so oft sprachen. Ich hoffe, die Arbeit hilft ihnen, ihre Lage zu verbessern.

Am meisten Zeit werde ich wohl damit verbringen, zu verhindern, dass sie ständig zanken und sich gegenseitig schikanieren, dachte sie. Sie würde allein sein unter Frauen, die ein hartes Leben hinter sich hatten, die häufig verletzt worden und schließlich verroht waren. Sie werden unglücklich sein, doch ich will ihnen gerecht, aber bestimmt begegnen.

Sollte sie über ihre Gefühle schreiben? Kezia war froh gewesen, nach Van-Diemens-Land geschickt zu werden. Vielleicht hatten Elizabeth und Mrs Fry bemerkt, wie unglücklich sie war.

Vor ihrer Abreise hatten Kezia und ihre Mutter viele Monate lang unentwegt gestritten. Ihre Mutter wollte, dass Kezia einen Mann heiratete, den sie nicht liebte, und es war durchaus möglich, dass Elizabeth das geahnt hatte.

Kezia hätte sich dem Wunsch ihrer Mutter niemals gebeugt, doch sie wusste, wie schwierig es für sie in der Londoner Gesellschaft geworden wäre mit dem Stigma der undankbaren Tochter, der es nicht einmal gelang, eine gute Partie zu machen. Ich bin froh, weit weg zu sein von England, und freue mich über jeden Fortschritt in unserem Nähvorhaben, dachte sie.

9
JETZT

6. Juli 1841
92. Tag auf See

Kezia

Marion wurde von zwei Matrosen in die Kajüte geführt, und Kezia fragte sich, wie sie es verkraftet hatte, von zwei bulligen Männern, die plötzlich im Sträflingsquartier aufgetaucht waren, zum Kapitän gebracht zu werden. Schließlich war Marion ohnehin schon ein ängstlicher Mensch.

Kezia nahm neben Mr Davies Platz und wünschte, sie hätte ihren Fächer bei sich. Es war stickig in der Kajüte, und allen standen Schweißperlen auf der Stirn. Wir haben Glück, dachte Kezia. Wenigstens ist es warm hier. Unten bei den Frauen war es oft kühl, jetzt, da die *Rajah* sich ihrem Ziel näherte. Marion sah blass aus, und auf Kezia wirkte es, als habe ihr jemand Kohle unter die Augen gerieben. Die Frau hielt den Blick starr auf den flachen Läufer gerichtet, der die Planken bedeckte, und sah niemanden an.

»Danke«, sagte Charles an den Matrosen gewandt, der gerade einen Stuhl vor den Tisch rückte.

»Guten Morgen«, sagte Mr Davies und ließ seinen Blick erst über Marion, dann über das Logbuch vor sich gleiten. »Bitte nenne uns deinen Namen, dein Alter und das Verbrechen, für das man dich verurteilt hat.«

»Einen Moment, bitte«, unterbrach Charles, lehnte sich zu Mr Davies hinüber und flüsterte ihm etwas ins Ohr. Dieser nickte und sah dann wieder Marion an. Er runzelte die Stirn und zog verärgert an seinen Ärmelaufschlägen.

»Ich sehe das zwar anders, aber der Kapitän meint, dein Name genügt. Denn natürlich haben wir alle weiteren Informationen bereits aufgenommen, als du an Bord kamst. Das war mir entfallen. Deinen Namen dann, bitte.«

»Marion Williams«, erwiderte die Frau.

»Marion mit ›o‹ oder ›a‹?«

»Mit ›o‹, Sir«, flüsterte Marion.

»Bitte setz dich, Marion«, sagte Charles.

Sie zögerte, doch nachdem Kezia ihr ermutigend zugenickt hatte, setzte sie sich vor die vier Mitglieder des Untersuchungskomitees. Wir müssen beängstigend wirken, dachte Kezia. Wie vier Richter auf der Richterbank, denen sie ihre Unschuld beweisen muss. Keine der Frauen auf der *Rajah* dürfte mit Männern, die über sie zu Gericht saßen, besonders gute Erinnerungen verbinden.

»Es gibt keinen Grund zur Sorge, Marion«, erklärte der Kapitän. »Wir wollen lediglich herausfinden, wer Hattie das angetan hat. Bitte erzähle uns, was gestern an Deck passiert ist. Wo warst du, als Hattie geschrien hat?«

Marion kniff die Augen zusammen, als wolle sie die schreckliche Erinnerung nicht zulassen. »Ich war an Deck, wollt grad wieder nach unten, als ich den Schrei gehört hab. Wie ein Schwein, dem man die Kehle aufschlitzt.«

»Also hattest du Hattie den Rücken zugekehrt, als sie zu Boden fiel?«

Marion nickte.

»Und als du den Schrei gehört hast?« Mr Davies sah von seinen Notizen auf.

»Ich bin hingerannt. Wir alle. Da, wo sie war. Sie ist da gelegen, hat nicht mehr geschrien. Wir haben's probiert, wir alle.«

»Probiert?«, fragte der Kapitän.

»Zu helfen. Hattie zu helfen. Wir haben sie ein bisschen bewegt, wollten sehen, wo sie verletzt ist. Eine hat versucht, ihr die Kleider aufzumachen, aber da war so viel Blut. Wir waren ganz voll davon …« Marion verstummte. Sie schniefte und fuhr sich mit dem Ärmel über die Nase. Kezia bemerkte, dass sie auf ihrer Unterlippe kaute, um sich zu beruhigen, doch dann begann sie, freier zu sprechen, als sähe sie die Szene genau vor sich.

»Ganz voll Blut waren wir. Wussten nicht, was tun. Die arme Hattie wollte Bertie. Das wollte sie. Eine hat sie gefragt, wer ihr das angetan hat, aber sie wollte nur den kleinen Bertie. Also haben wir Emily zugeschrien: ›Geh und hol Bertie! Sie will Bertie.‹« Marion hielt inne und blickte zum Fenster. »Aber als er dann da war, später, da war Hattie schon weg. Erst ist Miss Hayter gekommen, dann Mr Donovan und dann ein paar Männer, die haben sie weggebracht in die Krankenkajüte. Armer Bertie! Er hat so geweint, dass es mir schier das Herz zerrissen hat.«

Marions Stimme bebte, und sie krallte ihre Hände im Schoß ineinander. Kezia sah, wie sie sich bemühte, nicht die Fassung zu verlieren. Sie atmete tief ein.

»Warum habt ihr ausgerechnet Emily damit beauftragt, Bertie zu holen?«, fragte Kezia.

Stirnrunzelnd warf Mr Davies ein: »Diese Frage scheint mir absolut unbedeutend. Völlig belanglos, wenn ich das so sagen darf. Unter diesen Umständen. Vielleicht wäre es besser, die Befragung der Zeugen dem Kapitän zu überlassen.«

Kezia bemühte sich gerade, eine höfliche, aber dennoch unmissverständliche Antwort zu formulieren, die klarmachte, dass sie jede ihr wichtig erscheinende Frage zu stellen gedachte, als Charles das Wort ergriff: »Mir scheint Miss Hayters Frage keineswegs belanglos. Es steht ihr zu, Fragen jedweder Art zu stellen. Schließlich kennt sie die Frauen besser als wir, und wir sind auf ihre Hilfe angewiesen, wenn wir dieser Sache auf den Grund gehen wollen.«

»Also gut«, sagte Mr Davies und wiederholte die Frage, als sei sie ihm gerade selbst eingefallen.

»Ich kann's nicht gewiss sagen, Miss«, erwiderte Marion. »Aber Emily und Hattie waren eng miteinander. Alle haben das gewusst. Ich würd sagen, Emily war Hatties beste Freundin.«

»Gibt es sonst noch etwas, was du uns gern erzählen würdest, Marion?«, fragte der Kapitän. »Weißt du vielleicht, wo jemand ein Messer hätte finden können?«

Marion schüttelte entschieden den Kopf. »Nein, ich weiß nix von Messern. Ich nicht. Hasse sie über alles. Hab nie ein Messer gesehen, nie.«

»Also gut«, sagte Mr Donovan. Er wechselte einen Blick mit dem Kapitän, der ihm zunickte, und fuhr dann fort: »Du kannst jetzt gehen, Marion. Ich denke, da sind wir uns einig.«

»Ja, Marion. Du kannst gehen«, bestätigte Mr Davies. Marion eilte aus dem Raum, als sei der Teufel hinter ihr her, und Kezia bemerkte, wie verärgert Mr Davies dreinblickte.

»Wir haben überhaupt nichts Neues erfahren«, brummte er.

Kezia wartete ab, was die anderen Männer erwidern würden, doch Charles überraschte sie. »Ich glaube, Miss Hayter möchte uns etwas zeigen.«

Kezia bemerkte, wie Mr Davies fischgleich den Mund öffnete, zweifellos, um zu widersprechen, ihn dann jedoch wieder zuklappte und sich an sie wandte. »Tatsächlich?«, fragte er. »Und was könnte das sein?«

»Es gab eine Drohung gegen Hattie.«

»Welcher Art?«, fragte Mr Donovan und lehnte sich mit neu erwachtem Interesse über den Tisch.

»Ich habe sie hier«, erwiderte Kezia und bemühte sich um ruhige Hände, als sie ihr kleines Notizbuch aus der Rocktasche zog, es öffnete und auf den Tisch legte. Sie nahm ein Stück Stoff heraus, das zwischen den Seiten lag, und hielt es hoch, damit die Männer es sehen konnten.

»Was ist das?«, fragte Mr Davies.

»Ein Stoffquadrat, wie wir es für unsere Näharbeit nutzen«,

erklärte Kezia. »Wir verwenden sie entweder im Ganzen oder halbieren sie, dann erhalten wir Dreiecke …«

»Ich sehe durchaus, dass es sich um ein Quadrat handelt«, erwiderte Mr Davies, »aber mir ist unklar, wie das da als Drohung interpretiert werden könnte.«

Kezia hörte die Belustigung in seiner Stimme. »Sie müssen genauer hinsehen, Sir«, sagte sie. »Lesen Sie, was auf den Stoff gestickt wurde. Drehen Sie ihn um.«

Mr Davies nahm das kleine Baumwollquadrat mit hellblauem Blümchenmuster in die Hand und sah die Nachricht: *Schweig oder stirb.* Er schüttelte den Kopf und reichte das Stoffstück an den Kapitän weiter, der es genau betrachtete und dann Mr Donovan gab.

Einen Augenblick schwiegen alle.

»Wo haben Sie das gefunden?«, fragte Charles.

»Hattie entdeckte es bereits vor einigen Wochen bei sich in der Koje. Sie kam damit zu mir. Der Fund hatte sie sehr erschüttert, und es tut mir leid, dass ich Sie nicht eher informiert habe.« Kezia senkte den Blick. »Wenn ich schon früher etwas gesagt hätte … Aber ich gab Hattie mein Wort, dass ich nichts verraten würde. Sie hatte solche Angst … Und ich dachte, vielleicht handle es sich einfach um einen schlechten Scherz. Ich schrieb dem Ganzen keine große Bedeutung zu, dachte, es sei der dumme Streich einer Mitgefangenen.« Kezia verstummte.

»Reue bringt uns nicht weiter«, sagte Charles. »Wir werden im Laufe unserer Untersuchung herausfinden, wer diese Worte gestickt hat, das ist äußerst wichtig. Wer diese Drohung verfasst hat, hat Hattie angegriffen. Da bin ich mir sicher.«

Die anderen nickten, doch Kezia war weniger überzeugt. Sie hätte es nicht begründen können, nicht einmal vor sich selbst, doch sie spürte, dass diese Lösung zu einfach war.

10
JETZT

7. Juli 1841
93. Tag auf See

Es war fast windstill. Das beste Wetter für die Frauen, die stundenlang an Deck saßen und nähten. Heute lag eine düstere Stimmung über ihnen, die so gar nicht zum blassgelben Sonnenlicht passte. Ohne Miss Hayter, die noch nicht erschienen war, waren die Frauen stiller, immer noch schockiert über das, was Hattie passiert war, und weniger zum Zanken aufgelegt. Sie schienen friedlicher und milder gegeneinander und versuchten, die Angst um Hattie und sich selbst zu verbergen. Seit dem Angriff waren sie alle vorsichtiger geworden, denn wer wusste schon, was als Nächstes geschehen würde? Es fielen keine bösen Worte. Gemeinsam arbeiteten sie am äußeren Rand des Quilts, und die sorgfältig angeordneten Stoffstücke mit farbenfrohen Blüten, Pflanzen, Streifen und Punkten lagen über ihren Knien wie eine aus unterschiedlichen Teilen zusammengesetzte Wiese.

»Als junges Mädchen …«, sagte Phyllis und blickte in die Tasche, die alle Näherinnen an der Hüfte trugen. Sie nahm eine kleine Schere heraus und schnitt den losen Faden ab, der am Ende der Naht baumelte. Sie hielt inne, die Hände auf den Knien, wählte das nächste Quadrat und fuhr schließlich fort: »… hat mich meine Ma losgeschickt, Ale kaufen. Und meinen Vater sollt ich in der Schenke finden und heimbringen, wenn ich kann. Nich' einfach. Er hat wie geklebt an seinem Hocker, und ich wollt ihn eh nicht daheim haben. Hat gerne Schläge verteilt, wenn er ein paar zu viel intus hatte.« Einige Frauen nickten.

Phyllis fuhr fort: »Is' dann an dem Abend doch noch mitgekommen, aber erst hat noch so 'n mieser Dreckskerl 'nen Spruch gebracht. Und mir an die Titten gegrapscht, als ich die Flasche zurückgegeben hab. Kein Wort hat Pa dazu gesagt, und ich wollt ihn treten, so richtig feste. Treten war damals das Schlimmste, was mir eingefallen ist. Ich wollt meinen Vater mehr bestrafen als den andern Kerl. Warum macht der nix? Warum beschützt der mich nich'? Ich hab auf den Teller gestarrt, der da auf der Theke stand. Irgendwer hatte ein Stück Pastete liegen lassen, mit 'ner Gabel drinstecken. Da war wie schwarzer Nebel in meinem Kopf, und ich hab die Gabel gepackt und sie dem Scheißkerl in die Hand gerammt, so fest ich konnte.«

»Hätt'st dir die Eier vornehmen sollen«, sagte Tabitha wissend.

»Konnt ich nich' dran«, erwiderte Phyllis.

»Hat er geblutet?«, fragte Sarah. Alle blickten auf, die Hände still, die Nadeln erhoben.

Phyllis lächelte. »Wie 'n Schwein. Ich war stark und jung und wütender als 'ne nasse Katze. Hab so fest zugestochen, wie's ging, und muss wohl 'ne Vene oder so was erwischt haben, weil das Blut is' nur so aus ihm rausgespritzt, die ganze Hand voll, hat sie weggezogen, so schnell, das glaubste nich'.«

»Und was ist dann passiert?« Ann lehnte sich vor. »Was hat dein Pa gemacht?«

»Hat mich an den Haaren aus der Schenke rausgezogen und dann den ganzen Heimweg auf mich eingetreten und mich ohne Essen ins Bett geschickt. Ma hat mir 'ne Brotkante mit 'n bisschen Bratenfett raufgebracht, als er weggeschnarcht war. Gott, wie der stank! Ich konnt ihn von meinem Bett aus riechen: Bier und Pisse und Schweiß. Wie Ma neben so was schlafen konnte, hab ich nie verstanden. Bald drauf bin ich von daheim weg. Ma hat mich nich' aufgehalten … Sie hätte ihn auch verlassen, wenn sie gekonnt hätt, aber meine Schwestern waren noch klein. Als ich im Dienst war und sie besucht hab, war Pa tot. Schlaganfall angeblich. Ich hätt ihn vergiftet, wenn er mein Mann gewesen wär. Vielleicht hat sie's getan, vielleicht nicht. Hab nie gefragt. Aber ich hab oft gedacht: Was, wenn an dem Abend ein Messer in der Pastete gesteckt hätte? Was wär dann passiert?«

Phyllis zog einen neuen Faden durchs Nadelöhr, und die anderen beugten die Köpfe über ihre Näharbeit. Alice flüsterte: »Herr, behüte uns vor allem Übel.« Niemand beachtete sie, denn sie neigte dazu, ab und zu Gebete vor sich hin zu murmeln. Eine leichte Brise hob die Ränder des Quilts, und Sonnenlicht spiegelte sich in einem Dutzend Nadeln, die in der Luft glitzerten.

Ruhiges Segeln. Die Rajah *gleitet sacht dahin, fast schwebt sie – Eisen, Holz und Tuch – über den Ozean. Ans Ohr dringt allein das Knarzen, das Seufzen der Segel im Wind. Die Frau blickt gen Westen, wo die Sonne am Horizont versinkt. Hinter ihr verblasst das Land, so sicher wie ihre Erinnerung daran. Es lockt der Horizont: Komm zu mir. Such mich.*

Baumwollstück: weißer Untergrund mit senffarbenen und weißen Streifen, wobei die senffarbenen Streifen ein schwarzes Muster enthalten und die weißen Streifen türkisfarbene und gelbe Blumen.

11
FRÜHER

April 1841

Kezia

Kezia lief über das Deck zur Kapitänskajüte und war fast ein wenig stolz darauf, die leichte Übelkeit überwunden zu haben, die sie während des Tages heimgesucht hatte. Ja, sie fühlte sich sogar hungrig und hoffte auf eine Mahlzeit, die so gut schmeckte, wie die aus der Kombüse zu ihr herüberwehenden Düfte versprachen. Ich muss wohl endlich Seemannsbeine haben, dachte sie, wenn ich mich aufs Abendessen freuen kann.

Die Kajüte des Kapitäns war klein, dennoch enthielt sie neben einem Arbeits- auch einen Essbereich, der einem vergleichbaren Raum an Land in keiner Hinsicht nachstand. Die Stühle waren mit dunkelgrünem Leder überzogen, der Tisch glänzte im Licht der darüber hängenden Laterne. Irgendjemand hatte das Holz so auf Hochglanz poliert, dass Kezia darauf ihr Spiegelbild erkennen konnte.

»Meine liebe Miss Hayter«, sagte Reverend Davies. »Ich freue mich, Sie endlich richtig kennenzulernen, und es tut mir leid, dass wir uns bisher noch nicht unterhalten konnten. Meine lieben Freundinnen, Mrs Fry und Mrs Pryor, haben mir bereits viel von Ihrer Arbeit berichtet.«

»Danke, Sir«, erwiderte Kezia. »Ich freue mich, von Nutzen zu sein.«

Mr Davies war ein großer, dünner, blasser Mann mit stechendem Blick und einer etwas zu langen Nase. Seine Lippen waren schmal und wirkten zusammengekniffen, was ihn unzufrieden wirken ließ, doch vielleicht trauerte er noch um seine Frau, die vor Kurzem gestorben war.

»Nun«, sagte er und blickte auf Kezia herab, »Sie planen ja, die Frauen mit Näharbeiten zu beschäftigen. Soweit ich weiß, haben Sie damit heute begonnen. Sind Sie wirklich sicher, dass das angemessen ist? Mir scheint, ein Nähzirkel läuft der Idee der Bestrafung entgegen, und wir dürfen nicht vergessen, dass diese Frauen bestraft werden sollen.«

Kezia suchte angestrengt nach höflichen Worten für ihre Gedanken, denn sie spürte, wie Wut in ihr aufwallte. Schließlich fasste sie sich ausreichend, um ruhig zu erwidern: »Die Bestrafung der Frauen, Sir, besteht aus dem Verlust der Freiheit und all derer, die sie lieben. Weitere Strafen sind nicht nötig. Da stimmen Sie mir doch sicher zu, nicht wahr? Schließlich dienen Sie einem barmherzigen Gott, oder?«

Plötzlich stand Mr Donovan neben ihr, der das Gespräch mit angehört haben musste. »Wo sie recht hat, hat sie recht, Sir.« Er lachte und wandte sich dann an Kezia: »Soweit ich weiß, haben Sie den Kapitän um Erlaubnis gebeten, den Frauen Bewegung an Deck zu ermöglichen.«

»An Deck?«, fragte Mr Davies, der sich kaum mehr beherrschen konnte. »Das wäre doch sicher …«

»Sehr vernünftig«, ergänzte Mr Donovan. »Schließlich wollen wir kein Schiff voller dahinsiechender, kranker oder gar sterbender Frauen.«

»Aber aus Mangel an Bewegung stirbt man doch nicht, Sir«, warf Mr Davies ein.

»Wir werden es wohl nie erfahren, denn der Kapitän hat seine Erlaubnis bereits erteilt. Die Frauen dürfen jeden Tag an

Deck spazieren gehen. Selbstverständlich in einem gewissen Rahmen.«

Mr Donovan wandte sich ab, um mit einem der Offiziere zu sprechen, und Mr Davies fragte Kezia nach ihrer Arbeit in den Gefängnissen Londons. »Ich habe ab und zu in Millbank gepredigt«, fügte er hinzu.

»Ja, ich habe Sie dort sprechen hören«, erwiderte Kezia, was Mr Davies sichtlich gefiel. Er begann, über Predigten im Allgemeinen und seine im Besonderen zu dozieren. Wie lange er wohl über sich selbst reden wird, wenn ihn niemand unterbricht?, fragte sich Kezia. Vielleicht den ganzen Abend. Wie sollte sie ihn nur aufhalten? Als Kapitän Ferguson erschien und eine Hand auf Mr Davies' Ellbogen legte, war sie ihm sehr dankbar.

Während sich Kezia für das Abendessen hergerichtet und ihr Haar gebürstet hatte, hatte sie überlegt, wie es wohl wäre, mit dem Kapitän im geselligen Rahmen zu sprechen. Würde er sich weniger steif und förmlich zeigen als bisher? Sie hatte auf eine herzlichere Unterhaltung gehofft, doch bisher sprach er nur mit Mr Davies, und Kezia war ein wenig enttäuscht.

»Kommen Sie, mein Bester«, sagte er. »Setzen wir uns. Nehmen Sie einen Sherry, Sir. Und Sie auch, Miss Hayter.«

Kezia lehnte den Sherry ab und ließ sich zu einem Platz neben Mr Donovan führen. Auf ihrer anderen Seite saß der Kapitän. Wenn er nicht mit ihr sprechen würde, dann sicher Mr Donovan. Er würde sich als unterhaltsamer Sitznachbar erweisen, das wusste sie. Ihre Erleichterung, nicht neben Mr Davies zu sitzen, war so groß, dass sie beinah eine entsprechende Bemerkung gemacht hätte.

Drei junge Matrosen betraten den Raum und servierten je dem Gast Hammelbraten, Kartoffeln, Erbsen und Bratensoße auf einem Porzellanteller.

Sobald aufgetischt war, begann Mr Donovan, Fragen zu stellen.

»Ob Ihnen das Schiffsleben wohl zusagen wird, Miss Hayter? Waren Sie schon einmal fort von England? Wie wird wohl Ihre Familie ohne Sie zurechtkommen?«

Kezia hatte gesehen, wie Mr Donovan mit den Frauen auf dem Unterdeck umging, und wusste, dass er sich für alle Menschen gleichermaßen interessierte. Und weil er so liebenswürdig war, bekam er stets auch freundliche Antworten.

»Meine Geschwister werde ich natürlich vermissen«, erwiderte sie. »Aber sie haben ja einander, und ich werde ihnen schreiben.«

»Wie viele sind Sie? Sind Sie die Älteste?«, fragte Mr Donovan weiter.

»Er ist nicht aufzuhalten, mein lieber Freund James«, mischte sich Kapitän Ferguson ein und lächelte fast. »Er wird so lange weiterfragen, bis er noch die letzte Information erhalten hat, die ihn interessiert. Und er ist ein äußerst neugieriger Mensch, das kann ich Ihnen versichern.«

»Das ist in Ordnung«, erwiderte Kezia. »Ich habe mir vorgenommen, jede einzelne seiner Fragen zu meiner Person gleich zu beantworten, dann wird er für den Rest der Reise keine mehr übrig haben.«

»Da haben Sie's, James.« Kapitän Ferguson lachte, und Kezia bemerkte, wie sich seine Gesichtszüge dabei veränderten. Sieht er gut aus?, fragte sie sich, während sie eine Kartoffel zerteilte. Mr Donovan erklärte: »Ich werde jedes Wort von Miss Hayter mit Spannung erwarten.«

Kezia schluckte ihren Bissen hinunter, legte Messer und Gabel auf den Teller und lächelte Mr Donovan und dem Rest der Tischgesellschaft zu, die zu sprechen aufgehört hatte und sie erwartungsvoll ansah. Plötzlich ging ihr auf, wie ungewöhnlich ihre Anwesenheit auf dem Schiff für die Männer sein musste. Sie waren bestimmt noch nie einer Frau begegnet, die ihre Berufung als Matron so ernsthaft verfolgte.

»Mein Vater starb, als ich sechs war, Sir«, begann sie. »Meine Schwester Henrietta ist vier Jahre älter als ich, und ich habe drei jüngere Brüder, Robert, George und John. Mein Cousin George Hayter ist Maler am Hof unserer Königin.«

»In der Tat«, sagte der Kapitän. »Das hat uns Mrs Fry bereits verraten. Er malte das wunderbare Porträt der Königin kurz nach ihrer Krönung. Was für eine Ehre, eine Person mit so guten Beziehungen bei uns auf der *Rajah* zu wissen.«

»Und Ihre Mutter?«, fragte Mr Donovan, dessen Neugier noch nicht gesättigt war. »Wird sie Sie nicht vermissen?«

»Das bezweifle ich, Sir«, erwiderte Kezia und hob erstaunt die Augenbrauen angesichts seiner Hartnäckigkeit. »Wir beide sind … Nun, sie ist viel zu beschäftigt, um sich noch Sorgen um mich zu machen.« Um ihren Gesprächspartner abzulenken, bat sie sodann um Salz, obwohl das Essen gut genug gewürzt war, denn die komplizierte Beziehung zu ihrer Mutter darzulegen, hatte sie keineswegs vor. Sie kannte ihre eigenen Gefühle für sie. Und der liebe Gott kennt sie wahrscheinlich auch und rauft sich die Haare angesichts der fehlenden Nähe zwischen uns, dachte Kezia. Doch nichts davon, da war sie sicher, ging irgendjemand anderen etwas an. Schweigend aß sie weiter und lächelte freundlich, wenn jemand in ihre Richtung blickte.

»Ich glaube«, sagte Mr Donovan plötzlich zu Kezia, »Molly Forbes lief direkt auf Sie zu, kurz nachdem Sie an Bord gegangen waren. Das tut mir leid. Ich hoffe, Sie haben sich nicht zu sehr erschreckt. Sie war eine arme Seele, und es war meine Pflicht, sie wieder an Land zu schicken. Ich glaube nicht, dass sie Ihnen etwas angetan hätte. Mehr Bellen als Beißen, vermute ich.«

»Ich hatte überhaupt keine Angst, Sir«, schwindelte Kezia, die sich vorgenommen hatte, während der Reise so wenig Furcht wie möglich zu zeigen. Das würde von diesen Männern sonst allzu schnell als weibliche Schwäche ausgelegt werden. »Meine einzige Sorge galt ihrem Wohlergehen.«

»Das ist sehr lobenswert, Miss Hayter«, sagte Mr Donovan. »Und spricht für Sie. Auch mir fällt es schwer, einem Menschen die Chance auf ein besseres Leben zu verwehren, doch ich sehe es als meine Pflicht, nur Frauen auf diese lange Reise mitzunehmen, deren Zustand stabil ist. Ein unberechenbarer Passagier stellt eine Gefahr für alle dar. Bei meiner Entscheidung habe ich an meine und Ihre Arbeit sowie an das Wohlergehen der Sträflingsfrauen gedacht, damit wir auf diesem Schiff möglichst harmonisch zusammenleben können. Dieses Mal musste ich nur einige wenige zurückschicken, die zu verwirrt waren, um von der Überfahrt zu profitieren.«

»Doch vielleicht wäre es gerade für die Verrückten gut, weit weg von ihren rationaleren Mitbürgern zu sein«, warf Mr Davies ein. »Die Irrenanstalten in England scheinen überfüllt zu sein.«

In diesem Moment kehrten die drei Matrosen zurück, um die Teller abzuräumen, und als sie gegangen waren, verabschiedete Kezia sich von der Tischgesellschaft.

»Ich begleite Sie, Miss Hayter«, sagte der Kapitän, erhob sich und wartete an der Tür auf sie. Kezia hatte nicht mit seiner Aufmerksamkeit gerechnet und spürte, wie sich ihre Wangen röteten. Worüber würden sie auf dem Weg zu ihrer Kabine sprechen? Der Kapitän nahm eine kleine Laterne, die auf einer Anrichte stand, um ihnen den Weg zu leuchten.

»Ich wünsche Ihnen eine gute Nacht, meine Herren«, sagte Kezia zu den noch um den Tisch versammelten Männern. Ein vielstimmiges »Gute Nacht« begleitete sie aus der Kajüte.

Auf dem Weg zu Kezias Kabine kam plötzlich Isaac Margrove auf sie zugerannt. »Sir«, sagte er. »Es tut mir leid, aber man braucht Sie auf dem Achterdeck.«

Kapitän Ferguson wandte sich an Kezia: »Isaac wird Sie zu Ihrer Kabine begleiten. Gute Nacht, Miss Hayter. Entschuldigen Sie bitte …« Er trat von einem Fuß auf den anderen, unsicher, was er sagen sollte. »Ich hoffe, Sie haben … diesen Abend genossen. Es war … sehr angenehm. Aber man braucht mich. Entschuldigen Sie bitte vielmals, Miss Hayter. Gute Nacht.«

»Ihnen auch eine gute Nacht, Sir.«

Der Kapitän war kaum mehr zu sehen, als Kezia verärgert feststellte, dass sie sich gar nicht bei ihm bedankt hatte. Wahrscheinlich ist es ihm gar nicht aufgefallen, dachte sie, und ärgerte sich noch mehr.

Isaac fühlte sich von Kezias Gegenwart nicht eingeschüchtert. »Ich freue mich, Sie wiederzusehen, Matron. Ich hoffe, Sie haben sich gut eingelebt.«

»Danke, Isaac«, erwiderte Kezia. »Ich fühle mich hier sehr wohl.«

»Es ist gut, durch Sie als Matron eine so wichtige Vertreterin des Damenkomitees an Bord zu haben. Macht uns mächtig stolz hier auf der *Rajah*. Hatten so was noch nie. Hier nicht und auf keinem anderen Schiff, auf dem ich bisher gesegelt bin.«

Sie waren an der Kabine angekommen, und Isaac stellte die Laterne vorsichtig auf der Kommode ab. »Gute Nacht, Miss«, sagte er. »Und passen Sie auf mit der Laterne. Feuer ist die schlimmste Gefahr an Bord, wie Sie sicher wissen.«

»Danke. Ich werde achtgeben. Werden Sie denn den Rückweg im Dunkeln finden?«

Er lachte. »Auf der *Rajah* kenne ich jede Planke, jede einzelne. Ich könnte mich mit geschlossenen Augen auf den Decks und im Frachtraum zurechtfinden, ja sogar in die Takelage klettern! Machen Sie sich wegen mir keine Sorgen.«

»Dann ist es ja gut.« Kezia lächelte ihn an. »Ich bin Ihnen für Ihre Hilfe wirklich sehr dankbar, Isaac.«

Kezia hatte sich noch nie auf so engem Raum umgezogen. In ihrer kleinen Kabine dauerte jede Bewegung viel länger als üblich, doch schließlich trug sie ihr Nachthemd und hatte ihr rosafarbenes Tuch um die Schultern gelegt. Sie sah ihr Kleid an, das sorgfältig über der Lehne eines kleinen Stuhls hing. Die Schuhe mit den zusammengerollten Strümpfen darin hatte sie darunter gestellt, und jetzt fragte sie sich, wie die Sträflingsfrauen, die auf dem Unterdeck dicht an dicht lagen, es schaffen würden, ihre Habseligkeiten in Ordnung und vor allem sauber zu halten. Sie würden sich und ihre Kleidung gruppenweise waschen müssen, wenn nicht jede Nase an Bord leiden wollte. Kezia beschloss, die Angelegenheit mit jemandem zu besprechen … Mr Donovan vielleicht. Schließlich war er Arzt, und der Gedanke an Damenkleidung, gewaschen oder nicht, sollte ihn nicht weiter schockieren.

Sie nahm ihre Bibel heraus und las, wie sie es gewohnt war, die für diesen Tag vorgesehene Bibelstelle. Dann kniete sie sich neben ihre Koje und betete, wie jeden Abend, wobei sie sich der wiegenden Bewegung der *Rajah* und der Tiefe des Wassers unter dem Schiff bewusst war. Seit ihrer Kindheit bedachte Kezia beim Gebet immer gewisse Menschen. Dabei ging sie diese Liste in Gedanken durch und stellte sich vor, sie würde jeden Namen, nachdem sie ihn erwähnt hatte, mit ihrer Feder durchstreichen. Jetzt fügte sie die Sträflingsfrauen in ihrer Obhut zu dieser Liste hinzu. Zuerst kam ihr Vater, dann die Geschwister, danach Freunde, vor allem die liebe Mrs Pryor, dann die Frauen, die sie während ihrer Arbeit für das Damenkomitee kennengelernt hatte, und am Ende ihre Mutter.

Seit wann wusste sie, dass ihre Mutter nicht viel Zuneigung für sie empfand? Schon als kleines Kind hatte Kezia bemerkt, dass das Lächeln ihrer Mutter eher ihrer Schwester Henrietta und ihren Brüdern galt als ihr. Lange hatte sie geglaubt, das sei ihre Schuld: *Kezia, du bist ungehorsam. Kezia, du bist stur. Kezia, hör auf zu lesen. Kezia, schlaf jetzt endlich. Ich habe diese Geschichte von Albträumen wahrlich satt.*

Seit sie denken konnte, schien sich ihre Mutter über ihr Verhalten zu beklagen. Als Kezia etwa zwölf und Henrietta sechzehn Jahre alt war, sprach sie ihre Schwester darauf an.

»Henrietta, glaubst du, Mama mag mich?«

Sie saßen im Salon und stickten, jede auf einer Seite des Kamins. Weder der Teufel noch sonst jemand hätte den Hayters untätige Hände vorwerfen können.

Henrietta blickte sie verblüfft an. »Ob sie dich mag? Natürlich mag sie dich, du dumme Gans. Sie liebt dich. Jede Mutter liebt ihre Kinder, oder etwa nicht? Warum stellst du so eine alberne Frage?«

»Ich weiß nicht«, erwiderte Kezia. »Vielleicht bin ich ja wirklich albern, aber …«

»Aber was?« Henrietta legte ihre Näharbeit nieder und starrte ihre Schwester an, als hätte diese plötzlich zwei Köpfe.

Es war schwer, die richtigen Worte zu finden, aber Kezia versuchte es. »Sie umarmt mich nie. Sie hat mich schon – schon sehr lang nicht mehr geküsst.«

»Das ist doch Unsinn, Kezia. Sie gibt uns jeden Abend einen Gutenachtkuss.«

Sollte sie weiterreden? Kezia fühlte sich hilflos. Hatte Henrietta wirklich nicht bemerkt, was abends geschah? Nachdem ihre Mutter den Jungen Gute Nacht gesagt hatte, kam sie in ihr Zimmer, setzte sich auf Henriettas Bett, erzählte dies und das, stand auf, lehnte sich über ihre älteste Tochter und gab ihr einen liebevollen Kuss. Auf dem Weg zur Tür tätschelte sie dann leicht das Fußende von Kezias Bett und sagte im Vorbeigehen: »Gute Nacht, Kezia-Schatz.«

Die Liebe meiner Mutter ist wie eine Laterne, überlegte Kezia und dachte daran, wie selten sie von diesem Licht gestreift, wie oft sie im Dunkeln zurückgelassen wurde, weil ihre Mutter es vorzog, anderen mit diesem Licht zu leuchten. Jeden Abend hatte sie sich umgedreht, die Wand angestarrt und sich bemüht, an nichts als deren raue Oberfläche zu denken. Selbst im Sommer hatte sie in ihrem Bett gefroren.

Kezia seufzte. Offensichtlich hatte Henrietta dem Ganzen keine Beachtung geschenkt, und warum sollte sie auch? Im Haus ging alles seinen gewohnten Gang, und nur Kezia zählte Zurückweisungen und Küsse.

»Sie redet mit mir nicht so wie mit dir und den Jungen«, fuhr Kezia fort. »Ist dir das nicht aufgefallen?«

»Du fantasierst dir da etwas zusammen, Kezia, und du klingst reichlich kleinlich.«

Ich bin überhaupt nicht kleinlich, dachte Kezia und stieß ihre Nadel mit neuer Entschiedenheit in den baumwollenen Kissenbezug, den sie gerade bestickte. Schließlich war es so. Ihre Mutter schien selten zu wissen, worüber sie mit ihrer jüngeren Tochter sprechen sollte. Sie gab ihr Anweisungen, die Kezia, so gut sie konnte, befolgte, aber sie unterhielt sich nie mit ihr. Kezia und ihre Mutter lachten nie zusammen, sie plauderten nicht miteinander und sie sprachen nicht über wichtige Dinge, wie beispielsweise darüber, was ihre jüngere Tochter später einmal machen könnte.

Kezia versuchte, zu ihren Gebeten zurückzukehren. Ich bin heute wohl etwas unruhig, Herr, dachte sie. Vergib mir, ich werde jetzt achtsamer sein. Wenn sie zu viel über ihre Mutter nachdachte, fiel es ihr schwer, ihr wirklich zu vergeben. Sie seufzte. »Und, Herr«, flüsterte sie, »schütze Kapitän Ferguson und die Schiffsmannschaft, damit sie uns sicher ans Ziel bringen. Sei gnädig mit den Frauen, die versuchen, am anderen Ende der Welt ein neues Leben aufzubauen. Sende ihnen Kraft und Mut, und lass sie deine Liebe spüren.«

Kezia stand auf, um das Licht zu löschen. Die Flamme flackerte kurz auf und starb, sodass es jetzt, bis auf die Laternen an Deck, vollkommen dunkel war. Sie lauschte dem Ächzen des Holzes und fragte sich immer wieder, wie es sein konnte, dass ein so schweres Schiff wie die *Rajah,* das doch nichts weiter war als eine Art riesige Truhe, mit so vielen Männern und Frauen an Bord nicht augenblicklich auf den Meeresgrund sank. Wie war es möglich, dass das Wasser sie alle trug?

Früh am nächsten Morgen stand Kezia an Deck und blickte aufs Meer hinaus. Wie eine undeutliche Linie in weiter Ferne erschien ihr der Horizont, und die Wellen mit ihren weißen Schaumkronen spielten im Wind und jagten einander hinterher, bis sie sich schließlich an der *Rajah* brachen.

»Sie haben Ihre Seemannsbeine schneller gefunden als die meisten, Madam. Guten Morgen!« Kapitän Ferguson hatte sich zu ihr an die Reling gestellt.

»Guten Morgen, Kapitän. Ja, am Anfang war das Auf und Ab und das Schaukeln von einer Seite zur anderen seltsam, aber ich habe mich daran gewöhnt. Und ich bin zu beschäftigt, um mich viel um die Bewegung des Schiffs zu kümmern.«

»Genauso machen wir es mit den Jüngsten in der Mannschaft. Sie kommen an Bord, sind neu, haben Heimweh und manchmal Angst, obwohl sie das nie zugeben würden, und wir schicken sie sofort an die Arbeit: Wir senden sie hinauf in die Takelage, lassen sie Vorratskisten schleppen und schicken sie so viel hin und her, dass sie ihre Seekrankheit bald vergessen. Sie sind viel zu erschöpft, um krank zu werden. Schließlich gibt es auf einem Schiff immer etwas zu tun. Und wie ich sehe, haben auch Sie bereits mit der Arbeit begonnen.« Er deutete auf die Frauen, die zu zweit oder zu dritt an Deck spazieren gingen.

Kezia nickte. Sie war froh, dass sowohl der Kapitän als auch Mr Donovan ihrem Plan zugestimmt hatten, etwas für das Wohlergehen der Frauen zu tun und ihnen jeden Tag ein bisschen Bewegung zu gestatten. »Ich denke, es ist wichtig, so viel wie möglich an der frischen Luft spazieren zu gehen. Vielleicht …« Kezia lächelte den Kapitän an. »Vielleicht wäre es sogar möglich, dass die Frauen im Freien ihre Näharbeiten verrichten, wenn wir in ruhigeren Gewässern sind und es wärmer ist?«

»Wir werden sehen. Vielleicht könnten Sie und ich auch ab und zu gemeinsam spazieren gehen?«

Beinahe wäre Kezia ein »Warum?« herausgerutscht, doch dann erwiderte sie einfach: »Natürlich.«

Sie blickte den Kapitän verstohlen von der Seite an. Er war ihr bislang immer etwas steif und in ihrer Gegenwart wortkarg vorgekommen. Interessierte er sich wirklich für ihre Arbeit? Warum hatte er vorgeschlagen, mit ihr spazieren zu gehen?

»Dann lassen Sie uns doch gleich damit beginnen«, sagte der Kapitän und hielt ihr seinen Arm entgegen. Kezia hakte sich überrascht und plötzlich nervös bei ihm unter. Als würden wir an der Promenade in Brighton entlangspazieren, dachte sie, als sie gemeinsam über das Deck schlenderten.

»Erzählen Sie mir ein bisschen von Ihrer Arbeit, Miss Hayter«, bat er. »Sie werden also mit einer Gruppe von Frauen einen Quilt nähen.«

»Das ist richtig«, erwiderte Kezia. »Es handelt sich dabei um ein Vorhaben, das ich schon seit Langem plane.«

»Tatsächlich?«, fragte der Kapitän. »Wann hatten Sie die Idee dazu?«

Kezia blickte zuerst hinauf zu den Segeln, dann hinunter auf ihre Füße und erklärte schließlich: »Dafür muss ich Ihnen zuerst von Mrs Pryor berichten. Sie ist für mich in vielerlei Hinsicht wie eine Mutter. Sie ist ein wichtiges Mitglied des Damenkomitees, aber ich kenne sie schon, seit ich in Newgate zu arbeiten begonnen habe.«

Wie sollte sie dem Kapitän ihre Freude erklären, als Elizabeth Pryor begonnen hatte, sich für sie zu interessieren? Als sie endlich eine Gleichgesinnte gefunden hatte? Jemanden, der sie weitaus besser verstand als ihre eigene Mutter? Eine Frau, die wusste, dass man mit Nadel und Faden mehr erreichen konnte, als Mustertücher und Stickereien anzufertigen. Mrs Pryor hatte erkannt, dass die Anordnung von Stoffen und Farben eine Kunst war.

»Wir beide sind Mrs Frys Meinung«, sagte sie, »dass die gemeinsam getane Arbeit viel wert ist. Arbeiten, die man für sich selbst verrichtet, sind gut, aber wenn man gemeinsam etwas für andere macht, dann arbeiten viele auf dasselbe Ziel hin, und das führt zu …« Kezia hielt inne und wusste nicht, wie sie ihre Gedanken in Worte fassen sollte. Glücklicherweise unterbrach der Kapitän sie: »… einer Verbundenheit zwischen Fremden. Einem gemeinsamen Zweck. Und natürlich möglicherweise auch zu echten Freundschaften.«

Kezia lächelte. »Genau so sehe ich das auch.« Ihren Wunsch, die Frauen auszubilden, ihnen eine Chance auf ein besseres Leben zu ermöglichen, erwähnte sie nicht. Und sie ließ auch ungesagt, dass sie vorhatte, jedes Treffen mit einem Psalm zu beginnen oder zu beschließen. Wenn sie Van-Diemens-Land erreichten, hatten sich die Frauen dann vielleicht angewöhnt, um Segen für ihre Arbeit zu bitten.

Kezia wusste aus ihrer Zeit in Millbank, dass die Frauen während der gemeinsamen Näharbeit manches Geständnis ablegen würden, weil sie jemandem ihr Herz ausschütten wollten. Die Handarbeit erlaubte es ihnen zu sprechen, ohne eine andere Person direkt ansehen zu müssen, und Kezia hatte die Erfahrung gemacht, dass andere folgen würden, sobald die erste Frau damit begonnen hatte. Sie rechnete damit, dass das hier auf der *Rajah* noch mehr der Fall sein würde, da es weniger Menschen gab, die von diesen Hoffnungen, Ängsten und Sorgen erfahren konnten.

»Ich werde mein Bestes tun, jeder meiner Näherinnen zu helfen«, sagte sie schließlich.

»Da bin ich sicher, Miss Hayter. Jetzt muss ich leider gehen, aber wir unterhalten uns beim nächsten Spaziergang weiter.«

Er verbeugte sich kurz und ging Richtung Achterdeck davon. Kezia war unsicher gewesen, was sie ihm antworten sollte, und war erleichtert, dass er ihre Erwiderung nicht abgewartet hatte. Sie freute sich auf ihr nächstes Treffen, doch es hätte sich nicht gehört, diese Empfindung in Worte zu kleiden.

An Bord der Rajah, 6. April 1841

Meine liebe Schwester,

nur eine Nacht auf See, und schon bin ich ein erfahrener Seemann! Ich wünschte, dem wäre so, aber leider stimmt das nicht. Ich finde es mehr als merkwürdig, keinen festen Boden unter den Füßen zu haben. Selbst bei dieser ruhigen See spüre ich die ständige Bewegung des Schiffs. Das Wasser erstreckt sich in jede Richtung bis an den Horizont, und das macht mir Angst, ich gebe es zu. Alles, was uns mit dem Land verbindet, ist verschwunden. Keine Gebäude, keine Bäume, keine anderen Menschen, nur meilenweit glitzerndes Wasser, das sich scheinbar unendlich hinzieht. Kapitän Ferguson ist sehr geschickt darin, dafür zu sorgen, dass seine Mannschaft und wir uns gut eingewöhnen werden. Wenn ich ihn mit einem Wort beschreiben sollte, würde ich sagen, »beruhigend«. Heute sind wir gemeinsam an Deck spazieren gegangen, und in seiner Gesellschaft konnte ich mir fast vorstellen, wir wären in Richmond Park. Alle Sorge um unser Schiff so allein auf hoher See war wie fortgeblasen …

Kezia legte die Feder zur Seite. Es stimmte, dass sie sich unter Kapitän Fergusons Kommando an Bord des Schiffs sicher fühlte. Er war ihr recht schüchtern vorgekommen, und sie hatte gedacht, er verberge diese Schüchternheit hinter steifer Höflichkeit, doch heute hatte er sich … sie suchte nach dem richtigen Wort … *normaler* gezeigt. Sie griff wieder zur Feder, um ihrer Schwester das Sträflingsdeck und die Frauen in ihrer Obhut genau zu beschreiben.

Baumwollstück: schmale Streifen in Senfgelb, Weiß, Schwarz und Türkis, wobei jeder Streifen mit Blumenreihen in kontrastierenden Farben bedruckt ist.

12
FRÜHER

April 1841

Hattie

Miss Hayter war noch einmal zu den Sträflingsfrauen aufs Unterdeck gekommen, um mit ihnen zu sprechen. Sie hatte bereits Anweisungen zum Waschen, Kochen und Schlafen gegeben und kam jetzt zum Ende ihrer Ansprache.

»Kapitän Ferguson ist ein guter Mann, der euch auf meine Bitte hin erlaubt, regelmäßig an Deck ein wenig spazieren zu gehen. Außerdem werden wir so oft wie möglich an der frischen Luft nähen, denn wir benötigen gutes Licht.« Sie sah sich auf dem Sträflingsdeck um, als sähe sie es zum ersten Mal. »Hier unten ist es zu dunkel. Wir sind jetzt auf hoher See, und ich bitte euch, mit mir für eine sichere Überfahrt und eine gute Ankunft in Van-Diemens-Land zu beten.«

Die Frauen schlossen die Augen und senkten die Köpfe, als Miss Hayter fortfuhr: »O Herr, erhöre die Gebete deiner Töchter, die in diesem Raum versammelt sind und deren lange Seereise begonnen hat. Segne unser Werk und schenke uns Gesundheit in Körper und Geist, damit wir die Kraft finden, unsere Arbeit zu vollbringen.« Sie holte ihre Bibel aus der Tasche, öffnete sie und räusperte sich dann hinter vorgehaltener Hand. Im Raum hörte man unterdrücktes Prusten, gefolgt von einem »Pst!« und weiterem Gekicher, dann erhob Miss Hayter die Stimme: »Ich möchte unsere Zusammenkunft mit einem Psalm beenden:

Die aufs Meer gefahren waren in Schiffen,
auf weiten Fluten Handelsgeschäfte trieben,
die haben das Walten des Herrn geschaut
und seine Wundertaten auf hoher See.«

Na, dann wollen wir mal hoffen, dass wir seine Wunder nicht zu sehen bekommen, dachte Hattie. Weder Wale noch Seeungeheuer oder Riesenvögel.

»Denn er gebot und ließ einen Sturm entstehn,
der hoch die Wogen des Meeres türmte:
Sie stiegen empor zum Himmel und fuhren hinab in die Tiefen,
sodass ihr Herz vor Angst verzagte.«

Hattie hoffte inständig, dass ihnen Stürme erspart blieben. Was würde das für die *Rajah* bedeuten? Und Bertie, würde er sich fürchten? Auch sie hatte noch nie einen Sturm auf hoher See erlebt und wäre vielleicht ebenfalls zutiefst verängstigt.

»Er stillte das Ungewitter zum Säuseln,
und das Toben der Wogen verstummte.«

Das hörte sich deutlich besser an … die Ruhe nach dem Sturm. Dafür würde ich sogar beten, dachte Hattie und spähte zu Miss Hayter hinüber, die nicht mehr auf die Bibel blickte, sondern die Frauen betrachtete. Also kennt sie den Psalm wohl auswendig, überlegte Hattie. Hat diese Worte wahrscheinlich schon Tausende von Malen gesprochen.

»Da wurden sie froh, dass es still geworden,
und er führte sie zum ersehnten Hafen:
Die mögen danken dem Herrn für seine Güte
Und für seine Wundertaten an den Menschenkindern.«

Hattie blickte sich im Kreis der lauschenden Frauen um. Viele von ihnen sahen ärmer und heruntergekommener aus als sie selbst. Unglücklicher. Die meisten waren Diebinnen, genau wie sie. Wie auch Hattie hatten sie gestohlen, um Essen für ihre Kinder auf den Tisch zu bringen. Während sie also aus Not zu Kleinkriminellen geworden waren, gab es doch auch andere, die in dieser Welt zu Hause waren, die als Kinder von Dieben aufgewachsen oder professionelle Betrügerinnen waren. Ich aber war einmal eine ehrbare Frau, dachte sie.

Bevor sie mit Bertie schwanger wurde, hatte sie als Dienstmädchen für die respektablen, wohlhabenden Whitings gearbeitet und ihre Tage damit verbracht, sich um die Kleidung der Frauen zu kümmern. Kleine Risse hatte sie so gekonnt genäht, dass man die Stiche nicht sehen konnte. Sie hatte gesäumt und geheftet, gesteckt und abgesteckt, und war von den Whitings gut behandelt worden.

Besonders gut hatten die Männer des Haushalts sie behandelt, sofern man deren Betatscherei und Begrapscherei als gute Behandlung bezeichnen konnte. Hattie verachtete besonders den Vater, Mr John Whiting, dafür, doch sie wusste, dass sie sich seinen Wünschen beugen musste. Wenn ich es nicht getan hätte, dachte sie, wäre ich auf der Straße gelandet, ohne einen Penny für meine Arbeit. Und wenn sie ganz ehrlich war, war ihr die Aufmerksamkeit des ein oder anderen Mannes des Haushalts nicht gänzlich unangenehm gewesen. Den jüngeren Sohn Jeremiah hatte sie sogar recht gern gemocht, und auch wenn man sie entlassen hatte, als ihre Schwangerschaft sichtbar geworden war, wäre es ihr nie in den Sinn gekommen, sich über Berties Dasein zu beklagen. Ohne ihren Sohn … Diesen

Gedanken wollte Hattie erst gar nicht zu Ende denken. Auch wenn sich ihr Leben durch ihn grundlegend verändert hatte und seine Geburt in direktem Zusammenhang mit ihrer gegenwärtigen Misere stand, war Bertie doch das Beste, was ihr je passiert war.

Er hatte ihr geholfen, einen schmerzhaften Verlust zu verwinden, der ihr noch immer zu Herzen ging, wann immer sie daran dachte. Wenn die schlimmen Erinnerungen hochzukommen drohten, hatte Hattie sich angewöhnt, rasch an etwas Schönes zu denken, da sie sonst in Schmerz und Melancholie verfallen wäre, was weder ihr noch Bertie gutgetan hätte.

Hattie blickte sich auf dem Sträflingsdeck um und sah, wie sich die Frauen nach Miss Hayters Gebet in ihren Grüppchen zusammenfanden, um miteinander zu erzählen. Diejenigen, die im selben Gefängnis gesessen hatten, waren bereits in festen Bündnissen und Cliquen an Bord gekommen, so wie die drei Newgate Nannies, die auch schon eine dunkle Ecke des Decks für sich in Beschlag genommen hatten. Sie waren älter als viele der anderen Frauen und hatten ein Händchen für zwielichtige Geschäfte. Margery Selwood, Selwood genannt, hatte eine fiese Zunge, und die anderen pflegten ihr alles nachzuplappern. Agnes Dwyer, Dwyer genannt, war eine schwere Frau mit einem schielenden Auge und einer Tätowierung auf dem Arm: ein Muster aus fünf Punkten, das ihre Vergangenheit als Prostituierte verriet. Sie war die Gefürchtetste unter den dreien, und es gab nur wenige, die es wagten, sie zu verärgern. Die Schwächste von ihnen war Tabitha Brown, die sich den anderen beiden im Gefängnis angeschlossen hatte und deren größtes Talent im Spionieren und vor allem im Lauschen lag. Sie konnte sich unter die Gefangenen mischen, ohne groß aufzufallen, und hörte deshalb so manches, was den anderen beiden nutzte. Die drei, die sich an ihrem schlechten Ruf keineswegs störten und ihn im Gegenteil sogar beförderten und genossen, ließen die jüngeren Sträflingsfrauen unmissverständlich wissen, welche Vorteile es hatte, sich mit ihnen gut zu stellen. Sie tratschten unaufhörlich. In Newgate hatte Hattie mitbekommen, wie sie mit Geheimnissen handelten, sich an den schwächeren Wärterinnen schadlos hielten und die anderen Gefangenen nach Lust und Laune herumkommandierten. Hattie selbst hatte sich ihnen gegenüber ganz bewusst immer sehr entgegenkommend verhalten, nachdem Tabitha sie nur wenige Tage nach ihrer Ankunft im Gefängnis ins Visier genommen hatte.

»Bist wohl tief gefallen, was?«, hatte Tabitha damals gefragt und eine von Hatties Haarsträhnen genommen, sie durch ihre Finger gleiten lassen und gegrinst. »Was für'n Schatz«, hatte sie geflüstert und sich dabei vorgelehnt. »Reines Gold.«

Wohl wissend, dass es besser war, jetzt nicht vor Tabithas faulem Atem zurückzuweichen, hatte Hattie nur gelächelt, während die Frau weitersprach: »Würden sicher alles für dich tun, die Wärter, … vielleicht sogar die Zellentür aufsperren.«

»Lass sie in Ruh, Tabitha«, hatte sich Dwyer schließlich eingemischt, und dafür war Hattie ihr dankbar gewesen. Damit war die Gefahr, von Tabitha zu etwas Wahnwitzigem gezwungen zu werden, vorüber gewesen. Auch jetzt, auf der *Rajah,* spürte Hattie Dwyer gegenüber noch ein wenig Dankbarkeit, allerdings fragte sie sich, ob Miss Hayter mit ihrem Glauben und ihrer Hingabe den Newgate Nannies gewachsen war.

Nachdem Miss Hayter gegangen war, bemerkte Hattie neben sich eine Frau, die ihr vorher kaum aufgefallen war. Sie war groß und schlank und hatte ihre Haare mit einem Tuch bedeckt. Hattie beschloss, sie anzusprechen, und seufzte laut. »Ich muss schon sagen«, begann sie, »ich hab in meinem Leben schon in schlechteren Betten geschlafen, aber oft nicht. Was für ein Loch! Wie sollen wir das nur sauber halten? Ich mach mir Sorgen um meinen Jungen und seine Gesundheit.«

Die Frau nickte. »Ja«, erwiderte sie. »Besonders sauber ist es hier nicht gerade.«

Hattie lächelte. »Ich heiße Hattie Matthews. Und du?«

»Sarah Goodbourne.«

»Ich freu mich, dich kennenzulernen«, sagte Hattie und hielt ihr die Hand entgegen. Sarah zögerte, bevor sie einschlug.

»Ich schlaf da drüben«, sagte Sarah und zeigte auf eine Matratze in der Nähe des Niederganges. »Gute Nacht!«

»Gute Nacht«, erwiderte Hattie, die sich vorgenommen hatte, allen freundlich zu begegnen. Und jetzt kümmere ich mich um Bertie und mache das Beste aus dem, was ich habe, dachte sie.

Sie drehte sich zu ihrem Sohn um, der auf der dünnen Matratze seiner Koje saß und die Beine baumeln ließ. »Du bist ein guter Junge, stimmt's, Bertie? Aber jetzt musst du dich hinlegen … Schlafenszeit.«

Nachdem sie ihren Sohn zu Bett gebracht und ihm die kratzige Decke über die Schultern gezogen hatte, legte sich auch Hattie in ihre Koje, beobachtete, wie sich die Frauen um sie herum auf die Nacht vorbereiteten, und lauschte dem Knarzen und Stöhnen des Holzes.

Zwar gab sich Hattie tagsüber fröhlich, doch nachts plagten sie die Erinnerungen. Vielen ihrer Mitgefangenen ging es wohl ähnlich, denn manche von ihnen stöhnten im Schlaf laut auf oder murmelten etwas, während andere nicht einschlafen konnten. Hattie versuchte auch jetzt wieder, die schlimmen Gedanken durch schöne zu ersetzen. Dennoch schwirrten ihr Schatten aus der Vergangenheit durch den Kopf, und Gespräche, an die sie sich lieber nicht erinnert hätte.

Ein Haus hatte alles kaputt gemacht. Hattie wusste, und davon würde sie sich von keinem Arzt der Welt abbringen lassen, dass ihre Mutter vor Kummer gestorben war, weil sie den Verlust der kleinen Kitty, Hatties jüngster Schwester, nicht hatte verwinden können. Erst nachdem sie dieses verhängnisvolle Haus aufgesucht hatten, war es mit Ma bergab gegangen. Sie war dahingesiecht, das Licht in ihren Augen erloschen, bis nichts mehr übrig gewesen war von ihr als ein Haufen Knochen. Noch immer konnte Hattie dieses Haus in ihren Albträumen sehen.

Nein, nicht daran denken, sagte sich Hattie. Sie starrte die Holzplanken über ihrem Kopf an und dachte stattdessen an das Schiff, die Reise und das, was sie sich von der Überfahrt erhoffte. Wie es in Van-Diemens-Land wohl war? Sonnig und heiß, dachte sie. Hell und neu. Die wiederkehrenden Träumereien über das weit entfernte Land beruhigten sie. Hattie spürte die Bewegungen der *Rajah* und versuchte, sich an das ständige Rollen des Schiffs in den Wellen zu gewöhnen. Sie ließ ihren Blick durch den düsteren Raum gleiten. An einem Balken hing eine Laterne, die ein wenig Licht auf die Frauen warf, die dort nebeneinanderlagen, jede mit einer dunklen Decke zugedeckt. Hattie stand auf, gab Bertie einen Kuss und sagte: »Gute Nacht, mein Engel. Schlaf jetzt gut.«

»Wann sehen wir endlich das weite Meer, Ma?«, murmelte Bertie, während ihm vor Müdigkeit schon die Augen zufielen.

»Morgen«, erwiderte Hattie. »Versprochen.« Mit dem dunkelbraunen Wasser, das um den Rumpf schwappte, war er nicht zufrieden gewesen, schließlich hatte ihm seine Mutter blaues Wasser und hohe Wellen versprochen. Hattie legte sich wieder in ihre schmale Koje, den Kopf auf einem flachen Kissen, und blickte durch die Düsternis hinauf zu den Verwachsungen und Wirbeln im Holz.

13
JETZT

7. Juli 1841
93. Tag auf See

Kezia

Kezia erwachte früh. Ihre Nächte waren erfüllt gewesen von Träumen, die mit Tagesanbruch zwar verschwanden, aber doch ihren Schatten hinterließen. Die Sorge um Hattie trieb sie um, und dabei fiel es ihr schwer, den Sträflingsfrauen ein Gefühl der Sicherheit zu vermitteln, zumal sie in dieser Hinsicht selbst ihre Zweifel hatte.

Als sie angezogen war, nahm sie ihr Stickzeug zur Hand und versuchte, sich auf ihre Arbeit zu konzentrieren. Mit den kälter werdenden Tagen hatte sie sich angewöhnt, frühmorgens zu sticken, zu einer Tageszeit, die ihr immer sehr lieb gewesen war, denn das Licht war dann besser, und es war fast gemütlich, mit den Seidenstoffen auf der Koje zu sitzen. Die sorgfältig gestickten Worte der Widmung in winzigen schwarzen Buchstaben waren fertiggestellt. Erst vor wenigen Tagen hatte sie ihr Werk datiert und »Juni 1841« auf den Stoff gestickt. Heute wollte sie sich mit dem Rand beschäftigen, doch ihre Gedanken schweiften immerzu zu Hattie, und es fiel ihr schwer, stillzusitzen. An Bord der *Rajah* befand sich eine Frau, die wahrscheinlich in der Lage war, weitere Menschen anzugreifen. Selbst ich könnte in Gefahr sein, dachte Kezia, und sie erschauderte bei diesem Gedanken. Vorsichtig legte sie ihre Stickarbeit zur Seite. Am liebsten hätte sie die Sicherheit ihrer eigenen Kabine nie wieder verlassen. Wenn sie allein war, fühlte sie sich wohler, und das bekümmerte sie.

Seit sie mit der Untersuchung des Verbrechens begonnen hatten, zuckte Kezia bei jedem ungewohnten Geräusch innerlich zusammen. Das vertraute Ächzen der Takelage, die Geschäftigkeit der Mannschaft, das Schreien und Lärmen, das zum Leben auf See dazugehörte, erschreckte sie jetzt so, dass sie sich häufiger umblickte. Ich habe Angst, dachte sie. Ob es doch einer der Matrosen war? Hatten sie bei den Befragungen auch wirklich die nötige Sorgfalt walten lassen? Trotz aller Zweifel vermutete sie hinter dem Messerangriff auf Hattie dennoch eine der Sträflingsfrauen. Bei jedem ihrer Besuche auf dem Unterdeck hielt Kezia deshalb die Augen offen. Wir werden herausfinden, wer das getan hat, versuchte sie, sich selbst Mut zu machen, so wie sie den Frauen Mut machen wollte. Doch bis dahin werden sie in Angst leben, und ich auch. Es gibt nur eine Person, die sich nicht fürchtet, und das ist der Täter oder die Täterin. Wenn ich doch nur eine Frau ausfindig machen könnte, die sich nicht ständig verängstigt umsieht.

Sie seufzte. Es half alles nichts, Kezia würde ihre Kabine verlassen müssen. Auf dem Weg zur Krankenkajüte dachte sie, wie dankbar sie sein konnten, einen so fähigen Schiffsarzt an Bord der *Rajah* zu haben. Bisher hatte er, bis auf Kleinigkeiten wie entzündete Augen oder geringfügige Darmprobleme, wenig zu verarzten gehabt, doch nun war er mit Hattie permanent gefordert. Er war immer an ihrer Seite, und wenn er doch einmal wegmusste, vertrat ihn Joan, die angewiesen war, ihn sofort zu verständigen, wenn sich Hatties Zustand veränderte.

Als Kezia die Krankenkajüte betrat, fand sie Joan neben Hatties Koje sitzend und Mr Donovan über sein Logbuch gebeugt.

»Guten Morgen, Miss Hayter«, sagte er, erhob sich und lächelte. »Haben Sie gut geschlafen?«

»Leider nein«, erwiderte Kezia. »Ich mache mir Sorgen um Hattie, wie Sie sicher auch.«

Mr Donovan nickte. »Ihr Zustand ist unverändert. Joan saß die ganze Nacht unermüdlich neben der armen Hattie, aber leider gibt es keine Anzeichen einer Besserung.«

Kezia ging zu Joan hinüber.

»Sie ist wie ein Geist, Miss«, erklärte Joan mit müder Stimme. »Manchmal lehn ich mich vor, weil ich schauen will, ob sie noch bei uns ist, Gott steh ihr bei. Ihr Atem ist so schwach …« Sie schniefte und wischte sich mit dem Schürzenzipfel über die Augen. »Mr Donovan ist wunderbar. Lächelt immer und redet mit Hattie, als wär sie richtig da. Ich weiß nicht, warum er das macht, wenn sie uns eh nicht hören kann.«

»Weil wir gar nicht wissen, ob sie uns hören kann oder nicht«, erwiderte Mr Donovan. »Das habe ich dir doch schon erklärt, Joan, und es ist wahr. Es kann sein, dass sie mehr wahrnimmt, als wir denken. Und deshalb spreche ich mit ihr. Und darum sage ich dir, dass du ihr etwas vorsingen sollst, Joan.«

»Und das hab ich auch, Miss. Jedes Lied, das ich kenn. Lieder, die ich für meine Babys gesungen hab … Das war am schlimmsten. Da sitz ich hier und sing Hattie was vor, was ich seit Jahren nicht mehr gesungen hab, und dabei heul ich selbst wie ein Baby. Wisch mir die Augen und heul.«

»Und ich musste mich um zwei Frauen kümmern, Miss Hayter – Hattie und Joan.«

Kezia wusste, dass Mr Donovan mit seiner herzlichen Fröhlichkeit versuchte, sie alle etwas aufzuheitern, doch Joan war so bleich wie eh und je, und Hattie rührte sich nicht. Kezia nahm Joans Hand und sagte: »Komm, lass uns an Deck gehen. Die Sonne scheint ein bisschen, und die Arbeit wird dich ablenken.«

Joan stand auf, lehnte sich vor und küsste Hattie auf die Stirn. »Armes Ding«, murmelte sie. »Armes junges Ding.«

Kezia wartete, bis Joan an der Tür war, bevor sie Hattie ins Ohr flüsterte: »Gott wird für dich sorgen. Wenn du das hören kannst, Hattie, lass es dir ein Trost sein. Und wir werden herausfinden, wer dir das angetan hat.« Dann wandte sie sich an Mr Donovan und sagte: »Vielen Dank, Sir, für Ihre Güte und Herzlichkeit.«

»Trübsal hilft ja auch nicht weiter, finde ich … Guten Tag, Miss Hayter.«

Keine der Frauen lächelte, als Kezia und Joan sich setzten und zu Nadel und Faden griffen. Alle waren ungewöhnlich schweigsam und hielten die Köpfe über die Näharbeit in ihrem Schoß gesenkt. Niemand wollte sich eine Schere ausleihen. Keine der Frauen quietschte, wenn sie sich mit der Nadel in den Finger stach. Sie nähten verbissen, die Schultertücher gegen die morgendliche Kälte fest um sich gewickelt. Vielleicht war es dieser Ernst, der Kezia dazu veranlasste, ihre Geschichte zu erzählen. Sie erinnerte sich an Mr Donovans Worte und dachte, dass es vielleicht ihre Pflicht war, die Frauen etwas aufzuheitern. Denn seit dem Angriff auf Hattie hatten sich Schwermut und Beklommenheit über die Näherinnen gelegt.

»Wusstet ihr, dass ich die Queen einmal getroffen habe?«, sagte sie.

»Nie im Leben! Queen Victoria?«

Tabitha war die Erste, doch auch die anderen stießen bald ungläubige Rufe aus. »Nein. Das kann gar nicht sein! Sie erlauben sich doch einen Scherz mit uns, Miss.« Vielstimmiges Gelächter begleitete ihre Worte. Sie glaubten ihr nicht, so viel war klar.

Nun, dachte Kezia, wenigstens denken sie jetzt nicht mehr an Hattie. Sie nähte weiter und sagte: »Doch. Ich habe sie im Buckingham Palace getroffen.«

»Sie waren im Palast?«, fragte Rose. »Das haben Sie wohl geträumt, Miss. Klar, in Ihren Träumen waren Sie dort!«

»Nein.« Kezia blickte sie an. »Ich war wirklich dort. Vor drei Jahren.«

»Na dann erzählen Sie mal, Miss«, sagte Izzy. »Eine gute Geschichte könnten wir schon vertragen. Ein schönes Märchen.« Sie gackerte los.

Rose tätschelte ihren Arm. »Dann halt jetzt mal den Rand, Izzy. Wenn du nicht zuhörst, erzählt sie uns gar nichts.«

»Mein Cousin ist George Hayter«, erklärte Kezia. »Habt ihr von ihm gehört?« Da niemand antwortete, fuhr sie fort: »Er ist Hofmaler und sollte damals die Queen malen. Zu der Zeit habe ich bei ihm gewohnt, und er hat mich gebeten, mitzukommen. Um ihm zu helfen. Natürlich war ich sehr neugierig auf Buckingham Palace.«

»Wie isses denn da, Miss?«, fragte Ann.

»Die Decken sind sehr hoch. Und die Korridore unglaublich lang und mit roten Teppichen ausgelegt, und alles ist vergoldet. Und so viele Lichter! Wunderbare Lichter. Kronleuchter aus Kristall.«

»Da muss es wohl massenweise Diener geben, die die alle abstauben«, warf Joan ein. »Das wär nichts für mich. In so einem Palast zu leben.«

»Dann hast du ja echt Glück, dass du das sicher nie musst«, stellte Tabitha grinsend fest.

»Erzählen Sie weiter, Miss«, sagte Emily. »Was ist dann passiert?«

»Na ja, mein Cousin George hat seine Staffelei aufgebaut, und ich habe ihm geholfen, die nötigen Farben auszuwählen. Als die Queen hereinkam, war ich erstaunt, wie klein sie ist. Sie ist kleiner als ich, und wir sind fast gleich alt. Sie ist sehr hübsch und hatte an dem Tag ein wunderschönes weißes Kleid an. Aus Seide und mit goldener Spitze besetzt. Und sie hatte eine Krone auf, aber als sie sich auf den Thron setzte, hat George zu ihr gesagt, dass sie sie abnehmen kann, weil er diesen Teil des Bildes an jenem Tag nicht malen würde, und da hat sie die Krone abgenommen und gesagt: ›Da bin ich sehr dankbar, Sir, denn ich fürchte, sie ist ziemlich schwer.‹«

Die Frauen starrten Kezia mit offenem Mund an und warteten auf mehr, doch sie seufzte nur und sagte: »Leider sind das in etwa die einzigen Worte, die ich die Queen habe sprechen hören. Ich habe zugeschaut, wie sie dasaß, als mein Cousin sie malte, und habe mich gefragt, worüber sie wohl gerade nachdenkt, denn schließlich muss sie sich um unzählige Staatsangelegenheiten kümmern. Als er fertig war, hat sie sich bei ihm bedankt und ist gegangen.«

»Das ist ja wunderbar, Miss, man stelle sich das nur vor!«, sagte Emily. »So eine berühmte Dame, und Sie haben sie gesehen. Und noch dazu im Buckingham Palace. An den Tag denken Sie bestimmt oft zurück. So würd's mir jedenfalls gehen, wenn ich die Queen getroffen hätt.«

»Das stimmt schon, ich denke oft daran. Allerdings erinnere ich mich hauptsächlich an den Malprozess. Es kam mir vor wie Magie, wie mein Cousin aus seiner Farbpalette das perfekte Ebenbild der Queen auf die Leinwand zauberte.« Kezia ließ unerwähnt, dass sie sich damals wünschte, auch so etwas Schönes zu erschaffen, und erzählte auch nicht, dass dieser Wunsch mit der Arbeit an ihrem Quilt jetzt wahr wurde. Ihr fiel auf, dass die Frauen miteinander flüsterten.

»Was hast du gesagt, Ann?«, fragte sie.

»Ach nur, dass es gut war, das andre zu vergessen. Es ist schwer, das aus dem Kopf zu kriegen, Miss. Dass es hier jemanden gibt, der andre tötet.«

Nichts war zu hören als der Wind, der um die Schiffsmasten seufzte. Plötzlich fiel ein Schatten auf die Frauen. Eine Wolke hatte sich vor die Sonne geschoben und den Morgen verdunkelt.

»Nun«, sagte Kezia, »dann lasst uns solche Gedanken mit einem Kirchenlied verjagen.«

Es entging Kezia nicht, dass die Frauen mit weniger Inbrunst sangen als sonst. Ihre Gedanken waren anderswo.

Als Kezia zu ihrer Kabine zurückging, sah sie Charles auf sich zukommen. Es ist doch seltsam, wie froh und getröstet ich mich fühle, wenn ich ihn sehe, dachte sie. Als hätte mir jemand ein Gewicht von den Schultern genommen. Schon nach kurzer Zeit an Bord hatten sie begonnen, gemeinsam an Deck spazieren zu gehen. Kezia freute sich immer auf diese Gelegenheiten.

»Ich wollte dich sehen«, sagte Charles, der ihr bereits vor zwei Monaten das Du angeboten hatte. »Als Kapitän dieses Schiffs habe ich glücklicherweise so wenig zu tun, dass mir viel Zeit bleibt, Pläne zu schmieden, wie ich dich treffen kann.«

Kezia lächelte über seinen Scherz. Er nahm ihre Hand und legte sie sich in die Ellenbeuge, und Kezia drückte ihre Finger in den Stoff seiner Uniformjacke. Wie tröstlich es war, mit jemandem so zu laufen, einem anderen Menschen so nah zu sein, so … Sie suchte nach den richtigen Worten für ihre Gefühle. Charles' Interesse und Aufmerksamkeit wärmten sie. Seine Fürsorge.

»Ihr habt sehr lange genäht heute«, sagte er.

»Ja«, antwortete Kezia. »Sie sind alle unruhig und verängstigt. Die Stimmung unter den Frauen ist … Nun, sie sind angespannt, wie ich.«

»Das ist nicht nötig. Du kannst dir meines Schutzes sicher sein.«

»Und dafür bin ich dir dankbar, Charles, aber du weißt nicht – niemand von uns weiß –, in welcher Gefahr wir schweben. Die Frauen können kaum schlafen vor Angst.«

»Das verstehe ich«, erwiderte Charles. »Auch ich mache mir Sorgen, aber ich bin mir doch recht sicher, dass wir die Schuldige bald finden werden. Der Gedanke, dass es auf meinem Schiff eine Mörderin geben könnte, ist mir unerträglich.«

Schweigend spazierten sie weiter über das Deck und hielten dann an der Reling. Kezia erschauderte. »Die nächste Vernehmung beginnt doch sicher gleich«, sagte sie schließlich.

»Du weißt doch, dass Mr Davies es lieber hat, wenn wir vom ›Verfahren‹ sprechen«, erinnerte Charles sie scherzhaft.

»Er ist eben ein Wortklauber«, erwiderte Kezia. »Auf Papier macht sich das ›Verfahren‹ sicher gut. Glücklicherweise werden seine Ansichten dort nicht festgehalten.«

»Aber jetzt sag mir doch bitte, was dich bedrückt. Ich sehe dir doch an, dass du besorgt bist.«

»Ich fühle … Nun, ich weiß, dass meine Bedenken angesichts der Umstände selbstsüchtig und belanglos sind … All unsere Bemühungen drehen sich darum, die Wahrheit über den Angriff auf Hattie herauszufinden, und das macht es schwer für …« Kezia hielt plötzlich inne.

»Schwer wofür?«

»Fast traue ich mich nicht, es auszusprechen«, antwortete sie. »Aber wir haben – die Frauen haben – so hart an unserem Quilt gearbeitet, und jetzt sorge ich mich, dass wir vielleicht nicht rechtzeitig fertig werden. Ich bin hin- und hergerissen zwischen der Sorge um Hattie und der Beobachtung der Frauen, für den Fall, dass eine von ihnen etwas verrät, was uns zur Täterin führt. Wenn ich nicht mit dir und den anderen zusammen bin, verbringe ich jeden Augenblick mit Nähen, denn es wäre zu traurig, wenn der Quilt nicht fertig würde. Und abends in meiner Kabine schwirren mir so viele Gedanken durch den Kopf, dass ich nicht einschlafen kann.« Sie erwähnte nicht, dass sie sich besser fühlte, wenn sie an ihn dachte, obwohl das stimmte.

»Wenn du es wünschst, können wir dich von deiner Tätigkeit im Untersuchungskomitee freistellen, weißt du«, erwiderte er sanft.

»Nein, nein!«, sagte sie. »Ich muss dabei sein und euch bei der Befragung meiner Frauen helfen.« Kezia überlegte, ob sie ihm anvertrauen sollte, dass sie befürchtete, Mr Davies würde die Frauen schlechter behandeln, wenn sie nicht anwesend war. Sie kannte seine Ansichten nur zu gut, und um wie viel gnadenloser würde er sich zeigen, wenn sie nicht dabei wäre? Doch sie beschloss, keine Namen zu nennen, und sagte nur: »Ich fürchte um meine Frauen, wenn ich nicht da bin. Dass man sie irgendwie nötigen könnte. Ich muss dabei sein.«

Sie standen dicht beieinander an der Reling und blickten aufs Wasser hinunter, das am Rumpf der *Rajah* vorbeiglitt. Kezia spürte eine starke Verbundenheit mit Charles, eine fast greifbare Anziehungskraft zwischen ihnen. Der Himmel wirkte beinahe weiß, und es waren gerade nur wenige Wolken zu sehen. Das Meer in seiner schier endlosen Weite und unvorstellbaren Tiefe – an die sich Kezia nie ganz gewöhnt hatte – bewegte sich langsam und schwerfällig unter ihnen, und sie malte sich aus, es wäre ein riesiges Lebewesen, das atmete wie sie, und auf dessen Rücken die *Rajah* wie ein Insekt saß.

»Wir sollten gehen«, sagte Charles.

Kezia seufzte und wandte sich ihm zu. »Tabitha Brown ist nicht wie Marion Williams«, sagte sie. »Sie könnte gewalttätig werden, fürchte ich. Einmal habe ich sie dabei erwischt, wie sie eine andere Frau scheinbar grundlos an den Haaren zog. Ich führte sie von den anderen Frauen weg, und nach einer Weile beruhigte sie sich wieder, aber sie neigt zu Wutanfällen, und ich wette, sie weiß, wo sie ein Messer finden kann.«

»In der Kombüse gibt es natürlich Messer, und meine Männer haben auch welche. Für die Arbeit. Und wenn eine der Frauen – wie soll ich es ausdrücken? – ein bisschen zu freundlich zu einem Matrosen war, na, dann wäre es ein Leichtes für sie, das Messer an sich zu nehmen und in ihrer Kleidung zu verstecken.«

Kezia schaute ihn überrascht an. »Vermutest du etwas in diese Richtung? Bist du denn sicher, dass deine Männer vertrauenswürdig sind? Ich habe meinen Frauen mehrfach gesagt, dass Kontakte mit Mannschaftsmitgliedern verboten sind.«

»Ich zweifle nicht daran, dass du deine Anweisungen gegeben hast, und ich habe dasselbe getan, aber so wie ich meine Männer kenne und im Wissen um die natürlichen Neigungen von Männern und Frauen, muss ich davon ausgehen, dass es ein paar … Akte der *Freundschaft* gegeben hat. Meine Männer wissen, was sie dürfen und was nicht, aber es wäre töricht von mir, von jedem Einzelnen absoluten Gehorsam zu erwarten.«

Wo?, wollte sie fragen. Wann? Jeder Augenblick im Tag der Frauen war ausgefüllt. Sie putzten das Sträflingsdeck und nutzten unzureichende Eimer und Fässer mit Meerwasser, um ihre Kleidung und sich selbst zu waschen. Sie bereiteten ihre kargen Mahlzeiten zu und aßen sie. Sie nähten, meistens allein, und ihr Nähzirkel war jeden Tag viele Stunden mit dem Quilt beschäftigt. Sie plauderten miteinander, sie stritten, wobei sie auch manchmal handgreiflich wurden und einander kratzten, anspuckten oder an den Haaren zogen, sie wurden seekrank und spazierten zur festgelegten Zeit an Deck umher. Wann sollten sie sich da noch mit Matrosen treffen und tun, was auch immer man bei solchen Treffen tat? Und warum wurde die Schuld immer den Frauen zugeschoben?

Schweigend gingen sie weiter. Der Wind blies Kezia die Haare ins Gesicht, und sie versuchte, ihre Wut und ihre Sorgen zu vergessen, indem sie sich auf den Horizont konzentrierte, was häufig beruhigend auf sie wirkte. Die Wolken hingen tief am Himmel, und Kezia zog sich das Tuch enger um die Schultern, das sie sich zum Schutz gegen die Kälte umgelegt hatte.

14
JETZT

7. Juli 1841
93. Tag auf See

Die Newgate Nannies marschierten über das Deck.

»Möcht wirklich wissen, was das bringen soll! Kannst nicht hin, wo du hinwillst, und sehn tuste eh immer dasselbe, also was zum Teufel soll das? Seit Wochen latsch ich auf diesem verdammten Deck rum, meilenweit, und was bitte hat's mir gebracht? Das soll mir mal wer erklären!« Dwyer warf ihren zwei Kumpaninnen, die während der vorgeschriebenen Zeit an der frischen Luft neben ihr herstiefelten, einen düsteren Blick zu.

»Das hat sie uns eingebrockt«, sagte Selwood. »Miss Hayter. Sagt, dass wir uns bewegen müssen, sonst vergessen wir, wie's geht, und bleiben für immer und ewig da unten sitzen. Aber ich mag die frische Luft. Du nicht, Dwyer?«

Dwyers schielendes Auge war auf Selwood gerichtet, doch man wusste bei ihr nie so recht, ob das beabsichtigt war oder ob sie eigentlich etwas ganz anderes ansehen wollte. Aber Selwood und Tabitha hatten sich daran gewöhnt. »Ein bisschen Luft is' kein Problem«, brummte Dwyer, deren Worte vom auffrischenden Wind davongetragen wurden. »Aber zu viel is' zu viel! Schaut's euch doch an. Dem kannste nich' trauen, dem Wetter. Heute früh noch alles ruhig, und jetzt stürmt's. Ich sag, das hier, das is'n Sturm, jawohl.«

»Das is' doch kein Sturm«, erwiderte Tabitha. »Keine Spur wie 'n Sturm.«

»Hört, hört, das Fräulein Matrose weiß plötzlich ganz genau Bescheid über so was wie Stürme, Schiffe und Meer. War in ihrem ganzen Leben noch nich' am Wasser … weiß nich' mal, was das Zeug in ihrem Waschbecken is'. So isses doch. Bist dem Wasser doch bisher nur nah gekommen, Missy, wenn du in die Ecke gepisst hast!« Tabitha antwortete nicht. Sie war Dwyers Beschimpfungen gewohnt, die begonnen hatten, als sie einander vor sieben Jahren während Tabithas erster Haftstrafe begegnet waren. Dwyer machte sich nur bei langjährigen Kumpaninnen die Mühe, sie zu beleidigen. Sie verstanden einander. »Egal, das Wetter is' grad echt mein kleinstes Problem«, fuhr sie fort. »Bin gern hier draußen, weg von dunklen Löchern und Ecken, wo sich Messerstecherinnen verkriechen … Kein Auge hab ich zugemacht letzte Nacht, vor Sorge.«

Selwood wechselte das Thema. »Was gibt's denn Neues vom Nähtrüppchen, Tabitha?«

Dwyer blieb einen Augenblick an der Reling stehen und blickte hinunter auf die Wellen mit ihren weißen Schaumkronen.

Tabitha erwiderte: »Nichts, was ihr nicht schon wisst. Sind ein ziemlich lascher Haufen, aber grad bibbern sie vor Angst wegen dem, was der Käpt'n und so fragen. Wer Hattie ein Messer reingerammt hat, weiß immer noch keiner. So viel is' klar. Phyllis is' 'ne alte Besserwisserin, die alle rumkommandiert. Alice bringt keinen Ton raus, aber murmelt manchmal Gebete vor sich hin und singt recht gut. Dieses Lied! Sogar im Schlaf hör ich's noch!« Tabitha faltete die Hände und setzte mit überraschend hoher Stimme an:

»Teilnehmen jeder kann
An dir. Nichts so gemein,
Das sein Extrakt (für dich getan)
Nicht strahlend macht und rein.«

»Uns fallen gleich die Lauscher ab, bei deinem Gejaule, Tab«, sagte Dwyer. »Und was soll das denn bitte heißen, hm? Was is' 'n das für'n Extrakt? Na los, komm, erklär's uns.«

»Das heißt …«, Tabitha runzelte die Stirn, »… dass es egal is', wie niedrig und schrecklich du bist, wenn Gott dir sein Zeichen aufmalt – Extrakt is' so 'ne Flüssigkeit –, dann bist du nich' mehr schrecklich und niedrig und wirst hell und rein, wie das Lied sagt.«

Dwyer prustete los. »Hat wohl noch nich' funktioniert, was?«, fragte sie. »Bei dir jedenfalls nich'. Soweit ich das seh, bist du weder hell noch rein. Oder, Selwood?«

»Nee«, erwiderte Selwood und stichelte fröhlich mit. »Das könnt wohl nicht mal ihre liebende Mutter behaupten. Aber jetzt mal Schluss mit Kirchenliedern. Erzähl uns lieber was von den andern.«

»Ruth is' ein taffes Mädel«, erklärte Tabitha. »Lottie ist die Beste von uns mit der Nadel, aber Joan is' auch gut. Ein paar von denen haben was Boshaftes, Fieses, und manche sind dümmer als ein Stuhlbein, wie die fette Susan Downer, aber 'ne Messerstecherin is' keine, denk ich mal. Izzy und Rose sind die reinsten Turteltäubchen. Sarah Goodbourne is' ungefähr so interessant wie 'n Brett. Emily is' trübselig wegen Hattie. Sie is' übrigens 'ne gute Lehrerin, und Bertie hängt ihr immer am Rockzipfel. Sie schickt ihn auch nich' weg, jedenfalls nich', soweit ich weiß. Will sich's wohl mit Hattie nich' verderben, denk ich. Louisa is' nich' die Schlauste, aber keine von denen is' gefährlich.«

»Wenn keine von denen gefährlich sein soll, warum is' das Deck dann immer noch dunkel von Hatties Blut, kannste mir das mal verraten?« Dwyer unterstrich ihren Satz mit heftigem Kopfnicken. »Irgendjemand wollte Hattie tot haben. Warum?«

»Weil sie was wusste, darum. Das is' das Einzige, was ich mir vorstellen kann. Ein Geheimnis.«

»Sie war 'ne richtige Schwatzliese, diese Hattie«, sagte Selwood. »Kannte wohl niemanden vorher. Hat mir jedenfalls niemand was erzählt. Und gesehn hab ich auch nix.«

»Und was is' mit 'nem Mann?«, warf Dwyer ein. »Wo's Probleme gibt, steckt doch immer ein Mann dahinter.«

»Davon hat Hattie nix erzählt«, erwiderte Tabitha. »Zu beschäftigt mit ihrem Jungen. Und mit Schwatzen, mit uns, beim Nähen.«

»Vielleicht hat sie's nur besser versteckt als andre. Kennt ihr den jungen Matrosen, William? Habt ihr den mal gesehn? Ich hab Emily ja schon länger im Auge, aber sonst scheint's keiner mitzubekommen. Hab die beiden schon öfter bemerkt, wie sie sich in irgendwelchen Ecken versteckt haben. Da war wohl mehr als nur 'n Kuss auf die Backe, schätz ich. Die kann ihre Finger ja gar nicht von ihm lassen.«

»Würd mir genauso gehen, wenn ich Gelegenheit hätt. Der is' ja so saftig wie 'ne reife Pflaume.«

»Zwei Pflaumen!«, sagte Tabitha und kicherte. »An denen würd ich selbst gern lutschen, da bräucht er mich nicht zweimal zu bitten!«

Dwyer und Selwood hielten sich den Bauch vor Lachen. »Ich bin mir nich' sicher«, sagte Dwyer, »was Miss Hayter wohl zu Frauen sagen würd, die mit Mannschaftsmitgliedern, hm, ich sag mal *verkehren,* wir sind ja ganz fein. Und was der Käpt'n wohl davon hält, wenn einer von seinen Matrosen in Orte eindringt, wo er nix zu suchen hat?«

Tabitha und Selwood nickten.

»Und wir müssen hier auf diesem verdammten Deck rumlatschen. Ich glaub ja nich', dass Hattie 's noch lange macht«, sagte Dwyer.

Als sie den Niedergang erreichten, kam ein Matrose auf sie zu. »Tabitha Brown? Ist eine von euch Tabitha Brown?«

»Ja«, erwiderte Tabitha. »Das bin ich.«

»Du sollst zum Kapitän Ferguson kommen. Ich bring dich hin.«

Tabitha grinste die beiden anderen an. »Da habt ihr's. Ich bin vorgeladen.«

»Halt dein loses Mundwerk im Zaum«, sagte Selwood. »Was du nicht sagst, können sie dir später nicht anhängen.«

Tabitha und der Matrose gingen davon.

»Mir reicht's jetzt mit der Bewegung«, erklärte Dwyer. »Zeit, unsern wunderbaren Salon auf dem Unterdeck aufzusuchen und zu sehen, ob der Butler uns Tee bringt.«

Baumwollstück: hellblauer Untergrund mit scharlachroten und blauen Blumen.

15
FRÜHER

April 1841

Hattie

Hattie konnte sehen, dass Miss Hayter mit weniger Schwierigkeiten gerechnet hatte, als sie ein Gruppenprojekt vorschlug. Das hätte ich ihr sagen können, dachte Hattie. Wenn man die Menschen nicht irgendwie zwang, und das würde Miss Hayter nicht tun, war es schwer, sie als Gemeinschaft dazu zu bringen, aufmerksam Erklärungen zu folgen, umzusetzen, was einem gesagt wurde, und an einem Strang zu ziehen. Eigentlich war es fast unmöglich. Gerade versuchte Miss Hayter angestrengt, einem Haufen unfähiger Sträflingsfrauen zu erklären, was sie machen sollten. Ich würde mir das nicht gefallen lassen, dachte Hattie. Ich würde ihnen mit irgendwas drohen, dann würden sie schon arbeiten. Aber gerade wollten sie sich anscheinend lieber gegenseitig die Augen auskratzen.

Es begann damit, dass einige Frauen nicht neben anderen sitzen wollten. Ruth Elmerside murrte: »Ich sitz ganz bestimmt nicht neben Phyllis. Die redet ja wie ein Wasserfall. Ich spür meine Lauscher jetzt schon nicht mehr.«

Phyllis verpasste Ruth eine Ohrfeige. »Halt's Maul, du verlogenes Flittchen. Wag es ja nicht …« Gerade wollte sie Ruth noch einmal schlagen, da erhob Miss Hayter energisch die Stimme. Es war das erste Mal, dass Hattie das erlebte. Miss

Hayter schrie zwar nicht, aber sie stand auf und sagte lauter, als sie es je getan hatte, »Ruhe jetzt!«, was Hattie Hoffnung gab, doch bald ging das Gezänk erneut los: *Sie hat meine Schere genommen …*

Das ist nicht deine verdammte Schere …

Ich versteh nicht, warum wir das überhaupt machen? …

Warum müssen wir hier zusammen rumsitzen?

Ich kann die nicht ausstehen …

Die stinkt …

Wie soll ich denn bitte den verdammten Faden einfädeln?

Dieses Scheißschiff bewegt sich zu viel …

Hattie wandte sich an Joan Macdonald, die neben ihr saß, und schnaubte: »Mir brummt der Kopf, wenn ich denen zuhöre, aber du bist in Ordnung. Das ist mir schon aufgefallen.«

Joan erwiderte nichts, doch Hattie glaubte, ein Nicken bemerkt zu haben. Die Frau hatte eine Brille aus der Schürzentasche geholt und betrachtete ihr Werk aus der Nähe. Sie hatte sich um kleine, gleichmäßige Stiche bemüht, trotz des Schiffs, das sich immerfort bewegte und die Nadel an den falschen Stellen in den Stoff fahren ließ. Miss Hayter kümmerte sich gerade um Marion Williams, die etwas merkwürdig war. Die Unterkunft der Sträflingsfrauen erfüllte sie mit schrecklicher Angst, und bei jeder sich bietenden Gelegenheit rannte sie an Deck. Sobald die Matrosen sie zurück nach unten brachten, begann sie wieder zu wimmern, die Arme. Sie war nicht ganz richtig im Kopf, so viel stand fest. Niemandem gefiel es auf dem dunklen, stinkenden Unterdeck, doch die meisten hatten sich daran gewöhnt, denn es blieb ihnen ja nichts anderes übrig. Marion war anders. Miss Hayter sprach sanft auf sie ein.

»Schau mal, Marion«, sagte sie. »Siehst du den blauen Baumwollstoff? Woran erinnert er dich? An den Himmel … Konzentrier dich auf den Stoff, dann hast du überall um dich herum blauen Himmel. Das Blau ist in deinem Kopf. Und schau dir das hier an, weiß mit roten Blumen. Zähl die Blumen, Marion. Schau sie dir an. Halte sie mit deinem Blick fest. Näh das Stück mit den roten Blumen, so gut du kannst, mit dem blauen Stück zusammen. So treffen sich Blumen und Himmel, und das macht doch alles leichter, oder? Du hältst dann einen kleinen Garten auf deinem Schoß.«

Marion nahm den Stoff. Sie starrte ihn wie verzaubert an, als habe sie so etwas noch nie im Leben gesehen. Dann nahm sie ihre Nadel und schaffte es schließlich, mit Miss Hayters Hilfe und nach einigen missglückten Versuchen, den Faden mit zitternden Fingern einzufädeln. Ihre Blicke, die oft angsterfüllt hierhin und dahin schossen, ruhten auf der Arbeit in ihren Händen, und Hattie sah, wie sie während des Nähens immer ruhiger wurde. Ab und zu sah sie auf, und auf ihrem Gesicht machte sich Panik breit, doch dann flüsterte Miss Hayter ihr etwas ins Ohr und gab ihr ein neues Stoffstück, und das beruhigte sie wieder, und es ging ihr ein bisschen besser.

Hattie fiel auf, dass sich die Frauen, die am Quilt arbeiteten, in Grüppchen aufgeteilt hatten, hauptsächlich nach Alter. Die jungen, Rose, Izzy und Beth, plapperten vor sich hin und achteten nicht sonderlich auf ihre Arbeit. Rose hatte sich besonders mit Izzy angefreundet, und Becky, die zu Beginn der Reise Izzys beste Freundin gewesen war, aber nicht zur Gruppe der Näherinnen gehörte, blickte meistens mürrisch drein. Hattie vermutete, dass Rose dabei war, Beckys Platz in Izzys Herzen einzunehmen. Die beiden hielten die Köpfe so nah beieinander, dass sie wie ein zweiköpfiges Wesen aussahen.

Wenn die Frauen an der frischen Luft saßen und arbeiteten, wurde jeder vorbeilaufende Matrose mit vielstimmigem Gekicher und einem Stirnrunzeln von Miss Hayter bedacht. Ann war schweigsam. Auch Lottie sagte nie viel, doch alle bewunderten ihre Nähkünste, und Miss Hayter zeigte ihre Arbeit häufig als besonders gelungenes Beispiel. Alice war fromm und sprach die Gebete inbrünstig mit, murmelte auch manchmal eines vor sich hin, als wolle sie sich Trost zusprechen. Ab und zu warf eine der Frauen ihre Näharbeit auch mal entnervt zu Boden und verließ den Kreis. Heute war es Izzy, die sich ausnahmsweise einmal von Rose losgerissen hatte. Sie war dünn und hatte lange, helle Haare, die sie zu einem Zopf geflochten unter ihrem Tuch trug.

»Mir reicht's«, sagte sie zu den Frauen um sich herum. »Zur Hölle mit diesem Quilt. Ich will mich hinlegen. Mein Bett ist zwar nicht viel mehr als ein Holzbrett, aber das ist mir immer noch lieber, als mich hier über dieses Zeug zu krümmen und mir in die Finger zu stechen, bis ich blute. Mein Rücken bringt mich um. Das ist ja schlimmer als Zwangsarbeit, echt.« Sie warf ihre Näharbeit hin und lief Richtung Achterdeck davon.

Hattie sah von der Arbeit auf und bemerkte, dass alle ganz still dasaßen und abwarteten, was geschehen würde.

Miss Hayter folgte Izzy, und die beiden stellten sich nebeneinander an die Reling.

»Was reden die?«, fragte Phyllis. »Kann jemand was verstehen?«

»Dumme Gans. Du siehst doch, wie weit die weg sind. Niemand kann da was hören.« Das war Susan, die sich offensichtlich ärgerte, nicht an diesem Drama teilhaben zu können, das sich außer Hörweite abspielte.

»Sie droht Izzy«, sagte Rose. »Das spür ich.«

»Gibt ja wohl nich' viel, mit dem sie ihr drohen kann, oder?«, warf Tabitha ein. »Über Bord wird sie sie wohl kaum werfen und an den Mast binden auch nicht.«

Eine Antwort war unnötig, da Izzy und Miss Hayter nun gemeinsam zurück zu den Frauen kamen. Hattie nahm die beiden Stoffstücke wieder zur Hand, die sie gerade zusammennähte, und sah, wie sich alle anderen ebenfalls auf ihre Arbeit konzentrierten. Izzy nahm Platz, hob ihre Näharbeit vom Boden auf und setzte zu weiteren Stichen an. Rose rückte noch näher an sie heran als zuvor.

Miss Hayter nahm auf Izzys anderer Seite Platz und blickte

die Frauen an. »Bitte schaut alle einmal her«, sagte sie sanft. »Wenn irgendeine von euch lieber nicht mehr an diesem Quilt arbeiten möchte, sagt es mir jetzt, und ich finde Ersatz. Ihr seid die besten Näherinnen auf diesem Schiff, aber ich zeige lieber einer anderen, die noch nie eine Nadel in der Hand hatte, wie man näht, als mit einer zu arbeiten, die nicht zu uns gehören will.«

Die Frauen schwiegen, während Miss Hayter eine nach der anderen ansah. Jede senkte still den Blick. Hattie hörte, wie die Takelage im Wind seufzte und die Holzplanken bei jeder Seitwärtsbewegung der *Rajah* knarzten, doch niemand sprach ein Wort.

»Gut«, sagte Miss Hayter. »Dann wollen wir jetzt nicht mehr davon sprechen.«

Hattie fragte sich, was Miss Hayter wohl zu Izzy gesagt hatte, um diese zur Rückkehr in die Gruppe zu bewegen. Dass sich ihre Mitarbeit am Quilt später in Van-Diemens-Land bezahlt machen würde? Dass man sie für ihren Treuebruch bestrafen würde, wenn sie die Gruppe verließe? Vielleicht hatte sie Izzy auch daran erinnert, dass die Näherinnen auf der Reise mehr Zeit an Deck verbringen würden als die anderen. Jedes dieser Argumente hätte Izzy überzeugen können. Und was immer es war, das sie zu ihr gesagt hatte, Izzy blieb bei der Gruppe. Womöglich hatte Miss Hayter auch einfach nur darauf hingewiesen, dass sie, die achtzehn Auserwählten unter knapp zweihundert Frauen, beneidet wurden. *Es ist ein Privileg,* hatte Miss Hayter vielleicht gesagt. *Du hast Glück.*

16
JETZT

7. Juli 1841
93. Tag auf See

Kezia

»Sprich lauter, Tabitha Brown«, sagte der Kapitän. »Wir können kein Wort verstehen, wenn du dich mit dem Boden unterhältst.«

Tabitha lächelte, und Kezia bedauerte, dass ihr die Gelegenheit dazu gegeben worden war. »Tabs Hauer« nannte Dwyer sie: lange braune Zähne in sehr schlechtem Zustand, wie verwitterte Grabsteine auf einem Friedhof, um den sich seit Jahren niemand mehr gekümmert hatte. Braune Zähne für Tabitha Brown, dachte Kezia und schalt sich für diesen albernen Gedanken in einer derart ernsten Situation.

Tabitha war an Bänke voller Richter und Schiedsleute besser gewöhnt als Marion Williams, und ihr Verhalten erschien Kezia dreist: Sie rutschte auf ihrem Platz herum, kratzte sich unter den Achseln und sah sich ganz unverhohlen um in der prächtigen Kajüte mit dem polierten Holz, dem glänzenden Messing und dem weichen Leder der gepolsterten Stühle.

»Ganz schön piekfein hier. Nich' schlecht«, sagte sie in die Runde. »Kapitänskajüte, hm? Man muss sich ja nicht immer bescheiden, seh ich auch so.«

»Unverschämtes Weib!«, fuhr Mr Davies sie an. »Hüte deine Zunge, oder wir lassen dich zu deiner Koje zurückbringen.«

»Lassen Sie uns jetzt bitte fortfahren«, schaltete Charles sich ein. »Miss Brown wird nicht zurück aufs Sträflingsdeck gebracht, bevor sie uns nicht berichtet hat, was sie vom Angriff auf Hattie Matthews weiß.«

»Miss Brown also, ja?« Tabitha gluckste amüsiert vor sich hin. »So hat mich noch nie niemand genannt, das kann ich Ihnen sagen. Danke, Sir, man merkt, dass Sie ein Gentleman sind, nicht wie …«

»Tabitha!«, sagte Kezia ungewöhnlich laut. »Bitte sei jetzt still, damit wir weitermachen können.«

Während Tabitha die Fragen der Männer beantwortete, überlegte Kezia, ob die sieben zu vernehmenden Frauen wohl miteinander über die Sache gesprochen hatten. Das frage ich sie, wenn ich an der Reihe bin.

»Erzähle uns noch einmal, was du Hattie hast sagen hören. Ihre exakten Worte bitte, Tabitha«, bat Charles.

»Na, sie war nicht ganz da, verstehen Sie? Erst hat sie gesagt ›Bertie‹, dann ›Nicht Freddie‹. Und sie hat auf Emily gezeigt, damit sie geht und ihn holt. Emily war grad dabei, loszulaufen, aber Hattie hat auf sie gezeigt. Oder aufs Unterdeck eigentlich.«

»Bist du sicher?«, fragte Kezia. »Warum hast du das denn nicht schon früher erzählt? Das ist wirklich merkwürdig. Wer ist Freddie?«

»Keinen blassen Schimmer. Weiß nur, dass sie's gesagt hat, so wahr ich hier sitze.« Tabitha lehnte sich vor und sagte in vertraulichem Ton zu Kezia: »Genau das dacht ich mir auch, Miss. So was sagt man doch normal nich'.«

»Hat Hattie noch etwas gesagt?«, fragte James Donovan. »Bevor ich dazukam?«

»Sie war dann bewusstlos, Sir. Gleich nachdem sie nach Bertie gefragt hat. Hat mir das Herz gebrochen, das konnen Sie mir glauben. Emily hat ihn dann doch geholt, aber die hatte die Ruhe weg, das kann ich Ihnen sagen. Hattie war schon weg, als er endlich kam. Schrecklich war das. Armer Wurm.«

Tabitha bemühte sich, betrübt dreinzuschauen, doch Kezia

sah, wie schwer ihr das fiel. Ein ausdrucksloser oder hämischer Gesichtsausdruck lag ihr eindeutig mehr. Doch selbst ein so gleichgültiger Mensch wie Tabitha spürte offenbar, dass ihre übliche Miene in dieser Situation unangemessen war, und versuchte daher, ihre Gesichtszüge so zu arrangieren, dass sie mitfühlend wirkte.

»Kannst du uns etwas dazu sagen, was bei euch unter Deck über die Sache gesprochen wird? Unter deinen Gefährtinnen, meine ich.« Charles sprach leise, sah Tabitha jedoch fest an. Sie senkte den Blick und schniefte. »Wir reden drüber, das stimmt schon, aber niemand kann sich den Angriff erklären. Die sagen alles Mögliche, jedenfalls ein paar von den Frauen, aber wissen tut niemand was.«

»Was sagen sie denn so?«, bohrte Charles weiter.

»Ach, Sie wissen schon …«, Tabitha machte ein Geräusch, das wie eine Mischung aus Lachen und verächtlichem Schnauben klang, »… sie hat wen eifersüchtig gemacht, wem den Schatz ausgespannt, so was halt, oder sie hat wen erpresst. Kannte irgendein Geheimnis, und irgendwer wollte nich', dass sie's verrät.«

»Und was könnte das sein?«, fragte Mr Davies.

»Wenn wir das wüssten, täten wir jetzt wohl nich' hier sitzen und fragen, oder?«, erwiderte Tabitha, und Kezia dachte später, dass sie damit wohl nicht ganz unrecht hatte.

»Zeig bitte mehr Respekt«, unterbrach Kezia sie, besorgt über Mr Davies' Reaktion, doch zu ihrer Überraschung nickte er nur.

»Miss Brown hat ganz recht, dann würden wir jetzt nicht hier sitzen. Also müssen wir herausfinden, was das sein könnte. Danke. Du kannst jetzt gehen. Du hast uns sehr geholfen.«

Tabitha stand auf, strahlte und machte einen Knicks in seine Richtung. »Vielen Dank, Sir.«

Nachdem sie die Tür hinter sich geschlossen hatte, sagte Charles: »Ich muss sagen, ich glaube, dass Tabitha Brown recht hat. Hattie wusste etwas. Wir haben uns nicht genug mit den Worten befasst, die auf den Stoff gestickt waren, den Sie uns gezeigt haben. Jemand, der sich so viel Mühe gibt, wird es wohl auch ernst meinen, oder? Ich denke, wir sollten dieses Rätsel lösen, um unser Motiv zu finden.«

»Ich fürchte, wir haben schon zu viel Zeit verloren. Wenn ich es gleich ernst genommen hätte, hätten wir den Angriff vielleicht verhindern können«, erwiderte Kezia. »Ich fühle mich verantwortlich. Ich habe Hattie nur gefragt, ob ihr jemand einfällt, der etwas gegen sie haben könnte, und sie hat das, nach einigem Nachdenken, verneint. Ich habe ihr geglaubt und tue das immer noch. Ich denke nicht, dass sie gelogen hat.«

»Aber nur weil Hattie keinen Grund für diese Drohung sah, heißt das ja noch lange nicht, dass es keinen Grund gibt«, gab Mr Donovan zu bedenken. »Nur weil sie kein Geheimnis zu kennen meinte, heißt das noch lange nicht, dass nicht irgendjemand ein Geheimnis hatte und Hattie zutraute, es zu kennen.«

»Diese Gedankenspiele sind doch Zeitverschwendung«, sagte Mr Davies. »Wir haben sieben Augenzeuginnen. Es handelt sich hier um ein schweres Verbrechen, doch es sollte im Rahmen unserer intellektuellen Möglichkeiten liegen, herauszufinden, wer es begangen hat. Nur eine der Frauen an Deck hat Hattie angegriffen. Und es ist unsere Aufgabe, festzustellen, welche von ihnen lügt.«

Als Kezia sich zu den Frauen unter dem Sonnensegel gesellte, fragte sie sich wieder einmal, ob außer den Verdächtigten noch jemand das Messer gegen Hattie gezogen haben könnte. Jemand, der fliehen konnte, bevor die anderen Hattie erreicht hatten, und somit unbemerkt blieb? Sollte sie auf diese Möglichkeit hinweisen? Auf der *Rajah* gab es so viele Verstecke, dass sie sich seit dem Vorfall ängstlich auf dem Schiff bewegte, auf jedes ungewöhnliche Geräusch achtete und häufig über die Schulter blickte, besonders abends. Hinter jedem Fass, jeder Kiste und jeder Taurolle konnte jemand lauern.

Baumwollstück: türkischroter Untergrund, regelmäßig bedruckt mit großen, dunklen Rechtecken, in denen sich jeweils entweder sechs kleine Rechtecke oder ein kleineres Quadrat befinden.

17
FRÜHER

April 1841

Clara

Ich finde, man kann schon sagen, dass wir uns mittlerweile aneinander gewöhnt haben und miteinander zurechtkommen. Zu Miss Hayters Nähzirkel gehören achtzehn Frauen. Das sind zu viele, um in einem einzigen Kreis beieinanderzusitzen, vor allem hier unten auf dem engen Sträflingsdeck zwischen unseren Kojen. Zwar verschwindet Emily jeden Tag eine Zeit lang, um die Kinder zu unterrichten, aber meistens sitzt sie bei uns. Es gibt Tage, an denen die ein oder andere das Bett hüten muss, weil sie seekrank ist oder ihre Monatsblutung hat. Auch Joan kommt manchmal etwas später, was nicht nur mir aufgefallen ist. Gestern fragte Miss Hayter, wo sie denn gewesen sei, worauf sie sich zwar entschuldigte, aber keine Erklärung gab. Wir alle wissen, dass sie Mr Donovan assistiert, aber gelegentlich sieht sie dafür zu aufgeregt und auch ein wenig zu erhitzt aus, wenn sie auftaucht. Meistens arbeiten wir zu vierzehnt an dem Quilt.

»Wenn wir in wärmere Gefilde kommen«, meinte Miss Hayter neulich, »und unser Werk etwas gewachsen ist, dann können wir alle zusammensitzen. Aber momentan ist es einfacher, wenn ihr in kleineren Gruppen näht.«

Also haben wir an der Stelle, wo das meiste Tageslicht von Deck über den Niedergang herunterfällt, einige schwere Kisten zusammengeschoben. Wenn ich dort jetzt sitze und die Sonne scheint, kann ich sie auf meinem Rücken spüren, und das ist angenehm.

Die ersten Tage an Bord waren hart. Die ständige Bewegung des Schiffs erfüllte viele von uns mit Angst, da es schien, als befänden wir uns auf einem lebenden Wesen mit einem eigenen Willen und nicht auf einer Konstruktion aus Holz, Metall und Segeltuch. Und obwohl das Meer nicht wirklich rau war, kam vielen Frauen ihr Mageninhalt so regelmäßig hoch, dass die Luft auf dem Sträflingsdeck ständig durchsetzt war mit dem ätzenden Gestank nach Erbrochenem. Unser Quartier sauber zu halten, war nicht leicht. Kaum hatte sich eine Frau übergeben, mussten sich die anderen in ihrer kleinen Gruppe daranmachen, den Dreck aufzuwischen. Einige gingen dabei gründlicher vor als andere, und alle mussten mit dem Ergebnis leben. Tagsüber wankten wir herum, wobei sich die Schwächeren unter uns kaum auf den Beinen halten konnten. Unsere Nächte waren unruhig, unser Schlaf ständig unterbrochen vom Stöhnen und dem Leid um uns herum. Von Anfang an hatte ich nichts gegen das Rollen des Schiffs, und mittlerweile spüre ich es als Rhythmus in meinem Körper. Trotz gelegentlichem Ärger und vereinzelten Streitigkeiten sind wir Frauen zu Verbündeten zusammengewachsen, wenngleich auch nicht zu Freundinnen.

Als wir Näherinnen uns zum ersten Mal zusammensetzten, teilte Miss Hayter Stoff aus, den Tuchhändler auf Bitten des Damenkomitees gestiftet und an Bord geliefert hatten. Alice und Susan bekamen die Aufgabe, den Stoff zuzuschneiden. Mithilfe einer Vorlage aus Karton schneiden sie seitdem täglich viele Quadrate und Dreiecke für uns zurecht, die wir dann bunt zusammennähen. Außerdem hat Miss Hayter einige ihrer eigenen Textilstücke verteilt, die mit ihren aufgedruckten Blumen und blätterigen Ästen teils hübscher waren als unsere Stoffauswahl.

Anfänglich saß ich neben Alice, doch sie war mir zu mitteilsam und fragte zu viel. Mir ist es lieber, wenn ich die Fragen stelle. Daher setzte ich mich nach einer Weile neben Joan, die mir gefällt, weil sie das Gegenteil ist von einem Plappermaul. Ich arbeite hart an meinen Nähkünsten und gebe mein Bestes, um meine Stiche so ordentlich und klein zu setzen wie die anderen. Ich hatte schon lange keine Nadel mehr in der Hand, und den Faden einzufädeln fällt schwer bei Seegang, der selbst den erfahreneren Frauen die Hände zittern lässt. Außerdem bin ich es nicht gewohnt, Farben und Muster selbst zusammenzustellen oder die unterschiedlichen Textilstücke so gekonnt zusammenzunähen, dass sie flach nebeneinanderliegen. Aber was ich schon nach wenigen Stunden Arbeit merkte, war, dass ich sie in einem anderen Leben, vielleicht am Kamin in einem gemütlichen Zimmer sitzend, wahrscheinlich mit Freude gemacht hätte. Hier an Bord der *Rajah* ist dieses Nähen zwar anstrengend und nicht das reinste Vergnügen, und doch verfliegt die Zeit rascher dabei und lenkt mich ab von meinen Sorgen.

Gelächter bricht unter einigen Frauen aus. Tabitha hat eine Bemerkung gemacht, die sie zum Prusten bringt. Ich will keine Aufmerksamkeit auf mich lenken und frage daher nicht nach, worum es geht. Alice und Susan sehen verärgert aus. Sie runzeln die Stirn, also war es wahrscheinlich irgendetwas Obszönes. Selbst Joan muss ein wenig lächeln.

Sie scheint mir insgesamt etwas glücklicher. Das erkenne ich daran, wie sie steht, geht und mit den Frauen redet, die sie für ihre Freundinnen hält. Ich gehöre zu diesem Kreis, allein, weil ich freundlich zu ihr war, als wir in London lossegelten. Wenn sie jetzt über Deck geht, wirken ihre Schultern nicht länger gebeugt von der Last ihrer Trauer. Joan kann gut mit der Nadel umgehen und wird oft zu den Frauen geschickt, die sich weniger leichttun. Dann hilft sie ihnen, indem sie ein Stoffstück heraussucht, das am besten zu dem passt, das sie gerade in den Händen halten. Ruth und Susan stechen sich öfter in den Finger und bluten dann auf den Stoff, den sie gerade bearbeiten. Miss Hayter ermuntert sie und andere, so wie mich, eher dunklere Stoffstücke zu nehmen, auf denen solche Flecken weniger auffallen. Vielleicht sitzt Joan ganz gerne neben mir, weil sie sieht, dass ich Hilfe brauche. Aber geäußert hat sie sich zu meinen Nähkünsten bisher noch nicht. Sie summt leise ein Lied vor sich hin. Ehe ich nachdenken kann, rutscht es mir raus: »Du bist glücklich.« Ich bedauere meine Worte, kaum dass sie meinen Mund verlassen haben. Wer bin ich denn gerade? Die Frau, die nicht Clara Shaw ist und ihr in keinster Weise ähnelt, hätte so etwas jedenfalls nie gesagt. Sie hätte wahrscheinlich geschwiegen. »Ja, stimmt«, antwortet Joan. »Jedenfalls glücklicher als bei unserer Abfahrt.«

Erst scheint es, als wolle sie es dabei belassen und einfach weiternähen, doch dann sagt sie: »Du tratschst nicht so wie die anderen.«

Ich nicke. Sie flüstert: »Dann kann ich doch mit dir offen reden, oder?«

Ich nicke erneut. Sie will mir etwas anvertrauen. »Ich erzähl nichts weiter«, murmle ich leise und schäme mich etwas für meine Neugier, dafür, dass ich so erpicht darauf bin, ihr Geheimnis zu hören. Als ich noch Clara Shaw war, habe ich viele Beichten gehört von den armen jungen Frauen, die mich anflehten, ihnen aus ihrer Bredouille zu helfen. Auch die Geheimnisse der Männer, die sie mir im Bett zuflüsterten, habe ich immer für mich behalten. Was ich am meisten vermisse von meinem alten Leben, sind das Plauschen, die Vertraulichkeiten, die entspannte Plauderei unter Frauen. Manche von uns hier auf der *Rajah* tun das pausenlos in ihren ruhigen Ecken, aber weil ich zu viel zu verlieren habe – zu viel, das die anderen herausfinden könnten –, bemühe ich mich, solchen Gesprächen aus dem Weg zu gehen.

»Kennst du Isaac? Isaac Margrove?«

»Na klar«, sage ich. Jeder kennt Isaac. Er ist eine feste Größe an Bord und immer da, wenn es irgendwo anzupacken gilt. Wir Strafgefangenen mögen ihn, weil er keinen Unterschied macht zwischen uns und anderen und jede von uns grüßt. »Guten Morgen, zusammen«, sagt er manchmal. Oder: »Was für ein herrlicher Morgen!«, als wären wir keine zur Verbannung verurteilten Kriminellen, sondern seine Mannschaftsgenossen.

Joan lehnt sich zu mir, während ich weiternähe. Wenn jemand uns beobachtet, muss er denken, sie hilft mir.

»Er hat mir gesagt, dass er mich mag«, sagt sie.

Tausend Fragen schießen mir durch den Kopf. Wie konnte es so schnell dazu kommen? Ich sage: »Wir sind doch noch keine Woche an Bord, Joan.«

»Aber ich hab Isaac doch kennengelernt, als wir losgesegelt sind«, entgegnet sie. »Er hat mir sein Taschentuch gegeben, als ich geweint hab. Weißt du nich' mehr?«

Ich schweige. Isaac muss eine Möglichkeit gefunden haben, mit ihr ins Gespräch zu kommen. Ich merke, dass ich keine Ahnung habe, wie sich Joan Männern gegenüber verhält. Ich hätte schwören können, dass sie sich anständig und schüchtern gibt, aber ich habe gelernt, dass man nie weiß, was eine Frau zu tun bereit ist, wenn es um die Lust geht. Ich frage mich, wie weit sie gegangen sind bei ihren Treffen, wie weit ist ihre Freundschaft gediehen? Wenn der Kapitän wüsste, dass einer seiner Matrosen eine enge Beziehung zu einer Sträflingsfrau pflegt, würde er ihn sicher streng bestrafen. Und wann haben die beiden die Zeit gefunden, sich oft genug zu treffen, damit er sich ihr offenbart? Joan lebt auf engem Raum, den sie sich mit fast zweihundert Frauen teilt. Sie ist beim Nähen, beim Essen, beim Schlafen ständig in Gesellschaft. Könnte es sein, dass sie sich nachts zum Niedergang und hinaus an Deck schleicht? Und tagsüber? Würde irgendjemand bemerken, dass sie sich während der Stunde, in der wir uns an Deck bewegen sollen, kurz abseilt? Aber wohin? Wie ich darüber nachdenke, wird mir klar, dass ich an Deck problemlos ein

Versteck zwischen riesigen Taurollen oder Staukisten finden würde, wenn ich es darauf abgesehen hätte. Und genauso würde ich auch immer wieder ein paar Minuten für ein Treffen finden, und irgendwann auch deutlich mehr.

»Er ist ein guter Mann«, sagt Joan. »Er war gut zu mir, von Anfang an. Und er macht mich glücklich.«

Inwiefern hat er sie glücklich gemacht? Ich möchte es fragen, aber ich weiß, dass jemand, der sich mitteilen möchte, oft genug alles preisgibt, wenn man nur still ist und wartet.

»Wir unterhalten uns oft. Ich hab seit dem Tod von meinem Mann nie wieder mit ’nem Mann gesprochen. Jedenfalls ist es Jahre her. Ich bin Männer nicht gewohnt, aber er hat …«

Schweigen breitet sich zwischen uns aus. Joan näht emsig weiter, aber sie hat die Stirn gerunzelt und die Lippen zusammengepresst. Sie sucht gerade nach den richtigen Worten für das, was sie mir sagen will. Ich kenne diesen Gesichtsausdruck nur zu gut. Ich kenne ihn von Frauen, die sich für ihre Taten schämten, aber sie irgendjemandem beichten mussten. Und von Frauen, die über ihre Kinder sprechen wollten und mir erzählten, dass ihr Baby ein besseres Leben verdient hätte, dass es etwas Besonderes sei. Ich frage mich, ob ich Joan ermuntern soll, entscheide mich jedoch dagegen. Es wäre nicht gut, wenn ich zu neugierig wirke.

Endlich bricht sie das Schweigen. »Erst ham wir uns nur unterhalten. Er wollte wissen, was ich denke. Über normale Sachen. Das hatt ich noch nie, dass sich ein Mann für meine Meinung interessiert. Mein Jack war ein guter Mann, auch liebevoll, jedenfalls so gut er das halt konnte. Aber was ich denke, hat ihn nie geschert. Er hat mich geliebt, aber eher so wie ’nen Hund, der kochen und putzen kann. Wenn er mit mir gesprochen hat, dann weil er mir Anweisungen geben wollte oder Fragen zum Haushalt hatte. Isaac … der nimmt mich richtig wahr.«

Am liebsten möchte ich ihr erzählen, was ich über Männer weiß. Dass sie uns Frauen nur brauchen, um ihre Lust zu stillen. Und wie selten es vorkommt, dass man das Glück hat, jemanden zu finden, der einem auf Augenhöhe begegnet. Doch ich schweige. Um uns herum sitzen die anderen Näherinnen und plaudern und arbeiten.

»Ich hab versucht, es beim Reden zu lassen, aber dann …«

Sie hält wieder inne, und ich halte den Blick starr auf den Stoff gerichtet, an dem ich gerade arbeite. Roter Untergrund mit einem Muster aus dunkelblauen Quadraten. Ich mache einen Stich, einen zweiten. Wird Joan mir auch den Rest erzählen?

»Zuerst hat er mir die Hand geküsst. Als wär ich 'ne Dame. Ich hab ihn gelassen. So hat's angefangen. Ich hab versucht, darin was Schlechtes zu sehen, aber er gefällt mir halt, und ich bin leichtsinnig geworden.«

Ich nicke. Und nähe weiter. Die Nadel gleitet in den Stoff und wieder heraus. Joan näht ebenfalls weiter, aber langsamer als zuvor. Ich bleibe bei meinem Rhythmus und führe die Nadel ein ums andere Mal durch den Stoff. Wenn ich so weitermache, brauche ich gleich einen neuen Faden.

Sie seufzt. »Ich kann einfach nicht anders, wenn ich bei ihm bin. Ich bin wie betrunken, hab gar keine Kontrolle mehr über meine Gefühle. Und jetzt weiß ich nicht, was ich machen soll. Nach letzter Nacht.«

»Was ist denn letzte Nacht passiert?«, frage ich und hoffe, dass sie weitererzählt, auch wenn ich mir den Rest der Geschichte vorstellen kann.

Joans Gesicht und Nacken färben sich tiefrot. Sie senkt die Stimme weiter und flüstert etwas, doch genau in dem Augenblick sagt Tabitha: »Mann, Susan, du Holberkuh! Pass doch mal auf, wo du dein Ellbogen hintust!« Ihre scheppernde Stimme übertönt alles, auch die ersten Worte von Joan.

Ich bekomme nur das Ende mit. »… hat er mich geküsst. Wir war'n hinter den Kisten am Heck. Es ist lang her, seit mich jemand so geküsst hat … Und ich wünsch mir, dass er es bald wieder macht, dabei weiß ich, dass es falsch ist, und wenn wir erwischt werden, dann … wird er schrecklich bestraft. Und ich? Ich erkenn mich nich' wieder, wenn ich bei ihm bin …«

Ich antworte sanft: »Ich bin sicher, dass du nichts getan hast, für das du dich schämen musst, Joan.«

»Ich hab mitgemacht.«

Schweigen. Ich konzentriere mich aufs Nähen, und schließlich fährt sie fort: »Ich hab zugelassen, dass er mich berührt. Dabei hätt ich ihn abwehren müssen. Ich bin doch kein junges Ding mehr, sondern eine Großmutter. Aber es war so schön, dieser Kuss. Ich fand's herrlich, und ich mag, wie Isaac mit mir redet. Ich wollte nicht, dass er aufhört, und ich war so glücklich.« Sie nimmt die Schere aus ihrem Bündel und durchtrennt damit den Faden. »Ich war so lang allein, ich hab ganz vergessen, wie das is' mit 'nem Mann … Es war …« Sie findet keine Worte für ihre Gefühle.

»Ich sag niemandem was«, flüstere ich, während Joan einen neuen Faden in ihre Nadel einfädelt.

Ihre Augen leuchten. »Er mag mich, weißt du«, fügt sie hinzu. »Das hat er mir gesagt. Es ist Jahre her, dass mir jemand so was gesagt hat.«

»Natürlich mag er dich«, sage ich, während ich ebenfalls einen neuen Faden einfädele.

»In so einen Mann könnt ich mich verlieben«, sagt sie wehmütig.

»Ich wünsch euch nur das Beste«, erwidere ich. Und das meine ich auch so, obwohl ich befürchte, dass die beiden überstürzt handeln. Es gibt vieles, das ihr Glück zerstören könnte.

Nächtliches Segeln. Die Rajah *läuft auf Kurs, hin über kleine, weiß bekronte Wellen. Ihr Bug durchpflügt das Wasser, das sich in diagonalen Linien entlang des Schiffsrumpfs bricht. Auf dem Meer spiegelt sich schwaches Laternenlicht. Lichtflecken blitzen auf, hier und da, um alsbald verschluckt zu werden vom sich verdichtenden Dunkeln.*

Baumwollstück: malvenfarbiger Untergrund, übersät mit weißen Blumen in einem verschlungenen, spitzenähnlichen Muster.

18
FRÜHER

April 1841

Hattie

»Schweinsfüße in viel Aspik«, sagte Ann. »O Herr, lass auch uns teilhaben an der Fülle deiner Gaben.« Ihr dunkles Haar war nach hinten gekämmt, sodass man ihr unscheinbares Gesicht sehen konnte. Sie beteiligte sich selten an der Unterhaltung, während die anderen gerne miteinander plauderten, wenn sie ihre Nadeln durch den Stoff gleiten ließen. Doch an diesem Tag war der Haferbrei zum Frühstück so schrecklich verbrannt gewesen, dass die Frauen zwangsläufig auf das Thema Essen zu sprechen kamen und selbst Ann etwas beitrug. Und während ihre Hände immer langsamer wurden, erzählten sie, welche Speisen sie am meisten vermissten.

»Plumpudding«, fügte Elsie der Liste von Leckereien zu, die sie gerade zusammenstellten. Ihre Gefährtinnen wussten, dass sie zwar ein wenig langsam, dafür aber ziemlich fleißig war. Sie verstand die Welt am besten durch ihre Fingerspitzen, wenngleich wenig davon den Weg zu ihrem Verstand fand. »Ich liebe Plumpudding, mit gelber Vanillesoße. Tiefgelb, wie die Sonne.«

Die anderen seufzten. »Ich vermisse Weihnachten insgesamt«, meinte Ruth. »Ich könnt jeden Abend ein Weihnachtsessen verdrücken. Mit Brandy auf dem Pudding, is' ja klar.«

»Oh, ja, angezündet und mit 'nem Zweig obendrauf! Beeren und so«, ergänzte Beth. »Und innen is' 'ne Münze versteckt, damit die Kinder was zum Finden haben. Was bei unserm Schiffszwieback ja wohl nich' drin is'.«

»Dafür gibt's Rum«, sagte Ann. Jeder normale Gesprächsbeitrag von Ann überraschte ihre Gefährtinnen. Sie trauten ihr nicht, denn sie war immer die Erste, die Miss Hayter informierte, wenn jemand etwas getan hatte, das sie missbilligte. Petze wäre sie genannt worden, wenn sie ein Kind unter Kindern gewesen wäre.

Phyllis hat gesagt, ich hätte ihre Schere ausgeliehn, aber das hab ich nicht. Das war Louisa, und das hab ich ihr auch gesagt, aber sie hat mir nich' geglaubt …

Dora hat sich einfach zwei von meinen Stoffstücken genommen, nur weil sie Blau mag …

Was Susan über Ruth gesagt hat, stimmt nich'. Ruth hat ihr Essen nich' genommen. Das war Elsie, die is' 'ne ganz Gierige.

»Ach, was gäb ich für bunte Zuckermandeln!«, sagte Tabitha. »Wahrscheinlich sogar meine Zähne.«

»Oh, meine Liebe, das sieht man«, sagte Phyllis, die vor Freude über ihre eigene Schlagfertigkeit errötete. »'n paar haste dafür ja schon hergegeben!«

Tabithas Gedanken waren ihr anzusehen. Sollte sie auf diese Provokation reagieren oder sie ignorieren? Sie schaute sich im Kreis der Frauen um, sah, dass alle sich amüsierten, und beschloss, sich nicht weiter zu äußern. Lohnte sich nicht, dachte sie. Schließlich waren die Zähne der anderen auch nicht viel besser, sofern sie das beurteilen konnte. Nichts, womit man einen Blumentopf hätte gewinnen können. Schief und krumm und dreckig, genau wie die ihren. Und wahrscheinlich genauso ausgehöhlt und abgefault. Zuckermandeln, dagegen, dachte sie sehnsüchtig, hellblaue, weiße und rosafarbene … Dafür hätte sie sofort einen weiteren Zahn geopfert, mindestens.

»Und du, Marion?«, fragte Dora.

Marion schaute von ihrer Arbeit auf. Sie war dabei, winzige Stiche an den Rand eines überwiegend grünen Stoffstücks zu setzen, und schien vollkommen versunken in die Betrachtung des Grüns und gedanklich weit weg von den Anwesenden zu sein. Miss Hayter hatte ihr gezeigt, wie sie sich in den Farben der Stoffe verlieren und damit quälende Gedanken von sich fernhalten konnte. Sie blinzelte überrascht. Ihre Haut war blass, fast grünlich, und ihre Stimme zitterte leicht, als sie schließlich sagte: »Ich hab heute gar keinen Hunger.«

»Fühlst du dich nicht gut?«, fragte Joan.

Marion schüttelte den Kopf. »Einen Apfel, einen roten Apfel. Ich glaube, von so einem könnt ich ’ne Scheibe essen.«

Heftiges Schluchzen und eine Hand an ihrer Schulter weckte Hattie, die gar nicht gemerkt hatte, dass sie eingeschlafen war. Es war nicht leicht, sich an das ihr unbekannte Schwanken des Schiffs, das übers Wasser rollte und stampfte, zu gewöhnen. In den ersten Tagen hatten Bertie und sie sich die Zeit vertrieben zu üben, wie man sich an Bord bewegte, mit leicht gebeugten Knien, um das Gleichgewicht zu halten, aber irgendwann war Hattie der Übung müde geworden.

»Ich wünschte, das Schiff würd einfach mal aufhören, sich zu bewegen, ehrlich wahr«, sagte sie zu ihrem Sohn, als sie sich zum Schlafen fertig machten. Sie hatten ein karges Abendessen bekommen mit Tee, getrocknetem Fleisch und Keksen, die so hart wie Pflastersteine waren. Nun war es an der Zeit, sich hinzulegen. Das Rollen, das Hattie im Stehen hatte wanken lassen, teilte sich ihr nun durch das Holz ihrer Koje und durch ihre dünne Matratze mit und schaukelte sie hin und her. Wie ein Baby in der Wiege, dachte sie.

Doch jetzt hatte sie jemand an der Schulter gepackt und

rüttelte sie. Ich muss träumen, war ihr erster Gedanke und dann: Ist was mit Bertie? Hattie schreckte hoch und schaute sich um. Neben ihrer Koje stand jemand und sprach so hektisch auf sie ein, dass sie Mühe hatte zu folgen.

»Komm, Hattie, komm schnell. Marion geht's schlecht. Ganz furchtbar schlecht. Du musst mitkommen, … da drüben is' sie.«

Jetzt erst erkannte Hattie Beth. Von ihr wusste Hattie nur, dass sie in Newgate gewesen war, doch sie waren sich dort nie begegnet. Beth, die nicht älter als zwanzig sein mochte, war jemand, der gerne dramatisierte und übertrieb und für den jede Situation entweder eine Katastrophe oder ein Wunder war. »Beeil dich«, sagte sie jetzt. »Sie braucht Hilfe! Sie blutet ganz furchtbar.«

Während sich Hattie von ihr in eine der entlegensten Ecken des Sträflingsdecks ziehen ließ, fragte sie flüsternd: »Warum ich, Beth? Wie, glaubst du, kann ich helfen, wenn jemand blutet? Ich bin doch kein Arzt. Warum bist du nicht los und hast den Doktor geholt? Oder Miss Hayter?«

»Ich trau mich nich', Hattie«, sagte Beth. Sie glaubt, dass ich mich traue, dachte Hattie. Und sie hatte recht. Der Gedanke gefiel ihr. »Da is' sie, Hattie. Sie stirbt doch nicht, oder?«

Hattie kniete sich neben Marion, die sich auf ihrer Matratze krümmte und stöhnte. Trotz der Dunkelheit konnte Hattie schwarze Blutflecken auf Decke und Matratze erkennen.

»Oh, lieber Gott im Himmel, was geschieht mit mir?«, weinte Marion.

»Halt's Maul«, kam es von einer umliegenden Koje. »'s gibt Leute hier, die woll'n schlafen. Wenn's denn mal möglich wär!«

»Selber Fresse, dämliche Kuh«, sagte Beth. »Siehste nich', dass sie krank is'? Sie blutet. Was sagste, wenn sie verblutet is', hä?«

Hattie fuhr Beth über den Mund. »Sei still, Beth. Oder willst du, dass Marion das hört? Was muss sie denken, wenn sie so was mitkriegt?« Sie beugte sich über Marion. »Marion, ist das deine Monatsblutung?« Sie hatte keine Ahnung, was sie tun sollte. Wie die Blutung stoppen? Es gab kein Wasser weit und breit. Und auch keinen Stoff, nirgendwo.

»Was is' los?« Eine blasse Frau mit strohigem Haar, die in der Nähe geschnarcht hatte, erwachte plötzlich und richtete sich unvermittelt auf. Hattie erkannte Annie Cooper, eine einfache, aber herzliche Frau um die dreißig.

Beth wandte sich sofort ihrem neuen Publikum zu und flüsterte Annie so laut etwas über »Blut«, »Todesqualen« und »sterben« zu, dass Hattie sie mühelos verstand. Ihre Wut auf die junge Frau überlagerte ihre Angst um Marion. »Halt jetzt sofort deinen verdammten Mund. So hilfst du niemandem.«

»Aber …«

»Klappe, hab ich gesagt.« Hattie setzte die Stimme ein, mit der sie Kinder aus ihrer hübschen Kleidung gezwungen hatte. Während Beth wie ein nasser Sack in sich zusammensackte und Mühe hatte, ihr Schluchzen zu unterdrücken, wandte sich Hattie wieder Marion zu.

»Ist das deine Monatsblutung?«, fragte sie erneut.

Marion schüttelte den Kopf. »Die hab ich schon seit drei Monaten nich' mehr«, brachte sie hervor.

Da verstand Hattie. Sie nahm einen Zipfel ihres Nachthemdes und wischte Marion über die schweißnasse Stirn. »Weißt du nicht, was das bedeutet? Wenn man nicht mehr blutet?«

»Na ja, mir war übel. Ich hab gedacht, ich bin krank oder so. Dass ich mir was gefangen hab. Passiert eben.«

»Aber, Marion, hattest du … hast du bei einem Mann gelegen?«

Marion schüttelte den Kopf. »Erinner mich nich' ans letzte Mal. Vielleicht im Januar. Weiß ich aber nich' mehr genau. Ah, es tut so weh!« Sie packte Hatties Hand. »Hilf mir, Hattie.«

Hattie rechnete im Kopf zurück. Seit Januar waren drei Monate vergangen. Marion war schwanger, war schwanger gewesen, wenngleich das Kind noch so winzig sein durfte, dass man es kaum als Kind bezeichnen konnte. Sie stand auf. »Ich hole Miss Hayter und Mr Donovan. Du verlierst gerade ein Baby, Marion. Das ist gerade los mit dir. Annie, schau doch mal, ob du irgendwo Wasser auftreiben kannst. Und ein paar Lappen, um das Blut aufzusaugen. Beth, wenn du nützlicher sein willst als ’n Kehrblech, dann halte Marions Hand und sing ihr was vor. Und halt sie so warm, wie’s geht.«

Sie eilte davon, ehe sie Marions Erwiderung hören konnte. Manche Frauen waren froh, wenn ihr Körper ein Kind abstieß, aber für andere war es ein herber Schlag. Hattie wusste nicht, in welche Kategorie Marion fallen würde, doch war diese Frage zweitrangig, denn wenn es nicht gelang, die Blutungen zu stillen, dann würde sie sterben. Obwohl sie Beth etwas anderes gesagt hatte, war Hattie klar, dass das durchaus möglich war. Das Bild von Marions dünner Gestalt, wie sie über die Reling der *Rajah* fiel und in den Tiefen des Ozeans versank, stand ihr vor Augen. Sie schob es beiseite, kletterte den Niedergang hinauf und schaute sich im Halbdunkel an Deck um, bis sie einen der wachhabenden Männer entdeckte. »Entschuldigen Sie, Sir? Hallo! Wir brauchen Hilfe, Sir!«

»Jetzt bin ich also ’n Sir, ja?«, sagte der Mann, der zu ihr geeilt kam. »So hat mich noch nie jemand genannt. Was kann ich für dich tun, meine Hübsche?«

O nein. Nicht jetzt, nicht hier, dachte Hattie.

»Für mich nichts, aber bitte sagen Sie mir, wo ich Miss Hayters Kabine finde. Eine der Frauen unten ist schwer krank, eine der Gefangenen.«

»Na, dann woll’n wir mal helfen«, sagte der Mann. »Und während du die Matron weckst, geh ich Mr Donovan holen. Das is’ der richtige Mann für solche Fälle.«

»Gut«, erwiderte Hattie. »Vielen Dank.«

»Komm mit«, sagte der Matrose. Mit langen Schritten ging

er nach achtern, und Hattie musste fast rennen, um ihm folgen zu können.

Im nächsten Augenblick wies er mit dem Daumen zu einer kleinen Kabine an Deck. »Das is' sie, Matrons Kabine. Ich hol jetzt Mr Donovan und bring ihn zum Sträflingsdeck. Bestimmt sind wir vor euch da.«

Er verschwand und ließ Hattie vor zwei Türen stehen. Welche gehörte zu Miss Hayters Kabine? Die eine führte vielleicht in eine Offizierskajüte oder zu der des Kapitäns … Nein, dachte Hattie, der hat seine ganz eigene Kajüte. So viel hatte sie schon gelernt.

Keine Zeit zum Zaudern, sagte sie sich und klopfte beherzt an eine der Türen. Keine Antwort. Sie klopfte noch mal, dieses Mal energischer, und rief: »Miss Hayter? Miss Hayter, bitte wachen Sie auf!«

Die Tür wurde plötzlich aufgerissen, als Hattie gerade ein drittes Mal klopfen wollte.

»Hattie!«, rief Miss Hayter. »Was ist los? Ist was mit Bertie? Bist du krank?«

»Nein, Miss, es geht nicht um mich oder Bertie. Es ist Marion. Sie … sie blutet stark. Ich glaub, sie verliert grad ein Baby … Es tut mir schrecklich leid, Sie zu wecken, Miss, aber ich wusste mir nicht zu helfen.«

»Wir müssen Mr Donovan holen«, sagte Miss Hayter.

»Einer der Matrosen ist schon zu ihm.«

»Gut. Das hast du gut gemacht, Hattie. Warte einen Augenblick, ich ziehe mich nur kurz an und komme dann mit dir.«

Miss Hayter wirkte anders in ihrem Nachtgewand. Mit offenem Haar und dem zarten, rosafarbenen Tuch um die Schultern sah sie richtig hübsch aus. Durch den offenen Türspalt konnte Hattie einen Teil der Kabine sehen. An einer Wand stand eine kleine Kommode mit einem eingelassenen Waschbecken, daneben ein Wasserkrug. Eine Laterne und Streichhölzer lagen auch bereit. Ein kleines Fenster. Wie schön es sein musste, aus der Kabine hinausschauen zu können, selbst wenn man nichts sah als den weiten Himmel. Ehe sie auf die *Rajah* gebracht worden war, hatte Hattie nie gewusst, wie sehr sie Fenster liebte, wie sehr sie sie vermisste. Die Bullaugen auf dem Sträflingsdeck waren zu klein und zu dreckig, um als Fenster zu gelten. Ein bereits bespannter Stickrahmen lehnte gegen einen Stuhl und wartete darauf, in die Hand genommen zu werden. Daneben stand eine Stofftasche, aus der einige Seidenfäden heraushingen.

Als Miss Hayter bereit war, liefen sie zurück zum Sträflingsdeck. Miss Hayter ging vorneweg mit einer Laterne in der Hand. Mr Donovan war bereits vor Ort, ebenfalls mit einer Laterne.

»Einen wunderschönen guten Abend, Miss Hayter«, sagte der Arzt gut gelaunt, als störte es ihn keineswegs, mitten in der Nacht aus dem Tiefschlaf gerissen zu werden. Er hatte neben Marions Koje gekniet und sich erhoben, als er sie nahen sah. »Oder vielmehr, guten Morgen, denn ich fürchte, dass die Dämmerung nicht mehr fern ist, so dunkel es uns auch scheinen mag.« Er gab ein glucksendes Lachen von sich. »Das sagt man doch so, oder? Die dunkelste Stunde steht uns immer kurz vor Tagesanbruch bevor.«

»Ist sie … Ist die Blutung …?« Miss Hayters Lippen waren zusammengepresst, ihre Stirn gerunzelt. Doch ihre Stimme klang ruhig.

»Ich glaube, wir haben die Blutung so weit eingedämmt, dass wir die Patientin zur Krankenkajüte bringen können. Ich behalte sie dort, bis es ihr wieder besser geht. Ich werde ihr etwas gegen den Schmerz geben, damit sie schlafen kann. Und hier muss aufgeräumt und geputzt werden. Ich werde einen der Männer herunterschicken, um das Bett zu holen. Die Decke kann natürlich gewaschen werden, aber die Matratze muss weg.«

»Ich komme mit zur Krankenkajüte«, sagte Miss Hayter.

»Marion wird nicht alleine gehen können.« Gemeinsam mit Mr Donovan kniete sie sich auf den dreckigen Boden, um gemeinsam Marion aus der Koje zu helfen. An Hattie gewandt, sagte Miss Hayter: »Kümmerst du dich bitte ums Aufräumen?«

Hattie wäre viel lieber mit Miss Hayter und Marion zur Krankenkajüte gegangen, als blutige Decken und Laken zu säubern und sich um eine Situation zu kümmern, die nicht anders als grauenhaft zu bezeichnen war. Viele Frauen waren durch den Aufruhr aufgewacht und drängten jetzt näher, um herauszufinden, was geschehen war.

»Was soll das ganze Blut hier?«, fragte jemand.

»Das geht dich nix an«, erwiderte Beth.

»Verschwindet zurück in eure Kojen, ihr elenden Aasgeier!«, fügte Hattie erbost hinzu. »Habt ihr noch nie jemanden leiden sehen? Marion hat ein Kind verloren. Und jetzt schleicht euch dahin zurück, wo ihr hergekommen seid.«

Irgendwo in der Dunkelheit würden sie beim Aufräumen, zwischen all dem Blut und so winzig es auch war, auf die Überreste eines Babys stoßen. Hattie wurde fast schlecht bei dem Gedanken. Ein Kind, das Marion vielleicht ebenso viel Freude bereitet hätte, wie Bertie ihr schenkte. Nützt nichts, darüber nachzudenken, wies sie sich zurecht. Mach dich lieber an die Arbeit. Tu so, als wär's nur Blut, ohne irgendetwas von einem Kind dazwischen. Sie sah sich nach Beth um, die inzwischen auf ihrer Koje saß, den Kopf in die Hände gestützt. Die anderen Frauen waren zu ihren eigenen Schlafstätten zurückgekehrt.

»Hilfst du mir, Beth?«, fragte Hattie so sanft wie möglich. »Es bringt nichts, dir über die arme Marion den Kopf zu zerbrechen. Der Doktor kümmert sich um sie.«

»An ein Baby hab ich gar nicht gedacht«, sagte Beth und stand auf. »Das ist schlimm. Es tut mir so leid für sie.«

»Vielleicht ist es das Beste für sie.« Hattie erinnerte sich an

Miss Hayters Stimme, wenn sie aus der Bibel vorlas, wie stark sie war, und welche Ruhe sich bei den schönen Worten in Hattie ausbreitete, obwohl sie nicht so fest an Gott glaubte, wie sie es sollte. Also versuchte sie, so fromm wie Miss Hayter zu klingen, als sie sagte: »Es war Gottes Wille, Beth. Marion beginnt jetzt ein neues Leben, ohne Verantwortung zu haben für einen anderen Menschen. Sie wird frei sein.«

»So was sagt man nicht. Marion würde nicht so denken. Welche Mutter hält ihr Kind für eine Last? Du tust das doch auch nicht, das kannst du mir nich' erzähl'n.«

»Wir reden nicht von Bertie. Oder von mir. Die Welt ist nicht so. Weißt du denn nicht, dass es Frauen gibt, die Stricknadeln und Schlimmeres in Tausende von jungen Frauen stecken, um sie von ihren Babys zu befreien? Oder solche, die den Müttern gutes Geld abknöpfen, um ihnen die Neugeborenen abzunehmen und diese dann mit todbringenden Drogen für immer ruhigzustellen oder gleich in den Fluss zu werfen? Ich dachte, jeder, der kein Kind mehr ist, wüsste davon.«

»Klar weiß ich Bescheid.« Beth klang mürrisch. »Aber ich glaub nich', dass Marion es so sehn wird. Mehr sag ich ja nicht.«

Während sie sich unterhielten, rollten sie das Bettzeug und Marions Kleidungsstücke zusammen, um sie zum Waschen zu bringen. Hattie hoffte, Beth würde nicht fragen, wo denn das blutige Gewebe abgeblieben war, das einmal ein neuer Mensch hätte werden können. Sie beschloss, Beth in dem Fall anzulügen. Sie würde erzählen, sie hätte keine Ahnung, obwohl es sich wahrscheinlich genau hier, zwischen dem Bettlaken in ihren Händen befand. Und später würden sie es im brennenden Salzwasser auswaschen, das am Rumpf des Schiffs entlangfloss. Die Matratze war schwarz vor Blut und stank nach rostigem Metall. Hattie hoffte, dass Mr Donovan nicht vergaß, ihnen wie versprochen einen Matrosen zu schicken. Hattie stellte sich vor, wie der Mann die Matratze über die Reling warf und dem Meer überließ, wo sie davongetragen und schließlich vom Wasser durchweicht würde, bis die schwarzen Flecken davongespült würden, als rote Schlieren durchs offene Meer driftend. Und sie dachte an Fische, die durch die rauchähnlichen Blutfahnen schwammen, durch das Blut, das von Marion und ihrem Kind stammte.

Baumwollstück: weißer Untergrund mit großen, türkisfarbenen Punkten, die schwarz eingefasst sind.

19
FRÜHER

April 1841

Clara

Mittlerweile wissen es alle: Marion ist in der Krankenkajüte, weil sie ein Baby verloren hat. Ich finde ja, dass dieser Verlust für sie Glück im Unglück bedeutet. Die Arbeit in meinem früheren Leben hat mich davon überzeugt, dass Schwangerschaft in der Regel eher ein Unglück, wenn nicht sogar ein Fluch ist. Ich lausche der Unterhaltung der anderen.

»Mr Donovan war unglaublich nett«, sagt Beth. »Und Hattie ist Miss Hayter holen gegangen. Is' einfach zu ihrer Kabine marschiert, mitten in der Nacht. Im Dunkeln.«

Die jüngeren Frauen bedauern Marions Verlust mehr als die älteren. Izzy Croft und ihre bessere Hälfte, Becky Finch, sitzen zusammen und unterhalten sich mit Rose Manners. Izzy sitzt in der Mitte, Rose rechts und Becky links von ihr. Rose berührt Izzy am Arm, dann an der Schulter. Tatsächlich berührt sie Izzy auffallend häufig und schaut sie aufmerksam an, wenn sie spricht. Izzy tut so, als würde sie die Aufmerksamkeit nicht bemerken, aber ich sehe ihren verstohlenen Blick und ihr Lächeln. Sie ist dabei, sich in Rose zu verlieben. Ich erkenne die Zeichen. Sie wirkt begeistert von allem, was Rose sagt; sie bürstet ihr irgendwelche Fusseln von der Schulter, während Rose sich unter ihren Händen reckt und ihr entgegenstreckt, um ihr möglichst nahe zu sein. Ich beobachte Becky und sehe, dass sie leidet. Sie sieht blass aus, und wenn sie redet, tut sie das eher, um Izzys Aufmerksamkeit zu bekommen, als um sich mitzuteilen.

»Mir tut die arme Marion so leid«, sagt sie leise.

»Vielleicht lässt sie ja jetzt die Finger von Männern«, erwidert Izzy. »Das war ihr bestimmt 'ne Lektion.« Sie kichert. »Sie kann sich ja auf andre Weise trösten«, meint Rose lächelnd und streicht über Izzys Handgelenk. Sie flüstert etwas, das ich auf die Entfernung zwar nicht, Becky aber dafür offensichtlich umso deutlicher hören kann. Sie fährt zurück, als sähe sie eine Schlange vor sich, steht auf und geht davon. Ich sehe, wie mühsam ihre Schritte sind, wie gebeugt ihre Schultern unter einer Trauer so dicht, dass ich sie fast berühren kann.

Die Newgate Nannies nähern sich und reißen die Unterhaltung an sich.

»Wusste gar nich', dass sie 'nen Braten in der Röhre hatte«, sagt Selwood.

»Da isse noch mal gut davongekommen«, sagt Dwyer. »Ich hatt's da schwerer. Is' 'n Segen, wenn man's verliert, eh's geboren is'. Dann muss man's nich' später loswerden.«

Izzy lacht. »Woher willst du das denn wissen? Dich würd doch eh niemand anfassen, der Augen im Kopf hat, nich' mal mit der Kneifzange.«

Schlagartig verstummt die Runde. Das war sehr gewagt von Izzy, denn jeder weiß, dass man Dwyer besser nicht provoziert. Ich weiß, dass Izzy es tut, um Rose zu beeindrucken, um mutig zu wirken.

Dwyer nimmt Izzy mit ihrem schielenden Blick ins Visier, wie eine Katze, die überlegt, wie sie der Maus den Kopf abreißen soll: schnell oder langsam? Dann erschaudert sie und entscheidet anders.

»War ja nich' immer 'ne fette, alte Schachtel. War auch mal jung. Und lecker … Und dann war ich plötzlich schwanger. Von meinem Großvater. Ja, genau. Ihr habt richtig gehört. Der Vater von meinem eigenen Vater hat mich geschwängert. Wär fast verreckt, als das Baby rauskam. Hat mich zerrissen, und ich mocht's nich' mal ansehn. Meine Ma und ich haben es zu 'ner Frau in Seven Dials gebracht. Zu so 'ner stinkenden Bruchbude. In jedem Zimmer schreiende Babys. Meine arme Mutter kannte die Frau, und so hat die mein Baby ohne Geld genommen. Ich tat ihr wohl leid. Und nicht nur ihr. Also: Krieg du erst mal 'n Kind und bist noch nich' mal sechzehn, und das von jemandem, der dich eigentlich schützen soll, statt sich an dir zu vergnüg'n, dann kannste mitreden. Bis dahin, halt einfach dein dummes Maul. Du hast keine Ahnung. Von nichts.«

Das Schweigen dehnt sich aus. Keine der Frauen findet Worte für ihre Gefühle. Eine nach der anderen kehren wir zu unseren Kojen zurück. Ich bemerke, wie Rose und Izzy, eng an eng, zu der dunklen Ecke schlendern, wo Izzys Koje ist, und schaue mich nach Becky um. Sie liegt schon auf ihrer Matratze, zu einem Ball zusammengerollt, mit abgewandtem Gesicht. Izzys Zuneigung hat sie verloren, so viel steht fest. Ich überlege, aufzustehen, zu ihr zu gehen und sie zu trösten. Aber ich rühre mich nicht vom Fleck. Meine Gedanken kreisen um Dwyer, die die Dienste einer solchen Frau, wie ich es war, in Anspruch genommen hat. Aber mein Haus war hübsch und ordentlich. Die Frauen, die zu mir kamen, wurden freundlich empfangen. Ihnen ging es danach besser. Zumindest sagte ich mir das, musste ich mir das sagen, jedes Mal, wenn eines dieser armen Wesen über meine Schwelle trat. Würden die Frauen hier an Bord mir verzeihen, wenn sie wüssten, womit ich meinen Lebensunterhalt verdient habe? Vielleicht. Vielleicht gibt es sogar einige unter ihnen, die meine Hilfe in Anspruch genommen hätten. Keine von ihnen ist ohne Schuld, aber ich habe mehr Schuld als andere auf mich geladen. Doch vielleicht würden sie mir sogar das Schreckliche verzeihen. Vielleicht hätten sie ebenso gehandelt wie ich. Weil ich so handeln musste.

20
JETZT

7. Juli 1841
93. Tag auf See

»Gib her«, sagte Emily. »Ich mach's dir. Meine Augen sind besser als deine.«

»Stimmt doch gar nicht«, protestierte Dora, eine magere Frau mit verkniffenem Mund und schwarzem Haar, die es gerne allen recht machte. »Hab nur was im Auge, das is' alles. Aber hier, nimm's. Kannst gerne meine Arbeit machen.«

»Jaja, unsere Emily«, sagte Ruth. »Immer hübsch hilfsbereit. Ist dir das noch nicht aufgefallen?«

»Ja, und? Was is' denn daran falsch, bitte schön?«, reagierte Emily verärgert. »Besser, als hier rumzusitzen wie ein Mehlsack und nix zu tun für niemanden, so wie du.«

»Meine Nase in Sachen stecken, die mich nichts angehen, ist einfach nicht so mein Ding.« Ruth war eine unscheinbare, schwere Frau mit kantigen Gesichtszügen und dicken Augenbrauen. Sie sprach nicht viel, und wenn sie es tat, dann gewöhnlich, um sich über jemanden zu beschweren oder etwas zu beklagen, das ihr ungerecht erschien. Jetzt sagte sie: »Das Problem mit dir, Emily, ist, dass du ständig versuchst, dich bei anderen lieb Kind zu machen. Damit sie dich mögen.«

»Daran gibt's doch nichts auszusetzen«, erwiderte Emily. »Es ist doch gut, wenn man andern hilft.«

»Na, geschadet hat's dir jedenfalls nicht. Bist Miss Hayters Liebling und hilfst den Kindern beim Lernen und so. Nicht schlecht für so ein Klappergestell wie dich.«

Emily beugte sich vor und stieß die Spitze ihrer Nadel in Ruths Hand. Da sprang Ruth auf, ließ ihre Näharbeit zu Boden fallen und verpasste Emily mit ihrer vom Schrubben harten und schwieligen Hand eine Ohrfeige. Sie hatte jahrelang als Waschfrau gearbeitet, und der Schlag hinterließ auf Emilys Wange einen roten Abdruck.

»Reißt euch zusammen, alle beide!«, befahl Phyllis, die sich seit Beginn ihrer Reise als Miss Hayters Vertretung aufführte, weil sie – wie Izzy erklärte – eben einfach groß und rechthaberisch war und sich viel zu sehr für Dinge interessierte, die sie nichts angingen. »Setz dich hin, Ruth. Emily, was soll das? Wir haben so schon genug Ärger auf diesem Schiff. Oder reicht dir eine Messerstecherei nicht?«

Ruth brummte eine Entschuldigung, setzte sich und konzentrierte sich wieder auf ihre Arbeit.

»Ich vergeb dir, Ruth«, sagte Emily und lächelte. »Ich will keinen Ärger, ich nicht.«

»Dann hör auf, die ganze Zeit so doof zu grinsen«, erwiderte Ruth, doch weil sie dabei die Zähne zusammenpresste, der Wind wehte und in der Nähe ein paar Matrosen lachten, hörte nur Sarah den Kommentar und sagte nichts.

Emily nahm die Arbeit wieder auf und begann, ein überwiegend graues Stoffquadrat mit einem purpurfarbenen Faden zusammenzunähen. In ihren Augen sammelten sich Tränen, die sie mit dem Handrücken abwischte, als sie ihr die Wangen hinunterrollten. Lottie, der nie etwas entging und die Emily direkt gegenübersaß, bemerkte es und fragte: »Emily, warum weinst du denn?«

»Ich weine nicht.«

»Doch! Na komm, spuck's aus, was is' los?«

»Ich denk an meinen Jungen.« Emily schniefte. »Schau, ich weine gar nicht mehr.«

»Vermisst ihn wohl, was?«, fragte Beth. »Mir geht's genauso. Manche Leute vermiss ich. Kann stundenlang weinen. Hab jede Nacht in mein Kissen geheult, seit wir aus England weg sind.«

Ruth lächelte und tätschelte Beths Hand. »Gott, bist du ein

verlogenes Flittchen! Du schnarchst nach fünf Sekunden so, dass die Toten davon aufwachen.«

Darüber lachten alle, und sogar Beth musste lächeln. »Kann schon sein, aber trotzdem heul ich stundenlang.«

»Ich nicht«, erklärte Emily. »Ich bin keine Heulsuse. Aber heute wär er vier geworden. Er ist tot.«

Die Frauen schwiegen. Auf alles konnte man etwas erwidern, doch ein totes Kind war tabu. Das brachte alle zum Schweigen. Etwas Schlimmeres, als ein Kind zu verlieren, gab es nicht. Lieber würde man selbst sterben, als so ein Schicksal zu erfahren.

»Was is' passiert?«, fragte Marion schließlich. Sie war nicht besonders klug, hatte aber ein gutes Herz. Enge Räume machten ihr nach wie vor Angst, doch sie hatte sich gut genug ans Sträflingsdeck gewöhnt, um nicht immerzu schreien und stöhnen zu müssen, wenn sie sich dort aufhielt.

Einen Moment lang saß Emily da und nähte. Dann erwiderte sie »Pocken« und arbeitete schweigend weiter.

Wieder war es Marion, die das Schweigen brach: »Unterrichtest du deswegen so gern?«

Einen Augenblick sah Emily aus, als glaube sie, Marion habe den Verstand verloren. »Im Gegenteil«, erwiderte sie schließlich. »Für mich ist es schwer, so viel bei den Kleinen zu sein. Erinnert mich an meinen Jungen. So nah. Und manche hängen sehr an mir. Aber verratet niemandem, dass ich das gesagt hab. Wahrscheinlich is' es gut für mich, wenn ich Kinder um mich hab. Schließlich ist die Welt voller Kinder, und ich muss ja weiterleben, oder?« Sie seufzte. »Ich hab Hattie gleich zu Anfang davon erzählt. Aber sie hat versprochen, nichts zu sagen … und das hat sie auch nicht. Von euch wusste niemand was, bis heute.«

Ann fragte leise: »Wo hast du Lesen gelernt?«

»Ich war nicht immer 'ne Diebin«, erwiderte Emily. »Wir sind vom Land. Mein Vater und Großvater waren Bauern. Meine Ma wollte, dass ich bei Herrschaften in den Dienst gehe. Hat mich auf die Dorfschule geschickt, und ich hab Lesen gelernt, und der Lehrer hat mich gemocht. Ich war gut … Ich hab gern gelesen. War ganz vernarrt in die Bibelgeschichten. Bin gern in die Kirche und hab die Lieder dort gesungen. Und dann war ich plötzlich schwanger. Meine Ma hat dafür gekämpft, dass ich daheimbleiben darf, aber mein Pa hat mich rausgeschmissen. Ich hätt Schande über die Familie gebracht, hat er gesagt. Da musst ich mich entscheiden, meinen Körper verkaufen oder stehlen, also hab ich gestohlen. War auch ziemlich gut darin. Ich hab auf den Märkten alles geklaut, was nicht niet- und nagelfest war, und es dann verhökert. Aber dann ist mein Junge krank geworden und gestorben, und ich hab den Verstand verloren. Nicht so, dass sie mich ins Irrenhaus gesperrt hätten, aber die Welt war plötzlich dunkel und schrecklich. Überall Monster. Das hab ich gesehen. Blut und Feuer.«

»Das ist aber traurig, Emily«, sagte Marion, verzog mitfühlend das Gesicht und streckte ihren Arm nach Emilys Hand aus. »So traurig …«

»Na, wir haben alle irgendwas, oder? Was Schlechtes, das wir hinter uns lassen.«

»Das stimmt«, sagte Joan. »Das haben wir.«

»Dann lasst uns die traurigen Sachen doch mal vergessen und lieber an das Gute denken, das wir bald sehen, wenn wir ankommen. England ist Vergangenheit, oder? Ich sage, lassen wir auch die schlechten Erinnerungen hinter uns. Jetzt beginnt ein zweites Leben«, sagte Louisa. »Ehrlich gesagt, bin ich froh, von meiner Familie weg zu sein.«

»Ich auch«, erklärte Alice, und alle lachten.

»Meine Ma und meine Schwester nicht, aber manche sind schrecklich, und die vermiss ich kein bisschen«, sagte Izzy. »Bin froh, ganz weit weg zu sein von denen.«

»Wir sind jetzt besser als Familie«, meinte Phyllis. »Wie wir hier alle zusammenarbeiten.« Sie stieß ihre Nadel in den Stoff. »Auch wenn ihr meine Geduld manchmal ganz schön auf die Probe stellt!«

Baumwollstück: türkischroter Untergrund mit weit auseinanderliegenden gelben Farnen.

21
FRÜHER

April 1841

Hattie

Zuerst fragte sich Hattie, warum Emily hinter einen Stapel Holzkisten schaute, sich dann zurückzog und schließlich noch einmal schaute, als hätte sie etwas verloren, nach dem sie nun suchte. Aus dieser Entfernung war es schwierig auszumachen, was dort geschah, doch als sie näher kam, hörte Hattie eine Kinderstimme, und Bertie kam kichernd hinter dem Stapel hervor.

Er und die anderen Kinder setzten sich nun für den Unterricht auf einige Holzkisten, die die Matrosen an Bord des Schiffs gefunden und in einer Ecke des Sträflingsquartiers in einer Reihe aufgestellt hatten. Dafür mussten sie allerdings die Habseligkeiten einiger Frauen aus dem Weg räumen, was von großem Murren begleitet wurde.

»Ach, haltet euer Maul«, hatte damals eine der anderen Frauen gebrüllt. »Schiebt die Kisten halt einfach weg, wenn sie nicht gebraucht werden. Wollt ihr wirklich, dass die Rotzlöffel den ganzen Tag hier rumrennen? Ist doch gut, wenn sie was lernen, solang jemand verrückt genug ist, es zu versuchen. So haben wir wenigstens unsre Ruhe.«

Einige der Kinder an Bord der *Rajah* waren noch zu jung für den Unterricht. Sie hingen an den Rocksäumen ihrer Mütter, und wenn denen das zu viel wurde, gab es genug andere, die gerne übernahmen und die Kinder wiegten oder mit ihnen spielten, entweder weil sie ihren eigenen Nachwuchs vermissten oder weil sie sich noch nie länger als ein paar Stunden um ein Kleinkind hatten kümmern müssen und ihnen diese neue Aufgabe Spaß machte.

»Mir macht's nichts aus, mich um sie zu kümmern, ihnen was beizubringen«, sagte Emily nun und stellte sich neben Hattie, während die Kinder noch ihre Plätze auf den Kisten einnahmen.

Emily schien selten von Hatties Seite zu weichen. Wollte sie sich bei ihr einschmeicheln? Sie schien Hattie lieber zu mögen als die anderen Frauen. Ich war nett zu ihr, dachte Hattie. Oder vielleicht denkt sie, ich bin irgendwie besser, und will nur mit mir befreundet sein, weil sie dann gut dasteht, und nicht, weil sie mich wirklich mag.

Als hätte sie Hatties Gedanken gelesen, sagte Emily: »Ich hab's sofort gesehen, als ihr beiden an Bord gekommen seid. Dass ihr … anders seid als die andern. Besser. Respektabler als die meisten. Hübscher als wir andern. Und dein Bertie ist ein schlaues Kind. Ich hab gesehen, dass du …« Sie suchte nach den richtigen Worten. »Du hast dich nicht runterziehen lassen, obwohl du unter Gefangenen warst und man dich 'ne Kriminelle genannt hat.«

»Emily«, erwiderte Hattie. »Das ist nett von dir, aber ich muss dich korrigieren. Ich bin kriminell. Und im Gegensatz zu vielen hier behaupte ich nicht, dass ich unschuldig bin. Ich habe die Verbrechen begangen, die sie mir vorwerfen, und ich leugne das nicht. Aber danke für das, was du über Bertie gesagt hast.«

Hattie würde es niemals zugeben, doch ein Teil ihres Stolzes auf Bertie war auch Stolz auf sich selbst. Ihre eigene Mutter hatte ihr das Lesen und Schreiben beigebracht, und sie war entschlossen, Bertie so viel mitzugeben, wie sie nur konnte.

Die Whitings waren überrascht gewesen, als sie ihr Wissen bemerkten, und Hattie war sich sicher, dass ihre Bildung sie im Leben fast so weit gebracht hatte wie ihre körperlichen Reize. Es war ihr schon immer leichtgefallen, die Umgangsformen der Oberschicht nachzuahmen, und von den Whitings konnte man in dieser Hinsicht viel lernen. Bertie, das hatte sie sich bei seiner Geburt fest vorgenommen, würde von ihr alles bekommen, was sie ihm zu geben vermochte. Jetzt kannte der Junge bereits Zahlen und Buchstaben, und Hattie hatte ihm dabei geholfen. Wenn sie sich seine Freunde anschaute, die auf den umgedrehten Kisten herumzappelten, dann war sie sicher, dass er sich als Emilys bester und gehorsamster Schüler erweisen würde.

Als Hattie schwanger geworden und in Ungnade gefallen war, musste sie das Haus der Whitings verlassen und fand ein Zimmer in einer Reihe dicht gedrängter, einfacher Behausungen. Wenn sie jemand danach fragte, gab sie an, Witwe zu sein, was niemand hätte widerlegen können. Hattie hatte sich geschworen, dass Bertie nicht als Bastard aufwachsen würde. Sie kaufte sich einen billigen Hochzeitsring und erzählte die Leidensgeschichte ihres armen Mannes so gekonnt und auf so dramatische Art und Weise – er war an einem Fieber erkrankt, das trotz ihrer unermüdlichen Pflege nicht sinken wollte –, mit so vielen Seufzern und himmelwärts gewandten Blicken, dass jeder, der sie dabei sah, einfach Mitleid haben musste mit der hübschen Rothaarigen mit der cremefarbenen Haut und ihrem noch hübscheren Baby.

Schon lange vor Berties Geburt hatte Hattie erkannt, dass Männer ihr zu Hilfe eilten. Sie konnten nicht anders. Ihr war aufgefallen, welche Wirkung ihre Brüste – ein verlockender Vorgeschmack auf das, was noch kommen könnte – selbst auf die besonnensten Männer hatten. Und Patrick Sheenan war alles andere als besonnen. Hattie hatte sich auf sein Angebot eingelassen, um ihrer armseligen Hütte zu entkommen, bereute das jedoch bald. Seine Grobheit, das Trinken und sogar seine Treulosigkeit hätte sie noch hingenommen. Unverzeihlich fand sie jedoch sein unfreundliches Verhalten Bertie gegenüber. Zuerst waren es nur abfällige Bemerkungen gewesen – Patrick nannte ihn einen »Rotzbengel« und einen »Wurm« –, doch eines Abends schlug er Hattie vor, Bertie wegzuschicken.

»Aber wohin denn?«, hatte Hattie entsetzt gefragt. Sie hätte Bertie am liebsten sofort genommen und wäre mit ihm geflohen, doch sie war fast nackt, und draußen war es eiskalt und nass.

»Zu meiner Mutter nach Suffolk.«

Der Satz verschlug Hattie die Sprache. Ihr war, als hätte man ihr einen schweren Stein aufs Herz gelegt, der sie zu erdrücken drohte. Schließlich erwiderte sie: »Er kennt deine Mutter doch gar nicht. Und ich auch nicht.«

»Ist 'ne ganz schöne Hexe, um ehrlich zu sein«, sagte Patrick. »Aber tief drin kein schlechter Mensch. Und kochen kann sie!«

Dann schlief er ein und schnarchte schon bald vor sich hin. Hattie wusste, dass er sich bei der Menge Bier, die er getrunken hatte, erst spät am nächsten Tag wieder rühren würde. Sie starrte in die Dunkelheit, hellwach, und begann, Pläne zu schmieden. Vor Sonnenaufgang stand sie auf, zog sich rasch an, nahm Bertie, der in seine Decke gewickelt war, in den Arm und verließ leise das Haus. Bertie quengelte ein bisschen, doch Hattie wusste, dass das Patrick nicht stören oder aufwecken würde, denn für Geräusche von Kindern war er völlig taub. Sobald sie aus dem Haus war, floh Hattie mit Bertie, so schnell sie konnte.

Sie war geistesgegenwärtig genug gewesen, im Schlafzimmer noch Patricks Taschen zu leeren und alle Münzen mitzunehmen, die sie dort fand. Viel war es nicht, doch es reichte, um in einem anderen Stadtteil von London ein Zimmer zu nehmen. Patrick wird uns nicht suchen, dafür ist er zu faul, dachte sie. Er wird schnell genug eine andere Frau finden. Und wenn er uns doch zurückholen will, bin ich bereit. Von einem Teil des gestohlenen Geldes hatte sich Hattie ein kleines, scharfes Messer gekauft, und sie wusste, dass sie durchaus in der Lage wäre, es einzusetzen, um ihr geliebtes Kind zu verteidigen.

Da sie Bertie nicht vom Unterricht ablenken wollte, setzte sich Hattie leise, nahm ihr Strickzeug heraus und begann, an einer Socke zu arbeiten, während sie vorgab, Emilys Worten nicht zu lauschen. Die Bewunderung der Frau schmeichelte ihr zwar, störte sie zugleich jedoch auch. Eigentlich macht sie ja nichts Schlimmes, dachte sie, und ich sollte nicht so unfreundlich sein.

Gerade erzählte Emily den Kindern die Geschichte von der Arche Noah. »Und das Wasser stieg, und Noah rief die Tiere, eins nach dem anderen, und sie kamen und stellten sich am Ufer in einer Reihe auf und gingen an Bord, immer zu zweit. Elefanten und Löwen und Tiger und Hunde und Katzen und Pferde und Hühner und alle anderen Tiere, die ihr kennt …«

»Fliegen, Miss«, sagte ein Kind.

»Flöhe«, ergänzte ein zweites.

»Ratten«, sagte Bertie, und Emily bat mit erhobener Hand um Ruhe.

»Ja, genau, sie alle. Und die Tiere lebten auf dem Unterdeck …«

»Wie wir!«, rief Bertie.

Emily lächelte. »Genau wie wir, richtig, Bertie. Und als alle auf dem Schiff waren, kam die Sintflut …«

Hattie unterdrückte ein Gähnen. Auf dem Sträflingsdeck war es feucht und stickig, und in der letzten Nacht hatte sie fast kein Auge zugetan. Sie nickte ein, und die Stricknadeln fielen ihr aus der Hand. Erst als Bertie sie am Arm rüttelte, erwachte sie.

»Wach auf, Mama«, sagte er. »Ich hab eine neue Geschichte gelernt. Über einen Mann, den Noah. Und Emily kann gackern wie ein richtiges Huhn. Die hatten nämlich Hühner auf der Arche, weißt du? Emily, zeig's ihr!«

Emily stand hinter Bertie, eine Hand auf seiner Schulter. »Ein andermal, Bertie. Ein andermal.«

Bertie lief weg, und Emily setzte sich neben Hattie.

»Er ist ein schlaues Kerlchen«, sagte sie. »Du hast ihm schon viel beigebracht, glaub ich.«

»Ich hab's versucht. Ich hab die Buchstaben von meiner Ma gelernt, als ich noch ein kleines Mädchen war, und es gibt für mich nichts Wichtigeres, als dass Bertie lesen kann und mehr lernt und …«, sie zögerte, »… besser wird als ich. Er soll es einmal gut haben.«

»Das wird er, da bin ich sicher.« Emily lehnte sich vor und berührte Hatties Haare. »Er hat Glück mit seiner Mama. Was für Haare!«

Als Kind hatte sich Hattie manchmal gefragt, warum einige Leute ihr Haar so bewunderten und ihr sagten, sie sei hübsch, während andere sie deshalb mieden und »Hexenbrut« oder Schlimmeres nannten. Mit zwölf Jahren hatte sie sich an diese bösen oder bewundernden Bemerkungen gewöhnt, und jetzt sagte sie zu Emily: »Als Kind habe ich mir goldenes Haar gewünscht. Kitty hätte sicher beim Heranwachsen helle Haare gekriegt …«

»Kitty?«, fragte Emily leise.

Als sie antwortete, wurde Hattie bewusst, dass sie seit Jahren nicht mehr von ihr gesprochen hatte. »Meine Schwester, viel jünger als ich. Ma nannte sie einen ›Unfall‹, und ich musste weinen, als ich das gehört habe. Wie konnte so ein hübsches Baby ein Unfall sein?«

»Viele von uns sind das. Ich auch … und meine Mutter hat dafür gesorgt, dass ich das niemals vergess. Sie hat mich nie richtig geliebt. Ich glaub, viele Mütter lieben ihre Kinder zu wenig. So seh ich das.« Emily runzelte die Stirn. »Sie wissen nicht, was sie haben. Und für wie kurz. Kinder verlassen uns irgendwann.«

Hattie nickte. »Das stimmt. Du weißt es besser als viele andere. Ma konnte sich nicht um Kitty kümmern. Wir waren so viele … vier Kinder, und mein Vater ein Taugenichts, der das ganze Geld versoffen hat … Ach, wahrscheinlich wollte sie nur das Beste, aber ich hab's nicht ertragen, den Abschied von Kitty.«

Emily blickte Hattie an. »Abschied?«

»Wir haben sie weggegeben.«

»Zu Verwandten?«

»Nein … nicht zu Verwandten. Zu einer Frau südlich der Themse.«

»Wer war sie?«

Hattie schüttelte den Kopf. »Ich weiß es nicht. Eine Frau, die Leuten in Not geholfen hat. Ma hat gesagt, Kitty wird es dort gut gehen, dass sie zu einer Dame kommt, die selbst keine Kinder haben kann. Sie wird reich sein, schöne Kleider haben, zur Schule gehen und gut essen. All das, was Ma meinte, ihr nicht geben zu können … Sie hat es mir auf dem Heimweg gesagt. ›Für Kitty ist das eine Chance, verstehst du das nicht? Sie kann jemand werden. Besser.‹ Ich hab es nicht verstanden. Einen Monat lang hab ich jeden Abend geweint, aber irgendwann muss man damit aufhören, es bringt ja doch nichts. Aber ich kann sie nicht vergessen.«

Emily legte tröstend eine Hand auf Hatties Arm. »Ich werde Gott bitten, dass er über deine Schwester wacht.«

»Das ist lieb von dir.« Hattie versuchte zu lächeln, doch das Gespräch über Kitty hatte eine alte Wunde in ihrem Herzen erneut aufgerissen. Eine Wunde, die Bertie ein wenig hatte heilen können. Seit seiner Geburt war eine Art Kruste über die Erinnerungen an Kitty gewachsen, und Hattie schaffte es, tagelang nicht traurig zu sein. Doch wenn sie wieder an die Ereignisse zurückdachte, spürte sie den Schmerz so stark, als wäre ihre Schwester erst am Vortag weggegeben worden.

Es hatte geregnet, als sie zu dem Haus gelaufen waren. Der Salon war viel prächtiger als alle Räume, die Hattie je gesehen hatte. Auf dem Tisch neben einem mit dunkelgrünem Plüsch bezogenen Sofa stand eine große Öllampe, deren Glas mit einem Blumenmuster geschliffen war. Die Frau trug ein Kleid, dessen Bund und Kragen aus Spitze waren, und ein reich verziertes Tuch aus indischer Seide, das glänzte, wenn das Licht darauf fiel. Die Vorhänge waren zugezogen … Es musste Nachmittag gewesen sein. November – Hattie erinnerte sich, auf dem Nachhauseweg durch goldgelbe Blätter gelaufen zu sein. Ma hatte geschwiegen, während sie durch die von Straßenlampen erhellte Dunkelheit liefen, doch Hattie wusste, dass ihr jeder Schritt schwerfiel. Ihre Bewegungen waren steif, und sie hielt den Blick fest auf den Boden gerichtet. Seit mehr als einer Stunde hatte sie nicht mehr mit Hattie gesprochen, was Hattie damals jedoch nicht wunderte, denn auch sie war in Gedanken noch bei Kitty. Ihre Schwester hatte es anscheinend nicht gestört, einer Fremden in die Arme gelegt zu werden. Sie hatte ruhig dort gelegen und die Frau angelächelt.

»Was für ein hübsches Baby«, hatte die Frau gesagt. Hattie hatte ihren Namen nicht verstanden, oder vielleicht hatte sie ihn auch gar nicht genannt. »Machen Sie sich keine Sorgen, ich werde das perfekte Zuhause für sie finden. Ich kenne einige Damen, die sie nur zu gern aufnehmen werden. So ein wonniges Kind!« Die Frau schien nett zu sein, und einen Augenblick lang fühlte sich Hattie beinahe getröstet. Sie hatte schöne dunkle Augen und sorgfältig zurechtgemachte Haare. Aus einer Seidenhaube fielen ihr die Locken über die linke Schulter, und hin und wieder strich die Frau sie mit der linken Hand zur Seite, einer Geste, die Hattie sehr elegant vorkam.

Kitty, Kittycat, Kitty, Kittycat … hatte Hattie in Gedanken immer wieder wiederholt, während sie liefen. Ihre Mutter konnte nicht reden, und auch sie brachte kein Wort über die Lippen. Vielleicht würde die Trauer um Kitty ja nach einer Weile vergehen, wenn man nicht darüber sprach. Als sie zu Hause angekommen waren, hatte Ma sofort begonnen, sich um den Rest ihrer Kinder zu kümmern. Das Essen musste für alle zubereitet und auf den Tisch gestellt werden. Die Jungen fragten nie nach dem Baby. Schon zuvor schienen sie Kitty nie bemerkt zu haben, also fiel auch ihre Abwesenheit nicht weiter auf. Pa biss in die harte Brotkruste und fragte nur: »Erledigt?«

»Ja«, hatte Ma geantwortet, und damit war die Sache abgeschlossen gewesen.

Bis kurz vor Weihnachten sprach niemand von Kitty, doch dann wurde Ma krank, und im Fieberwahn nannte sie ihren Namen oft und flehte Hattie an, sie zu finden. Nicht wissend, was sie sonst hätte sagen sollen, versprach sie es ihr. Vielleicht, dachte sie, würde es Ma nach der Lüge etwas besser gehen, doch so kam es nicht. An Heiligabend starb sie, und seitdem hasste Hattie alles, was mit der Weihnachtszeit zu tun hatte.

»Ich bete auch für Kitty«, sagte sie zu Emily. »Und für meine Mutter, die wenige Wochen später gestorben ist.« Hattie senkte den Blick. »Ich bin dann bald ausgezogen und hab für eine Familie gearbeitet, die Whitings.« Sie sah Emily an und lächelte. »Und dann kam Bertie, und jetzt hab ich jemanden, den ich von ganzem Herzen lieben kann, so wie Kitty damals. Wenn man immer nur zurückschaut, bringt das auch nichts.«

»Das stimmt. Wir müssen immer nach vorn schauen.« Emily stand auf. »Bald nähen wir wieder. Ich bin froh, dass wir beide dafür ausgewählt worden sind, du nicht?«

Hattie hatte noch nie darüber nachgedacht, doch Emily schien so erwartungsvoll – wie ein etwas struppiger Hund, der darauf hofft, gestreichelt zu werden –, dass sie antwortete: »Ja, natürlich.«

Als sie allein war, sagte sich Hattie, dass Emily nett zu ihr war und die Kinder gut unterrichtete und dass es lieblos und unfreundlich von ihr war, sie mit einem struppigen Hund zu vergleichen, wegen ihrer ungepflegten Haare, den Pockennarben und einem Lächeln, das ungleichmäßige Zähne offenbarte. Schließlich konnte niemand etwas für sein Aussehen, und man sollte andere nicht nach Äußerlichkeiten beurteilen. Die Newgate Nannies behaupteten, Emily sei in William vernarrt, einen jungen Matrosen, der in der Kombüse arbeitete und aussah, als wäre er noch nicht alt genug, um zur See zu fahren.

»Hab gehört, er denkt an sie, wenn er Kartoffeln schält«, hatte Dwyer gesagt und gegluckst.

»Vielleicht ritzt er ihre Anfangsbuchstaben mit seinem Messer in 'nen Mast«, hatte Selwood gewitzelt. »Mit demselben Messer, das er für die Kartoffeln nimmt.« Darüber hatten die Newgate Nannies gelacht.

Schönheit, dachte Hattie, liegt wohl wirklich im Auge des Betrachters, sonst wäre die Hälfte der Menschheit ein Leben lang ziemlich allein. Nur wenige Menschen sind wirklich schön.

22
JETZT

7. Juli 1841
93. Tag auf See

Kezia

»Komm bitte herein«, sagte Kezia und hielt die Tür auf, als Emily Paxton die Kapitänskajüte betrat. Aus Gründen, die Kezia sich nicht erklären konnte, wirkte sie stark verängstigt. Natürlich war eine gewisse Nervosität vor einer Befragung verständlich, doch Emily war bleich und biss sich auf die Unterlippe. Sie sah ohnehin immer etwas verschüchtert und mürrisch aus, und ihre Magerkeit und das nervöse Spiel ihrer Hände trugen nicht gerade dazu bei, sie unschuldig wirken zu lassen. Doch Kezia wusste, dass Emily von allen Frauen Hattie am nächsten gestanden hatte und besonders freundlich zu ihr gewesen war. Laut übereinstimmender Aussagen war sie zudem am weitesten von der Stelle entfernt gewesen, wo Hattie nach dem Angriff lag.

»Guten Tag, Emily«, sagte Kezia. Mr Davies schrieb Emilys Namen nieder. Charles und Mr Donovan hatten Kezia bedeutet, sie solle mit Emily sprechen, da sie so verängstigt aussah. »Kannst du uns erzählen, warum du nicht zu Hattie gelaufen bist, als sie fiel?«

»Ich war zu weit weg«, antwortete Emily. »Ich war fast schon am Niedergang. Ich hab mich umgedreht und wollte zurücklaufen, aber da haben die andern schon geschrien, dass ich Bertie holen soll.«

Sie hielt inne und sah Kezia an. »Ich wollte zu Hattie … Ich hab es kaum ertragen, wie sie da lag …« Emily wischte sich mit dem Ärmel eine Träne von der Wange. »Ich liebe Hattie, Miss Hayter. Sie ist hier auf dem Schiff meine beste Freundin.«

»Danke, Emily«, sagte Mr Davies und sah von seinen Notizen auf. »Darf ich fragen, wer dir zugerufen hat, dass du Bertie holen sollst?«

Emily überlegte einen Augenblick. »Ich glaube, Sarah war die Erste. Sie hat gerufen ›Bertie – hol ihn her! Sie will Bertie sehn. Schnell, Emily!‹. Dann hat Marion geschrien, ›Sie will Bertie. Hol ihn, Emily!‹. Also bin ich los, so schnell ich konnte. Runtergerannt bin ich.«

»Und du hast Bertie geholt?« Diesmal war es Charles, der die Frage stellte.

Emily nickte. Mr Davies legte ungeduldig die Feder nieder und seufzte. Kezia konnte ihn fast verstehen. Keine der Frauen hatte irgendwie angedeutet, dass eine der anderen log. Wir sind gründlich und gewissenhaft, dachte Kezia. Der einzige Zweifel bisher betraf Hatties letzte Worte. War es möglich, dass sie »Nicht fertig« gesagt hatte statt »Nicht Freddie«? Sie musste gewusst haben, dass sie in Lebensgefahr schwebte, und hatte sich an ihr Leben geklammert. Und war es überhaupt wichtig? Kezia fühlte sich zunehmend ratlos. Vielleicht hatte sich irgendjemand versteckt und die arme Hattie angegriffen, jemand, den sie bisher nicht in Betracht gezogen hatten. Und ich bin schuld. Möge Gott mir vergeben.

Baumwollstück: geometrische Muster aus vier Quadraten in Dunkelblau und Rot auf grauem Untergrund, wobei jede Vierergruppe wieder ein Quadrat ergibt.

23
FRÜHER

April 1841

Kezia

Den ganzen Nachmittag hatte Kezia bei ihren Näherinnen verbracht und zugesehen, wie sie Stoffdreiecke zusammennähten, während sie ihren Gesprächen lauschte. Beth hatte von ihrer Schwester erzählt, die für einen Hutmacher in Edinburgh arbeitete und das Wetter dort zu kalt fand. Elsie hatte Schwierigkeiten gehabt, ihre Stiche klein genug zu halten, und Kezia hatte ihr dabei geholfen.

Trotz ihrer Unterschiede wachsen sie langsam als Gemeinschaft zusammen, dachte sie. Und Unterschiede gab es in der Tat. Einige der Frauen freuten sich, etwas Sinnvolles zu tun, und sprachen gerne mit den anderen. Phyllis, Beth, Rose, Hattie, Dora: Das waren die Gesprächigen. Izzy und Rose schienen sich näher zu stehen als sonst. Izzy blickte Rose immerzu an, die von allen Frauen sicher die hübscheste war. Beth gehörte zu den Menschen, die alles dramatisierten. Rose missbrauchte den Namen des Herrn mit jedem Satz oder fluchte so, dass sich auch ein Matrose nicht dafür geschämt hätte. Phyllis mochte es, wenn die anderen ihre Vorschläge aufgriffen. Sie hatte ihre eigene Herangehensweise an die Dinge und versuchte stets, diese den anderen aufzuerlegen. Manche hörten auf sie, andere nicht.

»Ich glaube, wir können für heute aufhören«, sagte Kezia. »Lasst uns unsere Arbeit zur Seite legen, und wer das Lied kennt, kann gemeinsam mit mir singen.«

Ihr fiel auf, dass einige Frauen einstimmten, während sie ihre Näharbeit verstauten. Dann stellten sie sich hin, falteten die Hände und schlossen die Augen, genau wie Kezia, die jetzt das Gebet sprach, mit dem sie manchmal die Arbeit des Tages beendete: »Herr, wir danken dir, dass du uns heute in unserer Arbeit geleitet hast, und wir bitten dich, dass du in der Nacht deine schützende Hand über uns hältst, damit wir unsere Arbeit morgen fortführen können. Im Namen des Vaters, des Sohnes und des Heiligen Geistes, amen.«

Nachdem die Frauen das Amen gesprochen hatten, kehrten sie in ihr Quartier zurück, und es versetzte Kezia einen Stich, dass sie selbst in ihre hübsche kleine Kabine gehen würde, während die anderen auf dem düsteren Sträflingsdeck lagen. Obwohl die Matrosen und die Frauen sich bemühten, den Schlafplatz der Gefangenen sauber zu halten, war es doch nicht mehr als ein großer, stinkender Kasten, und es gab wenig, was man dagegen hätte tun können. Gefängniszellen waren kein Paradies der Düfte, doch das Unterdeck war um einiges schlimmer. Vielleicht haben wir uns alle mittlerweile daran gewöhnt, dachte sie.

Als Kezia zu ihrer Kabine ging, kam ihr der Kapitän entgegen. »Miss Hayter«, sagte er und verbeugte sich.

Einen Augenblick standen sie schweigend da, und Kezia versuchte, ein passendes Gesprächsthema zu finden. Gerade wollte sie ihn bitten, einen Meeresvogel zu identifizieren, der über sie hinwegflog, als der Kapitän fragte: »Glauben Sie, dass die Sträflingsfrauen in Ihrer Obhut von Natur aus schlechte Menschen sind oder dass sie durch ihre Lebensumstände zu Verbrecherinnen wurden?«

Kezia blickte ihn an. Dieses Thema lag ihr sehr am Herzen, und sie hatte schon häufig darüber gesprochen. »Der Herr sagt, er wird uns unsere Sünden vergeben, wenn wir aufrichtig bereuen. Und wenn er unsere schlimmsten Sünden vergeben kann, dann sollten wir wenigstens versuchen, leichtere Vergehen zu verstehen. Armut, sowohl was Geld als auch was Bildung betrifft, ist sicher der Grund, warum die meisten dieser Frauen kriminell wurden. Und dann werden die Probleme von einer Generation zur nächsten weitergegeben. So wird eine Frau, die Essen für ihre Kinder stiehlt, zur Verbannung verurteilt, wenn man sie erwischt. Dann müssen die Kinder für sich selbst sorgen, oder die Gemeinde kümmert sich um sie, aber so oder so wachsen sie in Armut auf und bekommen keinen Unterricht, können also auch nichts aus sich machen.« Kezia hielt inne. Vielleicht hatte sie sich zu offen geäußert.

Gerade wollte sie sich entschuldigen, als der Kapitän sagte: »Das stimmt, das ist mir auch schon oft aufgefallen. Aber glauben Sie, dass es manche Menschen gibt, Frauen wie Männer, die böswilliger geboren werden als andere?«

»Mit dem Teufel muss man natürlich immer rechnen«, erwiderte Kezia düster. »Wenn ich an das Gute glaube, muss ich auch an das Böse glauben, aber in meinen Mitmenschen habe ich es selten beobachtet. Dummheit ja, und Armut, Tollheit, Heimtücke und die schrecklichen Auswirkungen der Eifersucht, aber das reine Böse? Das habe ich noch nicht gesehen.«

»Und was ist mit Mord? Ist das nicht böse? Ganz gleich, wie die Umstände sein mögen?« Sie lehnten sich gegen die Reling.

Kezia überlegte kurz. »Nein«, sagte sie schließlich. »Ich kann mir Situationen vorstellen, in denen die Tötung eines Menschen gerechtfertigt sein kann.«

»Wirklich? Sie überraschen mich, Miss Hayter.«

»Wenn mich mein Mann gefangen hält, könnte ich ihn töten wollen, um ihm zu entkommen. Niemand kann doch wirklich sagen, wie er sich in einer solchen Lage verhalten würde«, antwortete Kezia. »Es ist schwer, sich das vorzustellen, aber ich habe es gesehen. Ich habe mit Frauen gesprochen, die in ihrem Leben noch nie frei waren. Die mit jedem Atemzug Angst vor den Folgen haben mussten.«

»Bestimmt haben Sie recht, Miss Hayter. Schließlich kennen Sie diese Frauen.«

Ein Windstoß rüttelte an ihnen, und Kezia sagte: »Bald wird es viel wärmer sein.«

»Das stimmt. Sie und Ihre Näherinnen werden so braun werden wie Nüsse, wenn Sie hier an Deck arbeiten. Die Sonne kann sehr stark brennen.«

Kezia runzelte die Stirn. »Aber was tun? Wenn wir den ganzen Tag auf dem Sträflingsdeck verbringen müssen, wird das … sehr unbequem. Und es ist so viel einfacher, bei gutem Licht zu nähen.«

»Ich kann die Mannschaft anweisen, ein Sonnensegel für Sie aufzuspannen, für etwas Schatten.« Der Kapitän lächelte Kezia an. »Ein Segel, das wir nicht nutzen, oder ein Stück Segeltuch. Ich kümmere mich darum.«

»Das wäre sehr freundlich«, erwiderte Kezia und lächelte zurück.

Der Kapitän machte keine Anstalten zu gehen und sagte stattdessen: »Dennoch rate ich Ihnen, sich so viel wie möglich im Schatten aufzuhalten. In diesen Breitengraden kann die Sonne sehr heiß brennen.«

»Das werde ich tun«, erwiderte Kezia. »Danke. Und ich werde auch meine Frauen warnen.«

»Es würde mich zutiefst schmerzen, wenn ein Gesicht, das ich so bewundere, am Ende der Reise genauso sonnenverbrannt wäre wie das eines Matrosen.« Er verbeugte sich steif und wandte sich zum Gehen.

»Danke«, sagte Kezia. Hatte er gerade gesagt, er bewundere ihr Gesicht? Hatte sie das wirklich gehört, oder war es nur ein Missverständnis? So etwas hatte noch nie jemand zu ihr gesagt. Sie ging seine Worte in Gedanken immer wieder durch und fragte sich, ob sie ihn wohl falsch verstanden hatte.

Baumwollstück: weißer Untergrund mit schwarz-weißen Blättern an weit auseinanderliegenden Zweigen, wobei jedes Blatt mit einem Muster versehen ist, das es wie Spitze aussehen lässt.

24
FRÜHER

April 1841

Clara

Ich erinnere mich an Hattie Matthews. Es ist lange her. Zuerst habe ich ihren Namen nicht wiedererkannt. »Harriet Matthews« hat mir nichts gesagt. Selbst als sie am Anfang der Reise nach vorne trat, um sich zu denen zu stellen, die für die Näharbeit ausgewählt worden waren, habe ich sie nicht erkannt. Wochenlang saß ich in ihrer Nähe, ohne mir etwas zu denken, aber als ich heute auf dem Sträflingsdeck ihre Geschichte hörte und diese roten Haare sah, die sie im Nacken zusammengebunden trägt und die ihr in Locken bis zu den Schultern fallen, da habe ich mich plötzlich an etwas erinnert. Jetzt weiß ich, wer sie ist, und schlimmer noch, wie wir einander begegnet sind. Mir wäre vor Schreck fast das Herz stehen geblieben. Was, wenn sie mich wiedererkennt? Was, wenn sie vor allen sagt: *Ich kenne sie. Ich weiß, was sie getan hat.*

Ich spüre, wie ich zittere, und beiße mir fest auf die Unterlippe, um mich zu beruhigen. Ich kann nicht fliehen. Wohin könnte ich schon gehen auf einem Schiff, mitten auf dem Meer. Sollte ich mich an Miss Hayter wenden und sie bitten, mich aus der kleinen Gruppe der Näherinnen zu entlassen? Aber ich will keine Aufmerksamkeit auf mich ziehen, ich muss unbemerkt bleiben. Ich zwinge mich zur Ruhe. Unser Treffen liegt viele Jahre zurück und dauerte weniger als eine Stunde. Vielleicht ist es auch eine andere Hattie Matthews. Aber diese Haare! Nein, kein Zweifel. Hör auf, dich verrückt zu machen, versuche ich mich zu beruhigen. Du hast dich verändert. Du bist ein ganz anderer Mensch. Sie wird dich nicht erkennen. Sie hat dich vergessen. Schließlich war sie damals noch ein Kind … Und schau, sie hat doch bisher noch keinen Schreckensschrei ausgestoßen, oder? Aber ich kann nicht aufhören, mir Sorgen zu machen. Wir haben uns in kleinere Gruppen aufgeteilt, und Hattie zählt nicht zu meinem engeren Kreis. Ich muss mich von ihr fernhalten. Muss mein Gesicht abwenden. Ich sehe flüchtig zu ihr hinüber. Sie spricht mit Emily und Lottie. Sie lachen. Selbst in schlimmen Situationen finden junge Leute immer etwas, das sie aufheitert, solange sie ihre Freunde um sich haben.

Während ich nähe und den Blick auf meine Arbeit richte, sage ich mir, dass die Gefahr mit jedem Tag, der vergeht, geringer wird. Wir entfernen uns immer weiter von England, was sicher ein Vorteil für mich sein muss. Um Hattie kümmere ich mich, wenn es sein muss. Ich bin schon mit anderen Schwierigkeiten fertiggeworden, und dieses Problem werde ich auch lösen. Und wer weiß: Vielleicht wird sie mich nie erkennen.

Ich bitte Marion um ihre Schere. »Meine ist unten«, sage ich, und Marion gibt mir die Schere, damit ich einen Faden abschneiden kann. »Danke«, sage ich, und Marion nickt schweigend. Seit ihrer Fehlgeburt ist sie bedrückt.

Ich lenke mich ab, indem ich ein Gespräch mit Joan beginne, die neben mir sitzt.

»Du bist so still, Joan«, sage ich. »Ist alles in Ordnung?«

Sie schüttelt den Kopf. »Ich kann nicht darüber sprechen«, erwidert sie. Ich weiß, dass ich nur zu schweigen brauche, um die Worte herauszulocken.

Joan näht noch eine Weile, dann legt sie die Arbeit in den

Schoß und verbirgt ihr Gesicht in den Händen. Als sie wieder aufblickt, ist sie blass.

»Ich glaube ihm«, beginnt sie, und ich weiß, dass sie Isaac meint. »Er sagt, es ist egal, und das ist am schlimmsten. Für mich ist es überhaupt nicht egal.«

»Was meinst du?«, frage ich sie.

»Er ist verheiratet«, flüstert sie und verliert die Fassung. Sie ballt eine Hand zur Faust und schiebt sie sich in den Mund, um einen gepeinigten Schrei zu unterdrücken, der in ihr aufgestiegen ist.

»Joan«, sagt Miss Hayter, die ihren Zustand bemerkt hat. »Möchtest du dich einen Moment zurückziehen?«

»Ich geh mit ihr«, sage ich, erleichtert über die Möglichkeit, von den anderen wegzukommen.

»Bitte melde dich, wenn Joan mich braucht«, sagt Miss Hayter, und ich führe die ältere Frau weg wie ein kleines Kind. Ich weiß, dass die anderen uns nachsehen.

Joan und ich stellen uns am Heck an die Reling und schauen zu, wie wir das Meer hinter uns zurücklassen. Das Kielwasser sieht aus wie Spitzenstreifen auf dunklem Stoff.

»Erzähl mir von Isaac«, sage ich. »Ich werde mit niemandem darüber sprechen.«

»Ja, das weiß ich. Du wägst deine Worte immer gut ab, aber trotzdem … ich fühle … Weißt du, für kurze Zeit war ich voller Hoffnung, und jetzt ist sie weg. Er ist verheiratet. Hat eine Frau in Portsmouth. Und drei Kinder von ihr.«

Da ich nicht weiß, was ich sagen soll, lege ich ihr den Arm um die Schulter. Das Einzige, was mich an dieser Geschichte überrascht, ist, dass Joan diese Möglichkeit nicht von Anfang an bedacht hat. Ein Mann wie Isaac Margrove geht nicht durchs Leben, ohne irgendeinen Bund mit einer Frau einzugehen, so viel steht für mich fest.

»Isaac ist ein gut aussehender Mann«, sage ich zu Joan. »Wahrscheinlich war das zu erwarten.«

»Aber ich erwarte keine Lügen«, sagt sie mit einigem Nachdruck. »Ich bin schon Großmutter, und ich erwarte, dass man mich nicht an der Nase rumführt, als wär ich ein junges dummes Ding.«

»Hat Isaac dich denn belogen? Hat er dir erzählt, dass er unverheiratet ist?«

»Nein, aber …«

»Aber was?«

»Er hat mir vorgemacht, dass er mich liebt.«

Ich seufze. »Hat er das gesagt? Hat er von einer gemeinsamen Zukunft gesprochen?«

»Nein«, gibt Joan zu.

Ich drehe sie zu mir. »Joan, wenn er dir jetzt gesagt hat, dass er verheiratet ist, dann vielleicht, weil er gemerkt hat, dass er dich wirklich sehr gern mag. Verstehst du? Er hätte lügen können. Er hätte dich täuschen können …, aber das hat er nicht gemacht. Und dass du jetzt die Wahrheit erfährst, ist doch besser, als sie nie zu erfahren, oder?«

»Wenn ich das gewusst hätte, hätt er mich nie küssen dürfen, und er hätt mir nicht vormachen können, dass er mich liebt«, flüstert Joan. »Ich hätt nicht so viel Zeit mit ihm verbracht und ihm Sachen erzählt, die sonst niemand weiß.«

Ich sage nichts. Sieht Joan denn nicht, dass sie selbst gerade die Gründe nennt, warum Isaac ihr nicht von seiner Frau in Portsmouth erzählt hat? Er hatte sie richtig eingeschätzt. Es war offensichtlich, dass Joan sich an strengere moralische Regeln hielt als die meisten auf einem Sträflingsschiff. Und vielleicht mochte Isaac sie mehr, als er zunächst gedacht hatte, und handelte entsprechend. Schließlich hätte er sie auch hinhalten können, bis sie in Van-Diemens-Land ankamen.

»Ich werd ihn vergessen«, sagt sie schließlich. »Er hat mich auf andre Gedanken gebracht, von meinen Kindern und Enkeln abgelenkt … So war das.« Sie sieht mich an. »Glaubst du mir? Was ich sage?«

»Ja«, antworte ich. »Du bist keine Lügnerin, glaub mir, ich hab es mein Leben lang mit Lügnern zu tun gehabt. Lügen erkenne ich besser als die meisten.«

»Ich hab's für sie getan, verstehst du? Für meine Tochter Meg. Sie haben sie mit gestohlenen Sachen erwischt. Eigentlich hat ihr Mann Peter dahintergesteckt, ein furchtbarer Grobian, aber der hätt sein bisschen Arbeit bei einem Metzger verloren, und von was hätten sie dann leben sollen? Meg wäscht für andre, mehr geht nicht mit den kleinen Kindern. Sie wollt nicht, dass ich's tu, hat geschrien und sich die Haare gerauft und ist krank geworden, aber ich konnt einfach nicht zulassen, dass sie ins Gefängnis muss oder auf so einem Schiff weggeschickt wird, also hab ich gesagt, ich würd mich umbringen, wenn sie nicht zulässt, dass ich die Schuld auf mich nehme. Arme Meg, was blieb ihr übrig? Ich hab zu ihr gesagt, ›Du kannst nicht sterben oder ins Gefängnis gehen. Du musst für deine Kinder da sein‹. Was ich ihr nicht gesagt habe, ist, dass sie sie vor ihrem schrecklichen Vater schützen muss, aber ich glaub, das hat sie auch so verstanden. War da sogar meiner Meinung. Also hat sie den Mund gehalten, und ich hab die Hehlerei gestanden, und sie haben mich vor den Richter gestellt, und hier bin ich jetzt.«

Was sollte ich dazu sagen? »Du kannst zurückkehren, das weißt du, nicht wahr? Nach England. Wenn deine Strafe vorbei ist.«

»Ich werd alt sein. Bin ja schon alt. Ich fühl mich so schlecht … so durcheinander. Kann meine Gedanken nicht im Zaum halten, sie sind überall und nagen an mir.«

Ich sehe Joan an. Sie ist hochrot im Gesicht, und obwohl es wärmer wird, scheint mir das nicht normal. Ich lege ihr die Hand auf die Stirn. Sie glüht.

»Joan«, sage ich. »Du musst zu Mr Donovan gehen und ihm sagen, dass du krank bist.«

»Aber ich bin doch seine Helferin«, erwidert Joan. »Ich muss doch für andre da sein.«

»In diesem Zustand kannst du niemandem helfen. Wenn du nicht selbst zu ihm gehst, tu ich es.«

Während ich spreche, sackt Joan auf dem Deck zusammen und sitzt mit hängendem Kopf da. »Vielleicht sollte ich mich eine Weile hinlegen, dann geht's mir bestimmt bald besser«, erwidert Joan. »Und was Kaltes trinken.«

»Bleib hier sitzen«, sage ich zu ihr. »Ich hol Miss Hayter und Mr Donovan.«

Schnell gehe ich zu den anderen zurück, die immer noch nähen, und bin erleichtert, dass Hattie mir den Rücken zukehrt. »Es ist Joan«, sage ich. »Etwas stimmt nicht mit ihr. Ich glaub, sie hat Fieber.« War es Fieber? Oder hatte ihr vielleicht irgendjemand etwas gegeben, so wie ich, um die echte Sarah Goodbourne auszuschalten? Einer der Matrosen …? Nein, sage ich mir. Sie ist einfach krank. Vielleicht hat sie etwas Falsches gegessen.

Miss Hayter springt auf. »Rose«, sagt sie. »Hol Mr Donovan.« Sie hat eine gute Wahl getroffen. Rose ist die Jüngste und Hübscheste unter uns. Mr Donovan wird sich über die schlechte Nachricht mehr freuen, wenn sie von ihr kommt als von einer von uns. Furcht ergreift mich. Was, wenn Joan todkrank ist? Sie ist mir so etwas wie eine Freundin geworden, die erste seit vielen Jahren, und der Gedanke, sie zu verlieren, macht mir Angst.

Baumwollstück: dunkler Untergrund mit einem Muster aus blaugrünen Blumen, die Chrysanthemen gleichen.

25
FRÜHER

April 1841

Hattie

»Bertie? Wo willst du hin? Komm sofort hierher, sofort … Hörst du mich?!«

Bertie lief weiter über das Sträflingsdeck in Richtung Niedergang, sodass Hattie nichts anderes übrig blieb, als aufzustehen und ihm hinterherzueilen.

»Bertie! Zurück, hab ich gesagt, sofort!«, befahl sie noch einmal.

Bertie drehte sich um und rief: »Aber ich will raus, den Sturm sehen.«

»Warte!«, rief Hattie und strauchelte, als sich das Schiff plötzlich aufbäumte, nach Backbord krängte und sich dann krachend wieder senkte.

Die Sträflingsfrauen schrien auf. Die *Rajah* rollte jetzt so stark, dass alles, was nicht festgezurrt war, in der Gegend herumflog und -rutschte, einschließlich der Klokübel und Holzkisten. Ab und zu wurde das gesamte Schiff in solche Höhen getragen, dass man meinen konnte, es müsse gleich abheben, und es den Gefangenen schier den Magen umdrehte.

»Was passiert mit uns?«, schrie Phyllis, die gerade aus dem Tiefschlaf erwacht war und das Durcheinander nun über den Rand ihrer Koje begaffte.

»Dumme Frage«, erklärte Tabitha. »Das is' 'n Sturm, du Schafskopf.«

Hattie, die Bertie eingeholt hatte und mit ihm zu ihrer Koje zurückgekehrt war, zog sich mit zitternden Händen ihren Rock über und legte sich ein Schultertuch um. Dann fragte sie Bertie: »Warum willst du denn den Sturm sehen?«

»Ich mag's hier nich'. Alle schrei'n. Und stinken tut's auch.«

Hattie blickte zu Boden, wo sich der Inhalt eines umgefallenen Klokübels über die Planken ergossen hatte. Um sie herum stöhnte und ächzte das Holz. Solange es stürmte, würde sicher niemand ein Auge zumachen. Und das konnte bestimmt noch dauern. Vielleicht hatte Bertie recht und an Deck wäre es angenehmer. Ja, wenn sie es recht bedachte, schien Hattie alles besser, als hier unter Deck zu bleiben, selbst wenn sie draußen dem Sturm ausgesetzt sein oder man sie bemerken und aufhalten würde. Der Gedanke, hier unten bleiben zu müssen, wurde ihr zunehmend unerträglich. Die Frauen schrien und heulten jetzt so laut, dass sich Hattie zu Bertie hinunterbeugen und ihm direkt ins Ohr sprechen musste, damit er sie verstand: »Ich bring dich raus. Aber du bleibst weg von der Reling, und wenn du meine Hand auch nur für eine Sekunde loslässt, dann knallt's, verstehst du? Keine Sekunde lässt du mich los. Versprochen?«

Bertie nickte. Sie taumelten zur Tür, und Hattie stemmte sich dagegen, so fest sie konnte, bis sie endlich aufsprang und der Weg frei war, um über den Niedergang an Deck klettern zu können. Draußen schafften sie es nur mit Mühe, sich aufrecht zu halten, als der Sturmwind sie erfasste und gegen eine Holzwand drückte.

Hattie klammerte sich an Berties Hand, als würde ihr Leben und das seine davon abhängen. Vielleicht war es falsch von mir, das sichere Unterdeck zu verlassen, dachte sie. Wie kann es nur sein, dass wir jetzt schon so durchnässt sind? Wo können wir uns hier draußen bloß unterstellen? Berties nasse

Hand drohte ihr zu entgleiten, während sie versuchte, sich Schritt für Schritt vorzukämpfen, doch jedes Mal machte der Sturm ihre Bemühungen zunichte und blies sie wieder an ihren Ausgangspunkt zurück. Um sie herum verdichteten sich Wind und Regen zu einem schwarzen Strudel, in dem die Matrosen hin- und herschwankten und sich gegenseitig Befehle zuschrien, wild um sich schlagendes Segeltuch zu bändigen versuchten und Segel refften. Keiner von ihnen bemerkte sie.

Hattie schaute zu Bertie hinunter, der das Tosen um ihn herum überwältigt und mit ungläubig geöffnetem Mund anstarrte. Sie folgte seinem Blick und sah mit Entsetzen, dass die *Rajah* nach Backbord krängte und sie dem Wasser immer näher kamen, bis die Reling nur noch wenige Zentimeter von den Wellen entfernt war. Mit einer Hand riss sie Bertie an sich, mit der anderen klammerte sie sich an ein Seil, das hinter ihr an der Wand befestigt war.

Plötzlich stand ein ihr unbekannter Matrose neben Hattie und schrie ihr ins Ohr: »Hier könnt ihr nicht bleiben. Wir machen jetzt die Schotten dicht. Niemand darf an Deck sein. Wie seid ihr denn hier rausgekommen?« Ohne eine Antwort abzuwarten, hob er Bertie hoch, der ihm seine Arme sofort fest um den Hals schlang. Er löste Hatties Griff vom Seil und zog sie mit sich über das Deck zu einer kleinen, etwas geschützteren Ecke. Über das Tosen der Wellen hinweg brüllte er: »Bleibt erst mal hier und rührt euch nicht vom Fleck!« Dann setzte er Bertie vor der erschöpft niedergesunkenen Hattie ab, die ihn fest an sich zog und ihm das nasse Haar aus der Stirn strich.

Während sich das Schiff immer wieder die Wellenberge hinaufkämpfte, um dann jenseits des Kamms wieder in die Tiefe zu stürzen, schloss Hattie die Augen. Als sie sie schließlich wieder öffnete, war das Schlimmste des Sturms überstanden, und die *Rajah* bewegte sich wieder im gewohnten Rhythmus, vor und zurück auf kleineren Wellen. Der Regen hatte nachgelassen, und das nasse Deck glänzte im ersten Licht der aufgehenden Sonne, die hinter dem östlichen Horizont hervorspitzte. Wie lange hatte sie mit Bertie dort gekauert? Was hatte sie geweckt? Plötzlich hörte Hattie direkt hinter sich Frauenstimmen und erstarrte. Wer außer Bertie und ihr war noch an Deck? Hatte man sie gesehen? Und wennschon, schließlich hatte sie nichts angestellt, nicht wirklich, denn obwohl sich die Frauen gewöhnlich nach Einbruch der Dunkelheit auf dem Sträflingsdeck aufhielten, konnte sich Hattie nicht erinnern, diesbezüglich je eine ausdrückliche Anweisung des Kapitäns gehört zu haben. Sie legte das Ohr gegen die Holzkisten, die zwischen ihr und den Frauen standen, und lauschte der Unterhaltung. Da war schließlich nichts dabei, sagte sie sich. Das würde doch jeder tun.

»Ich kann's ihr nicht sagen, noch nicht«, sagte eine leise Frauenstimme.

»Das musst du aber. Ich will nich', dass sie dir nahekommt. Nie wieder.«

Hattie erkannte die Stimme von Rose. Aber mit wem war sie dort? Wer war die andere Frau, die irgendetwas nicht sagen wollte? Und wem? In diesem Augenblick erschienen zwei Frauen auf Hatties Seite der Holzkisten, allerdings waren sie so in ihr Gespräch vertieft, dass sie Hattie und Bertie gar nicht bemerkten, die sich dort in dunkler Kleidung gegen das dunkle Holz pressten. Nachdem sie vorbeigegangen waren, schaute Hattie ihnen vorsichtig nach. Sie standen am Eingang zum Niedergang und umarmten und küssten sich. Kein Abschiedsküsschen auf die Wange, wie es bei Frauen durchaus üblich war, sondern ein langer Kuss auf den Mund. Jetzt verstand Hattie, dass es Becky Finch war, die etwas erfahren musste, die Frau, deren Glück Rose Manners während des Sturms beendet hatte. Denn jetzt war Izzy mit Rose zusammen, das war so klar wie der Himmel, der sich ihr im ersten Licht des Morgens zeigte.

Hattie, die Bertie immer noch in den Armen hielt, dachte

gerade über ihr neu gewonnenes Wissen nach, als sie plötzlich das Gefühl hatte, hinter ihr sei jemand. Sie drehte sich rasch um, entdeckte jedoch niemanden. Dennoch war sie sich sicher, dass sie beobachtet wurde, spürte sie doch das kalte Kribbeln auf der Haut und das Unbehagen in den Gliedern, das man nur fühlt, wenn einen ein Augenpaar aus dem Verborgenen anstarrt. Sie hätte es schwören können. Hattie ließ ihren Blick über das Deck schweifen und fragte sich, ob sie hinter den dort herumstehenden Holzkisten und dem aufgerollten Tauwerk suchen sollte, doch sie wagte es nicht, aus Angst vor dem, was sie dabei entdecken könnte. Stattdessen drückte sie Bertie noch einmal fest an sich und ging dann mit ihm hinunter zum stinkenden Sträflingsdeck.

26
JETZT

8. Juli 1841
94. Tag auf See

Die Gedanken der Sträflingsfrauen kreisten unaufhörlich um Hattie, um ihren Zustand und um die laufende Untersuchung. So war es wenig verwunderlich, dass sie häufig abgelenkt waren und sich nicht so recht aufs Nähen konzentrieren konnten. Manche der Frauen legten die Näharbeit sogar ganz nieder und strichen nur bewundernd über ihr Werk. Glücklicherweise war der Quilt beinahe fertig. Heute hatte Lottie die Aufsicht übernommen, der jedoch die nötige Autorität fehlte. »Is' schon echt sehr hübsch, was wir da gemacht haben, aber kein Grund, gar nich' mehr zu arbeiten«, sagte sie. Doch in diesem Moment tauchte Joan bei ihnen auf, die sich sonst in der Krankenkajüte um Hattie kümmerte, und die Näharbeit war vergessen.

»Spricht Bertie mit ihr?«, erkundigte sich Alice. »Und kann sie ihn hören?«

Joan schüttelte den Kopf. »Ich glaub nicht, dass sie ihn hört. Ab und zu sagt sie was, aber das ist wirr, und keiner versteht's.«

»Is' Bertie sehr traurig? Bestimmt, oder?«

»Ich versuch, ein fröhliches Gesicht zu machen, wenn er da is', und erklär ihm, dass seine Mama viel schlafen muss, damit sie gesund wird«, erwiderte Joan. »Manchmal versteht er das, aber an andern Tagen weint er viel. Es ist schrecklich, das mit anzuschaun.«

»Er ist sehr tapfer«, fügte Emily hinzu. »Ich zwing ihn nicht zum Unterricht, aber ich glaub, er will bei den andern sein. Muntert ihn ein bisschen auf, nehm ich an, wenn er sie spielen sieht. Und ich versuch, mich um ihn zu kümmern, so gut ich's eben kann. Wenn er ständig an seine Mutter denkt, bringt's schließlich auch nix.«

»Was haben sie denn von dir gewollt, Tabitha?«, fragte Ruth.

»Ach, dasselbe wie von Marion. Was passiert is'. Was ich gesehn und gehört hab. Und was Hattie zu uns gesagt hat. Na, und das hab ich ihnen halt erzählt.«

Dora erschauderte. »Dabei krieg ich echt 'ne Gänsehaut.« Sie sah sich im Kreis der Frauen um. »Sieben von euch werden verhört. Persönlich glaub ich ja, es könnt auch wer von der Besatzung gewesen sein, aber die meinen anscheinend, es war eine von euch, und jetzt wissen wir nich', welche.« Ihr Blick fiel auf Sarah, Emily, Joan, Marion, Ann, Phyllis und Tabitha.

»Und du bist unschuldig, was?«, brauste Tabitha auf, die Zähne gebleckt, den Blick finster auf Dora gerichtet. »Wir sind auf 'nem Sträflingsschiff. Hier gibt's nicht eine, die unschuldig wär. Oder willst du das vielleicht leugnen? Ich schlag mal vor, wir warten, was sie entscheiden, die Männer, in ihrer unendlichen Weisheit.«

»Und Miss Hayter«, fügte Marion hinzu. »Die is' schließlich auch dabei.«

»Egal, was sie sagt, das is' doch nich' mehr als 'n Zwitschern im Orkan. Alles nur Show. Am Ende sind's die Männer, die das Urteil fällen.«

»Hat sie denn nix gesagt?«, fragte Susan. »Wirklich gar nichts?«

»Doch, klar, hier und da, aber nur so zwischendurch. Meistens sind's die Männer, die reden. Is' doch immer so. Sie hat herzlich wenig zu sagen, das bringt uns gar nix.«

»Und was, wenn sie den Täter nicht finden, bevor wir ankommen? Was dann?«, wollte Beth wissen.

»Dann übergeb'n sie uns sieben den Behörden, und die dürfen sich um uns kümmern.«

»Und was, wenn Hattie stirbt?«, fragte Beth.

»Willst du's raufbeschwören, oder was?«, schrie Izzy sie an. »Noch isse ja nicht tot. Schaust ja grad so, als könntst du's gar nich' abwarten, du Scheiß-Schlampe.«

Beth trat Izzy vors Schienbein und brüllte zurück: »Gar nich' wahr!« Sie blickte Bestätigung heischend in die Runde, erschauderte dann und sagte: »Aber wenn sie stirbt, dann wird eine dafür am Galgen baumeln.«

»Hört auf, euch zu zanken, alle zwei«, zischte Ruth. »Da drüben steht Miss Hayter und redet mit den Männern. Bestimmt kommt sie gleich herüber.«

Mit zitternden Händen nahm Beth Nadel und Faden auf, während die anderen verstummten und das Schiff bei leichter Brise weiter über das Wasser glitt.

27
JETZT

8. Juli 1841
94. Tag auf See

Kezia

Kezia trat zur Reling und blickte zum Horizont. Nach einer stürmischen Nacht schien die Sonne durch die dünnen Wolken. Das Meer schien sich bis zu einem fernen Küstenstreifen zu erstrecken, doch Kezia wusste, dass das nur eine optische Täuschung war und sich der Ozean schier endlos hinzog. Bei dem Gedanken, wie unvorstellbar weit die *Rajah* vom Land entfernt war, wurde ihr jedes Mal unwohl.

»Guten Morgen«, vernahm sie jetzt eine Stimme hinter sich, und als Kezia sich umdrehte, sah sie den Kapitän mit Reverend Davies und Mr Donovan auf sich zuschreiten. Charles lächelte ihr zu, und es überraschte sie, wie sehr sein Anblick sie erfreute. Jegliche Gedanken an die Einsamkeit der *Rajah* auf dem unendlichen Meer fielen von ihr ab, denn in der soliden Präsenz des Kapitäns fühlte sie sich sicher.

»Guten Morgen«, erwiderte sie.

»Bitte begleiten Sie uns doch ein Stück«, bat Charles, und sie setzten ihren Spaziergang jetzt zu viert fort. Mr Donovan und Mr Davies waren gerade in ein Gespräch über die Erkenntnisse der Untersuchung vertieft. Dabei schien insbesondere der Reverend erpicht darauf, in seinen Überlegungen nahezu alles infrage zu stellen, was Kezia im Lauf des Verfahrens über die Strafgefangenen erzählt hatte.

Er hasst meine Arbeit mit den Frauen, dachte sie, daher seine Geringschätzung mir gegenüber. Wenn er wüsste, dass ich am liebsten fortlaufen und nie wieder mit ihm sprechen würde, hätte er wohl eine noch schlechtere Meinung von mir. Doch sie hatte sich vorgenommen, sich ihm zu stellen und jede Gelegenheit zu nutzen, um für sich selbst und für ihre Frauen einzutreten.

»Ich glaube, dass Miss Hayter eine etwas rosige Vorstellung davon hat, was diese Frauen leisten können«, sagte Mr Davies jetzt. »Dabei, denke ich, geht es hier weniger um deren Charakter als um leidenschaftliche Gefühle, die durch ihre derzeitigen Umstände hervorgerufen werden könnten. Verstehen Sie das denn nicht?« Nun wandte er sich direkt an Kezia, damit diese seine Version der Wahrheit endlich akzeptierte.

Die vier blieben stehen und lehnten sich unweit der nähenden Sträflingsfrauen an die Reling, weshalb Mr Davies nun mit gedämpfter Stimme fortfuhr: »So weit von zu Hause und eingepfercht auf dem Unterdeck mag es doch durchaus sein, dass sich die Frauen verändert haben. Oder vielleicht sind sie in den Besitz von Branntwein gekommen.«

»Sie, Sir, sind zwar nicht auf dem Sträflingsdeck eingepfercht«, gab Kezia zurück, »doch auch Sie sind weit weg von zu Hause, und der Sherry, den Sie jeden Abend trinken, ist doch durchaus mit Branntwein vergleichbar, oder etwa nicht? Würden Sie sagen, dass Sie sich verändert haben?« Mr Donovan lachte. »Da ist etwas dran, Davies«, warf er ein. »Und ich muss hinzufügen, dass ich auf dieser Reise bereits einige der Frauen wegen diesem oder jenem Leiden behandelt habe, und ich nach wie vor der Meinung bin, dass keine von ihnen gefährlich ist.«

»Nun gut«, erklärte Mr Davies steif. »Wie ich sehe, stoßen meine Worte auf taube Ohren. Ich wünsche Ihnen allen einen guten Tag.« Damit schritt er in Richtung seiner Kabine davon, und auch Mr Donovan entschuldigte sich und ging zurück an die Arbeit.

»Können wir bitte ein Stück weitergehen, Charles?«, bat Kezia. »Es gibt da etwas, das ich mit dir besprechen möchte, ohne dass es die Frauen möglicherweise hören.« Und ich will auch nicht, dass sie mich sehen, dachte sie. Denn dann würden sie mir meine Wut anmerken.

»Natürlich«, erwiderte Charles. »Stimmt etwas nicht?«

»Ich bin sehr … verstört über deine Haltung mir gegenüber, was unsere Tätigkeit im Untersuchungskomitee betrifft.«

Charles hielt abrupt an. Sie waren jetzt außer Sichtweite der Frauen, und Kezia wandte sich ihm zu.

»Ich behandle dich doch mit dem größten Respekt!« Er trat einen Schritt auf sie zu und schien noch etwas hinzufügen zu wollen, doch Kezia unterbrach ihn.

»Und doch schenkst du meinem Rat und meinen Ansichten weniger Beachtung als den Meinungen der Männer.«

»Aber meine liebe Kezia! Ich versichere dir, dem ist keineswegs so!« In seinem Gesicht spiegelte sich Entrüstung.

»Dennoch erscheint es mir häufig so. Ihr alle schlagt mein Wissen über Charakter und Verhalten der Frauen in den Wind, als wäre es nur von geringer Bedeutung.«

»Dann möchte ich mich entschuldigen und werde in Zukunft sicherstellen, dass deine Ansichten ebenso in Betracht gezogen werden wie die der anderen.«

»Danke«, erwiderte Kezia. »Aber nun muss ich zu den Frauen.«

Damit drehte sie sich um und entfernte sich rasch.

Sie wusste, dass sie ihm für seine Unterstützung dankbar sein sollte, und vielleicht war es falsch von ihr, ihm zu zürnen, weil er den eigentlichen Grund für ihren Ärger nicht erkannt hatte. Hätte sie ihn direkt darauf ansprechen sollen? Hätte sie ihn fragen sollen: Warum lässt du es zu, dass mich dieser Mann so abschätzig behandelt? Doch sie war froh, es nicht getan zu haben. Sie brauchte niemanden, der für sie eintrat, denn sie war durchaus selbst in der Lage, Mr Davies die Meinung zu sagen, auch ohne die Hilfe des Kapitäns. Und sie war entschlossen, das bei passender Gelegenheit auch weiterhin zu tun. Der Reverend würde zwar nie zugeben, unrecht zu haben, doch vielleicht wäre er dann nicht mehr so fest davon überzeugt, grundsätzlich im Recht zu sein.

Baumwollstück: weiße Streifen auf braunem Untergrund, wobei jeder Streifen abwechselnd mit roten und blauen Blättern dekoriert ist.

28
FRÜHER

April 1841

Clara

Nicht nur unsere Bündel litten im Sturm, als sie quer über das Sträflingsdeck geschleudert und mit Füßen getreten wurden oder in Erbrochenem landeten. Auch wir fühlen uns ziemlich mitgenommen. Es ist nicht einfach, auf diesem Schiff ein wenig für sich zu sein, weg von neugierigen Blicken, doch jetzt, wo jede Ecke gerade mit Wasser abgespritzt wird und unsere Bettwäsche auf dem Oberdeck trocknet, um dann wieder heruntergebracht zu werden, ist es noch schwieriger.

Die Frauen arbeiten in kleinen Gruppen und unterhalten sich dabei, während Miss Hayter die Runde macht und allen Mut zuspricht. Auch die Näherinnen sind jetzt hier unten, doch nicht jede beteiligt sich an den Aufräumarbeiten: Izzy Croft spricht gerade mit Becky Finch und wird dabei von Rose Manners, die in der Nähe steht, nicht aus den Augen gelassen. Ich kann das Gespräch zwar nicht hören, aber ich erkenne, dass Becky unglücklich aussieht. Sie sitzt auf einer Bank neben ihrem Bündel mit Nähutensilien, das jede von uns zu Beginn der Reise bekam. Izzy spricht eifrig auf Becky ein und gestikuliert dabei wild mit den Händen, doch Becky regt sich nicht, erwidert nichts, starrt nur vor sich auf den Boden. Jetzt kommt

Rose näher, legt eine Hand auf Izzys Schulter und lehnt sich dann vor, um über Izzys Kopf hinweg etwas zu Becky zu sagen. Manche Stimmen sind schriller und lauter als andere, und da Rose eine solche Stimme hat, kann ich ihre Worte verstehen, als sie Becky ankeift und ihr dabei beinahe ins Gesicht spuckt: »Jetzt weißt du's. Hast du's gehört? Sie liebt dich nicht mehr. Schreib dir's hinter die Löffel!«

Dann gehen Izzy und Rose Arm in Arm davon und gesellen sich zu einer Frauengruppe auf der anderen Seite des Sträflingsdecks. Becky bleibt eine halbe Ewigkeit einfach regungslos dort sitzen, bevor sie schließlich in ihr Bündel greift und eine Schere herausholt. Wieder sitzt sie eine Weile still da, dann öffnet sie die Schere, als wolle sie ein Stück Faden abschneiden. Ich beobachte, wie sie einen schmutzigen Ärmel ihres Kleides etwas zurückschiebt und mit der Klinge oberhalb ihres Handgelenks eine Linie in den Unterarm ritzt. Es ist kein tiefer Schnitt, aber doch tief genug, um die Haut zu verletzen und einen dünnen Blutstreifen zurückzulassen. Hat es außer mir noch jemand bemerkt?

Ich will keine Aufmerksamkeit auf mich lenken, sorge mich aber um Becky. Was, wenn sie nicht aufhört? Was, wenn sie so lange weitermacht, bis sie richtig blutet? Also stehe ich auf, gehe zu ihr hinüber und setze mich stumm neben sie. Vielleicht reicht es ja aus, dass jemand an ihrer Seite ist. Vielleicht legt sie die Schere weg, wenn sie mich wahrnimmt.

Doch sie scheint mich gar nicht zu bemerken. Auf ihrem Unterarm sehe ich ein Muster aus dünnen, dunklen, sich überkreuzenden Linien, die von ihrem Handgelenk bis fast hinauf zur Ellenbeuge reichen, alte Narben von Angriffen, die sie selbst auf ihren Körper verübt hat. Als Becky beginnt, neben der ersten, noch roten Linie eine weitere einzuritzen, kann ich nicht länger zuschauen und lege meine Hand vorsichtig auf ihre Schere, um sie aufzuhalten.

»Becky«, sage ich. »Lass das. Hör auf damit.«

Sie hält inne und fragt: »Warum?« Ihr Gesicht gleicht einem Teller: flach und weiß und rund. Ihre Stimme klingt tonlos.

»Du tust dir weh«, erwidere ich.

»Schmerz tut gut. Dann sind die schlimmen Gedanken weg. Mach ich seit Jahren.«

»Aber die Narben …« Was hilft es, sich ein blutendes Gittermuster in den Arm zu ritzen?

»Is' egal. Die sieht eh niemand. Und Izzy hat's nie gestört.«

Als Becky weitermachen will, überkommt mich der Wunsch, ihr einfach die Schere aus der Hand zu reißen. Doch das würde nicht funktionieren, das weiß ich. Sie würde nicht freiwillig loslassen, und es gäbe ein großes Theater, alle würden angerannt kommen, und ich wäre mittendrin. Um Becky abzulenken, frage ich stattdessen: »Was hat Izzy denn zu dir gesagt? Ich hab gesehen, dass sie und Rose Manners mit dir gesprochen haben.«

Da steckt Becky zu meiner Überraschung und großen Erleichterung die Schere weg. »Rose hat mir Izzy weggenommen«, erklärt sie. »Izzy hat gesagt, dass sie mich liebt, aber das stimmt nicht. Jetzt nich' mehr. Rose hat sie mir weggenommen.« Sie klingt apathisch.

»Sicher findest du bald jemand anders.«

Becky steht auf. »Ich wär schön blöd, wenn ich das glauben würd«, erwidert sie. »Und ich weiß, dass ich nie wen anders lieben kann. Nie. Immer nur Izzy.«

Damit geht sie davon und legt sich in ihre Koje. Wozu sie wohl fähig wäre? Wie stark beeinträchtigt ihre Liebe zu Izzy ihr Denken? Ich bleibe noch lange auf dem Unterdeck, und jedes Mal, wenn ich zu ihr hinüberschaue, liegt sie noch genauso da wie vorher, wie ein Steinrelief auf einem alten Grab.

Wenn es dunkel ist, suchen mich die schlimmsten Gedanken heim. Ich kann nicht schlafen. Da sind zu viele Erinnerungen.

Die Nächte sind schlimmer als die Tage. Nicht alles, was

sich in der Sturmnacht aus den umgeworfenen Klokübeln auf die Planken ergossen hatte, war sorgfältig genug weggeschrubbt worden, und es riecht abscheulich. Einige Frauen sind schon häufiger im Gefängnis gewesen, aber ich bin diesen ekelerregenden Gestank nicht gewohnt. In den stillen Nachtstunden verstärkt sich das Leid, und aus allen Richtungen tönen Schreie und Seufzer zu mir herüber. Marion weint jede Nacht, und während ich ihrem Schluchzen lausche, denke ich: Einige Frauen sind dankbar, wenn sie ein Kind loswerden, und andere trauern um ein bisschen Gewebe und Blut, als hätten sie einen lebenden Menschen verloren. Es gibt auch Frauen, die in den Schlaf finden. Doch viele von ihnen wälzen sich dann unruhig auf ihren dünnen Matratzen hin und her und schnarchen, murmeln im Traum oder schreien im Schlaf auf. Ich liege im Dunkeln und stelle mir vor, wie tief das Wasser unter der *Rajah* sein muss, ein Gedanke, der mich jedes Mal beunruhigt. Der Sturm hat uns gezeigt, wozu das Meer fähig ist, und nun ängstigt mich sogar das sanfte Rollen des Schiffs.

Joan hat sich noch nicht ganz erholt und liegt deshalb in der Krankenkajüte. Sie tut mir leid, aber ich bringe es auch nicht über mich, Isaac für sein Verhalten zu verurteilen. Es tut gut, auf so einer langen Reise einen Partner zu finden, einen gleichgesinnten Menschen, mit dem man sprechen und lachen, den man manchmal auch küssen kann.

Ich versuche, an etwas Schönes zu denken, um zur Ruhe zu kommen: Mein eigenes kleines Haus hat mir mehr Freude bereitet als irgendetwas sonst in meinem Leben. Es hatte nur zwei Zimmer unten und zwei oben, aber für mich reichte es. Ich habe die Rosen in meinem kleinen Vorgarten geliebt, und links und rechts neben dem Holztor wuchs je ein Fliederbaum, der im Mai betörend duftende, weiße Blüten trug. Ich lebte allein. Nach Samuels Tod hatte ich mir geschworen, nie wieder mit einem Mann neben mir im Bett aufzuwachen. Ich musste es niemandem recht machen und liebte meine Freiheit. Und wenn mich doch einmal das Verlangen überkam, wusste ich, wie ich dem auch ohne Mann abhelfen konnte.

Mein Bett war mir heilig, und auch wenn es anfangs vieles gab, das ich mir nicht leisten konnte, achtete ich darauf, mir die beste Bettwäsche zuzulegen, die mir meine Mittel erlaubten, spitzenbesetzt und so schneeweiß, wie es mit Schrubben, Bleichen und Bügeln nur möglich war. Außerdem hatte ich Tagesdecken und Stricktücher, um mich zuzudecken, und zahllose kleine Kissen in Überzügen aus Seide und Plüsch, die in allen erdenklichen Pink- und Rottönen gehalten waren. Die Stoffe dafür kaufte ich am Marktstand von Mrs Bee, einem furchterregenden Weib, deren verängstigte, dürre Tochter Nora daraus die Kissenüberzüge zauberte und zu mir nach Hause lieferte. Wann immer sie kam, bezahlte ich sie für ihre Arbeit im Salon, und sie erstarrte vor Staunen über das warme Feuer im Kamin und die bequemen Stühle, kaum in der Lage, zu glauben, dass es so viel Luxus geben konnte.

Wie wäre mein Leben wohl verlaufen, hätte Nora nicht an jenem verhängnisvollen Novemberabend an meine Tür geklopft? Im dichten Nebel erkannte ich sie zuerst gar nicht, denn es war Monate her, seit ich den Marktstand ihrer Mutter zuletzt besucht hatte. Nora war so dünn und klein und blass wie immer, doch an jenem Abend hielt sie ein Bündel im Arm, ein notdürftig in Flanell und eine Strickdecke gewickeltes Baby. Sie wirkte verzweifelt.

»Bitte, Miss«, sagte sie. »Bitte lassen Sie mich rein …«

Und das tat ich. Ich gab ihr zu essen und hörte mir ihre Geschichte an: Dass ihre Mutter sie hinausgeworfen hatte, als sie von dem Baby erfuhr. Und dass sie jetzt nicht wusste, wohin, und wer ihr helfen könnte. Als Ungeziefer hatte ihre Mutter das Neugeborene bezeichnet und sich von ihrer Tochter und deren Kind losgesagt.

»Ich wünschte, die Kleine wär nie geboren«, schluchzte Nora. »Ich wünschte, ich könnt die Uhr zurückdrehn … Ich will sie nich' haben. Ich kann mich nich' um sie kümmern … Ich wünschte …«

Nora war außer sich vor Verzweiflung.

»Wann ist das Baby denn geboren?«, fragte ich.

»Gestern. Oder vielleicht vorgestern … Ich kann mich nich' erinnern. Ich will sie nich' haben. Gott sei mir gnädig, aber ich will sie nich'. Was soll ich nur machen? Ich hab gehört, da gibt's welche, die für 'n Baby zahlen würden … Sie kennen sich doch aus in der Welt, wissen Sie da was drüber?«

Dabei blickte sie mich aus tränennassen Augen an und wirkte so unglücklich, dass ich mich zuversichtlicher gab, als ich mich in Wirklichkeit fühlte. »Das stimmt. Ich habe von solchen Menschen gehört. Aber warum kommst du zu mir? Warum gehst du nicht direkt zu ihnen?«

»Ich hab doch keinen Penny, und ich wüsst nicht, wo man so jemanden findet … Und außer Ihnen ist mir niemand eingefallen, der mir helfen könnt. Sie war'n immer so gut zu mir.«

»Ich kann mich umhören, ob jemand ein Kind sucht, aber jetzt musst du erst einmal etwas essen. Danach wäschst du dich und ruhst dich aus. Ich setze Wasser auf.«

Warum habe ich sie damals aufgenommen? Sie hat mir nichts bedeutet, nicht wirklich, und ich hätte ihr leicht die Tür vor der Nase zuschlagen können. Aber das habe ich nicht getan. Wahrscheinlich fühlte ich mich geschmeichelt, dass sie in ihrer Not zu mir kam, als ihre Mutter sie kalt und abweisend vor die Tür setzte. Sie muss mich für einen hilfsbereiten Menschen gehalten haben, und das gefiel mir. Außerdem war mir klar, dass sie für immer in meiner Schuld stehen würde, wenn ich ihr jetzt half. Als meine Angestellte wäre sie sicher stets bereit, ihr Bestes zu geben, und ich erkannte, wie nützlich es sein könnte, jemanden im Haus zu haben, der mir derartig zu Dank verpflichtet war. Heute bereue ich das, aber damals meinte ich, es wäre praktisch, ein Dienstmädchen zu haben, das für wenig Geld tat, was ich verlangte. Und noch ein Gedanke ging mir durch den Kopf: Nora war sicher nicht die einzige verzweifelte Mutter. Ich wusste, dass Kinderhandel ein florierendes Geschäft war, doch bis zu jenem Abend hätte ich mir nicht träumen lassen, jemals ein Teil davon zu werden. Mein Geld würde nicht ewig reichen, also musste ich mir Gedanken über meinen Unterhalt machen, und ich war mir sicher, dass andere Mütter mir ebenso dankbar sein würden wie Nora.

Mit ihr fing es an, aber es dauerte nicht lange, bis ich gut im Geschäft war, und Nora hatte recht: Es gab genug Leute, die für ein gesundes Kind zu zahlen bereit waren, und daran habe ich gut verdient. Und wenn sich einmal keine Familie fand, gab es andere Wege, ungewollte Kinder loszuwerden, wie ich in jener ersten Nacht lernte. Als ich sicher war, dass Nora schlief, legte ich mir mein wärmstes Schultertuch um, nahm ihr das schlafende Baby aus dem Arm und lief mehr als zwei Meilen durch den Nebel, bis zu einem einsamen Platz am Fluss, weit weg von Putney. Feuchte, gelbliche Dunstschleier klebten an meinem Rock und dämpften den Klang meiner Schritte. Ich begegnete niemandem. Als ich den Fluss erreichte, legte ich das Baby in ein altes Boot, das dort am Ufer vertäut war. Dann drehte ich mich um und ging davon.

War das Weinen, das ich hörte? Ich hielt mir die Ohren zu. Wahrscheinlich hatte ich es mir nur eingebildet. Ich setzte einen Fuß vor den anderen und ging mit starr auf den Boden gerichtetem Blick nach Hause. Die Uhr auf dem Kaminsims im Salon zeigte drei Uhr. Ich war etwas weniger als vier Stunden fort gewesen. Nun fühlte ich mich so erschöpft, dass ich mich, ohne die Kleider zu wechseln, in einen Sessel fallen ließ und sofort einschlief. Kurze Zeit später erwachte ich mit steifen Gliedern, zog mich aus, wusch mich, schlüpfte in mein Nachtgewand und legte mich in mein weiches, weißes Bett, doch der Schlaf blieb aus. Ich lag regungslos bis zum Morgengrauen da und versuchte, nicht an das Baby zu denken und daran, wo ich es ausgesetzt hatte. Und ich überlegte mir eine Geschichte für Nora, über eine freundliche Frau, die das Kind mitgenommen hatte … gut betucht, nett und nach dem Verlust der eigenen Tochter sehr traurig. Vielleicht würde ja jemand das Baby finden und retten. Kurz bevor ich aufstehen musste, schlief ich endlich ein.

Seit jener Nacht schlafe ich schlecht. Viele Male habe ich mich seitdem gefragt, was wohl geschehen wäre, wenn ich Nein gesagt hätte. Habe ich Nora damals einen Gefallen getan oder sie ins Unglück gestürzt? Ja, ich habe das Kind ausgesetzt, aber was für ein Leben hätte es denn gehabt, wenn ich es nicht getan hätte? Mit jenen, die nach Nora kamen, konnte ich besser umgehen. Ich fand andere, barmherzigere Wege, ihre kurzen Leben zu beenden.

Nora blieb bei mir. Sie war mir für meine Hilfe dankbar und auch froh, den vielen Brüdern und Schwestern in ihrer viel zu kleinen Hütte und dem ständigen Keifen der Mutter entkommen zu sein, froh, selbst über ihr Leben bestimmen zu können und ihr eigenes Schlafzimmer zu haben, wenn es auch noch so klein war.

Als Dienstmädchen nähte sie mir Vorhänge und Bettbehänge und strickte hübsche Kleider. Nach einer Weile half sie mir auch, Familien für Babys zu finden, deren Mütter so verzweifelt waren wie sie damals. Nach jener ersten Nacht fragte sie nie wieder nach ihrem eigenen Kind, doch sie wusste, dass es manchmal, wenn niemand bereit war, ein Baby aufzunehmen, nötig war, andere Wege zu finden. Wege, die man nicht freiwillig wählte, doch manchmal gehen musste. Nora lernte schnell, was in so einem Fall zu tun war.

So habe ich – wie viele andere – meinen Unterhalt verdient. Wir nahmen die Babys junger, armer unverheirateter Mädchen, die ungewollt schwanger geworden waren, und kümmerten uns gegen eine Gebühr um sie. Ich erklärte den Müttern, dass es so am besten für ihr Kind wäre, und sie glaubten mir. Dem Gesetz sind tote Bastarde herzlich egal. Einige Familien bezahlten viel Geld für ein gesundes Baby, und vielleicht würde ich auch jetzt noch jungen Frauen helfen und in meinem hübschen Haus leben, doch dann tat ich etwas, das ich nicht leugnen konnte und das meinem damaligen Leben ein jähes Ende setzte. Ich stieß einem Mann ein Messer in den Leib und würde es jederzeit wieder tun, obwohl ich mich dadurch zum Galgen verdammte.

Segeln im ersten Licht: Am Horizont steigt die Sonne langsam hinter der Rajah *aus dem Meer. Die geblähten Segel leuchten malvenfarben und pink. Vögel von fernen Inseln umkreisen das Schiff, finden hier und da Speisereste und hoch auf den Masten einen unsicheren Rastplatz. Das Meer erstreckt sich ruhig und golden vor dem Schiff auf seinem Kurs gen Westen.*

29
JETZT

8. Juli 1841
94. Tag auf See

Kezia

Es wurde kälter auf ihrer Fahrt gen Westen. Unsere Gedanken sind bei Hattie, dachte Kezia. Sie quälen uns. Und die Frauen sorgen sich um den armen kleinen Bertie. Wie soll er seine Mutter jeden Tag besuchen und nicht verzweifeln, wenn er sie sieht, so bleich und wirres Zeug redend, wenn sie überhaupt etwas sagt?

Die Tage waren unerträglich langsam vergangen. Zunächst hatten die Frauen noch über einen möglichen Täter spekuliert, doch dann hatte sich allgemeine, allumfassende Sorge breitgemacht. Als die Frauen jetzt in drei Gruppen beieinander an Deck saßen, die Tücher gegen den frischen Wind fest um sich geschlungen, schöpfte Kezia wieder Hoffnung. Vielleicht würde die Arbeit sie ablenken, vielleicht half das Nähen, wenn die Gedanken unerträglich wurden. Unbestreitbar war, dass der Quilt jetzt schon wunderschön aussah. Das Werk wirkte harmonisch, obwohl es neben den vielen Stellen sorgfältiger Näharbeit auch andere gab, wo man deutlich sah, wenn sich jemand zu sehr beeilt hatte, weil sich der Stoff dort kräuselte. Einige der Frauen des Nähzirkels waren nicht so geschickt, wie Kezia gedacht hatte, als sie sie auswählte. Doch sie hatten gemeinsam an etwas gearbeitet, und das schien in diesen dunkleren Tagen schon einiges wert zu sein. Für einen flüchtigen Moment fragte sich Kezia, was ihre Mutter wohl von ihrem Werk hielte, wenn sie es sehen könnte. Als Kind war Kezias Handarbeit immer mit der von Henrietta verglichen und für mangelhaft befunden worden.

Sie seufzte. Mit den Jahren hatten Kezia und ihre Mutter sich immer weiter voneinander entfernt. Allmählich hatte selbst Henrietta die wachsende Unzufriedenheit der Mutter mit Kezia bemerkt. Nachdem ihr eine Reihe junger Männer als mögliche Heiratskandidaten vorgestellt worden waren, hatte Kezia sich nicht nur gegen jeden Einzelnen von ihnen entschieden, sondern war ihrer Mutter auch immer entschlossener entgegengetreten. Einen dieser Herren hatte Mrs Hayter als sehr wohlhabend gepriesen, wobei es sie völlig kaltzulassen schien, dass er außerordentlich hässlich und zudem noch missmutig war. Kezia hatte damals versucht, der Mutter ihre Position zu erklären.

»Ich will nicht heiraten, Mama«, hatte sie gesagt.

»Unsinn«, erwiderte Mrs Hayter. »Wie kannst du nur so etwas sagen? Eine junge Frau in deiner Situation kann es sich gar nicht erlauben, nicht zu ›wollen‹. Du hast anscheinend noch nie darüber nachgedacht, wovon du nach meinem Tod leben willst.«

Sie saßen je auf einer Seite des Kamins, und zwischen ihnen stand ein Tischchen mit feinem Teeservice und einer großen, mit Blumenkränzen verzierten Teekanne. Mrs Hayter goss schweigend Tee ein und reichte ihrer Tochter eine Tasse mit Untertasse. »Wer wird für dich sorgen? Du wirst keine gesellschaftliche Position haben, kein Geld, keinen Einfluss und natürlich auch keine Kinder, wenn du dich gegen jeden jungen Mann wendest, den ich dir vorstelle.«

Kezia konnte die Verärgerung in der Stimme der Mutter hören. Sie trank einen Schluck des heißen Tees, schmeckte jedoch nichts. Nachdem sie Tasse und Untertasse auf dem Tisch abgestellt und tief eingeatmet hatte, unternahm sie einen weiteren Versuch, der Mutter ihre Sichtweise zu erklären. »Mama, ich bin nicht erpicht darauf, Kinder zu haben …«, begann sie, wurde aber sofort unterbrochen.

»Du *denkst,* du willst keine Kinder! Das sagst du jetzt, wo du jung und voller Leben bist.« Mrs Hayter lehnte sich über den Teetisch und hielt ihr einen warnenden Zeigefinger vors Gesicht. »Wenn du erst einmal alt bist, wirst du das anders sehen, das verspreche ich dir. Eine Frau braucht Kinder, die im Alter für sie sorgen.« Sie lehnte sich zurück und faltete die Hände im Schoß. »Was würde aus mir werden, ohne meine Söhne, wenn ich einmal nicht mehr für mich sorgen kann? Niemand würde sich kümmern. Und dann ist da natürlich die gute Henrietta. Sie wird es nicht zulassen, dass ich einsam und allein sterbe. Du aber, Kezia, du bist so mit Mrs Fry und Mrs Pryor und deren Gefangenenarbeit beschäftigt, dass ich nicht sicher bin, ob ich auf dich zählen könnte, wenn du unverheiratet bleibst.«

»Du willst also, dass ich jemanden heirate – egal wen –, damit ich mich irgendwann in der Zukunft um dich kümmern kann?«

»Wie kannst du es wagen?«, rief Mrs Hayter, erhob sich und ging. An der Tür drehte sie sich noch einmal um. »Du bist ein dummes Mädchen«, sagte sie kalt. »Um dein Wohlergehen geht es mir. Um *deine* Zukunft. Aber ich wusste ja schon immer, dass ich nicht auf dich setzen kann. Deine Pflicht mir gegenüber erfüllst du jedenfalls nicht, und auch sonst bist du eine Enttäuschung.«

Kezia hatte es die Sprache verschlagen. Die Worte, die sie gern gesagt hätte, die sich irgendwo tief in ihrem Innersten aufbäumten, nachdem sie jahrelang unter Schweigen begraben gewesen waren, wollten in ihr aufwallen. Doch sie unterdrückte sie. Du!, dachte sie. Du bist es, die mich nicht liebt. Du hast mich nie geliebt, und ich habe es immer gewusst. Dieser stille Aufschrei lag ihr seit frühester Kindheit auf der Zunge, und ihre Mutter hatte es nie bemerkt.

Nach diesem Tag, nach diesen Worten, konnte Kezia nicht mehr zu Hause bleiben. Sie bat, bei Verwandten wohnen zu dürfen, um näher an den Gefängnissen zu sein, die sie mit Mrs Fry und Mrs Pryor besuchte.

»Verbrecher und gefallene Mädchen«, hatte ihre Mutter am Tag ihres Auszugs getadelt. »Das Wohlergehen solcher Leute ist dir wichtiger als das deiner eigenen Mutter. Ich schäme mich für dich.«

»Auf Wiedersehen, Mama«, hatte Kezia gesagt und ihre Mutter auf die Wange geküsst. »Ich werde dich in meine Gebete einschließen.«

Und das habe ich getan, dachte sie jetzt. Jeden Abend seit unserem Abschied habe ich für dich gebetet.

Kezia hatte die zwei Koffer mit ihren Habseligkeiten genommen, die an der Eingangstür standen, und war die kurze Auffahrt hinunter zu der Kutsche gelaufen, die ihr Cousin George für sie geschickt hatte. Seine Werke und das, was sie von ihm gelernt hatte, waren für sie so wichtig wie ihre Liebe zu Gott. George hatte ihr die Augen für die Möglichkeit geöffnet, etwas Schönes zu schaffen, und als sie Mrs Pryor kennenlernte, zeigte diese ihr, wie man mit Handarbeit Freude haben kann und gleichzeitig anderen hilft, ein besseres Leben zu führen und den rechten Weg zu finden.

Jetzt ging Kezia auf ein paar Frauen zu, die neben Izzy und Rose saßen. Einige redeten schlecht über die beiden, und Kezia hatte die Newgate Nannies rügen müssen, weil diese über die Angewohnheit der zwei Frauen, Arm in Arm oder Hand in Hand zu gehen, lachten und sie Drapscher nannten. Zu Beginn der Reise hatte Kezia gehört, wie Dwyer das Wort verwendete, und sie nach der Bedeutung gefragt, was sie sofort bereute. »Das heißt«, sagte Dwyer, die Kezias Unbehagen sichtlich genoss, »dass sie sich gegenseitig gern die Muschi begrapschen. Drapscher sagen wir zu so Frauen. Oder Grapscher, wenn Sie das schöner finden.«

Kezia hatte sich bemüht, gefasst zu wirken, fürchtete aber, dass ihr Erröten sie Lügen strafte. Sie hatte Dwyer fest in ihr gesundes Auge geblickt und so bestimmt, wie sie vermochte, gesagt: »Wenn ich derartige Ausdrücke auf diesem Schiff noch einmal höre, werde ich dem Kapitän davon berichten.« Und sie hatte keine mehr gehört, obwohl sie sicher war, dass weitaus Schlimmeres gesagt wurde, wenn sie nicht in Hörweite war.

Als sie nun Izzy und Rose betrachtete, staunte sie darüber, wie nah sie sich waren, die Köpfe eng zusammengesteckt, ihr Gekicher nur füreinander bestimmt. Rose war so hübsch, dass offensichtlich war, warum Izzy mit ihr befreundet sein wollte, doch obwohl Kezia andere nicht nach dem Aussehen zu beurteilen pflegte, erschien ihr Izzy um einiges weniger reizvoll. Sie war eine schlaksige junge Frau mit einem groben, pockennarbigen Gesicht und einer taktlosen Zunge. Außerdem verhielt sie sich hinterhältig und kam oft mit Geschichten über andere Frauen aus der Gruppe zu Kezia. Louisa habe sich Izzys Schere genommen, ohne um Erlaubnis zu bitten, und wolle sie nun nicht mehr zurückgeben. Phyllis kanzele sie immer grundlos ab. Offensichtlich beschwerte sich Izzy gerne, und Kezia war nicht sicher, warum Rose sich mit ihr abgab. Doch sie tat es, und wenn die beiden miteinander beschäftigt waren, gab es ihnen weniger Gelegenheit, im Rest der Gruppe Unruhe zu stiften.

Als sich Kezia neben Dora setzte, begannen die Frauen, Fragen zu stellen.

»Haben Sie Hattie gesehen, Miss?«, fragte Alice. Kezia mochte die dunkelhaarige, etwas naive Alice wegen ihrer Frömmigkeit. Sie war eine von vielen Sträflingsfrauen an Bord des Schiffs, die sich Kezia nur schwer bei der Ausführung eines Verbrechens vorstellen konnte. Und doch hatte Alice drei Schweinepasteten von einem Marktstand gestohlen und regelmäßig Diebesgut angenommen.

»Ja, Alice«, antwortete Kezia. »Ich besuche sie jeden Tag, auch wenn Bertie und ich immer nur kurz bleiben, denn Hattie braucht momentan vor allem Ruhe. Meistens liegt sie bewusstlos da und spricht nicht. Sobald es ihr etwas besser geht, werde ich sie länger besuchen und versuchen herauszufinden, ob sie uns irgendetwas erzählen kann, das uns weiterhilft.«

»Vielleicht stirbt sie auch«, sagte Elsie, eine etwas einfältige Frau, die nicht oft sprach. »Dann kann sie uns gar nichts mehr erzählen.«

Beth seufzte. »Erinnert ihr euch, was sie in der Sturmnacht gesagt hat?«

»Was denn?«, fragte Kezia. »Wenn du irgendetwas weißt, Beth, musst du es mir sagen.«

»Sie hat gesagt, dass wer sie verfolgt. Wenn sie an Deck ist. ›Jemand beobachtet mich, Beth‹, hat sie gesagt. Ihre Worte. Aber sie hat mir gesagt, dass ich nichts sagen soll. Und das hab ich auch nicht. Bis jetzt.«

»Seit dem Angriff fühl ich mich nicht mehr sicher«, sagte Phyllis. »Hab oft das Gefühl, dass da hinter mir wer ist.«

»Eigentlich sind wir doch alle in Gefahr, oder?«, fragte Susan.

»Aber warum soll jemand Hattie verfolgt haben? Warum grad sie?«, fragte Phyllis. »Oder sie beobachten.«

»Um sie abzustechen, natürlich«, erwiderte Beth, die es immer schaffte, in allem das Schlimmste zu sehen. »Damals hat's nicht geklappt, aber jetzt schon, oder? Hat 'nen Weg gefunden … Keine Ahnung, warum …«

Ann, die sonst nicht für ihre freundlichen Worte bekannt war, sagte, was Kezia dachte: »Hattie ist ein guter Mensch, und es gibt keinen Grund auf Gottes Erde, warum irgendjemand ihr wehtun sollte.«

»Das weißt du doch gar nicht«, erwiderte Rose. »Nur weil sie gut aussieht, heißt das noch lange nicht, dass sie auch gut ist. Man kann sich täuschen in Menschen. Aufs Aussehen kann sich keiner verlassen. Hattie sieht aus, als könnt sie keiner Fliege was zuleide tun, aber sie kann ganz schön hitzig werden. Und was sie vorher war, wissen wir nicht. Nicht wirklich.«

Niemand sagte etwas, doch Kezia sah, wie einige Frauen zustimmend nickten. Hattie war bei vielen beliebt gewesen, aber dennoch gab es das blaue Baumwollstück mit der darauf gestickten Warnung: *Schweig oder stirb.* Wenn Kezia daran dachte, spürte sie, wie sich ihr das Herz zusammenzog. Sie hätte etwas tun müssen.

Baumwollstück: leuchtend grüner Stoff mit eng beieinanderliegenden vierblättrigen Kleeblättern.

30
FRÜHER

Mai 1841

Hattie

»Er mag mich«, flüsterte Emily, als sie und Hattie in der Nähe eines Mastes saßen und versuchten, ihre Stoffquadrate so sauber wie möglich zusammenzunähen. Hatties Stiche waren fast nicht zu sehen, Emilys dafür größer und nachlässiger, vielleicht weil sie mehr daran interessiert war, über William zu sprechen, als sich auf ihre Näharbeit zu konzentrieren. Der Wind wehte an diesem Tag etwas stärker, und die Näherinnen hatten versucht, ihre Bündel so zu platzieren, dass der Quilt nicht herumflatterte. Wie immer war Phyllis besonders vorsichtig. »Ich trau diesem Wind nicht«, sagte sie und steckte jedes Stoffstück, das sie finden konnte, in ihren Beutel.

Hattie rollte mit den Augen und zog den Faden durch den Stoff. Sie sah Emily an und lachte. »Du meinst wohl, du magst ihn! Er ist noch jünger als du, und du führst ihn an der Nase herum.«

»Nein!«, protestierte Emily. »Das würd ich nie machen, Hattie. Er steckt mir immer mal wieder was aus der Kombüse zu. Und mehr als ein, zwei heimliche Küsschen war da sowieso nicht. Tät ich mich nicht trauen, so rumzulaufen wie Miss Hayter.«

Hattie nickte. Miss Hayter und der Kapitän hatten vor einigen Wochen begonnen, bei Sonnenuntergang an Deck zu spazieren wie ein älteres Ehepaar, was seltsam war, denn alt waren sie beide noch nicht. Vielleicht, dachte sie, war diese Zuneigung der Grund dafür, dass die Frauen bei gutem Wetter an Deck nähen durften. Hattie liebte diese Momente, selbst wenn der Wind ihre Arbeit erschwerte. Man konnte sich leicht ein anderes Leben vorstellen, ein wärmeres Dasein unter der südlichen Sonne, und während sie mit winzigen Stichen zwei Stoffstücke zusammennähte, hatte sie Zeit, sich an ihrem eigenen Werk und an dem der anderen zu erfreuen.

Hattie bewunderte Miss Hayter inzwischen sehr. Stets blieb sie ruhig und war immer bereit, den Frauen zuzuhören, die bei ihr Rat suchten. Während Hattie zwei farbenfrohe Chintzstücke zusammennähte, warf sie einen Blick auf den bisher entstandenen Quilt, und ihr Herz machte einen Sprung, als sie sah, wie harmonisch die Farben wirkten.

»Schau dir Bertie an«, sagte Emily. Gemeinsam mit einem anderen Kind rollte er auf dem Boden herum, während die Kleineren zusahen. Ein Schatten huschte über Emilys Gesicht. »Ich glaube, es ist Zeit, dass ich sie für eine Geschichte auf die Schulbank hole. Oder vielleicht lieber ein paar Lieder. Und das Alphabet …«

»Hört sich nach viel Arbeit an«, sagte Hattie. »Ein Glück, dass wir dich haben. Wenn du sie beschäftigst, müssen wir nicht ständig aufpassen, dass eines über Bord geht.«

»Das werden sie nicht«, erwiderte Emily und lachte. »Einer der Matrosen hat den Größeren solche Gruselgeschichten vom Ertrinken erzählt und von den Monstern tief unten im Meer, dass sie sich fast nicht mehr trauen, über die Reling zu schauen.«

Hattie mochte Emily, auch wenn sie sie ein bisschen sonderbar fand. Auch Bertie schien sie zu mögen, und Emily unterrichtete die Kinder gerne, selbst wenn sie manchmal über sie klagte. Für Hattie war das der Beweis, dass sich hinter dem gelegentlichen Grummeln eine vernünftige Person verbarg.

Jetzt hörte Hattie zu, wie die Kinder im Chor das Alphabet aufsagten, und fand ihre Stimmen beruhigend. Sie sah aufs Meer hinaus, das heute ganz blau unter blauem Himmel dalag. Manchmal wirkte das Wasser wütend auf sie, doch jetzt war der mächtige Ozean von weißen Schaumkronen bedeckt, die der frische, verspielte Wind den Wellen aufgesetzt hatte. Wenn sie an Deck entlangging, schien ihr die Bewegung des Schiffs nicht bedrohlicher als die eines Schaukelpferdes.

Ein Knarzen, jemand, der sich um leise Schritte bemühte, weckte Hattie aus ihrem Traum. Sie setzte sich auf und lehnte sich aus ihrer Koje, um zu ihrem Sohn hinaufsehen zu können, doch der lag ganz still da und schlief. Im ersten Tageslicht konnte sie sein friedliches Gesicht sehen. Die Nacht war vorüber. Ihr Traum war voller Dunkelheit gewesen, eine Dunkelheit über einer anderen, wie schwarze Seide über einem schwarzen Tisch. Etwas war auf ihr Gesicht gefallen. Ein Blatt? Eine Feder? Hatte etwas sie berührt?

Hattie erschauderte und strich sich mit den Fingern über die Stirn und durchs Haar. Als sie nach unten blickte, sah sie plötzlich etwas Helles zwischen den Falten ihrer Decke: ein hellblaues Baumwollquadrat. Jemand musste damit zu ihrer Matratze geschlichen sein und sie aus ihrem Traum gerissen haben.

Als sie das Stoffquadrat in den Händen drehte, verstand sie zunächst nicht, was sie da sah. Wer machte sich schon so viel Mühe? Sie atmete tief ein und schloss einen Moment die Augen. Als sie sie wieder öffnete, war die Botschaft noch immer da, grob von ungeschickten Händen mit schwarzem Faden auf den Stoff gestickt. Selbst im trüben Licht des frühen Morgens konnte sie die Buchstaben deutlich erkennen, und ihr wurde eiskalt ums Herz. *Schweig oder stirb.*

Die Worte verschwammen ihr vor den Augen. Wer hatte ihr das hingelegt? Und was sollte das heißen? Was war es, das sie nicht sagen durfte? Hattie saß im kalten Licht des Morgengrauens aufrecht in ihrer Koje und überlegte, welches Geheimnis sie wohl kannte … Ihr fiel keines ein. Nichts, das sie hätte verbergen können, selbst wenn sie es gewollt hätte. Kaltes Grauen überkam sie und raubte ihr einen Moment lang den Atem.

Miss Hayter: Sie würde wissen, was zu tun war. Ich muss gleich zu ihr gehen, beschloss Hattie. Bevor sie ihren Tag beginnt. Sonst wird das ganze Schiff davon erfahren. Hattie stand auf, nahm ihr Tuch und legte es sich um die Schultern. In seiner Koje regte sich Bertie.

»Es ist noch nicht Zeit zum Aufstehen, Bertie.«

»Aber du bist doch auf, Ma«, murmelte er, drehte sich um und schlief wieder ein. Hattie sah ihn liebevoll an. Wie konnte sie ihn hier allein lassen, wenn in der Nähe solche Gefahr lauerte? Emily – sie musste Emily wecken und sie bitten, auf Bertie aufzupassen. Später würde sie ihr sagen, warum, und sich irgendeine Ausrede ausdenken. Emily hatte sicher nichts dagegen und würde es für sie tun. Hattie blickte ins Halbdunkel und fragte sich, welche der schlafenden Frauen wohl das Stoffquadrat auf ihre Koje fallen ließ. Die *Rajah* wiegte sich heute sanft im Wasser, und einen Augenblick lang stand sie da und hörte dem Ächzen der Planken zu. Bald würde die Sonne aufgehen. Ich muss mich beeilen, dachte sie. Das rhythmische Seufzen und Schnarchen der Frauen hob und senkte sich um sie herum, als sie zu Emilys Koje hinüberschlich.

Hattie stand vor Miss Hayters Tür und versuchte, all ihren Mut zusammenzunehmen. Dann sah sie auf das Stoffstück in ihrer Hand hinunter. *Schweig oder stirb*. Das kann ich nicht verschweigen, dachte sie. Ich kann mich nicht die ganze Zeit fragen, was es ist, das ich nicht sagen darf, und wer mich sonst umbringen will. Vielleicht hatte ja jemand den Verstand verloren. Warum sonst sollte man sie bedrohen? Sie klopfte, und einen Augenblick später öffnete Miss Hayter die Tür.

»Was ist los, Hattie?« Sie hielt ihre Stickarbeit in der linken Hand. »Ist wieder jemand krank?«

»Nein, nein, Miss Hayter.« Hattie wusste, dass sie beide an Marions Fehlgeburt dachten. »Aber ich muss bitte mit Ihnen sprechen. Ohne dass es die anderen wissen.«

»Komm herein«, sagte Miss Hayter und hielt die Tür auf. Hattie trat ein und stand unschlüssig neben der Kommode.

»Ich habe leider nicht viel Platz.«

»Danke«, sagte Hattie und sah über die Schulter nach draußen, als befürchte sie, jemand könnte ihr gefolgt sein.

Miss Hayter war bereits angezogen, was Hattie überraschte, doch sie war zu sehr mit ihren eigenen Sorgen beschäftigt, zu entsetzt über das, was sie in den Händen hielt, um sich zu fragen, warum die Matron so früh schon wach war. Da Hattie noch immer zögernd dastand, zog Miss Hayter sie an der Hand weiter in die Kabine und schloss die Tür. »Erzähl mir, was passiert ist«, sagte sie. »Komm, setz dich dorthin.« Sie zeigte auf einen Stuhl und setzte sich selbst auf ihre Koje, nah genug, um den Arm ausstrecken und Hatties Knie mit einer beruhigenden Geste berühren zu können.

»Es tut mir leid, Miss. Es geht um das hier.« Hattie hielt Miss Hayter das blaue Baumwollquadrat hin. »Das hat mir jemand in die Koje gelegt … Sie sehen ja, was da steht … Ich darf zu niemandem was sagen … Bitte versprechen Sie mir, dass Sie niemandem was verraten, bitte …«

Miss Hayter sah besorgt aus.

»Ich muss dem Kapitän davon berichten«, begann sie, doch Hattie unterbrach sie schreckerfüllt.

»O nein! Wenn ich geglaubt hätte, dass Sie es weitererzählen, dann – ich wär nicht zu Ihnen gekommen. Ich dachte, Sie würden mein Geheimnis für sich behalten. Sie würden mich nicht in Gefahr bringen. Schauen Sie, was da steht, Miss. *Schweig oder stirb*. Vielleicht hätte ich nicht kommen sollen. Bitte sagen Sie, dass Sie es nicht verraten werden. Bitte.«

Hattie spürte, wie ihr das Herz in der Brust hämmerte. Ein Schauder lief ihr über den Rücken. Wenn der Kapitän davon erfuhr, würde dieser vielleicht allen auf dem Schiff von der Drohung berichten, und sie wäre erledigt. Und was sollte aus Bertie werden, wenn sie nicht mehr da war, um sich um ihn zu kümmern?

»Glaubst du, dass das als Scherz gedacht sein könnte?«, fragte Miss Hayter zweifelnd.

Hattie schüttelte den Kopf. Wer würde schon heimlich diese schrecklichen Wörter in Schwarz auf den Stoff sticken, wenn es nicht ernst gemeint war? Ab und zu hatte sie geglaubt, böse Blicke im Rücken zu spüren, doch den Gedanken schnell abgetan.

»Nein, natürlich nicht … Entschuldige.« Miss Hayter wirkte erschüttert. »Nun gut, Hattie. Ich werde tun, was ich kann, ohne den Kapitän einzuschalten. Aber zuerst musst du mir die Wahrheit sagen. Gibt es da etwas, etwas aus deiner Vergangenheit? Fällt dir irgendetwas ein?«

Hattie ging in Gedanken all ihre Taten durch, die man als schlecht bezeichnen könnte. Ihre Verbrechen … Wenn die von ihr ausgeraubten Kinder ihre Eltern erreicht hatten, war Hattie bereits immer über alle Berge gewesen. Und Patrick? Könnte er Rache nehmen wollen? Sie dafür bestrafen, dass sie ihn verlassen hatte? Nein, natürlich nicht. Er war wahrscheinlich zwölf Stunden lang stinksauer gewesen, hatte seinen Kummer dann in Bier ertränkt und die nächste Dumme gefunden

»Nein, Miss Hayter, ich schwöre es. Da gibt es nichts. Mir fällt nichts ein. Soweit ich weiß, ist hier auf dem Schiff niemand, der mich von früher kennt. Also kann auch niemand wissen, was ich getan und nicht getan habe, oder?«

»Irgendjemand denkt offensichtlich, dass es etwas gibt, das andere nicht wissen sollen … Vielleicht hast du etwas gesehen? Etwas, was diese Person geheim halten möchte?«

»Nein!«, erwiderte Hattie bestimmt. »Nichts. Ich habe überhaupt nichts gesehen. Ich weiß es nicht … ich weiß es einfach nicht, Miss Hayter.«

»Nun, dann musst du dich jetzt zusammennehmen und niemandem zeigen, dass dich etwas beunruhigt«, sagte Kezia. »Aber sei vorsichtig. Achte darauf, ob jemand sich ungewöhnlich verhält und dir ein ungutes Gefühl gibt. Und wenn du etwas beobachtest, musst du mir das sagen.«

Hattie nickte. »Das werde ich, Miss, versprochen. Vielen Dank. Es tut mir so leid.«

»Du musst dich nicht entschuldigen, Hattie, wirklich nicht. Ich bin sicher, dass alles gut werden wird.«

Als Hattie Miss Hayters Kabine verließ, fühlte sie sich ein bisschen besser. Ein Teil von ihr sehnte sich danach, mit jemandem darüber zu sprechen, ihren Freundinnen von ihren Ängsten zu erzählen. Vielleicht sollte sie Emily oder Rose oder Izzy einweihen. Aber nein, die Worte waren eindeutig: *Schweig oder stirb*. Das bedeutete auch: Wenn du schweigst, bleibst du am Leben, und Hattie beschloss in diesem Moment, dass sie kein Wort, keine Silbe über den blauen Baumwollstoff verlieren würde. Trotzdem war sie froh, dass Miss Hayter Bescheid wusste.

Als Hattie über das Deck zurück zum Niedergang lief, hörte sie plötzlich unterdrückte Geräusche hinter einer riesigen Taurolle. Ihr Herz raste. Wer war das? Ein Mannschaftsmitglied? Sie blieb stehen und lauschte. Noch immer war es sehr früh am Morgen. Nur wenige Matrosen waren um diese Zeit schon wach, und was sie da hörte, war das mühsam unterdrückte Lachen einer Frau. Auf Zehenspitzen schlich Hattie um die Taurolle herum und fand dort, zwischen Tauwerk und

Schiffswand, Emily. William kam gerade unter ihrem Rock hervor, mit gerötetem Gesicht und offenem Mund. Schnell wandte Hattie sich ab und stieß auf Sarah Goodbourne, die an der Reling stand. Sie erwachte häufig früh und ging an Deck spazieren.

»Schnell, Sarah, weg hier. Emily ist dahinten mit William«, flüsterte Hattie. Sie streckte eine Hand aus, um Sarah mit sich in Richtung Niedergang zu ziehen.

Sarah warf einen Blick auf die Taurolle. William erschien und verschwand in entgegengesetzter Richtung. Von Emily keine Spur.

»Hast du sie beide gesehen?«, fragte Sarah.

»Ja. Emily war … na ja, sie war …«

»Ich kann es mir vorstellen, Hattie. Du brauchst es mir nicht zu beschreiben.«

Sarah ging, und Hattie blieb einen Moment stehen, um ihre Gedanken zu sortieren. Sollte sie Emily darauf ansprechen? Sie schien ziemlich abgelenkt gewesen zu sein, wenn man es einmal so ausdrücken wollte, und wusste vielleicht gar nicht, dass sie gesehen worden war.

»Hattie …« Emily kam mit wirren Haaren und gerötetem Gesicht hinter der Taurolle hervor. »Hast du uns gesehen?«

Einen Augenblick überlegte Hattie, ob sie lügen sollte, entschied sich jedoch dagegen. »Ja, Emily. Eigentlich solltest du doch auf Bertie aufpassen. Weißt du noch? Wie konntest du ihn einfach allein lassen? Wenn William ruft, dann springst du. Das ist ganz schön dumm von dir, weißt du das? Was man dir antun würde, wenn man euch erwischt, weiß ich nicht, aber William würden sie mit Sicherheit streng bestrafen.«

Emily sah beschämt aus. »Ich weiß. Aber ich konnte einfach nicht anders. Er ist so … Ich bin so … Wenn er mich anschaut, wird mir schon ganz komisch, und wenn er mich berührt, oh, Hattie, ich will so sehr, dass er mich berührt, und das macht er, und ich berühre ihn, und ich kann einfach nicht aufhören, das zu wollen. Das kann ich nicht.«

»Dann musst du vorsichtiger sein. Sarah war auch hier, weißt du?«

»Sag ihr, dass sie nichts verraten soll, Hattie. Bitte sag ihr das. Tu's für mich. Erklär's ihr, bitte. Machst du das? Sonst sind wir beide erledigt, ich und William.«

»Sag ihr das doch selber.«

Emily sah bei dem Gedanken daran so verstört aus, dass sie Hattie leidtat. »Also gut«, sagte sie. »Ich spreche mit ihr. Von uns beiden wird niemand etwas erfahren.«

Gleichzeitig beschloss Hattie außerdem, Emily nie wieder zu bitten, auf Bertie aufzupassen. Sie war verängstigt und verzweifelt gewesen und hatte mit Miss Hayter sprechen wollen, aber das würde sie nicht mehr tun. Nie wieder würde sie Bertie unbeaufsichtigt lassen, egal wie sehr sie die auf den Stoff gestickten Worte auch ängstigten. *Gestickt* … Irgendjemand hatte sich mit Nadel und Faden versteckt, um diese Stiche zu tun. Dahinter steckte Arbeit. Irgendjemand hatte sich für diese Abscheulichkeit *Mühe* gegeben. Wie eine Wespe summte ihr dieser Gedanke im Kopf herum.

Baumwollstück: hellgrüne und krapprote Streifen mit großen roten Blumen und dicken dunkelgrünen Blättern.

31
FRÜHER

Mai 1841

Kezia

»In gewisser Weise habe ich mich daran gewöhnt«, sagte Kezia. »Auf See zu sein und zu wissen, dass ich kein Leben finden werde, egal in welche Richtung ich blicke.« Schnell korrigierte sie sich: »Ich meine, außer uns hier an Bord gibt es keine Spuren anderen menschlichen Lebens. Ich liebe die Delfine und die Meeresvögel …, aber wir sind die einzigen Menschen. Man fühlt sich so …«, sie suchte nach dem richtigen Wort, »… gefährdet. Als könnten wir jeden Moment verschwinden …«

»Ich werde dafür sorgen, dass das nicht geschieht«, erwiderte der Kapitän, den Kezias Ängste etwas zu amüsieren schienen. »Aber in einem Punkt haben Sie recht«, fuhr er fort. »Wir sind hier ein paar Monate lang allein und müssen deshalb … Manchmal ändern wir gewisse Umgangsformen vielleicht ein wenig schneller als an Land.«

Kezia schwieg. Sie spazierte mit dem Kapitän an Deck entlang. Hier und da saßen Frauen in Gruppen zusammen, unterhielten sich und lachten, denn die Näharbeit war für diesen Tag getan. Die Matrosen erledigten Arbeiten, die für eine reibungslose Überfahrt wichtig waren, deren Sinn Kezia jedoch nicht im Detail verstand: Sie trugen Fässer und Kisten, rollten Taue auf und kletterten die Takelage hinauf und hinunter – und all das in rasender Geschwindigkeit. Als Kezia mit dem Kapitän das Heck erreichte, lehnte sie sich an die Reling, um das Kielwasser zu betrachten, das hinter dem Schiff aufschäumte.

»Miss Hayter«, sagte der Kapitän. »Ich würde Sie gern mit Ihrem Vornamen ansprechen. Erlauben Sie mir das? Wenn wir allein sind? Und würden Sie mich Charles nennen?«

Charles … Kezia wusste nicht, wie sie den Mut aufbringen sollte, den Kapitän mit seinem Vornamen anzusprechen, doch ihr gefiel der Klang ihres eigenen Namens, wenn er ihn sagte. Sie nickte. »Ich werde es versuchen«, sagte sie. »Und ja, natürlich dürfen Sie – darfst du – mich ›Kezia‹ nennen.«

»Danke«, erwiderte der Kapitän – *Charles* – und lächelte sie an.

In diesem Moment ergriff ein Windstoß ihr Tuch, doch der Kapitän – *Charles* – bekam es zu fassen, bevor es davonwehte. Er legte es ihr wieder um und ließ seine Hände einen Augenblick auf ihren Schultern ruhen. Als Kezia die Enden ihres Tuchs zusammenbinden wollte, berührten ihre Hände die Finger des Kapitäns, und sie errötete.

»Es wäre zu schade, ein so hübsches Schultertuch über Bord fliegen zu sehen«, sagte Charles.

»Meine Schwester kann großartig stricken«, erwiderte Kezia, die noch immer an die Hände des Kapitäns auf ihren Schultern dachte. »Ich habe viele Tücher.«

»Aber diese Farbe steht dir besonders gut«, sagte Charles und fügte dann hinzu, als bereue er, eine derart intime Bemerkung gemacht zu haben: »Ich muss mich jetzt leider verabschieden und will dich nicht länger aufhalten. Auf Wiedersehen, Kezia.« Wieder verbeugte er sich und ging mit sehr geradem Rücken davon.

Diese Farbe steht dir besonders gut … Darüber hatte sich Kezia noch nie Gedanken gemacht, doch es stimmte, dass Henrietta für dieses Tuch einen besonders schönen Blauton gewählt hatte.

Meine liebste Henrietta,
heute hat man mich zum ersten Mal seit meiner Abreise aus London vor beinahe einem Monat beim Vornamen genannt. Mir war gar nicht bewusst, wie sehr ich das vermisst habe. Der Kapitän bat mich, ihm das zu erlauben, und sagte auch, ich dürfe ihn Charles nennen. Meine Erlaubnis gab ich ihm gern. Ich hatte immer volles Vertrauen in seine Fähigkeit, das Schiff sicher und gut zu kommandieren, doch er hat auch viel Verständnis für die Frauen und unser gemeinsames Unterfangen gezeigt. Und er hat das blaue Tuch bewundert, das du für mich gestrickt hast, was zeigt, dass er Geschmack hat …

32
JETZT

8. Juli 1841
94. Tag auf See

Kezia

»Sind Sie ganz sicher, Miss Hayter, dass Ihnen die Arbeit im Untersuchungskomitee nicht ein wenig zu viel wird?«, fragte Mr Donovan. »Sie scheinen …«

»Was? Was scheine ich?« Kezia stand am Fuß von Hatties Koje in der Krankenkajüte, und Mr Donovan saß an seinem Arbeitstisch.

»Bitte verzeihen Sie, aber Sie scheinen … verärgert über den Verlauf der Dinge. Das sind wir natürlich alle in gewisser Hinsicht. Es sollte doch nicht so schwer sein, die schuldige Person zu finden, und doch sind wir der Antwort seit dem Angriff auf Hattie keinen Schritt näher gekommen.«

Kezia schob die Decke am Fußende von Hatties Koje beiseite und setzte sich. »Sie sind sehr freundlich, Mr Donovan. Und Sie bemerken Dinge, die anderen nicht auffallen. Darf ich offen sein?«

»Selbstverständlich.« Er schob seinen Stuhl gegen die Wand und sah Kezia geradeheraus an.

Sie senkte den Blick. »Ich fürchte, Mr Davies hält nichts von mir, meinem Intellekt und meinen Motiven.« Als sie bemerkte, dass Mr Donovan etwas erwidern wollte, hob Kezia eine Hand. »Bitte, lassen Sie mich ausreden, denn ich weiß nicht, ob ich noch einmal in der Lage sein werde, diese Dinge auszusprechen.« Sie stand auf und ging zwischen Hatties Koje und der Tür auf und ab. »Er kann mir nicht zuhören, ohne abschätzig zu lächeln. Und er scheint der Tatsache, dass ich die Frauen kenne, keine Bedeutung beizumessen.«

»Vielleicht glaubt er, aufgrund seines Alters und seines Standes über mehr Erfahrung zu verfügen«, erwiderte Mr Donovan sanft.

»Und aufgrund seines Geschlechts. Er kann sich nicht vorstellen, dass ihm eine Frau geistig oder emotional ebenbürtig sein könnte.« Kezia blickte Mr Donovan an und runzelte die Stirn. »Vielleicht sehen Sie das ja genauso.«

»Ich beurteile jede Person nach ihrem Verhalten, egal ob Mann oder Frau.«

Kezia seufzte. »Ich weiß, und es tut mir leid, dass ich so unüberlegt gesprochen habe. Sie haben sich mir und den Frauen gegenüber immer freundlich und gerecht verhalten. Aber Mr Davies versteht nicht, dass die Frauen oft einen guten Grund für ihre Taten haben. Sie sind hungrig. Sie sind arm. Oder sie tun es für ihre Männer. Sie werden auf so viele Arten ausgenutzt.« Kezia sprach jetzt mit erhobener Stimme, und Hattie rührte sich in ihrer Koje und murmelte etwas. Sofort sprang Mr Donovan auf und eilte zu ihr. Kezia schwieg und blickte zu Hattie, um zu sehen, ob sie aufgewacht war.

»Das geschieht häufig«, sagte Mr Donovan leise. »Sie bewegt sich ein bisschen, murmelt etwas Unverständliches, und sofort regt sich in mir Hoffnung, die jedoch immer enttäuscht wird.«

»Sie könnte sich keine bessere Pflege wünschen.«

Mr Donovan schien etwas sagen zu wollen, überlegte es sich jedoch anders und lehnte sich vor, um Hatties Kissen glatt zu streichen. »Das ist sehr freundlich von Ihnen, Miss Hayter«, sagte er. »Wirklich sehr freundlich.«

»Du scheinst mit deinen Gedanken anderswo zu sein, Kezia«, sagte Charles, während sie über das Deck spazierten. Die

Sonne verschwand gerade hinter Wolkenbänken, die sich lila und golden färbten. Die Luft war kühl, und Kezia hatte sich ein Tuch umgelegt und ihre geliebten fingerlosen Handschuhe angezogen, die Henrietta aus dunkelgrüner Wolle gestrickt hatte.

»Das bin ich auch«, erwiderte sie. »Heute habe ich Hattie besucht, und sie sah noch immer so krank und bleich aus.«

»Wir dürfen die Hoffnung nicht aufgeben. Und ich weiß …« Er hielt inne.

»Was?«

»Ich weiß, dass du oft ungehalten bist über Mr Davies' Verhalten dir gegenüber. Er glaubt eben, er weiß es am besten. Solche Männer gibt es viele. Mr Donovan und mir gegenüber verhält er sich ebenso. Wenn er könnte, würde er das Ruder übernehmen und das Schiff selbst steuern. Er kann einfach nicht anders. Und ich bin sicher, er meint es gut.«

»Er verhält sich dir gegenüber ganz anders. Als Frau bin ich für ihn ein Mensch zweiter Klasse, auch wenn er mir anrechnet, dass mein Cousin Hofmaler ist. Aber die Sträflingsfrauen behandelt er abschätzig. Und das ist es, was mir an ihm missfällt. Seiner Meinung nach sind sie verlorene Seelen, unfähig, sich zu ändern oder ein besseres Leben zu führen. Unsere gemeinsame Arbeit erscheint ihm albern und belanglos und von keinerlei geistlichem Wert.«

Sie waren am Heck angekommen. Hinter der *Rajah* verliefen Schaumstreifen wie weiße Spitze, und einen Moment lang erschien es Kezia, als wären sie die einzigen Menschen an Bord. Um sie herum ächzten Planken und Takelage, im Hintergrund waren Wind und Wasser ihre ständigen Begleiter, doch zwischen ihnen lag Stille.

»Soll ich mit ihm sprechen?«, fragte Charles schließlich. »Ihn bitten, seine Ansichten für sich zu behalten?« Er legte Kezia einen Arm um die Schulter, und sie lehnte sich an ihn, freute sich am Wind, der ihr die Haare ins Gesicht blies, und wünschte, sie könnte immer so nah bei ihm stehen, im Schutz seines Arms.

»Nein«, antwortete Kezia, die keineswegs vorhatte, sich von einem Mann verteidigen zu lassen. »Das kann ich selbst.«

»Bitte setz dich, Sarah.« Kezia sah zu, wie sich die Frau auf den ihr zugewiesenen, mit Leder überzogenen Stuhl setzte. Ob sie einmal schön gewesen war, war heute schwer zu sagen, denn ihre Stirn war von Sorgenfalten durchzogen, und ihr graues, schulterlanges Haar steckte unter einem Tuch, dessen Farbton so blass war, dass jeder Blick unversehens darüber hinwegglitt, ohne irgendetwas wahrzunehmen.

»Gut, Sarah«, sagte Mr Davies. »Es gibt keinen Grund zur Sorge, wir möchten lediglich die Wahrheit herausfinden. Miss Hayter hat uns bereits von deiner guten Arbeit und deinem Fleiß berichtet. Hoffentlich wirst du mit deinen Antworten beweisen, dass auch deine Beobachtungsgabe bemerkenswert ist.«

Innerlich musste Kezia lächeln. Wie einfach es für Geübte doch war, Worte so darzubringen, dass sie besonders gut wirkten! Kezia hatte den anderen berichtet, dass Sarah Goodbourne gut arbeitete, aber schwer einzuschätzen war, und der von Mr Davies hinzugefügte »Fleiß« verlieh ihr nun einen Anschein von Pflichtbewusstsein, der nach Kezias Wissen nicht Teil von Sarahs Charakter war, obwohl ihr sicher niemand nachsagen konnte, sie wäre faul.

»Sarah, wo warst du, als Hattie aufgeschrien hat?«

»Immer noch in unsrem Nähkreis. Ich hatte gerade erst mein Nähzeug eingesteckt.«

»Und bist du nach dem Schrei zu ihr gelaufen?«

Sarah überlegte kurz. »Ich glaub, ich bin als Letzte hingekommen«, erwiderte sie.

»Gab es einen Grund für dein Zögern?«, fragte Kezia.

»Nein, Miss. Ich hab nur meine Stoffstücke noch in die Tasche gesteckt. Ich wollte nicht, dass sie auf den Boden fallen und dreckig werden.«

»Sehr löblich«, sagte Mr Davies. »Und als du bei Hattie ankamst …«

»Ein paar von den andern haben sie gehalten und mit ihr geredet. Ich war still. Hatte in dem Geschrei nichts Nützliches zu sagen.«

»Hast du gehört, ob Hattie etwas gesagt hat?« Kezia lächelte Sarah beruhigend an, weil diese aussah, als würde sie am liebsten aufspringen und aus dem Raum fliehen.

»Sie hat nach Bertie gefragt«, erwiderte Sarah.

Kezia hörte, wie Mr Davies neben ihr seufzte. Sie wusste, dass er ungeduldig auf neue Erkenntnisse wartete, doch bisher hatten alle Frauen in der Befragung dasselbe angegeben: Hattie hatte nach Bertie gerufen.

»Was genau hat sie gesagt?«, fragte Charles. »Ihre exakten Worte, bitte, wenn du dich noch daran erinnerst.«

Sarah überlegte einen Moment und antwortete dann: »Ich hab den Namen Bertie gehört. Den hat sie mehrmals gesagt.«

»Weißt du, ob sie ›Nicht Freddie‹ gesagt hat?«, fragte Mr Davies. »Oder vielleicht etwas, das so ähnlich klingt?«

»Das könnt ich nicht beschwören, Sir. Ich hab nur ›Bertie‹ gehört.« Wieder seufzte Mr Davies.

»Danke, Sarah«, sagte Charles. »Wenn du uns nichts mehr zu erzählen hast, kannst du jetzt gehen.«

»Nichts, Sir. Nein.«

»Danke«, sagte Kezia und beobachtete Sarah, die den Blick beim Aufstehen fest auf den Teppich gerichtet hielt. Nachdem sie den Raum verlassen hatte, knallte Mr Davies, der in seiner eleganten Handschrift die letzten Äußerungen notiert hatte, die Feder auf den Tisch. »Da muss es noch etwas geben«, rief er. »Alle sagen sie dasselbe. So erfahren wir nie die Wahrheit.«

»Vielleicht wird uns Hattie helfen können«, erwiderte

Mr Donovan. »Zwar erholt sie sich nicht in dem Maße, wie ich es mir gewünscht hätte …«

»Ich weiß, ich frage das bei jedem unserer Treffen, aber reagiert sie noch immer nicht auf die Besuche ihres Kindes?«, fragte Charles.

»Nein, und es bricht mir das Herz, das mit anzusehen. Der Junge sitzt neben ihr und hält ihre Hand, und ich sage ihm, dass sie schläft. Sie muss schlafen, sage ich, damit ihr Körper heilt, aber nach einer Weile wird Bertie unruhig, und wird rausgebracht.«

Kezia erschauderte. Im Laufe der Befragungen war es ihr manchmal erschienen, als wären sie nah daran herauszufinden, was an jenem Abend geschehen war, doch meistens erfüllte sie nach den Sitzungen eine Mischung aus Kummer und Angst. Das Messer lag mittlerweile sicher irgendwo auf dem Meeresboden, doch die Person, die es geführt hatte, befand sich noch immer an Bord der *Rajah*.

Ereignisloses Segeln: Die Rajah *gleitet träge auf graue, ferne Wolkenbänke zu wie auf einen lang ersehnten Hafen. Nebel hängt in der Takelage, verhüllt das Deck, verwandelt die* Rajah *in ein Geisterschiff.*

Baumwollstück: eigenwilliges Muster aus Schleifen und Rauten in Dunkelbraun.

33
FRÜHER

Mai 1841

Clara

Wir sitzen in der Sonne, nähen und hören dabei Miss Hayter zu, die Geschichten aus der Bibel vorliest. Mein Kopf pocht mittlerweile fürchterlich. Sie meint es gut und will uns bilden, während wir nebenbei arbeiten. Tatsächlich freuen sich einige der Frauen, die weder lesen noch schreiben können, auf diese Bibellesungen. Bisher kannten sie nur die Geschichten anderer Frauen, den Klatsch und Tratsch aus der Gosse, und so sitzen sie jetzt im Bann von Erzählungen, in denen Menschen von einem riesigen Fisch verschluckt oder Riesen mit einem einzigen Steinwurf aus einer kleinen Steinschleuder getötet werden. Sie lauschen mit offenem Mund und großen Augen so aufmerksam, dass sie das Nähen vergessen und ab und zu von Miss Hayter daran erinnert werden müssen. Auch mir gefallen diese Lesungen. Wenn ich richtig zuhöre, lenken sie mich von meinen Sorgen und der ständigen Angst ab, von Hattie erkannt zu werden. Doch heute bin ich besonders bedrückt und fühle mich nicht gut.

»Darf ich mich bitte zurückziehen?«, frage ich.

Miss Hayter schaut auf. »Stimmt etwas nicht? Bist du krank?«

»Ich hab Kopfschmerzen. Kann ich mich bitte hinlegen gehn?«

»Aber natürlich«, sagt sie. »Wenn es nicht besser wird, geh bitte zu Mr Donovan.«

»Ja, Miss Hayter«, erwidere ich. Ich verlasse den Nähzirkel und steige hinunter zum Sträflingsdeck, wo die anderen Frauen in Grüppchen beisammen sind, sich unterhalten oder selbst an einer Patchworkarbeit sitzen. Auch Mr Donovan ist dort und beugt sich gerade so tief über eine Frau, dass ich nicht erkennen kann, wer es ist. Er kommt häufiger mit seiner Arzttasche voller Mittelchen hier zu uns aufs Deck und behandelt alltägliche Beschwerden wie rote, entzündete Augen und kleinere Darmprobleme.

Als er sich aufrichtet, sehe ich, dass seine Aufmerksamkeit Becky Finch gilt. Sie liegt in ihrer Koje, und gerade schaut er sich Hilfe suchend um. Ich gehe rasch zu ihm. »Was hat Becky, Sir?«, frage ich. »Kann ich helfen?«

»Ja, bitte. Ich hätte Joan mitgebracht, aber sie hat heute genug in der Krankenkajüte zu tun. Zwei Matrosen haben eine Bindehautentzündung. Ich wusste außerdem nicht, dass das hier so ernst ist. Wenn du sie auf der anderen Seite stützt, kann sie vielleicht gehen.«

Bestürzt bemerke ich jetzt das viele Blut auf Beckys Laken. Ihr Arm ist notdürftig verbunden, und ihr Gesicht ist grau. Schweigend wanken wir unter unserer Last über das Sträflingsdeck und dann den Niedergang hinauf und zur Krankenkajüte, wo Joan gleich herbeieilt, sich der Kranken annimmt und sie zu einer freien Koje führt, ehe sie losläuft und nasse Lappen und saubere Mullbinden holt.

»Die Frau hat Glück gehabt«, stellt Mr Donovan fest. »Wenn Nathaniel nicht gerade einige Klokübel zurückgebracht und sie bemerkt hätte, wäre sie jetzt ganz sicher tot. Das Blut sprudelte nur so aus ihren Pulsadern. Offensichtlich hat sie sich das selbst zugefügt. Die Schere lag noch in ihrer Hand.«

An mich gewandt, sagt er: »Danke.«

Ich nicke und wende mich bereits zum Gehen, als ich es mir

anders überlege. »Haben Sie ihre Arme gesehen?«, beschließe ich, ihn zu fragen.

»Allerdings.« Er seufzt. »Diese arme junge Frau wollte ihrem Leben ein Ende setzen, keine Frage. Aber solange ich hier etwas zu sagen habe, lasse ich das nicht zu.« Er geht zu seinem Tisch und blättert im Logbuch.

Mein Herz beginnt, wild zu schlagen, und meine Kehle ist plötzlich wie ausgetrocknet. Er wird doch wohl nicht auf den Gedanken kommen, mir Beckys Pflege anzuvertrauen? Ich könnte das nicht: verantwortlich sein für das Leben eines anderen Menschen.

»Lily Hughes«, sagt er, als er aufschaut. »Kennst du sie?«

»Ich hab noch nie mit ihr gesprochen, aber ich weiß, wer sie ist«, antworte ich.

»Im Logbuch wird sie als Kindermädchen geführt. Ist sie psychisch stabil?«

Lily Hughes ist eine solide, stille, unauffällige Frau, die mir etwas langweilig erscheint. Sie gehört zu einer Gruppe Frauen, die alle sehr blass wirken. Gleich und Gleich gesellt sich eben gern. »Ich bin mir sicher, dass sie keiner Fliege was zuleide tun könnte.«

»Ich hätte dich gefragt«, sagt er, »aber ich weiß, dass du zu Miss Hayters Nähzirkel gehörst, und ich bin mir sicher, dass andere Frauen nichts dagegen hätten, in diesem Fall zu helfen.«

Erleichtert, mich nicht um Becky Finch kümmern zu müssen, kehre ich zu den anderen an Deck zurück, die immer noch über ihre Näharbeit gebeugt sind. Miss Hayter hat sich bereits zurückgezogen. Ich setze mich zu meinen Gefährtinnen und schätze mich glücklich, dass ich dazu auserwählt wurde, täglich viele Stunden lang kleine Quadrate und Dreiecke aus Stoff aneinanderzunähen. Die anderen Frauen füllen ihre Tage, so gut sie können. Sie stricken, tratschen, zanken sich und dösen vor sich hin oder sitzen an ihrer eigenen

Patchworkarbeit. Aber für uns, die wir Teil von Miss Hayters Nähzirkel sind, ist es eine große Hilfe, täglich eine feste Aufgabe zu haben.

»Wo warst du, und wieso bist du wieder zurück?«, fragt Rose.

»Ich hab Mr Donovan mit Becky Finch geholfen«, antworte ich. »Er hat sie halb tot in ihrer Koje gefunden. Hatte sich die Pulsadern aufgeschnitten.«

Die anderen wollen mehr wissen.

»Sie is' 'ne Ritzerin«, kommentiert Ruth. »Merkwürdig, so was. Das tut denen wohl noch nich' mal weh.«

»Taschendiebin«, fügt Tabitha hinzu. »Hab schon viele wie sie bei der Arbeit erlebt. Können verdammt gut mit 'nem Messer umgehn. Eigentlich nich' am eignen Leib, sondern bei andern. Die schneiden dir im Handumdrehn 'ne Tasche vom Kleid.«

Ich lasse sie weiterreden. Als genügend Mutmaßungen und Kommentare im Raum stehen, meint Susan: »Und? Erzählst du uns jetzt, was passiert ist, oder nich'? Und was aus Becky wird?«

»Mr Donovan hat mir gesagt, ich soll nix sagen«, antworte ich. »Aber er sorgt dafür, dass sich jemand um sie kümmert.« Ich senke den Blick und schaue auf meine Arbeit. Wildes Gemurmel bricht los. Izzy und Rose haben offensichtlich überhaupt kein schlechtes Gewissen, so viel steht fest. Aber Phyllis lehnt sich vor und zeigt mit ihrer Nadel auf Izzy.

»Ihr beiden seid schuld dran, dass Becky sich das angetan hat!« Ihre Stimme dröhnt wie die eines Richters bei der Urteilsverkündung. »Du warst doch ganz dicke mit ihr, Izzy, jedenfalls am Anfang, oder? Jedenfalls, bis du dich in die da verguckt hast.« Die Nadel zeigt jetzt auf Rose.

»Halt. Den. Mund«, sagt Rose ruhig. »Becky is' nich' ganz dicht. Wer sich so oft ritzt, is' nich' ganz dicht. So seh ich das. Und Izzy will keine Freundin mit 'nem Dachschaden.«

»Nicht nur dumm, sondern auch grausam«, sagt Dora, die selten den Mund aufmacht. »Das bist du, Rose Manners.« Wir wenden uns ihr zu und warten darauf, was sie als Nächstes sagt. »Du hast doch keine Ahnung, wie's dazu gekommen ist. Wer weiß, was ihr Schlimmes passiert is'. Deshalb hat sie noch lang keinen Dachschaden. Vielleicht fand sie die Ritzerei oder den Tod besser als das Leben.«

»Du bist hier die Dumme!«, sagt Izzy. »Wie soll 'n Arm mit Gittermuster besser sein als einer ohne? Oder der Tod als das Leben?«

Dora schweigt dazu, und auch von den anderen bekommt Izzy keine Antwort. Ich könnte dazu etwas sagen, aber ich tue es nicht. Wenn man sich eine kleine Wunde zufügt, dann lenkt das von einer großen Wunde ab, die einen ungleich größeren Schmerz bereithält. Und manche Menschen sind tatsächlich lieber tot als ungeliebt am Leben. Ich kenne das Gefühl, nicht am Leben sein zu wollen. Ich hatte nie den Mut, mir mein eigenes Leben zu nehmen, aber ich verstehe Becky voll und ganz.

34
JETZT

9. Juli 1841
95. Tag auf See

Kezia

»Du bist betrübt, Kezia«, sagte Charles. Er saß an seinem Arbeitstisch, während Kezia mit niedergeschlagenem Blick in einem Sessel am anderen Ende der Kapitänskajüte Platz genommen hatte. Sie warteten auf Mr Donovan und Reverend Davies, die jeden Moment auftauchen konnten. »Das ist durchaus verständlich bei Hatties anhaltend schlechtem Zustand, aber du musst tapfer sein.«

»Nach jedem Besuch mit Bertie bei seiner Mutter geht es mir besonders schlecht. Er fragt pausenlos, wann sie denn endlich gesund wird. Aber was, wenn sie stirbt? Was dann?«

Charles erhob sich, steuerte auf Kezia zu, ging in die Hocke und legte den Arm auf eine Armlehne. »Du darfst die Hoffnung nicht aufgeben. Was für einen Sinn macht es, sich jede Katastrophe im Vorhinein auszumalen, wenn sie womöglich gar nicht eintrifft? Wenn Hattie sich doch noch erholt?«

»Dein Optimismus ist bewundernswert«, erwiderte Kezia, obwohl sie insgeheim fand, ein wenig Pessimismus sei in diesem Fall angebrachter. Nachts konnte sie nicht schlafen, weil sie sich immerzu Sorgen über den Ausgang ihrer Untersuchung machte. Wie sollte man die Wahrheit herausfinden, wenn jede Frau dieselbe Geschichte erzählte? Wann immer sie im Kreis ihres Nähzirkels an Deck saß, lauschte sie den Überlegungen der anderen.

Bringt doch nix, nach 'nem Messer zu suchen … Wer immer es war, wird's längst über Bord geworfen haben … Da war jemand eifersüchtig auf Hattie … War sie hinter Isaac her, Joan? Lass Joan in Ruhe … Überraschenderweise war es Sarah gewesen, die Joan verteidigt hatte. Sie ergriff selten für irgendjemanden Partei, aber Joan war ein so offensichtlich guter Mensch, dass selbst Sarah nicht anders konnte, als sich für sie einzusetzen.

Heute sollte Joan vor dem Untersuchungskomitee aussagen.

»Joan Macdonald«, sagte Kezia, »ist vielleicht die Geschickteste unter meinen Näherinnen. Sie und Hattie haben die besten Fertigkeiten. Joan ist älter als die meisten anderen. Ihr wurde zur Last gelegt, mit gestohlener Ware gehandelt zu haben. Ich habe nichts Gewalttätiges bei ihr feststellen können. Sie ist ein ruhiger, bedachter Mensch.«

»Natürlich glauben Sie nur, das zu wissen«, meinte Mr Davies, der mittlerweile mit Mr Donovan eingetroffen war. »Schließlich können Worte und der äußere Schein trügen. Es gibt Momente, da muss man davon ausgehen, dass einem ein Mensch nicht die volle Wahrheit sagt.«

Ehe Kezia eine Antwort formulieren konnte, die ihr Missfallen zum Ausdruck brachte, ohne grob unhöflich zu sein, klopfte es an der Tür, und zwei Matrosen brachten Joan in die Kajüte. Sie trat mit gebeugtem Haupt und vor dem Bauch gefalteten Händen ein.

»Guten Tag, Joan Macdonald«, sagte Charles. »Bitte setz dich dort auf den Stuhl.«

Joan gehorchte und saß dann da, die Hände im Schoß gefaltet, den Blick starr nach vorn gerichtet, und wartete.

Kezia begann mit freundlicher Stimme: »Joan, wir versuchen nur herauszufinden, was genau Hattie zugestoßen ist. Warst du in der Nähe, als sie zu Boden ging?«

»Ich war recht nah bei ihr, aber ich hab nicht gesehn, was passiert ist, nicht wirklich. Erst als Hattie fiel … sie hat so laut geschrien, dass wir alle herumgefahren sind und zu ihr geschaut haben. Sie ist zusammengekrümmt dagelegen. Ich hätte die Person, die das getan hat, sehen können, wenn ich in die Richtung geguckt hätt. Aber das hab ich nicht. Ich war grad dabei, meine Sachen wegzuräumen. Den Quilt hatten wir schon zusammengerollt … und ich war, das geb ich zu, in Gedanken. Das bedauere ich jetzt. Sehr.«

»Uns ist mehrfach gesagt worden, dass ihr alle sofort zu Hattie gestürzt seid, um ihr zu helfen«, sagte Mr Davies etwas matt. »Kannst du das bestätigen?«

Joan nickte. »Ich und Marion und Tabitha sind zu ihr gerannt. Phyllis und Ann waren ein bisschen weiter weg, und Sarah war auch da irgendwo.«

»Was ist mit Emily Paxton?«

»Sie stand näher am Niedergang als wir. Wir haben sie gerufen, weil Hattie Bertie sehn wollte. Wir haben ihr zugerufen, dass sie ihn von unten holen soll.«

»Ah«, sagte Charles. »Deshalb habt ihr also Emily damit beauftragt? Weil sie schon in der Nähe des Niedergangs stand? Also am weitesten von Hattie entfernt? Schien es euch deshalb am sinnvollsten, sie zu bitten, das Kind zu holen?«

Joan dachte über die Frage nach. »Ja, schon«, erwiderte sie schließlich. »Das is' richtig. Aber wir haben auch gedacht …« Sie verstummte.

»Was dachtet ihr, Joan?«, fragte Kezia.

»Ich glaube, wir haben Emily losgeschickt, weil Emily Hatties Freundin war.«

»Seid ihr nicht alle gewissermaßen Freundinnen?«, fragte Mr Donovan.

»Emily stand Hattie am nächsten. Sie mag sie sehr gerne, hat sie bewundert.« Joan sprach leise, aber bestimmt.

»Was hat Hattie gesagt?«, fragte Kezia. »Als sie nach Bertie verlangte?«

»Sie hat gesagt: ›Bertie.‹« Joans Stimme zitterte, und sie

wischte sich eine Träne aus dem Auge. »Und dann so was wie ›Nicht Freddie‹.«

»Bist du sicher, dass sie das gesagt hat?«, hakte Kezia nach. »Hat sie wirklich ›Nicht Freddie‹ gesagt? Hätte es nicht auch ›Nicht fertig?‹ sein können?« Sie hatte kaum ausgesprochen, da spürte sie auch schon die Ungeduld der anderen. Natürlich hatten sie diese Frage schon mehrfach erörtert. Aber Kezia wollte auch dieses Mal nachfragen und ärgerte sich daher, als Mr Davies hörbar tief einatmete, als wolle er sagen: Was soll diese unnötige Frage? Wir haben doch bereits festgestellt, dass es an Bord niemanden namens Freddie gibt. Was soll das also? Wichtig ist doch nur (und das ist uns mehrfach bestätigt worden), dass Hattie ihren Sohn bei sich zu haben wünschte.

»Das kann ich nich' mehr sagen. Ich weiß nur, dass wir Emily angetrieben haben, Bertie zu holen. Es war furchtbar.«

»Vielleicht ist Freddie ein Bekannter von Hattie aus London«, überlegte Kezia laut. »Vielleicht hat sie ja einen Verwandten mit dem Namen.«

Mr Davies ignorierte die Bemerkung. »Bitte fahr fort«, sagte er zu Joan. »Hast du noch mehr zu berichten?«

»Es hat ewig gedauert, bis Bertie da war«, fuhr Joan fort. »Jede Sekunde ist uns vorgekommen wie 'ne Stunde. Und als er endlich aufgetaucht is', war's zu spät. Da war Hattie schon weg. Mr Donovan und ein paar Matrosen haben sie mitgenommen.«

»Was geschah, als Emily mit Bertie bei euch ankam?«, fragte Mr Davies.

»Ach, das war das Schlimmste, das ich je erlebt hab, so traurig. Es war … Ich möcht gar nicht dran denken. Der arme Kleine.«

»Fällt dir irgendjemand an Bord ein«, fragte Charles, »der von Hatties Tod irgendwie profitieren könnte?«

»Profitieren?« Joan lachte ungläubig auf. »Von uns hat doch

niemand was, von dem irgendjemand profitieren könnte. Wir sind Strafgefangene und besitzen keinen Penny.«

»Wie wahr«, sagte Mr Davies.

Die Aussagen der Frauen sind immer gleich, dachte Kezia. Wir wissen, dass Hattie eine Todesdrohung erhalten hat. Wir wissen, dass jemand versucht hat, sie umzubringen, also gehen wir automatisch davon aus, dass die Person mit der Todesdrohung dieselbe ist, die Hattie angegriffen hat. Aber das stimmt nicht notwendigerweise. Bisher haben wir uns überhaupt nicht mit den privaten Näharbeiten der Frauen befasst oder versucht, etwas mehr über deren Patchworkarbeiten herauszufinden. Keiner hat versucht, etwas mehr über die gestickte Drohung in Hatties Koje herauszufinden. Zwar muss das nicht unbedingt etwas mit dem Angriff auf sie zu tun haben, allerdings müssen wir in diesem Fall davon ausgehen, dass es an Bord *zwei* Frauen gibt, die Hattie tot sehen wollen.

Der Gedanke überstieg ihr Vorstellungsvermögen.

»Danke, Joan«, sagte Charles. »Du kannst gehen.«

Joan erhob sich und verließ den Raum. Vor der Kapitänskajüte warteten bereits zwei Matrosen auf sie, um sie zurück zum Sträflingsdeck zu begleiten. Wie alt sie wirkt, dachte Kezia, mit ihren gebeugten Schultern und ihren langsamen, schlurfenden Schritten.

»Ich stimme Miss Hayter zu«, sagte Charles. »Diese Frau sieht nicht aus, als könnte sie gewalttätig werden.«

»Jeder von uns ist fähig zur Gewalt«, widersprach Mr Davies, »wenn wir nur heftig genug provoziert werden.«

Mit dieser Aussage und einem letzten Trockentupfen seiner in Tinte gefassten Worte erhob sich der Reverend. »Ich muss mich jetzt verabschieden. Wir werden Van-Diemens-Land in wenigen Tagen erreichen, und ich habe bis dahin noch eine stattliche Menge Korrespondenz zu erledigen. Mehrere wichtige Briefe nach England erwarten mich. Ich werde heute

Nachmittag zur Befragung der Frauen zurückkehren. Ich wünsche allseits einen guten Tag.«

»Offensichtlich sind seine Briefe wichtiger als die aller anderen Menschen.« Mr Donovans Stimme klang spöttisch amüsiert. »Wir dagegen sind leider der Wahrheit keinen Schritt näher gekommen. Wie dem auch sei, ich muss mich ebenfalls empfehlen. Ich muss zurück zu Hattie. Ich hoffe ja immer noch, dass sie aufwacht und uns sagen kann, was passiert ist. Sie spricht zwar, aber von seltsamen Dingen. Ganz viel von Kätzchen.«

Kezia dachte angestrengt nach. Sie war sich sicher, dass Hattie während der vielen Wochen an Bord der *Rajah* nicht ein einziges Mal von Katzen gesprochen hatte.

35
JETZT

9. Juli 1841
95. Tag auf See

Seit Beginn ihrer Reise kümmerten sich die Sträflingsfrauen abwechselnd um Marion. Mitten in der Nacht waren ihre Panikanfälle immer am schlimmsten, und dann verließ sie in Gesellschaft einer ihrer Gefährtinnen das Sträflingsdeck und ging hinaus an Deck. Nachdem die Matrosen dem Kapitän davon berichtet hatten, beschloss dieser, Marion um des lieben Friedens willen gelegentliche Freigänge an Deck zu erlauben, während die anderen Frauen schliefen. Heute begleitete Sarah sie. Als sie sich über die Reling beugten, sagte Marion: »Ich hab so ’n schlechtes Gefühl im Blut.«

»Du spürst es in den Knochen, meinst du?«, fragte Sarah. »So sagt man das. Das hatte meine Grandma auch immer. Alles Mögliche haben der ihre Knochen erzählt.«

»Nein«, beharrte Marion. »Ich spür’s in meinem Blut. Es is’ ganz heiß in meinen Adern. Das Blut rauscht mir durch den Kopf und is’ ganz schwer und dunkel.«

»Bist du wieder krank? So wie neulich?«

»Nein, nich’ so. Da hab ich ganz viel Blut verlor’n. Jetzt hab ich das Gefühl, ich hab zu viel Blut in den Adern. Die sind schon ganz verstopft.«

Sarah beschloss, das Thema nicht weiter zu vertiefen. Dank Beth, die die Geschichte hemmungslos herumerzählt hatte, wussten alle von Marions Fehlgeburt. Sarah mochte Marion gern, aber niemand hätte sie als besonders helle bezeichnen können.

»Wir machen uns doch alle Sorgen um Hattie«, sagte Sarah.

»Vielleicht bist du deshalb so bedrückt. Du warst ja auch an Deck. Deshalb trifft es dich bestimmt auch mehr. Bei mir ist das jedenfalls so.«

»Ich hab Angst, Sarah. Ich hab Angst, dass sie stirbt. Weil sie dann eine von uns nehmen und aufhängen. Und was, wenn ich das bin?«

»Aber hast du sie denn niedergestochen?«

Marion keuchte laut auf. »Nein, natürlich nich'! Wie kannst du nur so was denken? Aber was is', wenn sie mich trotzdem anklagen?«

»Ich weiß doch, dass du's nicht warst. Und das wissen die bestimmt auch, Marion. Das sind gute Menschen. Kluge Menschen. Die wissen, dass du Hattie nicht angegriffen hast, da bin ich mir sicher.«

»Und was, wenn ich vergessen hab, dass ich's war? Ich vergess manchmal Sachen, weißt du? Aber Miss Hayter wird nicht zulassen, dass sie mir wehtun, oder?«

Sarah seufzte. Marion war eine arme Seele, und es wäre nicht nett, genervt zu reagieren, doch momentan fiel ihr das schwer. »Nein, Marion«, sagte sie schließlich. »Miss Hayter passt auf dich auf. Sie weiß, dass du unschuldig bist.«

»Aber ich spür's, Sarah. Es wird was Furchtbares passieren.«

»Lass uns jetzt wieder nach unten gehen und schlafen«, schlug Sarah vor. »Du bist müde. Komm, wir legen uns wieder hin.«

»In der Dunkelheit. Ich hasse die Dunkelheit.«

»Aber hier ist es doch auch dunkel. Siehst du das nicht?« Mit einer weit ausholenden Geste deutete Sarah auf die Schwärze, die sie jenseits des Lichtkegels der Laternen umgab. »Hier draußen ist nix als das riesige, schwarze Meer.«

»Sterne«, sagte Marion und zeigte zum Himmel, der übersät war mit leuchtenden Lichtpunkten. »Ich liebe die Sterne. Die gibt's da unten nich'.«

Während sie sprachen, hatte Sarah Marion allmählich in

Richtung Niedergang gelotst. Der Salzgeruch des Ozeans, die leichte Brise und die glitzernden Sterne blieben zurück, als die Frauen die Stiege hinunterkletterten und von der stickigen Dunkelheit des Sträflingsdecks verschluckt wurden.

36
JETZT

9. Juli 1841
95. Tag auf See

Kezia

Es bedrückte Kezia, an Hatties schmaler Koje zu sitzen und die fiebrige Hand der Frau zu halten. Zu sehr erinnerte es sie an die Tage, als ihr geliebter Vater zu Hause im Krankenbett lag. Ihre Mutter war ihm damals nicht von der Seite gewichen, und auch Kezia und Henrietta hatten viel Zeit an seinem Bett verbracht. Ich war damals erst fünf, dachte sie jetzt. Natürlich hat es mich geängstigt, ihn so verändert zu sehen, wie er da lag und so gar nicht mehr dem Vater glich, den ich kannte. Aber nun bin ich erwachsen. Eines jedoch war unverändert und heute nicht weniger schrecklich als damals: das Wissen, dass auch hier in den dunklen Ecken dieser kleinen Kajüte der Tod lauerte. Mr Donovan tat sein Bestes, die Schatten abzuwehren und für Helligkeit und Sauberkeit zu sorgen, doch Kezia war sich des Todes bewusst, der nur darauf wartete, seine schwarzen Schwingen ausbreiten zu können, um alles mit seiner ganz speziellen Finsternis zu überziehen. Jetzt saß der Schiffsarzt ein Stück von Kezia entfernt an seinem kleinen Arbeitstisch. An der Wand war ein Schränkchen angebracht, in dem die Arzneimittel standen, und Mr Donovans Instrumente und Mullbinden waren in einer Kommode untergebracht, die der in Kezias Kabine sehr glich.

Hattie murmelte etwas. Ihre Augen waren geschlossen, die Lippen spröde und rissig. Kezia lehnte sich vor, um besser hören zu können. Sie streichelte Hatties Hand und sagte: »Meine liebe Hattie, geht es dir heute besser? Du sprichst ja! Bertie … Hast du ihn gesehen? Er besucht dich jeden Tag, weißt du?«

»Nicht Freddie. Ist er nicht.« Ihre Worte klangen abgehackt und gebrochen, und ihre Stimme war so leise, dass sie kaum als Flüstern bezeichnet werden konnte. Es fiel Kezia schwer, die Worte auszumachen, doch sie konnte die in sich aufsteigende Erregung kaum bändigen. Was ihr Hattie wohl jetzt endlich verraten würde?

»Was meinst du? Wer ist nicht Freddie? Und wer ist Freddie überhaupt? Einer deiner Brüder? Weißt du, wo du dich gerade befindest, Liebes? Das hier ist die *Rajah*. Du bist auf der *Rajah* und fährst nach Van-Diemens-Land … Es ist gar nicht mehr weit.«

Vielleicht kann sie mich nicht hören, dachte Kezia, den Tränen nahe. Doch da sprach Hattie plötzlich erneut. Kezia, die ihre Worte nicht verstanden hatte, war verzweifelt. »Was hast du gesagt, Hattie? Sag's mir … Bitte sag's mir doch«, bat sie und versuchte, sich ihre Enttäuschung nicht anmerken zu lassen.

»Sarah …«, murmelte Hattie. »Nicht Sarah Goodbourne … Ich darf's niemandem sagen.«

Kezia runzelte die Stirn. »Was meinst du damit? Was ist mit Sarah?«

»Ist sie nicht. Nicht Sarah … Sie ist nicht Sarah. Kitty. Ich will meine kleine Kitty wieder …«

Da sprang Mr Donovan von seinem Platz auf und eilte zu Kezia hinüber. »Haben Sie gehört, was sie da eben geflüstert hat?«, fragte sie ihn. »Kitty war ihre Schwester und ist, glaube ich, gestorben … aber das mit Sarah?« Ihre Stimme zitterte, und sie biss die Zähne fest zusammen, um ihre Aufregung unter Kontrolle zu bekommen.

»Sie ist im Fieberwahn, Miss Hayter, und redet wirres Zeug. Oder aber der Sinn ihrer Worte erschließt sich mir nicht.«

Kezia lehnte sich erneut vor. »Was hast du damit gemeint,

Hattie, Liebes? Sag es noch einmal … Nicht Sarah? Ich verstehe nicht, was du meinst.«

Doch Hattie schwieg. Mr Donovan seufzte und erklärte: »Mehr wird sie für den Moment nicht sagen, fürchte ich. Vielleicht für den Rest des Tages. Meistens ist sie überhaupt nicht in der Lage zu sprechen. Ich habe sie wiederholt gefragt, wer sie angegriffen hat, aber vergeblich. Vielleicht war das sogar das letzte Mal, dass wir ihre Stimme gehört haben. Sie war sehr schwach in letzter Zeit … Ich fürchte, wir müssen uns auf das Schlimmste gefasst machen.«

Kezia sah Hattie an. Das Gesicht der Frau war bleich, und in ihrer Brust stockte und rasselte der Atem. Kezia schloss die Augen und betete leise: Bitte, Herr, verschone Hattie. Lass sie nicht sterben. Lass sie leben, um ihres Sohnes willen, für Bertie … und gib mir die Kraft für alles, was da kommen mag.

»Ihr Atem verändert sich, Miss Hayter. Ich fürchte, das Ende ist nah«, flüsterte Mr Donovan nun. »Vielleicht sollten Sie den Raum verlassen. Die letzten Minuten vor dem Tod sind nicht einfach.«

»Danke, aber ich möchte bleiben«, erwiderte Kezia. Eine Welle der Traurigkeit überkam sie, und sie spürte, wie sich ihr Herz angesichts des nahenden Todes schmerzhaft verkrampfte. »Ich werde Hatties Hand halten.«

Später hätte sie nicht mehr sagen können, wie viel Zeit vergangen war zwischen dem Augenblick, da sie wussten, dass Hattie sterben würde, und dem Moment, als ihre Seele den Körper verließ. Jeder Atemzug der Frau wurde von einem schrecklichen Rasseln begleitet. Ihr Mund hing offen. Hatties Augen waren in ihre Höhlen zurückgerollt, und Kezia hätte am liebsten den Blick abgewendet, schaffte es jedoch nicht. Stattdessen schaute sie auf Hattie hinunter, so hübsch, so bleich, so schwach. Nach einer gefühlten Ewigkeit wurde es schließlich still in der kleinen Kajüte. Jetzt ist sie bei unserem Herrn, dachte Kezia und spürte ihr Herz taub werden, wie damals als Kind am Sterbebett ihres Vaters. Sie wird in den Himmel kommen. Daran muss ich glauben … Jenseits von Schmerz und Angst und Traurigkeit.

»Miss Hayter, es tut mir so leid, aber sie ist von uns gegangen.«

Kezia brachte kein Wort heraus und schüttelte nur schweigend den Kopf. Mr Donovan schloss Hattie behutsam die Augen, dann blickte er Kezia prüfend an und fragte: »Werden Sie mit dem armen kleinen Bertie sprechen, oder soll ich das tun?«

»Nein, nein«, erwiderte Kezia. »Ich werde es ihm sagen und ihn anschließend hierherbringen, damit er seine Mutter noch einmal sehen kann.«

»Ich werde tun, was ich kann, um sie möglichst natürlich aussehen zu lassen«, sagte Mr Donovan. »Für das Kind. Aber dann werden wir ihren Leichnam dem Meer übergeben müssen. Der Kapitän wird wollen, dass alles seine Ordnung hat.«

»Auch die Frauen werden sich einen ordentlichen Abschied wünschen … Wir müssen Hattie würdig bestatten. Können Sie darüber mit Mr Davies sprechen?«

»Natürlich, Miss Hayter. Machen Sie sich darüber keine Sorgen.«

Kezia lief langsam über das Deck und hielt nach Bertie Ausschau. Unter dem Sonnensegel sah sie einige der Näherinnen bei der Arbeit: Sarah, Rose, Tabitha, Susan und Ruth waren mit dem äußeren Rand des Quilts beschäftigt. Sollte sie zuerst mit ihnen sprechen? Ein Teil von ihr wünschte sich das, sehr sogar, sehnte sich nach anderen Menschen, die gemeinsam mit ihr weinten, sich gegenseitig unterstützten. Vielleicht würde auch sie sich von den Frauen stützen lassen …

Aber nein, Bertie sollte vom Tod seiner Mutter als Erster erfahren. Die anderen würden es dann noch früh genug mitbekommen. Kezia trat zur Reling und schaute aufs Meer hinunter, das im hellen Sonnenlicht metallen glänzte, wie eine

Platte aus Gold oder Bronze, die am Rumpf in Tausende Splitter zersprang. Wie friedlich und still es sich anfühlen musste, in das kühle Nass zu tauchen, allem zu entkommen. Bald, sehr bald würde Hattie in der Tiefe des Ozeans zur Ruhe kommen, für immer von Wasser umgeben, ihr Fleisch Futter für die Fische, bis nichts von ihr übrig bliebe als weiße Knochen auf hellem Sand, verborgen unter glitschig grünem Seetang. Arme Hattie! Und armer Bertie … Kezia schloss kurz die Augen. Dann drückte sie den Rücken durch, stand so gerade wie möglich und versuchte, sich zu fassen. Ich muss der Fels in der Brandung sein. Die Trösterin. Sie seufzte und ging weiter, auf der Suche nach Bertie.

Schließlich fand sie ihn. Gemeinsam mit den anderen Kindern saß er im Schatten eines Segels auf einer Holzkiste und lauschte Emily, die eine Bibelgeschichte vorlas. Als Kezia sich der Gruppe näherte, verstummte Emily und erhob sich. Sie weiß es, dachte Kezia. Es steht mir wohl ins Gesicht geschrieben. Berties Haare glänzten im Sonnenlicht wie ein feuriger Heiligenschein.

»Emily«, sagte Kezia leise und bemühte sich um eine ruhige Stimme. »Könntest du bitte die anderen Kinder wegschicken? Ich muss mit Bertie allein sprechen.«

»Lauft jetzt und sucht eure Mütter«, forderte Emily ihre Schüler auf. »Miss Hayter will mit Bertie reden.« Sie begleitete die Kinder ein Stück und stellte sich dann unweit von Kezia und Bertie an die Reling.

War es die Sonne? Die Hitze? Plötzlich erschien Kezia das Deck so flüssig wie das Meer um sie herum, seine Konturen verschwammen vor ihren Augen. Sie zitterte, als sie zu der Holzkiste ging, wo Bertie noch immer saß. Die Worte, alles, was sie ihm hatte sagen wollen, war wie weggeblasen, ihr Kopf leer. Kezia drehte den Jungen behutsam zu sich und umarmte ihn. Sein kleiner Körper war dünn, so dünn. »Mein lieber Bertie, es tut mir so unendlich leid, dass ich dir das jetzt sagen muss … deine Mutter ist gestorben. Sie ist tot und hat jetzt ihren Frieden, sie muss keine Schmerzen mehr ertragen. Aber, mein liebes Kind, es tut mir so leid für dich.«

Bertie saß reglos da und schaute sie an. Schließlich flüsterte er: »Aber ihr habt doch gesagt, sie wird wieder gesund, du und der Doktor.« Das Sprechen fiel ihm sichtlich schwer. »Ihr habt nicht gesagt, dass sie stirbt. Das habt ihr nie …«

Kezia nahm seine Hände sanft in die ihren. »Ich weiß, Bertie, ich weiß. Das habe ich gehofft, wir haben das gehofft. Wir haben gebetet und gehofft, und wir haben geglaubt, dass sie es schafft … aber jetzt ist sie trotzdem gestorben. Gott hat sie zu sich in den Himmel geholt. Dort ist sie jetzt bei den Engeln. Die werden auf sie aufpassen.«

»Aber ich will sie hier. Ich will nicht, dass die Engel sie haben. Ich will meine Ma. Sie is' meine Ma!«

»Wir werden uns um dich kümmern, Bertie. Der Kapitän wird gründlich nachdenken, und wir werden eine Frau finden, die für dich sorgt, die allerbeste. Mach dir keine Sorgen …«

Jetzt weinte Bertie, und Kezia hielt ihn in ihren Armen, und so saßen sie minutenlang da. Schließlich beruhigte der Junge sich, auch wenn sein kleiner Körper noch zitterte, während er sich mit Kezias Taschentuch die Augen wischte.

»Möchtest du sie sehen, Bertie? Deine Mutter? Dich von ihr verabschieden?«

Bertie nickte, und als sie gemeinsam über das Deck liefen, bemerkte Kezia, dass Emily schockstarr an der Reling stand. Sie sah auch die anderen Frauen, die sich mittlerweile erhoben hatten. Sie wissen es alle, dachte sie. Sie sehen es mir an. Wahrscheinlich haben sie Bertie weinen hören. Im Gehen bemerkte sie, dass eine der Frauen Richtung Niedergang lief. Bald würden alle wissen, was passiert war.

»Komm, Bertie«, sagte sie, als sie die Krankenkajüte erreichten. »Du musst jetzt sehr stark sein.«

Den ganzen Weg über hatte Bertie sie fest an der Hand gehalten, doch sobald sie die Tür geöffnet hatte, riss er sich los und rannte hinüber zu Hatties Koje. Dann gab er einen Laut von sich, der Kezia an ein kleines Tier erinnerte, das unsäglichen Qualen ausgesetzt ist. Ein gepeinigter, anhaltender Schrei, der die kleine Kajüte anfüllte und ihr in den Ohren hallte. Kezia wünschte, diesen Schrei nie gehört zu haben, denn sie wusste, dass er sie gemeinsam mit dem Horror von Hatties Tod ihr Leben lang in Albträumen verfolgen würde. Bertie hatte sich auf den leblosen Körper seiner Mutter geworfen und schluchzte in das Laken, das sie bedeckte.

Mr Donovan ging zu dem verzweifelten Kind hinüber, legte ihm beruhigend eine Hand auf den Rücken und streichelte ihn. »Schon gut, schon gut«, sagte er, wie man es mit einem verängstigten Pferd tun würde. Endlich verstummte Bertie. Er ließ sich auf den Boden neben der Koje sinken, und Mr Donovan kniete sich neben ihn.

»Du bist schon ein großer Junge, Bertie, und deshalb solltest du etwas wissen. Wenn deine Mama überlebt hätte, wäre sie sehr krank gewesen. Und sie hätte große Schmerzen gehabt. Sie ist bei dem Angriff sehr schwer verletzt worden und wäre nicht mehr dieselbe Mama gewesen, die du davor gekannt hast. Jetzt hat sie keine Schmerzen mehr. Sie hat Ruhe gefunden. Und sie hat dich sehr geliebt, Bertie. Am allerwichtigsten war ihr, dass es dir gut geht. Sie wollte immer, dass du glücklich bist.«

»Aber das kann ich nicht«, heulte Bertie erneut. »Nicht ohne meine Ma, meine echte Ma!«

»Nein, heute kannst du das nicht. Und vielleicht noch sehr lange nicht. Aber du musst versuchen, tapfer zu sein. Schau, hier hab ich ihre Erkennungsmarke für dich, Bertie. Nimm sie und leg sie dir um den Hals. Sie wird dich an deine Mama erinnern, die sie vor dir getragen hat, und ihr Name an deinem Herzen wird dich vielleicht ein bisschen trösten.«

Bertie sagte nichts, als Mr Donovan ihm die Marke umlegte. Einen Moment lang hörte er zu weinen auf und sah hinunter auf den Namen seiner Mutter. Er nahm das dünne Metallplättchen in die Hand und drehte es. »Harriet Matthews«, sagte er.

»Wie ich sehe, kannst du schon gut lesen«, bemerkte Mr Donovan.

»Das ist der Name von meiner Ma«, flüsterte Bertie. »Ich kann ihn eigentlich nich' richtig lesen. Aber ich weiß, dass das ihr Name is'.«

»Deine liebe Mutter wird vom Himmel auf dich herabblicken, Bertie, und du musst sie stolz machen. Sei gut und freundlich und tapfer.«

Da begann Bertie wieder zu weinen.

Obwohl sich die Nachricht von Hatties Tod bereits auf dem ganzen Schiff herumgesprochen hatte, kam der Kapitän persönlich aufs Sträflingsdeck, um die Frauen offiziell darüber in Kenntnis zu setzen. Diejenigen, die Hattie am nächsten gestanden hatten, wischten sich die Augen. Bertie, den die Ereignisse des Tages erschöpft hatten, schlief in seiner Koje, während Joan, Phyllis und Emily immer in seiner Nähe blieben.

»Armes, mutterloses Ding«, sagte Joan und strich ihm übers Haar. Sein Gesicht hatte er im Kissen vergraben.

»Sie is' aber hier. Spürt ihr das nich'? Sie wird immer da sein, bei ihrem Jungen«, meinte Phyllis. »Und sie wird auf diesem Schiff rumspuken, das könnt ihr mir glaub'n. Wird erst ruhn, wenn der Täter seine gerechte Strafe bekommen hat.«

Alle, die ihre Worte gehört hatten, erschauderten und rückten auf den Kojen und Bänken näher zusammen. Hattie mit ihrem rot-gold glänzenden Haar war ein so lebensfroher Mensch gewesen, und ihr Lachen hatte es vermocht, die Tristesse auf dem Sträflingsdeck wenigstens vorübergehend zu vertreiben. Sie würden sie vermissen. Manche der Frauen spürten echte Trauer, doch selbst jene, die sich früher nicht um Hattie geschert hatten, fühlten sich niedergeschlagen, denn der Tod, und besonders Mord, lassen die Opfer für gewöhnlich in einem besseren Licht erscheinen.

Die Newgate Nannies hatten auf einer der festen Sitzbänke Stellung bezogen. Selbst sie wirkten ungewohnt bedrückt. »So isses jetz' also«, meinte Dwyer. »Müssen uns ständig umschaun, falls wer hinter uns is'. Weiß ja keiner, wer da irgendwo in 'ner Ecke lauert und vielleicht wieder zuschlägt.«

»Ich war's nich'«, versicherte Tabitha schnell. »Kein Grund, mich so anzuschaun, bloß weil ich an Deck war. Und gesehn hab ich auch nix.«

»Sagt ja keiner, Tab«, erwiderte Dwyer. »Nur 'n Schwachkopf käm auf so 'ne Idee.« Sie blickte mit ihrem schielenden Auge in die Runde und wartete, ob jemand es wagen würde, Tabitha als Täterin ins Gespräch zu bringen. »Tab is' eine von uns, und es tät niemandem gut, zu behaupten, dass die Newgate Nannies Messerstecherinnen sind. Jetzt geht's um Mord, und ich rat allen ab, uns als Mörderinnen zu bezeichnen. Klar?!«

»Das is' schlimm, 'ne Tote an Bord«, warf Selwood ein. »Bringt Unglück. Ob die wohl rausfinden, wer's war?«

»Bestimmt. Vielleicht wissen sie's ja schon«, erwiderte Phyllis.

»Schwachsinn. Warum sollten die denn mit den Befragungen weitermachen, wenn sie eh schon wissen, wer's war? Du hast nix als verfaultes Stroh im Kopf, das is' dein Problem«, sagte Ruth.

»Und was machen die, wenn sie die Täterin haben? Das würd mich mal interessieren«, überlegte Izzy. »Wird sie dann nach England zurückgeschickt und aufgehängt?«

»Galgen ham se ja wohl auch in Van-Diemens-Land, oder? Warum dann zurückschicken? Reinste Platzverschwendung. Nee, die werden die Täterin denen in Van-Diemens-Land übergeben, dann soll'n die sich drum kümmern.«

»Morgen is' Hatties Begräbnis. Ihr Leichnam wird dem Meer übergeben. So sagt man das bei 'ner Seebestattung«, erklärte Emily.

»Das is' überhaupt das Traurigste von allem«, meinte Marion. »Kein Grab, das Bertie besuchen kann. Kein Platz für Blumen. Nirgends, wo man an besonderen Tagen hinkann. Das is' schlimm.«

»Macht doch keinen Scheiß-Unterschied. Waisenkind is' Waisenkind. Selbst 'ne verdammte Riesenstatue von 'nem Engel würd ihn nich' aufheitern«, entgegnete Rose.

»Aber denk doch mal, wie das is', im Wasser. Da bläht sich ihr ganzer Körper auf, schwillt überall an. Schrecklich. Hab gesehn, wie sie Selbstmörder aus'm Fluss ziehn. Is' kein hübscher Anblick«, fügte Tabitha hinzu.

»Ach halt doch deine Scheiß-Fresse!«, heulte Dora jetzt. »So will ich mir Hattie nich' vorstelln. Wenn du nix Gutes zu sagen hast, dann sei einfach mal still. Eine Affenschande ist das, eine himmelschreiende Ungerechtigkeit, dass sie sterben musste, so jung und so schön.«

Nach und nach gingen die Frauen zu ihren Kojen und legten sich nieder, obwohl an Schlaf kaum zu denken war. Die *Rajah* rollte und stampfte durch die Nacht, als käme selbst das Meer nicht zur Ruhe.

Als der Morgen graute, war der Himmel von schwarzen Gewitterwolken bedeckt. Um die Mittagszeit fegten von Osten her Regenschauer über das Deck, und die Frauen, die sich dort versammelt hatten, um Hattie das letzte Geleit zu geben, wickelten sich fest in ihre Tücher und hielten die Köpfe gesenkt. Wenn eine weinte, vermischten sich ihre Tränen mit dem peitschenden Regen. Die gesamte Mannschaft der *Rajah* hatte sich zu den Sträflingsfrauen gesellt, um Mr Davies' Worten zu lauschen, wunderschönen Worten, die Hattie Matthews auf ihrer letzten Reise begleiteten. Hätte nicht der

Reverend diese Worte gesprochen, sondern jemand anderes, so hätte wohl niemand sie hören können, doch mit Mr Davies konnte es der stürmische Wind nicht aufnehmen: »Aus der Tiefe rufe ich, Herr, zu dir: Herr, höre meine Stimme!« Mit erhobenem Haupt stand er da und rezitierte den Psalm mit dröhnender Stimme über die Köpfe der versammelten Menschen hinweg, die diesen Worten der Fürbitte und der Hoffnung lauschten wie auch dem um die Masten heulenden Wind.

Stille legte sich über die Gruppe, als zwei Matrosen den in Segeltuch eingenähten und mit Gewichten beschwerten Leichnam auf einer Bahre zur Reling trugen. Der regennasse Stoff klebte an Hattie, sodass ihre Form gut erkennbar war, und Kezia betete, dass Gott für den armen Bertie sorgen würde, der so etwas Schreckliches mit ansehen musste. Das wird er nie vergessen können, dachte sie. Es gibt Dinge, die sich dem Gedächtnis einbrennen, und Bertie würde sein Leben lang in den unerwartetsten Momenten diese Szene vor sich sehen, da war sie sich sicher: die vielen Menschen in dunkler Kleidung, der Regen, der über das Deck peitscht und die Wasseroberfläche wie Millionen kleine Speere durchsticht, und das schreckliche graubraune Segeltuch in Form seiner Mutter, das über die Reling gleitet, mit einem kaum hörbaren Platschen im Meer landet und dann für immer verschwindet.

Nach der Bestattung verließen die Sträflingsfrauen langsam das Deck, bis nur noch Kezia dort stand, mit Bertie an der Hand.

»Komm«, sagte sie. »Wir gehen zur Kapitänskajüte, trocknen dich ab und ruhen uns ein bisschen aus. Trinken ein Glas Met …«

Doch was nutzten die leckersten Dinge der Welt, wenn die Mutter auf dem Meeresgrund lag und man sich immer weiter vom Ort ihrer letzten Ruhe entfernte?

Als die Sträflingsfrauen den Niedergang zu ihrem Deck hinunterkletterten, blieb Joan zurück. Wind und Regen hatten sich gelegt, doch auf der nach wie vor rauen See war jede vorbeiziehende Welle von weißem Schaum gekrönt. Joan schaute über die Reling ins Wasser und dachte an Bertie, der jetzt ganz allein auf der Welt war, musste dann auch an Lydias Kinder denken. Meine Lieblinge, dachte sie, meine Babys.

»Joan«, sagte plötzlich eine Stimme hinter ihr, und als sie sich umdrehte, erblickte sie Isaac Margrove. »Brauchst du mal wieder mein Taschentuch?«, fragte er und hielt es ihr hin.

»Ich werd nicht weinen, aber mir tut's in der Seele weh, wenn ich an Bertie denk«, erwiderte Joan.

»Jemand wird sich kümmern, da bin ich sicher«, sagte Isaac und stellte sich neben sie an die Reling. »Der Käpt'n sorgt schon dafür. Und es ist gut, wieder mal mit dir zu reden, Joan. Ich hab unsre Gespräche vermisst.«

Joan seufzte. »Ich auch.«

Verlegen und jede Berührung vermeidend, standen sie nebeneinander, den Blick auf das am Rumpf vorbeiziehende Meer gerichtet. Dann sagte Isaac: »Ich seh euch Frauen, wenn ich beim Arbeiten an euch vorbeikomm, und mir ist der Quilt aufgefallen. Sieht großartig aus.«

»Danke«, erwiderte Joan. »Die Näharbeit tut gut.«

Die beiden blickten einander an. Isaac, der normalerweise nie um ein Gesprächsthema verlegen war, wusste nicht, was er sagen sollte, und er trat nervös von einem Fuß auf den anderen. Joan wusste, dass sie ihm helfen könnte. Sie brauchte nur zu lächeln und ihm die Hand entgegenzustrecken, dann würde er sie mitziehen, hinter das Fass dort und sie küssen, sie für einen kurzen Augenblick glücklich machen. Wäre das so schlimm? Vielleicht nicht. Vielleicht wäre es egal, jetzt, da sie nur wenige Tage vom Land entfernt waren, denn bald würden sie sich ohnehin auf immer trennen. Wie leicht ich mich vergessen könnte, dachte Joan. Wie schlimm kann es schon sein, noch ein bisschen länger den Mann einer anderen Frau zu lieben? Sie schüttelte den Kopf. Es war und blieb falsch, und wie ein Zeichen des Himmels kam der Bootsmann nun über das Deck auf sie zu.

»Ich wünsch noch einen guten Tag«, sagte Isaac zu Joan und verbeugte sich. »Bitte behalt mein Taschentuch.«

»Danke«, erwiderte Joan. Sie blickte ihm nach und spürte einen Stich im Herzen. Dann steckte sie sein Taschentuch in ihre Rocktasche, sein zweites Geschenk. Es wird mich immer an einen guten Mann erinnern, dachte sie, als sie zum Niedergang und zurück aufs Sträflingsdeck ging.

Regengepeitschtes Segeln: Die Rajah *passiert einen dichten Regenvorhang nach dem anderen. Wasser überflutet das Deck und durchweicht die Segel. An Bord ist das Holz ebenso nass wie am Rumpf. Die* Rajah *fügt sich dem Willen des Wassers und müht sich dem dunklen, wolkenverhangenen Horizont entgegen.*

37
JETZT

11. Juli 1841
97. Tag auf See

Kezia

Kezia wälzte sich schlaflos in ihrer Koje. Welches Schicksal erwartete Bertie, ganz allein in der Welt, ohne Hattie? Der arme Junge hielt sich an Emily und die Frauen, spielte nicht mehr mit den anderen Kindern und schwieg in allen Zusammenkünften. Wer sollte sich nach ihrer Ankunft in Van-Diemens-Land um ihn kümmern?

Die Untersuchung war bisher ergebnislos geblieben. Sie hatten mit Ann gesprochen, die nur geweint und wenig gesagt hatte, und heute würden sie Phyllis befragen, die zwar sehr offen und direkt war, von der sie aber dennoch wenig Neues erfahren würden, da war sich Kezia sicher. Außerdem ging es nun darum, eine Mörderin zu finden, eine Verantwortung, die schwer auf ihnen allen lastete. Wieder dachte Kezia an Hatties letzte Worte. Was hatten sie zu bedeuten? Kezia hatte mit niemandem darüber gesprochen, auch nicht mit Mr Donovan, der sie als Fieberwahn abgetan hatte. *Nicht Sarah Goodbourne … Ich darf's niemandem sagen … Kitty. … Nicht Freddie …*

Sarah … Was hatte Sarah Goodbourne, die langweilige, ruhige und absolut unscheinbare Sarah, mit Freddie zu tun? Von Kitty hatte Hattie einmal gesprochen: *Ich hatte mal eine kleine Schwester, aber sie ist sicher schon tot … Kitty hieß sie.*

Sie wünschte, sie wüsste, wer Freddie war. Charles hatte ihr versichert, dass es in der Mannschaft niemanden mit diesem Namen gab. Außerdem blieb Sarah, soweit Kezia das beobachtet hatte, meistens für sich und zeigte wenig Interesse an Hattie oder den anderen Frauen. Was hatte also Freddie mit Sarah zu tun? War es überhaupt Freddie, über den Hattie nicht sprechen durfte? War es das, was man ihr mit dem bestickten Baumwollstück sagen wollte? *Schweig oder stirb*. Kezia seufzte frustriert und schlug mit der Hand auf ihr Kissen. Ich muss mit Sarah sprechen, dachte sie.

Sollte sie die Männer hinzuziehen und ihnen von ihrem Vorhaben erzählen? Nein. Sicher wäre Mr Davies sofort von Sarahs Schuld überzeugt, wenn er hörte, dass Hattie ihren Namen genannt hatte. Und Charles und Mr Donovan würden ihm wahrscheinlich beipflichten. Nein, dachte Kezia. Das muss ich allein machen.

Der Gedanke an den Kapitän beruhigte sie ein wenig, und sie erkannte überrascht, dass sie sich in jeder Situation, egal wie beängstigend und schwierig sie auch sein mochte, beim Gedanken an Charles in ihrem tiefsten Herzen, jenseits aller anderen Gedanken und Überlegungen, glücklich fühlte.

Doch bevor sie mit Sarah sprach, musste sie an einer weiteren Befragung teilnehmen.

»Nun«, sagte Charles zu Kezia und den anderen, die um den Tisch in seiner Kajüte versammelt waren. Sorgenfalten standen ihm auf der Stirn, und seine Stimme klang düster. »Wie Sie wissen, hat sich die Situation seit unserem letzten Treffen grundlegend geändert. Es gilt nun, einen Mord aufzuklären, den jemand aus unserer Mitte begangen hat.«

»In der Tat, und wir müssen den Täter baldmöglichst finden«, sagte Mr Davies. »Wir können nicht anlegen, ohne den Fall gelöst zu haben. Die Behörden in Hobart werden ganz genau wissen wollen, womit sie es zu tun haben. Haben Sie irgendwelche Vorschläge, Miss Hayter?«

Kezia schüttelte den Kopf. »Ich werde heute Morgen noch einmal mit meinem Nähzirkel sprechen, aber ich kann mir nicht vorstellen, dass die Frauen plötzlich etwas hinzuzufügen haben, das uns weiterhilft.«

»Vielleicht sollten wir unsere Verdächtigen in der Gruppe befragen«, schlug Mr Donovan vor.

»Warten wir zunächst ab, welche Wirkung Hatties Tod auf ihre Gefährtinnen hat«, sagte Charles. »Vielleicht sagt ja doch noch eine der Frauen etwas. Und Miss Hayter kann in Erfahrung bringen, was auf dem Sträflingsdeck gesprochen wird. Wenn wir morgen immer noch nicht mehr wissen, bringen wir die Näherinnen wieder hierher und befragen sie zusammen. Bald haben wir unser Reiseziel erreicht, in spätestens einer Woche sind wir da, schätze ich.«

Kezia stand auf. »Ich gehe jetzt mit der Nähgruppe an Deck. Hattie wird das wichtigste Gesprächsthema sein, da bin ich sicher.« Wie sie es schaffen sollte, ungestört mit Sarah zu reden, wusste sie zwar nicht, doch sie würde einen Weg finden. Die Männer würden nicht verstehen, warum dieses Gespräch so dringend und so wichtig war. Ich kann es mir ja selbst kaum erklären, dachte sie.

Baumwollstück: weißer Untergrund, bedruckt mit dreiblättrigen roten Blüten und braunen Blättern.

38
FRÜHER

Juli 1841

Clara

Beim Nähen kann man gut nachdenken. Die anderen unterhalten sich, und manchmal sage ich auch etwas, aber meistens bin ich still. Mich überkommen allzu oft die lebhaftesten Erinnerungen an die Vergangenheit. Heute sitzen wir im Schatten des Sonnensegels, obwohl es gar nicht mehr heiß ist. Miss Hayter ist noch nicht hier, und die anderen sprechen über Männer. Wahrscheinlich ist es nur natürlich, dass manche Frauen ein Auge auf bestimmte Mannschaftsmitglieder geworfen haben. Es ist schlicht unmöglich, Männer und Frauen grundsätzlich voneinander getrennt zu halten. Die Jüngeren sind sich sicher, dass der Kapitän in Miss Hayter verliebt ist, und wenn sie nicht dabei ist, halten sie mit ihrer Meinung und ihrer Sprache nicht hinterm Berg.

Beth sagt: »Wenn sie an Deck herumspazieren, sind sie ja schon steif genug, aber was passiert, wenn er mit ihr allein is'? Dann is' wohl vor allem er steif, oder?«

»Aber wann sind sie denn schon allein?«, fragt Phyllis. »Ich seh sie immer nur an Deck rumlaufen. Und was kann man da schon machen?«

Izzy erwidert: »Da fallen mir schon ein paar Sachen ein … Sie gehen wohin, wo's ruhig ist, und er öffnet die Hose. Sobald sie die Hand ausstreckt, spritzt's überall – und damit mein ich jetzt nicht die Gischt.«

Rose und Ruth kichern, aber Phyllis rümpft die Nase. »Ich kann mir nicht vorstellen, dass Miss Hayter …«

»Ich schon!«, sagt Ruth. »Und dann is' da ja noch die Nacht. Stell dir nur vor, Phyllis, wie Kapitän Ferguson zu ihrer Kabine schleicht, zu ihr ins Bett steigt, ihr Nachthemd hebt und dann wie ein glitschiger Aal, nur halt ein sehr harter, in sie reinschlüpft …«

Ruth, Rose und Izzy krümmen sich vor Lachen, doch Phyllis' Gesicht hat sich scharlachrot verfärbt.

»Niemals!«, sagt sie. »Miss Hayter ist eine gottesfürchtige junge Frau. Nie würde sie einen Mann an sich ranlassen, nicht ohne Trauring. Sie nicht!«

»So läuft das nicht. Ich hab fromme Frauen gekannt«, erwidert Rose. »Viele sogar, und die machen die Beine breit wie alle andern, wenn sie scharf sind.«

»Das ist ja widerwärtig.« Phyllis verzieht das Gesicht. »Ich kann das nicht glauben, und ich wär dir dankbar, wenn du deine Zunge im Zaum hältst.«

»Ich schätz ja, dass Phyllis recht hat«, sagt Izzy. »Ich glaub nicht, dass die schon so weit sind. Das würd ich merken.«

»Das ist doch Quatsch«, wirft Alice ein. »Vielleicht kann sie so was einfach besser verbergen, als du denkst. Die Ruhigen haben es oft in sich – möge der Herr sie vor Versuchungen schützen.« Sie nickt heftig, um ihrer Äußerung, die ich in meinem Leben schon oft gehört habe, Gewicht zu verleihen. Meiner Erfahrung nach stimmt das manchmal, andere Male aber eben nicht. Was zwischen zwei Leuten passiert, wenn das Licht aus und die Kleidung abgelegt ist, kann man einfach nicht wissen.

Die anderen reden weiter. Ich sage so wenig wie möglich, werfe nur ab und zu etwas ein. Meistens sind meine Gedanken in der Vergangenheit. Ich hätte nie zulassen dürfen, dass ich mich so heftig in jemanden verliebe. Mein Leben lang habe ich mich von solchen Gefühlen ferngehalten. Ich hatte ja gesehen, wie es anderen Frauen erging, wenn sie vom Sturm ihrer Gefühle gebeutelt wurden, nachdem man ihnen ihr Herz gestohlen hatte. Anscheinend verließ sie über Nacht auch das letzte bisschen Vernunft, das sie jemals besessen hatten. Ich hatte mir geschworen, dass mir das niemals passieren würde. Stattdessen habe ich manche Männer bewundert. Anderen war ich dankbar, besonders Samuel und seinen Freunden. Ihre Aufmerksamkeiten waren mir willkommen, denn durch sie bin ich zu meinem Haus gekommen. Und dann gab es jene, die ich leidenschaftlich begehrte und die mich ficken durften. Aber Edmund war nicht wie die anderen. Er wusste nichts über mich oder meine Arbeit.

Unser Treffen war purer Zufall. Ich ging die Straße entlang, stolperte über ein herumliegendes Holzscheit, und er hat mich aufgefangen. Er hat mich an sich gezogen, um mich wieder fest auf beide Beine zu stellen, und in dem Moment war ich verloren. Damals war mir das nicht so klar, aber je besser wir uns kennenlernten, desto mehr mochte ich ihn. Zwei Tage nach unserem ersten Treffen kam er zu mir und in mein Bett. Danach verbrachte ich Stunden damit, von ihm zu träumen, wenn ich eigentlich anderes hätte tun sollen. Im Geist ging ich immer wieder unsere Gespräche durch, und mein Körper bebte, wenn ich mich an das erinnerte, was wir im Dunkeln getan hatten. An Tagen, an denen er mich abends besuchen wollte, sehnte ich mich mit jeder Faser meines Herzens nach ihm, nach seinen Händen auf meinem Körper, so sehr, dass jeder Teil von mir brannte.

Er war verheiratet. Hatte drei kleine Kinder. Doch davon sprachen wir nie. Ich wollte nichts über sein Leben wissen, denn sonst hätte sich mein schlechtes Gewissen geregt, und es gab nichts, das ich weniger wollte, wenn Edmund bei mir war. Ich wollte, dass er in diesen Momenten ganz mir gehörte. Er sollte keine Vergangenheit und nichts im Leben haben außer mir. Es störte mich nicht, nur einen Teil seiner Aufmerksamkeit zu bekommen. Mir war nur wichtig, dass unsere gemeinsamen Stunden so schön wie möglich wurden. Was uns an dem Abend überkam, als wir ins Flag Inn gingen, war der pure Leichtsinn. Wir hätten bei mir bleiben und nicht ausgehen sollen wie gewöhnliche Verliebte. Nicht einen Tropfen hätten wir trinken dürfen, der stärker war als Fruchtsaft. Und Edmund hätte mich nicht verteidigen sollen, als ein grober, hässlicher Tölpel mich eine Hure, Schlampe und mehr nannte und versuchte, mich zu begrapschen. Ich versuche, nicht daran zu denken, was danach passierte, aber Tatsache ist, dass bei Morgengrauen zwei Männer tot waren, und einer davon durch meine Hand.

Ich wurde gefasst und nach Millbank gebracht, damit ich mich vor Gericht für den Tod eines Fremden verantworte. Ich trauerte von ganzem Herzen um Edmund und fürchtete mich vor dem, was mich erwartete. Dass ich mein Leben am Galgen beenden würde, schien so sicher wie der Anbruch eines neuen Tages. Und wenn ich daran dachte, dass drei Kinder nun ohne Vater aufwachsen würden, spürte ich, wie Schuld und Trauer mich zu überwältigen drohten. Doch nach nur einer Nacht in meiner Zelle beschloss ich zu fliehen. Es hieß, dass einige Frauen in die Verbannung geschickt werden sollten, und sowie ich davon hörte, wusste ich, dass dies der einzige Ausweg für mich war: die Flucht auf ein Schiff, das mich weit wegbringen würde von meiner Hinrichtung und von allem, das ich vergessen wollte.

Miss Hayter ist zurückgekommen und sagt, dass wir unsere Nähsachen aufräumen sollen. Die anderen packen gehorsam ihre Beutel. Hattie ist sehr nah bei mir, und ich würde weglaufen, wenn ich könnte, aber sie beginnt, mit mir zu sprechen. Bisher habe ich es viel leichter als erhofft geschafft, mich von ihr fernzuhalten. Und seit ich ihr die Warnung in die Koje gelegt habe, hat sie nichts gesagt. Das war vor vielen Wochen. Fast hatte ich begonnen, mich sicher zu fühlen. Aber jetzt will sie mit mir sprechen. Ich wünschte, ich könnte einfach aufstehen und weggehen. Ich will nicht mit ihr reden. Und ich will nicht, dass sie mit mir redet, aber das tut sie gerade, und ich kann nicht fliehen. Wir sind allein und unterhalten uns.

»Sie sieht glücklich aus, findest du nicht?«, fragt Hattie mit Blick auf Miss Hayter. »Glaubst du, sie weiß, dass er sie liebt?«

»Vielleicht«, antworte ich. Ich beuge den Kopf, um meine Näharbeit einzupacken, und meine Haare, die heute nicht bedeckt sind, fallen mir über die Schulter. Mit der linken Hand streiche ich sie zur Seite und sage dann, um nicht unfreundlich zu erscheinen: »Der Kapitän sieht jedenfalls glücklich aus.« Es sind die ersten Worte seit Wochen, die ich direkt an sie richte, und ich schaue dabei zu ihr auf. Sie steht da wie angewurzelt, mit offenem Mund, und kann sich vor Schreck nicht rühren. Den Stoffbeutel hält sie an ihre Brust gepresst. Sie atmet nicht. Und in ihren vor Schreck geweiteten blauen Augen sehe ich es.

Sie weiß, wer ich bin. Sie hat mich erkannt. Seit Wochen sind wir auf diesem Schiff, und erst jetzt merkt sie, wer ich bin. Warum jetzt? Was hat sie gerade jetzt an das erinnert, was vor so vielen Jahren geschah?

Baumwollstück: graubrauner Untergrund mit einem Muster aus weit auseinanderliegenden Blättern und Blumen in Schwarz und Gelb.

39
FRÜHER

Juli 1841

Kezia

Kezia betrachtete die Frauen, die über ihre Arbeit gebeugt um sie herumsaßen. Ab und zu verfingen sich die letzten Sonnenstrahlen des Tages in einer der Nadeln, doch das Sonnensegel, das den Näherinnen Schatten spenden sollte, brauchten sie bei diesen kühleren Temperaturen nicht mehr.

Phyllis, Marion und Ann hatten sich gegen die Kälte in ihre Tücher gewickelt. Izzy lehnte sich wie gewöhnlich zu Rose hinüber, um ihr etwas zuzuflüstern, und die beiden konnten ihr Lachen nur mühsam unterdrücken. Joan hielt sich die Näharbeit vors Gesicht, denn auch mit Brille konnte sie nur schlecht sehen.

Wie viele Tausend Stiche haben wir schon gemeinsam gesetzt?, fragte sich Kezia. Achtzehn Frauen, die jeden Tag mit mir zusammenkommen, um diesen Quilt zu nähen.

Mittlerweile war leichter zu erkennen, wie ihr Werk einmal aussehen würde. Kleinere Einzelteile der Patchworkdecke waren zusammengenäht worden, sodass in den Schößen der Frauen nun harmonische Flickenstreifen aus Rot- und Blau-, Ocker- und Brauntönen lagen. Dreieckige Stoffstücke waren aneinandergelegt und zu Quadraten zusammengenäht worden. Gestreifte Stoffteile lagen Seite an Seite mit gepunkteten, während geblümte oder einfarbige Flicken für Abwechslung und Kontrast sorgten. Hier und da konnte man sehen, dass Kezia versucht hatte, Blutflecken auszuwaschen. Sie berührte den zurückgebliebenen Fleck einiger besonders schwer zu entfernender Blutstropfen.

»Blut geht nie ganz raus«, sagte Susan.

»Wir haben getan, was wir konnten«, erwiderte Kezia. »Im Gesamtwerk wird es nicht auffallen.«

»Bei so vielen Farben is' das auch unmöglich«, pflichtete Izzy ihr bei. »Der Quilt sieht mächtig gut aus. Hätte nie gedacht, dass das so gut wird.«

Kurz vor Sonnenuntergang hatte der Wind die Wolkentürme am westlichen Horizont fortgeblasen, sodass die Sonne noch einmal ganz zum Vorschein kam, ehe sie nun allmählich im Meer versank. Bald würde es dunkel werden. »Wenn ihr euren Faden vernäht habt, könnt ihr die Nadeln für heute zur Seite legen«, sagte Kezia zu den Frauen und sah ihnen zu, wie sie den Faden abschnitten, die Nadeln sorgfältig verstauten und dann aufstanden und ihre Glieder streckten. Tabitha schüttelte die Finger aus und brummte: »Steif und kalt. Fühlt sich an wie abgestorben.«

Plötzlich schoss ein Vogel mit breiten weißen Schwingen laut krächzend auf die Frauen zu, flog dann hinauf in die Takelage, ließ sich dort nieder und blickte auf die Gruppe hinab. »Schlechtes Zeichen, das«, orakelte Ann.

»Es ist nur ein Vogel«, erwiderte Kezia. »Sonst nichts. Lasst uns lieber etwas singen, als uns um böse Vorzeichen zu sorgen.«

Sie begann, und nach und nach fielen die anderen ein:

»Wer folgt der Klausel stets
Wird nieder'n Dienst erhöh'n:
Wer ausfegt wie für dein Gesetz,
Macht Haus und Handlung schön.«

Ihre Stimmen schwebten hinauf bis ins Tauwerk der Takelage und tanzten zwischen den geblähten Segeln des Schiffs. Als Kezia wieder zu der Stelle hinaufblickte, wo sich der Vogel niedergelassen hatte, war er verschwunden. Nach dem Lied halfen ihr Phyllis und Dora, den Quilt zusammenzurollen, und Kezia verabschiedete sich von der Gruppe.

Die Näherinnen sammelten alle Stoffstücke auf, die zu Boden gefallen waren, und verstauten sie in ihren Rocktaschen. Dann liefen sie langsam, fast widerwillig in Richtung Niedergang und ließen den prächtigen Sonnenuntergang hinter sich zurück, der den Himmel mit aprikosen- und malvenfarbenen Streifen überzog und das Meer mit einem Laken aus geschmolzener Bronze bedeckte.

Ein paar der Frauen befanden sich noch an Deck, als plötzlich markerschütterndes Schreien ertönte.

40
JETZT

12. Juli 1841
98. Tag auf See

Clara

Wir sieben sitzen jetzt bei der Arbeit immer zusammen, und eine von uns ist möglicherweise eine Mörderin. Die anderen meiden uns. Zwar tun sie so, als wäre nichts geschehen, doch unwillkürlich rücken sie näher zusammen und weiter von uns ab und weichen unseren Blicken aus. Was sie wohl über uns sagen? Wen sie wohl für schuldig halten? Wenn jemand ein Motiv hat, dann ich. Schließlich durfte Hattie mich nicht verraten. Wenn die anderen Frauen von meiner Vergangenheit wüssten, würden sie mir meine Unschuld nicht abnehmen.

Miss Hayter setzt sich neben Tabitha.

»Unsere Gedanken sind heute bei Hattie«, sagt sie. »Auch wenn wir alle sehr traurig sind, müssen wir doch die Wahrheit herausfinden. Und ich bin mir sicher, dass wir der Lösung schon sehr nah sind. Bald wissen wir, wer das getan hat. Es war eine aus unserer Mitte, so viel steht fest …« Miss Hayter schaut sich im Kreis der Frauen um. Alle halten den Kopf gesenkt, scheinbar auf ihre Arbeit konzentriert, und weichen ihrem Blick aus. Sie steht auf und beginnt, von einer Frau zur nächsten zu gehen, bewundert Lotties Werk und hilft Phyllis und Izzy mit dem letzten Randstück, stellt sicher, dass die Stiche gleichmäßig sind. Schweigen legt sich über die Gruppe, was ungewöhnlich ist, doch letztlich kann uns die Näharbeit auch dieses Mal für kurze Zeit von unseren Gedanken ablenken. Miss Hayter prüft ein Werk nach dem anderen.

Als sie bei mir ankommt, sagt sie: »Vernäht jetzt bitte euren Faden und kommt so schnell wie möglich zum Schluss. Und Sarah, wenn du mir helfen könntest, alles zu meiner Kabine zu tragen, wäre ich dir dankbar.«

Ich stoße meine Nadel durch den Stoff und ziehe den Faden durch ein paar Stiche auf der Rückseite meiner Arbeit. Dann schneide ich den Faden ab, verstaue die Nadel, stehe auf und warte darauf, dass die anderen es mir gleichtun. Als sie fertig sind, rollen wir unser Werk in das Leinenlaken ein, und Miss Hayter und ich heben es gemeinsam hoch. Gesungen haben wir heute nicht.

Beständiges Segeln: Die Rajah *gleitet stetig voran, und hinter ihr versinkt, nach einem ruhigen Tag, die Sonne. Streifen aus Gold und Rosa schmücken den Abendhimmel und verfärben sich, bis der Himmel scharlachfarben glüht und das Schiff, tiefrot angestrahlt, gen Osten segelt.*

41
JETZT

12. Juli 1841
98. Tag auf See

Kezia

»Danke«, sagte Kezia. »Bitte komm herein. Du kannst den Quilt dort drüben ablegen.«

»Ja, Miss«, erwiderte Sarah und beugte sich vor, um die Patchworkdecke vorsichtig niederzulegen. Dann wandte sie sich in Richtung Tür und fragte: »Kann ich jetzt gehen?«

»Ich würde dich zuerst gern etwas fragen, Sarah. Bitte setz dich.«

Sarah wirkte sehr blass. Zögernd setzte sie sich auf den einzigen Stuhl, während Kezia ihr gegenüber auf der Koje Platz nahm. »Du siehst müde aus, Sarah«, sagte sie.

Sarah schüttelte den Kopf.

Kezia fuhr fort: »Ich muss dich etwas fragen, und ich bitte dich um eine ehrliche Antwort.«

»Ja, Miss«, sagte Sarah so leise, dass Kezia sich etwas vorbeugen musste, um sie zu verstehen.

»Ich war bei Hattie, als sie starb«, erklärte Kezia. »Und ich habe ihre letzten Worte gehört. Natürlich war sie dem Tode nah und nicht mehr sie selbst, aber eines ihrer letzten Worte war dein Name. Sie hat ihn sogar mehrmals erwähnt. Gibt es vielleicht etwas, das du mir sagen möchtest, bevor ich fortfahre?«

Kezia beobachtete Sarah genau. Sie hielt den Kopf gesenkt und hatte ihre Hände so fest zu Fäusten geballt, dass sich die Knöchel weiß verfärbten. Auch als sie zu sprechen begann, blickte sie nicht auf.

»Wenn Hattie behauptet hat, dass ich sie angegriffen hab, dann ist das eine Lüge. Das hab ich nicht getan, Miss«, erwiderte sie, hob den Kopf ein wenig und klang nun etwas selbstbewusster. »So was würde ich nicht machen. Nie. So was nicht. Das müssen Sie mir glauben, Miss. Das würde ich nicht tun.«

Sie schwieg, die Lippen fest zusammengepresst, und Kezia wartete zunächst ab, bevor sie erwiderte: »Hattie hat etwas anderes gesagt.«

Da blickte Sarah sie mit vor Schreck geweiteten Augen an. »Was? Was hat sie gesagt?« Ihre Stimme war jetzt wieder so leise, dass Kezia sie kaum verstehen konnte.

»Sie hat gesagt, dass es etwas gibt, das sie niemandem erzählen darf … Weißt du etwas von einer Drohung gegen Hattie?«

Sarah stand abrupt auf und wandte sich ab. Sie stand so lange schweigend da und starrte die Kommode an, dass Kezia ihre Frage gerade wiederholen wollte, als sich Sarah zu ihr umdrehte. Kezia fiel auf, dass sie sich jetzt aufrechter hielt, größer wirkte.

»Ja«, antwortete Sarah, atmete tief ein und blickte Kezia an. »Sie durfte mich nicht verraten.« Ihre Stimme klang anders, fester, doch dann seufzte sie und senkte den Blick. Kezia sah ihr an, wie sehr sie von ihren Gedanken gequält und gepeinigt wurde. »Ich hab ein paar Worte auf ein Stoffstück gestickt. Und sie hat nichts gesagt, sie muss geschwiegen haben, schließlich haben mich alle in Ruhe gelassen.«

»Aber was war es denn, das sie nicht verraten durfte?«, fragte Kezia. Sie war bestürzt. Wie wollte Sarah das auf nachvollziehbare Weise erklären? »Hattie hat mir auch erzählt, dass du nicht Sarah Goodbourne bist. Wie ist das möglich?«

Sarah schlug sich die Hände vors Gesicht und rief: »O Gott!«

»Du bist aufgewühlt.« Kezia schaute von Sarah zur Kabinentür. Bin ich in Gefahr?, fragte sie sich. Würde Sarah sie angreifen? Doch als sie sah, wie sehr die Frau litt, wusste sie, dass sie sich keine Sorgen machen musste. »Komm, setz dich wieder«, sagte sie. »Setz dich hierher, Sarah.«

Sarah Goodbourne gehorchte schweigend. Noch immer verbarg sie ihr Gesicht in den Händen. Je länger sie schwieg, desto unheilvoller wurden Kezias Vorahnungen.

»Sprich mit mir, Sarah. Sag etwas. Und bitte sieh mich an.« Sarah ließ die Hände fallen, konnte Kezia jedoch nicht in die Augen schauen. Als sie zu sprechen begann, wandte sie ihr Gesicht ab.

»Es stimmt. Hattie hat die Wahrheit gesagt. Ich heiße nicht Sarah Goodbourne. Den Namen habe ich einer anderen Frau geklaut, bevor ich an Bord kam. Ich hatte einen Mann getötet, und sie haben mich zum Tod durch Erhängen verurteilt. Er hätte mich erstochen, wenn ich ihn nicht umgebracht hätte. Die echte Sarah Goodbourne habe ich in Millbank betäubt und gefesselt, und dann hab ich ihren Namen angenommen. Eigentlich heiße ich Clara. Clara Shaw.«

»Aber woher wusste denn Hattie davon? Das verstehe ich nicht.« Kezia fühlte sich wie jemand, der im Nebel stochert. »Kanntest du sie von früher?«

Sarahs Augen weiteten sich, und einen Moment lang wirkte sie, als wäre sie nicht imstande, zu antworten. Sie blickte auf ihre im Schoß gefalteten Hände und sagte schließlich: »Vor langer Zeit hab ich ihre Mutter getroffen, sie ist zu mir gekommen und hat Hattie mitgebracht. Hattie war damals fast noch ein Kind, vielleicht zwölf Jahre alt, aber trotzdem hat sie mich hier wiedererkannt – und ich konnte, ich *durfte* nicht zulassen, dass sie mich verrät. Wenn jemand erfahren hätte, was ich wirklich getan habe, dann hätten sie mich zurückgeschickt und gehängt. Ich war kein guter Mensch, Miss Hayter. Aber seitdem habe ich alles darangesetzt, mich zu bessern, ein besserer Mensch zu werden.«

Lange Zeit schwiegen die Frauen. »Ich habe Hattie nicht erstochen«, sagte Sarah schließlich mit Nachdruck. »Das war ich nicht, ich schwöre es. Ich konnte nicht riskieren, dass sie irgendwem verrät, wer ich wirklich bin. Deshalb hab ich ihr damals die Warnung in die Koje gelegt. Aber sie hat mich erst an dem Tag erkannt, als sie angegriffen wurde, als wir gerade mit der Näharbeit fertig waren. Bitte glauben Sie mir.« Sarahs Stimme zitterte. »Ich habe mich sofort von Hattie abgewendet und bin weggelaufen. Noch während ich überlegte, was ich jetzt machen, was ich ihr sagen soll, hörte ich plötzlich die Schreie. Aber damit habe ich nichts zu tun. Ich könnte nie …« Sarah schwieg und trat immer wieder mit dem Fuß gegen eine lose Planke.

Kezia schloss die Augen und versuchte, die Tragweite von Sarahs … *Claras* Worten zu erfassen. Dabei drängte sich eine Tatsache klar in den Vordergrund: Clara war offensichtlich in der Lage, einen Menschen zu töten. Sie hatte zugegeben, einen Mann erstochen zu haben, und wenn sie nicht irgendein armes Wesen in Millbank überwältigt hätte, wäre sie dafür gehängt worden. Kezia erschauderte. Es gab Gesetze, das war ihr klar. Die Gesetze Gottes und die der Menschen. Und es musste Strafen geben, um allen zu zeigen: Wenn du *das* machst, wenn du *dieses* Verbrechen begehst, dann erwartet dich das hier. Auge um Auge, hieß es im Alten Testament. Doch was, hatte sich Kezia oft gefragt, war das für eine Gerechtigkeit, wenn man Menschen wegen Diebstahls oder Falschmünzerei zum Tode verurteilte? Es gab viele Verbrechen, für die man gehängt werden konnte. Kezia hegte keinen Zweifel: Sowie die Männer von Claras Vergangenheit erfuhren, würden sie naheliegende Schlüsse ziehen. In ihrem Kopf konnte sie deren Stimmen förmlich hören. *Es muss Clara gewesen sein, sie ist dazu mehr als fähig. Schließlich hat sie erst vor einigen Wochen einen Mann erstochen. Das hat sie selbst zugegeben. Und hat sie nicht auch eingestanden, Hattie gedroht zu haben?* Kezia stand auf.

»Sarah … Ich werde mit dem Kapitän über die Sache sprechen müssen.«

»Nein!« Sarah sprang auf, und ihre Stimme bebte. »Ich flehe Sie an, sagen Sie nichts. Um Gottes willen, bitte haben Sie Erbarmen! Dem Kapitän wird keine andere Wahl bleiben, als mich zurückzuschicken und hängen zu lassen. Ich habe einen Mann getötet. Bitte. Ich flehe Sie an!«

»Du sagtest, dass du ihn töten musstest. Würdest du mir mehr über die genauen Umstände erzählen?«

»Seit dem Abend, an dem es passiert ist, hab ich nicht mehr davon gesprochen«, erwiderte Sarah. Sie sank zurück auf ihren Stuhl und wandte sich ab, als könne sie Kezias Blick nicht ertragen.

»Ich werde über dich und deine Tat nicht urteilen«, sagte Kezia. »Ich höre dir zu, das ist alles. Das verspreche ich dir.«

Clara biss sich auf die Lippe, und es fiel ihr sichtlich schwer, mit ihrer Geschichte zu beginnen. Minutenlang zögerte sie und sagte schließlich: »Wir waren beide ein bisschen angetrunken, mein Begleiter und ich. Das gebe ich zu, und da bin ich nicht stolz drauf. Es war ein Sommerabend, und wir waren glücklich und ein bisschen albern vom Bier. Mehr nicht, aber wir waren eben anders als normal. Vielleicht haben wir zu viel Aufmerksamkeit erregt. Und dann kam ein Mann zu mir und hat mich betatscht. Seine Hand war dick und nicht sonderlich sauber, und ich hab ihn weggestoßen. Da ist er wütend geworden und hat mich schrecklich beschimpft. Hure hat er mich genannt und Schlampe und noch Schlimmeres.«

Sarah hob den Blick und sah Kezia an. »Er hat gedacht, dass ich als Nutte arbeite. Weil mein Begleiter wie ein respektabler Bürger aussah, hat er das gedacht.« Sie seufzte und fuhr fort: »Wir sind dann gegangen und mussten auf dem Heimweg durch ein paar ruhige Gassen und eine Art Park. Dass uns jemand folgt, haben wir nicht bemerkt, aber plötzlich war er da, hinter uns. Zuerst hat er Edmund angegriffen … meinen Begleiter. Hat ihn mit einem Schlag gegen den Kopf ausgeschaltet. Und dann ist er auf mich los.«

An dieser Stelle fragte sich Kezia, ob sie die Erzählung nicht abbrechen sollte. War es richtig, Sarah diese schreckliche Nacht noch einmal durchleben zu lassen? Für sie bestand kein Zweifel, dass die Frau die Wahrheit sagte. Ihre Geschichte klang plausibel, und selbst der skeptischste Mann würde ihr glauben, wenn er diesen Bericht hörte – sogar Mr Davies. Sie streckte eine Hand nach Sarah aus, doch diese machte eine abweisende Geste und lehnte sich vor.

»Sie werden das nicht kennen, Miss, aber die belassen es nicht dabei. Diese Männer, die glauben, wir wären nur für ihr Vergnügen da. Allerlei Gedanken sind mir durch den Kopf geschossen, und wegen des Biers war ich nicht ganz klar. Erst habe ich gedacht, lass ihn machen, irgendwann ist es vorbei. Aber dann habe ich gemerkt, das schaffe ich nicht. Ich muss mich wehren. Am liebsten hätte ich ihn so richtig zusammengeschlagen. Aber so klar war ich schon noch im Kopf, dass ich wusste, dass er mich in dem Fall übel zurichten würde. Meinen Rock und meine Unterhose hatte er mir schon runtergerissen, und mir dabei ein paar Ohrfeigen verpasst, damit ich still bin. Ich lag flach auf dem Boden, auf dem Rücken. Er hat geprahlt, was er jetzt gleich mit mir machen wird, und hat mir mit seinen dreckigen Händen die Beine auseinandergedrückt …« Sarah hielt inne, und über die Kabine legte sich ein langes Schweigen. Kezias Wangen brannten vor Scham angesichts dieser Erzählung. Schließlich fuhr Sarah fort: »Und dann hat er's gemacht. Hat nicht lang gedauert. Danach ist er mit einem mächtigen Brüllen von mir runtergerollt. Aber Edmund war jetzt wieder wach und hat den Kerl auf die Beine gezerrt, bevor der sich richtig erholt hatte. Er hat ihn zu sich umgedreht, sodass sie sich gegenüberstanden. Ich bin auch aufgestanden, so schnell ich konnte.« Sarah legte sich die Hände vors Gesicht.

»Möchtest du lieber aufhören, Sarah? Ich glaube, ich habe genug gehört.«

»Nein, nein, das haben Sie nicht. Es dauert eine Weile, das zu erzählen, aber als es passiert ist, ging alles ganz schnell. War im Nu vorbei. Er hatte ein Messer, das hat er Edmund ins Herz gestoßen. Da hab ich geschrien. An das, was danach kam, kann ich mich nicht mehr genau erinnern, aber ich bin wohl zu ihm gestürzt und hab meine Zähne in seiner ekligen Hand versenkt, habe ihn ganz fest in die Hand gebissen, die das Messer hielt, bis er es fallen ließ. Er hat geflucht und ist vor Schmerz von einem Bein aufs andere gehüpft und hat wertvolle Sekunden vergeudet. In der Zeit habe ich das Messer aufgehoben und bin auf ihn los. Ich habe ihn am Hals erwischt, gleich beim Ohr. Habe ihm das Messer bis zum Griff reingerammt. Wollte ich ihn umbringen?«

Kezia schwieg, und Sarah fuhr fort: »Ja, das wollte ich. In dem Moment wollte ich das, und ich war froh, dass ich es getan habe. Meine große Liebe war tot, und alles andere war mir egal. Mit meinem Geschrei habe ich die Polizei alarmiert. Und so nahm alles seinen Lauf.«

»Du musst schrecklich gelitten haben, Sarah. Und du bist aufs Schlimmste provoziert worden. Haben die Richter das denn nicht zu deinen Gunsten gewertet?«

Sarah schüttelte den Kopf. »Erstochen ist erstochen, Miss. Tot ist tot.«

Darauf fand Kezia keine Antwort. »Ich werde mich bei den anderen für dich einsetzen, Sarah. Ich werde dafür sorgen, dass der Kapitän nicht übereilt reagiert. Das verspreche ich dir. Zunächst wird nichts geschehen … Denn schließlich müssen wir immer noch Hatties Mörderin finden. Meiner Meinung nach ist das unsere dringlichste Aufgabe. Das erscheint mir wichtiger, als dich zu bestrafen für die Tötung eines Mannes oder die Erschleichung einer anderen Identität. Wobei das selbstverständlich eine schlimme Tat war …« Kezia brach ab.

»Kam dir denn nie in den Sinn, dass man die echte Sarah an deiner Stelle hängen würde?«

Sarah antwortete nicht. Sie hatte Tränen in den Augen. »An so etwas konnte ich nicht denken. Dann hätte ich – ich hätte es nicht gemacht. Ich musste alle Gefühle ausschalten, bis mir alles egal war. Ich versuche … Ich hoffe, eines Tages.«

Kezia war sich ganz und gar nicht sicher, dass sich Charles so barmherzig zeigen würde wie sie. Für Sarahs Versuch, ein besserer Mensch zu werden, hätte er wahrscheinlich weniger Verständnis als sie. Ob sie ihn würde überzeugen können, war unklar, und wenn nicht, würde sie nicht verhindern können, dass die Dinge ihren Lauf nähmen. Dann würde in Van-Diemens-Land ein Galgen auf Sarah, oder Clara, warten, man würde sie den Behörden übergeben und mit Sicherheit zum Tode verurteilen. Doch das musste auch Sarah klar sein, dachte Kezia, also warum sollte sie noch leugnen, Hattie erstochen zu haben? Kezia glaubte ihr, dass sie damit nichts zu tun gehabt hatte. Die Wahrheit über Hatties Tod schien so weit entfernt wie eh und je.

»Darf ich jetzt zurück zu den anderen gehen?«, fragte Sarah.

»Ja, natürlich«, erwiderte Kezia. »Danke, dass du mir deine Geschichte anvertraut hast. Ich werde für dich beten. Und bitte komm zu mir, wenn dir noch etwas zum Tatabend einfällt.«

Kaum hatte Kezia die Kabinentür geschlossen und sich hingesetzt, um ihre Gedanken zu sammeln, wurde sie von einem entschlossenen Klopfen aufgeschreckt. Besorgt öffnete sie die Tür und sah Sarah erneut vor sich, schwer atmend, als wäre sie gerannt.

»Was ist los, Sarah?«, fragte Kezia. »Ist etwas passiert?«

»Miss Hayter, ich muss noch einmal mit Ihnen sprechen.«

Kezia trat einen Schritt zur Seite und ließ Sarah eintreten.

»Ich wollte Sie nur bitten …« – sie zögerte, bevor es aus ihr herausbrach –, »… ich wollte Sie anflehen, dass Sie den anderen meinen richtigen Namen nicht verraten. Es tut mir leid, was ich Sarah Goodbourne angetan habe, aber ich muss Clara Shaw vergessen. Ich will sie und alles, was sie war, hinter mir lassen. Bitte, Miss Hayter.«

»Aber würden sie deine Lage denn nicht verstehen?«, fragte Kezia. »So wie ich es ja auch getan habe?«

»Manche vielleicht. Andere nicht. Aber ich will ihr Mitleid nicht. Ich will …« – Sarah schwieg einen Moment lang, bevor sie fortfuhr –, »ich wäre am liebsten unsichtbar.«

»Dann werde ich erst einmal nichts sagen«, erwiderte Kezia. »Aber vielleicht schätzt du deine Mitgefangenen falsch ein.«

»Danke, Miss Hayter.« Sarah öffnete die Tür, verließ die Kabine und rannte fast zurück Richtung Sträflingsdeck.

42
JETZT

14. Juli 1841
100. Tag auf See

Kezia

»Aber siehst du das denn nicht, Kezia? Verstehst du das nicht?« Charles erhob sich von seinem Platz hinter dem Schreibtisch und setzte sich neben Kezia, die ihr Gesicht abwandte, während er sprach. »Diese Frau, wie auch immer sie in Wahrheit heißen mag, ist eine Verbrecherin. Ganz abgesehen von der Art und Weise, wie sie sich einen Platz auf diesem Schiff gesichert hat, hat sie einen Mann erstochen. Und das hat sie dir selbst vor zwei Tagen gebeichtet. Ja, gut, die Umstände waren … Nun, man hat sie provoziert, aber das ändert nichts an der Tatsache, dass sie einen Mord begangen hat. Wie viele Beweise brauchst du denn noch, Kezia? Warum kannst du das nicht sehen?«

Was sollte sie darauf antworten? Wut und Schmerz wallten in ihr auf, und sie wusste, dass sie ihre Worte später bereuen würde, wenn sie jetzt etwas erwiderte. Um sich zu beruhigen, atmete sie tief ein. Sie zwang sich, Charles anzusehen. Kezia wusste, dass er es nicht darauf anlegte, sie zu verärgern, und wenn sie ganz ehrlich war, musste sie zugeben, dass es naheliegend war, Sarah, oder Clara, auch des Mordes an Hattie zu verdächtigen. Schließlich antwortete sie so ruhig wie möglich, während ihr die Wut wie ein Stein im Magen lag: »Nur weil es naheliegt, sie zu verdächtigen, heißt das nicht, dass sie auch schuldig ist. Wenn man in der Vergangenheit etwas Schlimmes getan hat, folgt daraus doch nicht gleich, dass man das auch in Zukunft tun wird. Gibt es denn keine Hoffnung auf Erlösung? Ich glaube ihr. Sie hat die Wahrheit gesprochen, da bin ich mir sicher.«

»Vergib mir, Kezia«, sagte Charles und sah sie mit einem schiefen Lächeln an, das in ihr den Wunsch weckte, ihm einen festen Hieb zu versetzen. »Du bist eine freundliche und tugendhafte Person und kannst dir sicher nicht vorstellen, dass es Menschen gibt, denen das Lügen leichtfällt und die das auch immer wieder tun werden. Warum sollte sich Sarah ändern? Ihr ganzes Leben hat sie mit Lügen verbracht. Warum sollte sie das nicht auch weiterhin tun, vor allem, wenn ihr Leben auf dem Spiel steht?«

Kezia stand auf und sah Charles fest an. »Weil sie mit Lügen nichts zu gewinnen hat, darum! Sie hatte es mir bereits erzählt … und sicher wusste sie, das muss ihr bewusst gewesen sein, dass sie damit ihr Todesurteil unterschrieben hat. Oder wirst du sie nach dem, was du von ihr erfahren hast, etwa nicht den Behörden in Van-Diemens-Land übergeben, damit sie mit ihr verfahren, wie es das Gesetz verlangt? Ist es nicht ohnehin wahrscheinlich, dass sie am Galgen enden wird? Warum sollte sie da noch lügen, was den Angriff auf Hattie angeht?«

»Vielleicht …«, räumte er ein.

»Welchen Vorteil sollte sie daraus ziehen, eine Verwicklung in Hatties Tod zu leugnen? Warum sollte sie ihre Schuld in diesem Fall verbergen wollen, wenn sie doch schon so viel zugegeben hat?«

»Das kann ich nicht sagen«, erwiderte Charles, ging zum Fenster und blickte hinaus.

»Du gehst weg von mir, weil du nicht zugeben willst, dass ich recht haben könnte!« Kezia schrie jetzt fast. »Dass jemand anders Hattie getötet hat. Wenn du Mr Donovan und Mr Davies erzählst, was Sarah mir anvertraut hat, dann werden wir nie erfahren, wer es wirklich war. Die anderen werden in ihr sofort die Schuldige sehen und nicht weiter darüber nachdenken, wer es sonst getan haben könnte.«

»Aber welche der anderen Frauen sollte denn infrage kommen? Wir haben keine Ahnung. Keine von ihnen erscheint schuldig, oder? Alle waren sie dort, und keine hat auch nur das geringste Motiv.« Charles ging zu Kezia, die mit gerunzelter Stirn dastand und auf der Unterlippe kaute, und nahm ihre Hände. Sehr sanft sagte er: »Daran sollten wir uns halten, Kezia. Das Motiv. Und Sarah – ich werde sie so nennen – hatte eines. Nämlich, dass Hattie schweigen sollte. Die anderen Frauen sind zwar Verbrecherinnen, aber sie haben weder ein Motiv, noch sind sie Mörderinnen. Das ist nur Sarah. Das sind die Tatsachen, Kezia. Das musst du doch einsehen! Was spricht denn schon dagegen?«

»Mein Herz. Mein Instinkt. Sie hat Hattie bedroht, das stimmt. Sie hatte Angst, entdeckt zu werden, doch seit ihrer Drohung ist ziemlich viel Zeit vergangen, und die Reise ist seither ruhig verlaufen. Außerdem hat Hattie geschwiegen, sie wusste schließlich nichts von einem Mord. Also warum hätte Sarah jetzt, da wir unserem Ziel so nah sind, ihre Pläne dadurch gefährden sollen, dass sie Hattie ersticht?«

»Das wissen wir nicht, Kezia. Und woher weißt du, dass Hattie nicht doch etwas gesagt hat oder sagen wollte? Vielleicht hat sich Sarah noch mal mit ihr getroffen und wollte sie einfach nur einschüchtern. Manchmal gehen dann Dinge schief. Ich könnte mir ein Dutzend Möglichkeiten vorstellen, wie es sich abgespielt haben könnte.«

»Kannst du denn wenigstens noch etwas warten, bis du die anderen informierst? Nur ein bisschen, damit ich noch einmal mit den Frauen sprechen kann. Ich bitte dich …«

»Das kann ich nicht«, erwiderte Charles. »Es ist meine Pflicht, sie zu informieren. Bald erreichen wir Van-Diemens-Land, und sie müssen es vorher wissen.«

»Aber sie werden Sarah doch sofort in Gewahrsam nehmen

wollen. Lass ihr doch wenigstens ihre Freiheit, bis wir anlegen.«

»Das kann ich nicht. Sie könnte versuchen, über Bord zu springen, um ihrer gerechten Strafe zu entgehen. Mir bleibt keine Wahl, als Sarah in Gewahrsam zu nehmen.«

Es klopfte. Kezia sank auf ihren Stuhl und versuchte vergeblich, die Fassung zu bewahren. Er würde ihrem Flehen nicht nachgeben, er würde tun, was er wollte, und ihre Bedenken in den Wind schlagen. Sie hatten für ihn keinerlei Bedeutung. Dieser Gedanke versetzte Kezia einen Schlag, und das Herz wurde ihr schwer. Die Tür ging auf. Mr Donovan und Mr Davies traten ein und nahmen mit ernster Miene ihre Plätze ein. Sie müssen uns gehört haben, dachte Kezia. Wenn schon nicht die eigentlichen Worte, dann doch zumindest den Ärger im Ton ihrer Unterhaltung. Außerdem stand ihr die Wut sicher noch ins Gesicht geschrieben. Im Nacken hatten sich die Haare gelöst, und Kezia versuchte, sich darauf zu konzentrieren, ihr Haar wieder zu richten. Das Herz klopfte ihr in der Brust, und sie spürte, wie ihr der Schweiß die Wirbelsäule hinunterrann.

»Nun, Miss Hayter, meine Herren«, sagte Mr Davies und rieb sich die Hände. »Wo stehen wir denn heute Morgen? Hat der neue Tag neue Erkenntnisse gebracht?«

Er ist gut gelaunt, dachte Kezia. Er nähert sich seinem Zuhause und freut sich darauf, seiner Kirchengemeinde das aus London mitgebrachte Geld zu präsentieren. Er wird dort Freunde haben. Nun, wir sind alle froh, bald an Land zu gehen. Für einen Augenblick dachte sie an die Zeit zurück, als sie stets festen Boden unter den Füßen gehabt hatte, als ihr Körper im Gleichgewicht gewesen war und sich nicht an die Bewegungen ihrer Umgebung hatte anpassen müssen. Dann begann Charles zu sprechen.

»Uns liegt das Geständnis einer der Frauen vor …«, sagte er.

»Tatsächlich?« Die anderen Männer blickten ihn erwartungsvoll an.

»Allerdings nicht für den Angriff auf Hattie«, fuhr er fort, und die anderen lehnten sich enttäuscht in ihren Stühlen zurück. »Sarah Goodbourne hat zwei Sachverhalte zugegeben.«

Kezia ließ ihn weitersprechen und stellte fest, dass er ihre Bedenken wirklich kaum berücksichtigte.

»Nun«, sagte Reverend Davies, nachdem Charles ausgesprochen hatte. »Mir scheint, wir haben unsere Mörderin gefunden. Was sagen Sie, Miss Hayter? Konnte der Kapitän Sie überzeugen?«

Kezia stand auf und schob ihren Stuhl zur Seite. »Nein, Sir, das konnte er nicht. Ich bin überzeugt, dass Sarah Goodbourne in dieser Hinsicht unschuldig ist, auch wenn man ihr anderweitig viel vorwerfen kann.«

Kezia blickte die Männer an, die peinlich berührt aussahen. »Doch ich möchte Sie alle um einen Gefallen bitten. Wenn Sie zu dem Schluss kommen, dass Joan Macdonald an Hatties Tod keine Schuld trägt, und das werden Sie sicher …« Mr Donovan und Charles nickten, doch Mr Davies verschränkte nur die Arme vor der Brust und blickte sie fragend an. Kezia fuhr fort: »… dann glaube ich, dass Bertie in ihrer Obhut nicht nur aufblühen würde, sondern ihr eine ebenso große Hilfe wäre wie sie ihm. Denn sie leidet unter dem Verlust ihrer Familie stärker als viele andere. Wenn sie die Möglichkeit bekäme, sich um Bertie zu kümmern, würde sie damit etwas von der Lebensfreude zurückgewinnen, die ihr abhandengekommen ist. Ich habe gesehen, wie sie mit dem Jungen umgeht. Sie ist sehr liebevoll mit ihm.«

»Das sehe ich auch so«, erwiderte Mr Donovan. »Und ich bin zu demselben Schluss gekommen. Wann immer sie den Jungen zu seiner Mutter gebracht hat, ging sie äußerst zärtlich mit ihm um. Wirklich äußerst zärtlich.«

»Ich bin froh, dass wir uns wenigstens in dieser Sache einig sind«, sagte Kezia und blickte Charles und Mr Davies herausfordernd an, doch die beiden murmelten nur ihre Zustimmung, nickten und lächelten über die zufriedenstellende Lösung wenigstens dieses einen Problems.

»Außer natürlich es war doch Joan, die Hattie erstochen hat, trotz unserer guten Meinung über sie«, fügte Mr Davies hinzu. »Schließlich versucht Miss Hayter, uns davon zu überzeugen, dass eine andere als Sarah Goodbourne für den Mord verantwortlich ist.« Seine Stimme klang spöttisch, und Kezia fühlte erneut Wut in sich aufsteigen.

»Wenn Joan schuldig ist, zerreiße ich mein Kapitänspatent und fahre nie wieder zur See«, erklärte Charles. »Aber wie dem auch sei, ich denke, wir können noch ein bisschen abwarten, bevor wir Sarah Goodbourne in Gewahrsam nehmen.«

Schwindel überkam Kezia. Sicher, er hatte einem Teil ihrer Bitte entsprochen, doch die Enttäuschung über sein Vorgehen wog schwer. Sie schloss die Augen. »Ich ziehe mich aus der Untersuchung zurück«, sagte sie dann. »Tun Sie, was Sie für nötig halten.«

Geballtes Schweigen machte sich breit und folgte ihr, während sie zur Tür schritt und die Kajüte verließ.

Auf der Südhalbkugel schienen die Sterne viel heller, als Kezia gewohnt war. Während die *Rajah* durch das von leichtem Westwind gekräuselte Wasser segelte, war der Himmel über ihnen mit Sternen übersät, die so hell leuchteten wie Laternen. Kezia schienen sie so nah, dass es sie nicht gewundert hätte, wenn einer davon am höchsten Mast des Schiffs hängen geblieben wäre. Nachts ist alles anders, dachte sie und erinnerte sich daran, wie sie sich als Kind vor der Dunkelheit gefürchtet hatte.

Einmal musste sie auf der Treppe vor ihrem Schlafzimmer sitzen, weil sie Robert angeschrien hatte. Er hatte beim Soldatspielen einer ihrer Puppen einen Arm abgerissen und war dafür, soweit Kezia sich erinnerte, von der Mutter bis auf eine Schelte nicht weiter bestraft worden. Sie jedoch musste im Dunkeln sitzen, weil sie ihn angeschrien und mit den Fäusten auf ihn eingetrommelt hatte. Henrietta war zu ihr nach draußen gekommen, um ihr eine Weile Gesellschaft zu leisten, doch als der Schwester die Augen zufielen, hatte Kezia sie wieder ins Bett geschickt. »Wenn dich Mama hier erwischt, bekommen wir beide Ärger«, sagte Kezia. »Geh schlafen. Ich komme bestimmt auch gleich. Sicher darf ich bald von dieser dunklen Treppe weg und ins Bett.«

Wie lang war sie damals dort gesessen?, fragte sie sich jetzt. Sie wusste es nicht mehr, doch an die Worte ihrer Mutter erinnerte sie sich noch deutlich. »So, Fräulein, das wird dich hoffentlich lehren, deinen Bruder in Zukunft nicht mehr anzuschreien«, hatte sie geflüstert, während sie Kezia ins Schlafzimmer geschubst und ohne ein freundliches Wort oder einen Gutenachtkuss die Tür hinter ihr geschlossen hatte. Auch in ihrem Zimmer erwartete Kezia Dunkelheit, undurchdringlich, erdrückend und angsteinflößend.

»Gute Nacht, Miss«, sagten die Matrosen, die Wachdienst hatten und an der Stelle vorbeiliefen, wo sie an der Reling stand. Die *Rajah* ächzte und rollte. Trotz des Schmutzes, der Düsternis und des durchdringenden Gestanks auf dem Sträflingsdeck hatte das Schiff, das doch eigentlich aus nichts weiter als Holz und Segeltuch, Tauen und Nägeln bestand, doch etwas Nobles und Inspirierendes, wie es so rasch über das Wasser glitt und so viel zu tragen vermochte.

Sie werden es mir anmerken, dachte Kezia. Alle Frauen werden es mir sofort anmerken. Sogar Isaac hatte ihren Zustand erkannt, als er ihr das Frühstück brachte.

»Geht es Ihnen gut, Miss?«, hatte er gefragt. »Ich kann auch später wiederkommen, wenn Sie lieber noch ein bisschen warten möchten.«

»Nein danke, Isaac«, hatte sie mit bemüht fester Stimme geantwortet. »Haferschleim ist genau das, was ich jetzt brauche.«

Während sie versuchte, die kalte, klebrige Masse Löffel für

Löffel herunterzuwürgen, dachte Kezia noch einmal über alles nach, was sie wusste. Dabei fiel ihr etwas ein, das eine der Frauen zu ihr gesagt hatte. Wer war es gewesen? Sie konnte sich nicht mehr genau erinnern. War es darum gegangen, dass Bertie geholt werden sollte?

Ihr Gesicht im Spiegel war bleich, und unter ihren Augen lagen tiefe Schatten. Als sie die Kabinentür schloss und zum Sträflingsdeck lief, glaubte sie, vom Wind davongetragen zu werden. Sie blickte hinauf zu den geblähten Segeln, die das Schiff immer näher an ihr Ziel brachten, und biss sich auf die Lippe. Ich muss die Wahrheit herausfinden.

Das gleißende Sonnenlicht erhellte das Sträflingsdeck nur wenig, und es dauerte einen Moment, bis sich Kezias Augen an das Halbdunkel gewöhnt hatten. Am anderen Ende des Raums entdeckte sie eine Frau, die auf ihrer Koje saß und träge eine Haarsträhne zwischen den Fingern drehte. Kezia wollte sichergehen, dass es keine der Frauen war, die sie befragt hatten, und ging zu ihr. Es war Maud Ashton, eine unscheinbare Frau mit einer neugierigen Art.

»Geht es dir gut, Maud?«, fragte Kezia. »Die meisten anderen sind lieber an Deck.«

»Ich versteck mich vor der Sonne, Miss«, erklärte Maud, die in der Tat sehr helle Haut hatte. »Auch an kalten Tagen is' sie schlecht für mich. Ich bleib besser hier.«

»Darf ich dich dann etwas fragen, Maud?« Die Frau nickte, setzte sich etwas aufrechter hin und kaute nervös auf ihrer Unterlippe. »Es ist nichts, was du getan hast«, sagte Kezia schnell, um Maud zu beruhigen. »Ich hätte nur gern eine Information. Darf ich mich setzen?«

Wieder nickte Maud, und Kezia setzte sich neben sie auf die Koje, recht nah, da mittlerweile andere Frauen vom Deck heruntergekommen waren und sie nicht wollte, dass ihr Gespräch mitgehört wurde.

»Es gibt da eine ganz bestimmte Frage, dich ich dir stellen will. Es geht um den Abend, als Hattie angegriffen wurde, und ich bitte dich, dass du mir die Wahrheit sagst.«

Maud nickte ein drittes Mal, um ihren Worten Nachdruck zu verleihen. »Ich würd Sie nie anlügen«, sagte sie. »Eher würd ich tot umfallen, Miss.«

43
JETZT

15. Juli 1841
101. Tag auf See

Sie waren an Deck versammelt, siebzehn Frauen im Schatten des Sonnensegels. Seit Tagesanbruch hatten sie dort in der Kühle des frühen Morgens genäht. Der Himmel hatte mit zunehmendem Sonnenlicht an Farbe verloren und sah jetzt strahlend weiß aus. Es wehte eine steife Brise, und auf dem tiefblauen Meer rollten Wellen mit weißen Schaumkappen an beiden Seiten des Schiffs entlang. Zwischen Lottie und Joan saß Miss Hayter. Sarah war auf der anderen Seite des Kreises, links neben ihr Emily und rechts Phyllis.

»Schauen Sie, Miss«, sagte Rose. »Da kommt der Käpt'n … und der Reverend. Und Mr Donovan. Sie haben Bertie dabei.«

»In der Tat. Ich habe sie bereits erwartet.« Miss Hayter erhob sich und blickte der herankommenden Gruppe entgegen.

»Guten Morgen«, sagte der Kapitän. »Was für ein schöner Tag heute, finden Sie nicht?« Alle nickten und warteten ab, wie Miss Hayter reagieren würde. Seit gestern war die Stimmung gedrückt, da alle ihre Traurigkeit bemerkt hatten, die sich in jeder ihrer Bewegungen und Äußerungen zeigte. Das Einzige, was ihre Augen zum Strahlen brachte, war der Quilt. Wenigstens darüber konnte sie sich freuen.

»Ihr habt sehr gut gearbeitet«, hatte sie gesagt, als die Frauen sorgfältig die letzten Randstücke annähten. »Jede Einzelne von euch. Das Damenkomitee wird entzückt sein, da bin ich sicher.«

»Es gibt etwas, das ich euch mitteilen möchte«, sagte der Kapitän. Er zog eine Holzkiste zu sich heran und setzte sich darauf. Miss Hayter gab den Frauen ein Zeichen, den Quilt in das Leinenlaken einzurollen. Mr Davies und Mr Donovan standen hinter dem Kapitän, und Bertie, den Charles an der Hand gehalten hatte, stand an seiner Seite. »Wie ihr alle wisst, haben wir den Tod von Hattie Matthews untersucht, und ich kann euch mitteilen, dass wir in der Sache sehr bald eine Entscheidung treffen werden. Aber heute geht es um etwas anderes, beziehungsweise um jemand anderen. Wir – Miss Hayter und wir drei – haben überlegt, was mit Bertie zu tun ist. Mit Bertie selbst habe ich auch gesprochen, nicht wahr, Bertie?«

»Ja, Sir«, erwiderte Bertie, doch wegen des starken Windes hörten nur diejenigen, die ihm am nächsten standen, seine Worte. Sein zustimmendes Nicken jedoch war für alle zu sehen.

»Die Mutter dieses Jungen hat ihren Platz im Himmel gefunden«, fuhr der Kapitän fort. »Und natürlich wird niemand sie je ersetzen können. Aber wir sind der Meinung, dass ihm eine andere, gute Person, die ihn liebt und für ihn sorgt, vielleicht so etwas wie mütterliche Liebe schenken könnte. Nicht jede fühlt sich der Pflege eines fremden Kindes gewachsen, und wenn diese Aufgabe eine zu große Bürde ist, dann bitte ich, sag es uns, und wir überlegen uns etwas anderes, aber unserer Ansicht nach bist du, Joan Macdonald, die richtige Frau für diese Aufgabe. Wenn du einverstanden bist …«

Der Kapitän kam nicht mehr dazu, seinen Satz zu Ende zu bringen, denn in diesem Moment öffnete Emily den Mund und fing an, wie eine arme Seele in der Hölle zu kreischen. Dabei schlang sie sich die Arme um den Leib und begann, sich vor und zurück zu wiegen

»Nein, nein, nein!«, heulte sie wütend. »Das dürfen Sie nicht! Er ist mein Freddie. Sag's ihnen, Freddie! Erzähl ihnen von unsrem Spiel. Sag's ihnen! Er gehört mir! Ich wollte es ihr sagen, aber sie hat nicht zugehört. Hat mir einfach nicht zugehört. Er gehört mir!« Plötzlich richtete sie sich auf, am ganzen

Körper bebend. Blitzschnell rannte sie auf den Kapitän zu und riss Bertie an sich. Wenn Dämonen von einem Körper Besitz ergreifen, so sagt man, können sie ihm übermenschliche Kräfte verleihen, und Emily war wie ein Dämon. Wenn die Frauen es nicht mit eigenen Augen gesehen hätten, sie hätten es nicht für möglich gehalten. In Sekundenschnelle hatte Emily Bertie gepackt und fast bis über ihren Kopf gehoben. Der Kapitän sprang auf sie zu, um Bertie zu befreien, doch Emily duckte sich, drückte Bertie an sich und rannte los, schnell wie der Blitz, auf eine Lücke auf der anderen Seite des Kreises zu, die zwischen Ann und Rose entstanden war.

»Haltet sie! Haltet sie auf!«, rief Mr Donovan. Ann und Rose versuchten, Emily zu packen, die sich jedoch nicht halten ließ und an ihnen vorbei in Richtung Heck sprintete. In Anns Hand blieb lediglich ein Stück Stoff von Emilys Rock zurück, das sie wie betäubt anstarrte und dann zu Boden fallen ließ.

Da rannte Sarah los. Sie schoss an Ann und Rose vorbei hinter Emily her und hatte sie fast erreicht, als Emily auf ein paar Holzkisten in der Nähe der Reling sprang und sich zu ihr umdrehte. Bertie schrie und versuchte verzweifelt, sich zu befreien. Doch Emily hielt ihn unter den Achseln fest an sich gepresst, wie ein Schutzschild.

»Er gehört mir!«, schrie sie. »Geh weg, Sarah, er gehört mir! Sie war keine gute Mutter, nicht wie ich. Ich bin ’ne gute Mutter. Die beste – die beste Mutter. Ich bin Freddies Mutter! Ich bin’s, die ihn liebt. Ich! Ich! Nicht sie. Nicht wirklich. Selbstsüchtig war sie. Ich wollte es ihr sagen. Ich wollte ihr sagen, wie sehr ich ihn liebe. Dass er Freddie ist, wenn wir zusammen sind. Er ist gern Freddie.«

»Nein, Emily, er gehört dir nicht«, sagte Sarah mit mehr Kraft und Ruhe in der Stimme, als es die anderen je bei ihr gehört hatten. »Und er heißt Bertie. Freddie ist ein anderer Junge. Du musst ihn dem Kapitän überlassen. Gib ihn mir, dann kannst du zurückkommen und dich wieder zu uns setzen.«

»Er gehört mir! Ich geb ihn nicht her! Niemals! Wenn ich ihn nicht haben kann, dann ertränk ich uns beide. Jawohl! Ich werf ihn über die Reling und spring hinterher.«

Hilfe war auf dem Weg, doch Sarah schien nichts um sich herum wahrzunehmen. Bemerkte sie, dass sich aus jeder Richtung Matrosen näherten? Sie kletterten die Takelage hinunter, um Emily von oben zu überraschen, und schlichen auf sie zu, um sie notfalls von hinten packen zu können, obwohl zwischen ihr und der Reling nur wenig Platz blieb.

»Emily«, sagte Sarah. »Du kannst ihn nicht haben. Er ist nicht dein Kind. Er ist Hatties Sohn. Du hast Hattie doch geliebt, erinnerst du dich? Du wolltest ihr bestimmt nicht wehtun, oder?«

Emily hielt kurz inne. Ganz still stand sie da, als würde sie etwas abwägen. Dann sagte sie: »Ja, ich hab Hattie geliebt, aber sie wollte es nicht sehen. Dass er mir gehört … mein Baby. Ich lieb ihn mehr. Meinen Freddie. Meinen Engel. Ich wusste es sofort, als wir auf die *Rajah* gekommen sind.«

»Aber wenn du ihn liebst, wie kannst du dann sagen, dass du ihn ertränken willst? Gib ihn mir, Emily, und dann reden wir.« Sarahs Stimme klang jetzt höher, Angst schwang darin mit. »Bitte. Sei gut zu ihm, wenn du ihn wirklich liebst. Lass ihn nicht sterben, Emily. Wenn er stirbt, wirst du ihn doch nie wiedersehen. Bitte, Emily, überleg dir, was du tust.«

»Ich weiß, was ich tu!«, kreischte Emily. »Das hab ich immer gewusst! Freddie ist mein Kind – so muss es sein! Ich musste sie aufhalten! Er gehört mir, und ich werd ihn behalten. Ich bin nicht mehr seine Spielmutter. Ich bin seine einzige Mutter … seine richtige Mutter.«

Plötzlich ging alles ganz schnell, und es passierten mehrere Dinge gleichzeitig. Emilys Augen funkelten wild, als Sarah die Kisten hinaufsprang und Bertie mit einem Arm um die Hüfte packte, während sie mit der anderen Hand versuchte, Emilys Griff unter Berties Achsel zu lösen. Bertie half mit. Er drehte und wand sich mit neuer Kraft, bis er in Sarahs Arme fiel und sie ihn von den Holzkisten herunterzog, wobei sie beide ins Stolpern gerieten und nur mit Mühe das Gleichgewicht hielten. Emily machte Geräusche, wie sie keine der Anwesenden je zuvor gehört hatte, und sprach Worte, die keinerlei Sinn mehr enthielten. Sarah saß weinend und zitternd auf dem Boden und wiegte Bertie in den Armen. Um sie herum war Geschrei zu hören. Jemand rief Emilys Namen. »Nein! Nein!«, brüllte jemand. Die anderen Frauen standen dicht um Sarah gedrängt, und Miss Hayter legte die Arme um sie und sagte: »Sarah, lass ihn los. Gib ihn mir. Komm, Bertie.«

Da ließ Sarah den Jungen los, und Miss Hayter nahm ihn an der Hand und zog ihn rasch davon. Mr Donovan und Mr Davies standen mit Isaac Margrove am Heck. Plötzlich waren überall Schreie zu hören. Der Kapitän eilte übers Deck und brüllte: »Mann über Bord! Lasst das Beiboot runter. Sofort! Schnell! Vielleicht lebt sie noch.«

»Sie ist geflogen! Ich hab's gesehen!«, rief Beth. »Ich schwör's, sie ist geflogen!«

Susan lehnte sich über die Reling und sah auf das schäumende Wasser hinunter. »Wie kann man nur …«

Die Frauen schauten zu, wie ein Boot mit vier Matrosen hinuntergelassen wurde. Die Männer ruderten, so schnell sie konnten, doch das Meer war stärker. Immer weiter blies der Wind die *Rajah* von der Stelle weg, wo Emily ins Wasser gestürzt war.

»Sie ist sicher ertrunken«, sagte Izzy.

»Vielleicht bringen sie ihre Leiche zurück«, meinte Ruth.

Doch da schrie Lottie: »Nein, sie drehen um – schaut! Sie kommen ohne sie zurück.«

Die Männer ruderten auf die *Rajah* zu, und alle beobachteten, wie die Matrosen an Bord kletterten und das Beiboot an

Deck gehoben wurde. Die Wellen mit ihren weißen Schaumkappen schienen einander zu jagen, bis sie hinter dem Schiff verschwanden. Niemand sprach ein Wort, und die Frauen kehrten an ihren Platz zurück, wo der Quilt noch immer lag. Miss Hayter war nirgends zu sehen.

»Sie hat ihn liegen lassen«, sagte Phyllis. »Bestimmt denkt sie jetzt nur an Bertie. Aber dem Quilt darf nichts passieren. Nicht jetzt, wo er fast fertig ist.«

Sie strich über das Leinenlaken und hob es an einem Ende hoch. Dora nahm das andere, und gemeinsam trugen sie ihr Werk in einer traurigen, schweigsamen Prozession über Deck bis vor Miss Hayters Kabine. Die anderen sahen zu. Dann bat Phyllis Isaac, den Quilt an sich zu nehmen und in der Kabine abzulegen.

44
JETZT

16. Juli 1841
102. Tag auf See

Kezia

Charles, Mr Donovan und Mr Davies erhoben sich, als Kezia die Kapitänskajüte betrat. Ihren Gruß erwiderte sie mit einem stummen Nicken. Statt neben den Männern Platz zu nehmen, wählte sie den Stuhl, auf dem während der Befragungen die Frauen gesessen hatten.

»Wir haben Sie vermisst, Miss Hayter«, sagte Mr Davies. »Wir wissen, dass die letzten paar Tage schwer für Sie waren.«

»Ich bin froh, dass die Reise zu Ende geht«, erwiderte Kezia. »Doch es gibt etwas, das ich Ihnen erklären muss. Jetzt, da wir wissen, dass Emily die arme Hattie erstochen hat, ist vieles klarer geworden. Von Sarahs Verbrechen wurde Ihnen berichtet, doch Emilys Wahnsinn haben Sie – wir – nicht erkannt. Mir hätte es schon vor langer Zeit auffallen müssen, und es tut mir leid, dass ich es nicht bemerkt habe. Denn sie war wahnsinnig, verstehen Sie? Sie hat ihren eigenen Sohn verloren – er ist an den Pocken gestorben –, und ich fürchte, sie hat sich eingeredet, Bertie sei jetzt ihr Kind. Hat ihm sogar seinen Namen gegeben. Kurz bevor sie … vor dem Ende habe ich etwas erfahren, das Sie vielleicht von ihrer Schuld überzeugt hätte. Wenn Sie davon gewusst hätten, wäre sie wohl gehängt worden. Vielleicht ist Tod durch Ertrinken dem vorzuziehen.«

Charles lehnte sich in seinem Stuhl vor. »Bitte erzählen Sie uns, was Sie herausgefunden haben.«

»Ich musste daran denken, dass Bertie zu spät an Deck kam,

um seine Mutter noch zu sehen, obwohl man Emily gebeten hatte, sich zu beeilen. Also habe ich mit Maud gesprochen, die sich zur Zeit des Angriffs nicht an Deck, sondern unten im Quartier der Frauen aufhielt. Und sie hat mir erzählt, dass Emily den Jungen nicht sofort mit nach oben nahm, sondern ihm zuerst am Wasserfass das Gesicht wusch. Maud hatte sich nichts weiter dabei gedacht und es auch später nicht erwähnt, da wir ja davon ausgingen, dass nur die Frauen, die an Deck waren, etwas mit dem Angriff auf Hattie zu tun haben konnten.«

»Und jetzt, da wir wissen, dass Emily schuldig ist«, sagte Mr Donovan, »bestätigt Mauds Aussage, dass Emily Zeit hatte, sich das Blut von den Händen zu waschen.«

»Vielleicht«, erwiderte Kezia. »Sie muss wohl gedacht haben, je länger sie braucht, um Bertie zu holen, desto höher sei die Wahrscheinlichkeit, dass Hattie bereits tot ist. «

»Musste sie denn keine Angst haben, dass wir es herausfinden? Und dass sie Bertie dann verlieren würde?« Mr Donovan runzelte die Stirn.

»Als sie mit dem Messer auf Hattie einstach, war sie wohl schon so in ihrem Wahn gefangen, dass sie nicht an die Folgen ihrer Tat dachte. Zunächst hatte sie sicher große Angst, entdeckt zu werden, aber dann glaubte sie wahrscheinlich, es leugnen zu können, und wer hätte sie ohne Beweise schon für die Täterin gehalten? Alle kannten sie als Hatties beste Freundin. Wir hätten nie vermutet, dass sie Bertie für sich haben will. Schließlich schien sie in seiner Anwesenheit häufig genervt, obwohl der Junge sehr an ihr hing.«

Mr Davies seufzte. »Doch es bleibt immer noch die Sache Sarah Goodbourne. Die Liste ihrer Vergehen ist lang: Sie hat den Namen einer anderen Frau angenommen, ist aus dem Gefängnis geflüchtet und so ihrer Strafe, dem Tod durch Erhängen, entgangen … Sobald wir in Hobart anlegen, müssen wir sie dort den Behörden übergeben.«

»Nein«, sagte Kezia etwas nachdrücklicher als gewollt. »Wofür soll das gut sein? Dann muss noch eine Frau sterben. Hatten wir etwa noch nicht genug Tote? Können wir denn keine Gnade walten lassen? Ist denn nicht einer der Gründe für die Verbannung nach Van-Diemens-Land, dass die Frauen eine zweite Chance bekommen? Und verdient Sarah keine Anerkennung dafür, dass sie Berties Leben gerettet hat? Schließlich wäre Emily ohne Sarahs Eingreifen sicherlich mit Bertie über Bord gesprungen. Sehen Sie denn nicht, dass wir das belohnen müssen?«

»Es ist unsere Pflicht, Recht walten zu lassen«, sagte Mr Davies.

»Ihre Pflicht ist es, als Christ zu handeln, Sir«, erwiderte Kezia so scharf und verärgert, dass Mr Davies sie erstaunt anblickte, als sähe er sie gerade zum ersten Mal. »Sie sind kein Richter. Und auch nicht der Kapitän dieses Schiffs. Ihre christliche Pflicht ist es, Menschen zu vergeben. Sich so gnädig zu erweisen, wie es unser Herr tun würde. Sarah ist eine Sünderin, aber sie hat etwas Gutes getan, und das sollten wir anerkennen.«

»Und ihre Strafe? Sollte sie Ihrer Meinung nach denn nicht für die Verbrechen bezahlen, die sie begangen hat? Seit sie unter falschem Namen dieses Schiff betreten hat, hat sie uns nur belogen. Sie hat einen Mann getötet.«

Kezia zitterte vor Wut und sprang auf. »Er hatte sie vergewaltigt und ihren Begleiter umgebracht! Sie hat aus purer Angst gehandelt. Warum verstehen Sie das denn nicht?«

»Ich verstehe sehr gut«, sagte Mr Davies. »Doch unabhängig von der Provokation ist sie doch für den Tod eines Mannes verantwortlich. Wie kann das ungestraft bleiben?«

»Sie wird gerade nach Van-Diemens-Land verbannt«, antwortete Kezia. »Ist das etwa keine Strafe?«

Mr Davies sagte einen Moment lang nichts und erwiderte dann: »Doch, das ist eine Strafe, aber meiner Meinung nach nicht ausreichend. Mir wäre es lieber, wenn wir Sarah in Gewahrsam nähmen und bei unserer Ankunft an die Behörden übergäben.«

Kezia fragte sich, ob sich einer der anderen Männer wohl einbringen würde, doch beide schwiegen. »Dann ist ja wohl alles gesagt. Guten Tag, die Herren. Ich werde heute Abend nicht mit Ihnen essen«, sagte Kezia.

Sie floh aus dem Raum, so schnell sie konnte, fast blind vor Wut. Am liebsten hätte sie einem der mit Leder bezogenen Stühle einen Tritt versetzt, doch bevor sie diesem Impuls nachgeben konnte, hatte sie die Kajüte bereits verlassen.

45
JETZT

17. Juli 1841
103. Tag auf See

Clara

»Zwei von uns«, sagt Tabitha. »Sind jetzt beide Fischfutter. Werden wohl bis auf die Knochen abgenagt.«

»Halt die Fresse, du Hexe«, fährt Ruth Tabitha an. »Herzlos, das bist du. Wie kannst du so reden?«

»Also, um Emily isses nich' schade«, mischte sich Lottie ein. »Verdammte Messerstecherin war die. Davon halt ich gar nix.« Sie verzog verächtlich den Mund. »Bin froh, dass sie weg is'. Hab ja immer gedacht, dass die zu gut ist, um wahr zu sein. Hängt sich an Hattie dran und will eigentlich die ganze Zeit nur den Jungen. Man hätt sie aus dem Wasser ziehen und hängen sollen, jawohl. Kinder unterrichten und lieb tun. Mit zuckersüßem Gesicht Kirchenlieder singen. Man weiß halt nie, wie jemand wirklich is', so seh ich das.«

»Und was ist mit dir, Sarah Goodbourne? Hast uns ja ganz schön überrascht, das steht fest. Dass du so flink auf den Beinen bist, hätt ich nie gedacht«, sagt Izzy.

Wir reden schon seit einiger Zeit über Emilys Tod. Die anderen Frauen, die nicht an Deck waren, als es passierte, hören unserer kleinen Gruppe zu, uns Glückspilzen, die das ganze Drama miterlebt haben. Alle schauen mich an. Es gibt kein Entkommen.

Dass ich Hattie schon einmal vor unserer Verschiffung nach Van-Diemens-Land getroffen hatte, werde ich nicht verraten. Auch nicht, dass ich einen Mann getötet habe. Aber ich beschließe, den Frauen meinen echten Namen zu verraten und wie ich ihn verloren habe.

»Na, das ist ja mal 'ne Geschichte, wie ich sie noch nie gehört hab. Ganz schön gewieftes Luder bist du, das steht fest. Und was ist mit der echten Sarah Goodbourne?«, fragt Dwyer, als ich meinen Bericht beendet habe. »Was is' mit der passiert?«

»Ich weiß es nicht«, erwidere ich. »Ich denk oft an sie, und was ich getan habe, tut mir leid.«

»Bestimmt legt der Kapitän ein gutes Wort für dich ein. Frag doch Miss Hayter, ob sie mit ihm spricht. Auf sie hört er bestimmt«, meint Alice.

»Die haben sich doch zerstritten«, sagt Joan. »Isaac hat es mir erzählt, er hat sie zanken sehen.«

»Das ist schlecht!«, meint Marion. »Sie soll doch glücklich sein. Sie hat's verdient.«

»Wie schnulzig«, brummt Rose. »Wenn es um Miss Hayter geht, wirst du schnulzig.«

»Sie hat mir geholfen.« Marion klingt traurig. »Uns allen hat sie geholfen.«

»Stimmt«, sagt Joan. »Manche von euch haben nicht verstanden, was wir da zusammen gemacht haben. Du zum Beispiel, Rose, und du, Beth. Ich hab gehört, wie ihr gemurrt und gemeckert habt, wenn es Zeit zum Nähen war. Beth, du hast dein Gesicht oft verzogen, als hättest du 'ne Zitrone verschluckt, wenn du deine Nadel in die Hand genommen hast.«

»Gar nich' wahr«, schmollt Beth. »Mir hat die Arbeit Spaß gemacht.«

»Dann hättste das mal 'n bisschen öfter zeigen sollen«, meint Tabitha.

Ich bin still und hoffe, dass sie mich vergessen haben, aber da stellt Selwood die Frage, auf die die anderen anscheinend nicht gekommen sind: »Du, Sarah oder Clara oder wie du jetzt auch immer heißt, dann beantworte mir doch jetzt mal das:

Warum warst du denn eigentlich in Millbank? Irgendwas musstest du ja gemacht haben, dass du dort gelandet bist.«

Ich muss ihr antworten, und ich kann nicht mehr lügen. Jetzt muss ich es ihnen also doch sagen. Und ich entscheide mich für die Wahrheit. Es kommt mir vor, als würde ich sehr lange sprechen, und die Frauen hören mir mit offenem Mund zu.

»Dafür hätten sie dich aufgehängt. Mord. Auch wenn du ’nen Grund gehabt hast.«

»Das wollten sie auch. Sie haben mich geschnappt und wollten mich an einem Seil baumeln sehen. Dass ich gezwungen war zu töten, war ihnen egal. Dass da sonst vielleicht ich gelegen hätte, tot, war ihnen egal … Deshalb musste ich auf dieses Schiff. Ich hätte alles getan, um es auf die *Rajah* zu schaffen, und manchmal bin ich froh, dass es am Ende nur die arme Sarah Goodbourne war, die ich an meiner Stelle dort lassen musste. Als ich an Bord gekommen bin, habe ich ihnen erzählt, dass ich Leintücher von einem Marktstand gestohlen hab.«

Die Frauen schauen mich fassungslos an. Ihre Augen sind weit aufgerissen, und manchen steht der Mund noch immer offen. Dwyers gutes Auge ruht auf meinem Gesicht.

»Ein stilles Wasser bist du, Sarah, wie ich noch nie eins erlebt hab«, sagt sie schließlich, aber ich merke, dass selbst sie schockiert ist, die sonst gern so tut, als hätte sie in ihrem Leben schon alles gesehen und getan, als wäre sie die Erfahrenste unter uns Sträflingsfrauen. Ich lächle. »Er hat mich vergewaltigt«, sage ich noch einmal. »Versteht ihr das nicht?«

Die Frauen schweigen. Dann sagt Rose: »Ich hab mich schon oft mit Tritten und Schreien gegen ’nen Mann gewehrt, aber getötet hab ich noch keinen. Warum bist du nicht einfach still dagelegen? Wär sicher bald vorbei gewesen.«

Wie sollte ich den Frauen den glühenden Hass erklären, der mich erfüllt hatte? »Er hat die einzige Person erstochen, die ich im Leben geliebt hab. Ich war … Ich war nicht ich selbst.« Sie nicken. Rache war akzeptabler, einfacher zu verstehen, als Wut darauf, wie eine billige Hure behandelt zu werden.

Später am Abend schaue ich zufällig zur anderen Seite des Decks hinüber und sehe, wie Becky und Lily auf der Bank sitzen und Schiffszwieback essen. Lily nimmt einen und taucht ihn in die fettige Flüssigkeit, die in der Schüssel gerinnt und hier als Soße durchgeht. Ich sehe sie nicht miteinander sprechen, aber Becky weiß wohl, was Lily vorhat, und öffnet den Mund, wie ein Vögelchen, das von der Mutter einen Wurm bekommt. Lily kümmert sich um Becky, und Becky lässt sich gern bemuttern. Der Anblick der beiden gibt mir ein bisschen Hoffnung.

Dann erinnere ich mich an meine eigene Situation. Ich liege auf der Matratze, starre das schwärzliche Holz über mir an und zittere bei dem Gedanken, was Miss Hayter und die anderen wohl entscheiden werden. Ich stelle mir vor, wie am nächsten Tag im Morgengrauen Männer den Niedergang herunterkommen und mich in Gewahrsam nehmen. Und wie man mich in Hobart den Behörden übergibt und dann doch noch hängt, weit weg von zu Hause.

46
JETZT

17. Juli 1841
103. Tag auf See

Kezia

Es fiel Kezia grundsätzlich schwer, bei Laternenlicht zu nähen, aber noch schlimmer war es jetzt, da sie ihre gesammelte Kraft aufbringen musste, um ruhig zu bleiben und dem Impuls zu widerstehen, jedes Stück Stoff, das sie berührte, in Fetzen zu reißen. Kezia erinnerte sich nicht, jemals eine Zeit durchgemacht zu haben, in der alles um sie herum, jeder Gedanke und jede Erinnerung so unendlich schmerzlich gewesen wäre. Sie befand sich eine halbe Weltreise entfernt von England, ihren Brüdern und Schwestern, ihrem Cousin George, der Königin und den grauen Straßen Londons. Selbst ihre geliebte Mrs Pryor schien plötzlich in ihrem Herzen zu verblassen. Hier, an Bord der *Rajah,* herrschte nur noch Trauer, Bedauern und Ungewissheit. All die Hoffnungen, die sie sich für diese Reise gemacht hatte, all ihre Träume, waren zerstoben wie Rauch im aufkeimenden Wind.

Nur dies, nur der Quilt vermochte ihr ein wenig Trost zu spenden. Sie betrachtete ihn, breitete ihn auf ihrer Koje aus. Das zentrale Stoffelement war umrahmt von Quadraten und Dreiecken in jedem erdenklichen Muster, und am unteren Rand befand sich die gestickte Widmung an das Damenkomitee. Wir haben meinen Entwurf mit Leben gefüllt, dachte Kezia. Aber die eigentliche Herrlichkeit liegt in der Handarbeit. Jede der von ihr auserwählten Frauen hatte, so sorgfältig sie konnte, gearbeitet. Die Tatsache, dass sie sich jeden einzelnen Tag zusammengefunden hatten, um gemeinsam zu nähen, eine neben der anderen, in dem Wissen, dass sie dabei etwas von großer Schönheit schufen, hatte aus ihnen mehr gemacht als eine Ansammlung einzelner Seelen, es hatte sie in eine Gemeinschaft von Schwestern verwandelt. Doch nach ihrer Ankunft in Van-Diemens-Land würde jede Frau wieder ihren eigenen Weg gehen, manche ihr Leben meistern, andere scheitern. Doch dieser Quilt würde allen stets in Erinnerung bleiben, mit all seinen Blumen und Blättern, Farben und Streifen, Punkten und Rauten und dem von ihr selbst angefertigten Mittelstück im persischen Stil. Jede einzelne Frau würde sich an ihren eigenen Beitrag zum Gesamtwerk erinnern und mit Zuneigung all ihrer Gefährtinnen gedenken. Das gemeinsame Nähen, Plaudern, Lachen und Streiten war ihnen allen so selbstverständlich geworden, dass sie es vermissen würden, wenn sie wieder an Land waren.

Ich kann Sarah, oder Clara, nicht retten, dachte sie und spürte, wie sich das Elend gleich einem dicken Kloß in ihrem Hals festsetzte. Sie würde bei ihrer Ankunft den Behörden übergeben werden. Man würde sie erst in ein Gefängnis und dann wahrscheinlich an den Galgen bringen.

Da klopfte es an ihrer Tür. Kezia sprang auf, strich sich den Rock glatt und versuchte, ihr Haar zu richten. Sie spürte, dass sich hier und da Strähnen gelöst hatten, und beeilte sich, sie wieder anständig festzustecken. Schließlich öffnete sie die Tür und stand Isaac Margrove gegenüber, der ein gefaltetes Stück Papier in der Hand hielt.

»Vom Käpt'n, Miss. Mit den besten Grüßen und der Bitte, diesen Brief freundlicherweise zu lesen.« Er hielt ihr den Brief hin, und sie nahm ihn an.

»Danke, Isaac«, sagte sie. »Und gute Nacht.«

»Das wünsch ich Ihnen auch, Miss«, lächelte Isaac und ließ sie sodann mit dem Stück Papier in der Hand zurück. Sie brannte darauf zu wissen, was darin stand, und zugleich fürchtete sie sich vor der Botschaft.

Meine liebe Kezia,
ich schreibe dir heute, um dir mitzuteilen, dass ich Mr Donovan und Mr Davies in langen Gesprächen davon überzeugen konnte, die Angelegenheit mit Sarah Goodbourne anders als bisher vorgesehen zu regeln.
Sie haben eingesehen, dass ihr mutiger Einsatz bei der Rettung von Berties Leben ihre vielen Vergehen zum größten Teil aufwiegt. Daher haben sie sich bereit erklärt, ihren richtigen Namen nicht preiszugeben und sie bei den Behörden in Van-Diemens-Land nicht anzuzeigen. Ihr wird somit ein Neuanfang ohne alte Schuld ermöglicht.
Ich würde sehr gerne mit dir persönlich sprechen. Morgen früh, ehe du dich an deine Arbeit begibst, werde ich in meiner Kajüte sein, und ich hoffe und bete, dass du mich dort aufsuchen und anhören wirst.
Ergebenst
dein Charles

Kezia las den Brief drei Mal. Sie wurde fast überwältigt von Schwindelgefühl. Ihre Hände zitterten, als sie sich ihr Nachthemd überzog und sich neben ihre Koje kniete. Wo waren die Worte für ihre Gebete? Wo die Namen all der Menschen, für die sie beten wollte? In ihrem Kopf schien es nur Raum für Charles zu geben. Was wollte er ihr sagen? Was wünschte sie sich von ihm? Liebe. Ich liebe ihn, dachte sie. Die Ferne zu England, das einsame Dasein des Schiffs auf hoher See, die vielen Gefahren, die ihre Reise mit sich brachte, da man, ganz gleich, wie viel Glück man hatte, immer mit unvorhergesehenen Unfällen und Wetterkapriolen rechnen musste … All diese Dinge haben mich verändert. Plötzlich ging ihr auf, was sie wollte, was sie sich so inständig und heftig wünschte, dass sie sich bis zu diesem Augenblick nicht gestattet hatte, es in Worte zu fassen.

Kaltes, nasses Segeln: Alles an der Rajah *trieft durchnässt. Von den Segeln prallen die Tropfen ab und fallen auf das regendunkle Deck. Ein schneidender Wind bläst von Süden, aus dem Land im ewigen Eis.*

47
JETZT

18. Juli 1841
104. Tag auf See

Clara

»Wo bleibt sie denn?«, will Dora wissen.

Ihre Frage ist berechtigt. Normalerweise ist Miss Hayter vor uns an Deck, denn sie bringt den Quilt mit und legt ihn zurecht, sodass wir daran arbeiten können. Allerdings gibt es nicht mehr viel zu tun. Wir müssen nur noch die Enden vernähen und überprüfen, ob die Ränder ordentlich und sauber gesäumt sind. Wir haben unendlich viel Stoff und eine Fülle unterschiedlicher Muster und Farben vernäht. Ich bin mir sicher, dass ich, selbst nachdem ich dieses Schiff verlassen habe, immer wieder von der bunten Vielfalt des Quilts träumen werde.

»Bestimmt is' sie beim Käpt'n, in seiner Kajüte«, sagt Izzy, und Rose nickt zustimmend. »Sie is' nich' auf unserm Deck, und hier is' sie auch nich', also wo soll sie sonst sein?«

»Bestimmt reden die über mich«, sage ich. »Entscheiden, was mit mir zu tun ist. Wie lang noch, bis wir Land erreichen?«

»Isaac hat was von drei Tagen erzählt«, sagt Joan. Sie sitzt an ihrem üblichen Platz, neben Bertie, der ein Fadenabnehmspiel spielt, das sie ihm beigebracht hat. Seit dem Tod seiner Mutter und dem von Emily hat er sich in ein völlig anderes Kind verwandelt. Vorbei sind die Zeiten, da er sorglos übers Deck rannte. Er ist zu Joans zweitem Schatten geworden und weicht ihr nicht von der Seite. Er macht dabei keinen unglücklichen Eindruck, aber wie es in seinem Herzen aussieht, weiß niemand. Die Welt ist ein leidbeladener Ort, doch Bertie ist eigentlich noch zu jung, um so viel davon auf seinen Schultern tragen zu müssen.

»Ich wünschte, wir würden nie ankommen«, sage ich. »Sie werden mich von Bord holen und vielleicht gleich zum Galgen schleifen.«

Die anderen schweigen. Was sollen sie mir auch entgegnen, wenn ich doch recht habe? Ich will nicht darüber nachdenken. Ich bin bereit. Irgendwann muss man den Preis für seine Fehler zahlen.

»Aber du hast doch Bertie gerettet«, wirft Phyllis ein. »Und du gehörst zu uns, zu Miss Hayters Nähzirkel. Was wir hier gemacht haben, darauf können wir stolz sein.«

»Es ist wunderschön«, sage ich. »Als wir mit dem Quilt angefangen haben, hab ich mir nie Gedanken gemacht, wie er mal aussehen wird. Ich hab immer nur ein Stoffstück ans andere genäht. Aber jetzt ist er fertig, und es sind lauter kleine Stoffflicken, die etwas Ganzes ergeben. Darauf bin ich wirklich stolz. Und selbst wenn ich dann nicht mehr bin, bleibt mein Anteil an unserem Werk bestehen. Unsere Arbeit lebt am Ende weiter, nicht wahr? Wir dagegen … wir sind tot und vergessen, ehe wir's uns versehen.«

Auch wir Frauen sind letztlich wie eine Patchworkdecke. Jede von uns lebt unmittelbar neben einem anderen Menschen und der wiederum neben einem anderen und so weiter, bis lauter unterschiedlichste Figuren eng beieinander sind. Einige passen ordentlich zu ihrem Nachbarn, andere sind ungelenk und stümperhaft in unglücklicher Nähe zusammengeflickt worden. Wir arrangieren uns mit diesem Gebilde: die Dunkelhaarigen wie die Blonden, die Älteren und Jüngeren, Dünne, Dicke, Hässliche, Hübsche und alle Abstufungen, die es zwischen den Polen gibt. An die zweihundert von uns leben so, auf diesem Schiff, das uns weit fort von unserer Heimat bringt. Wir leben Seite an Seite, wir schlafen in einem Raum, wir teilen unsere Mahlzeiten. Unter uns gibt es Freunde und Feinde. Wir haben uns in etwas verwandelt. Wir sind viele kleine unterschiedliche Teile, jedes einzigartig, und doch miteinander verwoben. Wir sind ein Patchwork der Seelen.

48
JETZT

18. Juli 1841
104. Tag auf See

Kezia

Charles erhob sich, als sie die Kapitänskajüte betrat. »Kezia, bitte, setz dich«, sagte er.

»Danke, dass du mir die gute Nachricht hast überbringen lassen«, erwiderte Kezia und hoffte, dass ihre Stimme tapferer klang, als sie sich fühlte. »Ich bin froh, dass ihr Männer endlich eine vernünftige Entscheidung getroffen habt, und danke dir für deine Mühe.« Wie hast du das geschafft? Wieso haben sie ihre Meinung doch noch geändert?, wollte sie fragen, allerdings war sie sich in letzter Zeit zunehmend unsicher, was Charles' Gefühle für sie anging. Als habe er ihre Gedanken gelesen, begann Charles zu erzählen: »Das war ein Stück außerordentlich mühsame Überzeugungsarbeit. Mr Donovan hat, wie du weißt, ein gutes Herz und ist dir außerdem sehr zugetan.« Aufmerksam sah er Kezia an, die seinem Blick kurz begegnete und dann rasch wieder wegschaute. Charles fuhr fort: »Schwieriger war es mit Mr Davies, aber nachdem James und ich ihn mit theologischen Definitionen von Vergebung und Gnade bedrängt und alles über verlorene Schafe und ihre Wiederaufnahme in die Herde herangezogen hatten, an das wir uns erinnerten, konnten wir ihn doch überzeugen. Persönlich denke ich ja, dass er die ganze Sache auch gern erledigt sehen wollte, ein für alle Mal geregelt und entschieden, ohne Aufsehen. So braucht er keine Aussagen zu machen, muss nicht bei Anhörungen erscheinen und so weiter. Ich bin mir sicher, er kann es kaum erwarten, sein Leben in der Kirchengemeinde fortzuführen. Dort wird er wohl sehr respektiert und bewundert, habe ich jedenfalls gehört.«

»Ich bin dir sehr dankbar, dass du dich mit deiner ganzen Autorität hinter dieses Vorgehen gestellt hast. Wirst du es Sarah und den anderen sagen, oder soll ich das tun?«, fragte Kezia.

»Du kannst gern schon mit Sarah und den anderen Näherinnen sprechen. Ich werde dann heute Abend vor allen Frauen offiziell berichten, wie wir entschieden haben. Es wird nicht lange dauern. Und Sarah soll erfahren, dass sie Sarah Goodbourne bleiben muss. Wie du dir vorstellen kannst, wird man in London nach Clara Shaw suchen. Und wenn die Behörden in Hobart erfahren, wer sie wirklich ist, werden sie sie zurückschicken müssen, und sie wird doch noch gehängt.«

Charles nahm den Briefbeschwerer aus Messing, drehte ihn in den Händen und stellte ihn dann wieder vor sich auf den Tisch. Es war kalt geworden in der Kajüte, und Kezia wünschte, sie hätte ein wärmeres Tuch umgelegt. Auch Charles schien sich unbehaglich zu fühlen, denn jetzt rieb er die Handflächen gegeneinander.

»Ich muss an Deck zurückkehren«, sagte Kezia. Sie hob den Blick und sah ihm in die Augen. »Wir haben unser Werk fast abgeschlossen.«

»Bitte geh nicht … Ich möchte … Darf ich dir ein paar Worte sagen?«

»Natürlich.«

Er ging um den Tisch und lehnte sich dagegen, war Kezia jetzt so nah, dass er sie hätte berühren können. Sie sah, wie er den Arm ausstreckte und dann wieder zurückzog, als sei er unsicher, was passieren würde, wenn seine Hand die ihre berührte.

»Es tut mir wirklich leid. Ich hätte deine Ansichten nicht so leichtfertig abtun sollen, und ich hoffe, du kannst mir verzeihen.«

Er glaubte ihr! Er sah sie als den Männern ebenbürtig an! Kezia fühlte sich, als hätte man ihr eine funkelnde Trophäe verliehen.

Dann küsste er sie. Tausend Gedanken schwirrten Kezia durch den Kopf. Es war nicht angemessen, respektabel, richtig … Sie war nicht bereit, war nicht darauf vorbereitet, wusste nicht, was sie tun sollte, nicht wirklich. Hatte so etwas noch nie getan. Und dann wurde es still in ihrem Kopf, und Kezia ließ sich von ihren Gefühlen mitreißen.

»Es gibt da etwas, das ich euch mitteilen muss«, sagte Kezia, die sich nach dieser ungewohnten Erfahrung noch immer etwas benommen und schwindelig fühlte, und setzte sich zu den Frauen, die unter dem Sonnensegel nähten. Sie hatte überlegt, allein mit Sarah zu sprechen, doch das wäre den anderen aufgefallen. Und einen Teil der Geschichte hatte Sarah ihnen sicher ohnehin schon erzählt.

»Guten Morgen«, begann sie erneut, und alle erwiderten ihren Gruß.

»Guten Morgen, Miss«, sagte Tabitha. »Sie schau'n besser aus, Miss. Als in letzter Zeit, mein ich.«

»Das stimmt«, erwiderte Kezia. »Ich bin froh, dass wir so viele Dinge klären konnten und jetzt auch in Bezug auf Sarahs Vorgeschichte eine Entscheidung gefallen ist. Und deshalb bin ich hier.« Sie sah sich im Kreis der Frauen um, bis ihr Blick Sarah fand. »Sicher hat Sarah mit euch über … ihre Lage gesprochen.«

»Sie hat uns gesagt, wie sie wirklich heißt, wenn Sie das meinen«, sagte Rose. »Ehrlich gesagt bin ich mir grad nicht sicher, wie ich sie jetzt eigentlich nennen soll.«

»Sie muss Sarah Goodbourne bleiben«, erklärte Kezia.

»Und was, wenn mit dem nächsten Schiff die echte Sarah nach Hobart kommt? Was, wenn sie sie gefunden haben, sofort wussten, was passiert ist, und sie einfach aufs nächste

Schiff verfrachtet haben?« Das war Phyllis. »Am besten wohnt Sarah erst mal bei mir.«

Kezia blickte Sarah fest an und fuhr fort: »Ich möchte dir Folgendes sagen. Weil du Bertie das Leben gerettet hast und dabei ein großes Risiko eingegangen bist, wird der Kapitän deinen Fall bei den Behörden von Van-Diemens-Land nicht erwähnen. Er wird von den beiden Todesfällen berichten und deine Rolle bei Berties Rettung betonen. Das ist alles. Wenn du Sarah Goodbournes Namen annimmst, übernimmst du auch ihr Vergehen.«

»Vielen Dank, Miss«, sagte Sarah. »Ich weiß gar nicht, was ich sagen soll. Ich hatte nicht zu hoffen gewagt. Danke … Möge man mir meine Schwäche verzeihen.« Sie wischte sich die Tränen von den Wangen. »In diesem neuen Land will ich besser sein. Ich werde nie vergessen, was Sie für mich getan haben. Nicht in einhundert Jahren. Ich werde ein anderer Mensch sein.«

»Da bin ich mir sicher. Ihr alle habt so hart und so gut gearbeitet und habt allen Grund, stolz zu sein. Ich bin es jedenfalls sehr!«

Bevor auch sie von ihren Gefühlen übermannt wurde, erhob sie sich und ging langsam davon, als Beth ihr nachrief: »Miss? Miss?«

Kezia drehte sich um. Beth war aufgestanden. »Bitte, Miss, können Sie noch mal herkommen? Wir wollen Sie gern was fragen.«

Kezia ging zu den Frauen zurück und wartete, doch niemand sagte etwas. »Nun?«, fragte sie. »Was ist denn?«

»Frag du sie«, sagte Izzy und zeigte auf Phyllis.

»Nein, frag du, Joan, mach schon. Du bist die Älteste.«

»Was hat das denn damit zu tun?« Joan errötete. »Frag du sie, Rose. Oder Izzy. Na los, mach schon.«

»Wir wollten wissen, ob Sie und der Käpt'n jetzt endlich ein Paar sind«, rückte Izzy mit der Frage heraus.

Kezia lächelte. »Ich nehme an, das sind wir.«

»Das ist eine gute Nachricht, Miss«, sagte Izzy, und Rose fügte hinzu: »In letzter Zeit sind Sie mit einer schrecklichen Trauermiene rumgelaufen. Wir hatten schon Angst, dass es nix wird mit Ihnen beiden.«

Kezia spürte, wie eine Woge der Zuneigung sie überkam. Ihre Frauen hatten hart gearbeitet. Sie waren nicht immer einer Meinung gewesen, doch sie hatten zueinandergefunden. Sie mochten und respektierten sie und freuten sich über ihr Glück.

»Danke … vielen, vielen Dank. Ich hoffe, dass ihr in eurem neuen Leben glücklich werdet. Und ich bin euch dankbar für die Hingabe, die ihr bei der Arbeit bewiesen habt.«

»*Ihre* Hingabe, Miss«, erwiderte Tabitha, und ihre entblößten Zähne verrieten, dass sie dabei war, einen Scherz zu machen. »Wir haben uns das ja nich' ausgesucht, oder? Das waren Sie. Und da konnten wir ja nich' Nein sagen!« Sie gackerte fröhlich, ein Zeichen dafür, dass in ihrer Bemerkung keine Bosheit lag.

»Tut es euch leid, dass ihr mitgearbeitet habt?«, fragte Kezia. »Schließlich habe ich gesagt, oder etwa nicht, dass es euch freisteht, ob ihr euch der Gruppe anschließt.«

»Klar haben Sie das, Miss. Klar«, pflichtete Tabitha ihr bei. »Ich stichel ja bloß! Das gibt's ja nich'! Sticheln, ha! Habt ihr das gehört?« Sie krümmte sich vor Lachen über ihren eigenen Scherz. »Mann, bin ich schlau!«

»Es war uns 'ne Ehre, Miss«, sagte Elsie, die sonst selten sprach. »Uns allen hier, und das ist die Wahrheit. Und der Quilt is' hübsch genug für 'ne Königin.«

»Und das habe ich euch zu verdanken. Ihr habt hart gearbeitet und etwas sehr Wertvolles und Schönes geschaffen. Wenn wir anlegen, wird der Quilt dem Gouverneur und seiner Frau präsentiert, Sir John und Lady Franklin. Und ihr werdet ihnen auch vorgestellt, und ich würde mich sehr freuen, wenn ihr mit mir gemeinsam unser Lied singt, ›Lehr mich, mein Gott und König‹, während wir ihnen hier an Deck den Quilt zeigen. Macht ihr das?«

»Singen?«, fragte Susan erschrocken. »An Deck? Wir alle? Vor feinen Leuten? O nein, das trau ich mich nicht, Miss. Das kann ich nicht.«

»Stell dich nicht so an, Susan«, sagte Beth. »Du kannst es doch auswendig, und wir singen alle mit. Außerdem sind wir dann so froh, im Hafen angekommen zu sein, da werden wir großartig schmettern.«

»Wir werden singen, Miss«, bekräftigte Phyllis. »Wir werden aus vollem Herzen singen, machen Sie sich da mal keine Sorgen!«

»Und eine von euch«, sagte Kezia, »muss den letzten Stich setzen … Jetzt sind wir fast fertig. Aber wer? Jede von euch hätte es verdient.«

»Das müssen Sie machen, Miss«, erwiderte Joan. »Es war Ihre Idee. Sie haben sich das alles ausgedacht, bevor wir den Quilt genäht haben. Sie müssen jetzt den letzten Stich setzen. Das ist nur richtig.« Sie nahm eine Nadel mit eingefädeltem Faden und gab sie Kezia, die reglos dastand.

»Machen Sie schon, Miss! Es müssen Sie sein. Machen Sie's. Der letzte Stich!« Eine Frau nach der anderen setzte ein, und schließlich klatschten alle dazu.

Kezia stieß die Nadel zum letzten Mal in den Stoff und machte ein paar Stiche, bevor sie den Faden sauber vernähte.

»Sie brauchen eine Schere, Miss«, sagte Phyllis und hielt Kezia ihr Werkzeug hin. »Damit Sie den letzten Faden abschneiden können.«

Kezia wollte den Frauen danken, etwas sagen, doch sie brachte keinen Ton heraus. Sie nahm die Schere, blinzelte die Tränen weg und schnitt den Faden ab.

49
JETZT

19. Juli 1841
105. Tag auf See

Fünfzehn Wochen auf See. Alle, von den erfahrensten Mannschaftsmitgliedern bis zu den Frauen, die auf dieser Reise am stärksten gelitten hatten, sehnten sich danach, Land zu erblicken. Der letzte Abend an Bord war von gemischten Gefühlen begleitet. Da waren zunächst die Freude über das Ende der Gefangenschaft auf See und die Vorfreude auf eine Nacht in einem richtigen Bett, in sauberer Kleidung, die nicht steif war vom Waschen mit Meerwasser. Auf frisches Essen, auf festen Boden unter den Füßen. Auf Platz zum Laufen, breiter und länger als die Decks der *Rajah*. Doch alles würde dort auch neu sein, und das erfüllte manche mit Angst und der Sorge, sich dort verloren zu fühlen.

»An die *Rajah* haben wir uns jetzt gewöhnt«, sagte Maud Ashton. »Und jetzt lassen sie uns an Land, und wir müssen uns allein durchschlagen.«

»Du Dummerliese!«, erwiderte eine andere, nicht ohne Zuneigung. »Sie geben uns Arbeit, Unterkunft und Essen, und vielleicht bleiben ein paar von uns ja auch zusammen? Egal wo.«

Sie begannen zu singen und schworen sich ewige Freundschaft. Manche überkam Traurigkeit bei dem Gedanken, sich von Weggefährtinnen trennen zu müssen, die ihnen mit der Zeit mehr ans Herz gewachsen waren als die Familien, die sie in England zurückgelassen hatten.

Im ersten Morgengrauen standen alle an der Reling und warteten auf den Ruf aus dem Mastkorb: *Land in Sicht!* Als es endlich so weit war, suchten sie den Horizont ab.

»Wo ist es denn?«, fragte Joan. »Ich seh kein Land.«

»Setz die Brille auf, du dummes altes Weib«, sagte Dwyer scherzend. »Ich seh's. Der Streifen dort! Ein dunkler Streifen.«

»Ich will keinen Streifen. Ich will Hügel und Häuser und Bäume. Erinnert ihr euch noch an Bäume? Ich vermiss die. Wirklich.«

»Eiskalt hier«, sagte Rose und zog ihr Tuch enger um sich.

»Eiswind«, sagte Isaac, der herangekommen war und sich bemühte, so nah wie möglich bei Joan zu stehen. Sie hatte Bertie hochgehoben, damit er besser sehen konnte, und hielt ihn fest an sich gedrückt. Isaac fuhr fort: »Bisschen südlich von uns sind Berge und Ebenen aus Eis, und von da kommt der Wind.«

»Is' denn jetzt nich' Sommer?«, fragte Marion.

»Hier ist es umgekehrt«, erklärte Isaac. »Wenn in England Sommer ist, ist hier unten Winter.«

Marion zitterte und biss sich auf die Lippe, nicht ganz sicher, wie sie diese entgegengesetzten Jahreszeiten einordnen sollte. »Ist ja verrückt«, sagte sie schließlich. »Winter im Juli.«

»Da isses!«, schrie Izzy plötzlich. »Van-Diemens-Land. Ich kann's sehen! Ich seh die Hügel.«

Die *Rajah* war auf den dunklen Streifen am Horizont zugesegelt, und während sie sich dem Land näherte, konnte man von Deck aus immer mehr erkennen, bis auch kleinste Details sichtbar geworden waren. Hinter dem Hafen erhoben sich Berge, deren höchste Spitzen mit Schnee bedeckt waren.

»Schnee!«, rief Joan. »Da is' Schnee!« Sie schaute nach links, wo Isaac gestanden hatte, doch er war weg, und sie sah, wie er über Deck auf den Ersten Offizier zuschritt. Als sie ihm nachblickte, spürte sie einen Stich im Herzen bei dem Gedanken, ihn nie wiederzusehen. Ich darf nicht weinen, dachte sie. Ich muss fröhlich sein, für Bertie.

»Schau! Da sind Menschen … Die schauen aus wie wir«, sagte Marion. »Genau wie die Leute in London, mein ich.«

»Warum sollten die denn anders aussehen?«, fragte Phyllis.

Und Beth fügte hinzu: »Du hast ja wohl nicht gedacht, dass die auf dem Kopf stehen, oder?«

Marion schwieg und blickte mit gerunzelter Stirn über die Reling.

»Doch, das hat sie!« Tabitha gluckste und schlug mit der Hand auf die Reling. »Marion hat gedacht, dass hier alle verkehrt rum stehen. Am andern Ende der Welt, oder?«

»Ich versteh ehrlich gesagt nicht, warum das nich' so is'«, sagte Susan. »Aber ich bin echt froh, dass ich noch richtig rum bin!«

Bertie stand neben Joan und sah zum Ufer. Er mochte sie, und er fühlte sich an ihrer Hand sicher. Aber sie ist nicht meine Ma, dachte er. Sie ist nicht mal meine Tu-so-als-ob-Mama.

»Wir werden jetzt bald von Bord gehen, Bertie«, sagte Joan. »Wird das nicht schön sein, wieder festen Boden unter den Füßen zu haben? Und schau dir mal den Schnee auf den Bergen an. Sieht das nicht hübsch aus?«

»Schnee!« Bertie nickte lächelnd. Schnee war gut. Darin konnte man herumrollen. Vielleicht würden sie einen Schneemann bauen. Wenn er daran dachte, fühlte er sich besser. Jetzt werde ich nicht mehr so traurig sein, dachte er. Aber trotzdem werd ich niemandem was sagen. Emily hat gesagt, das darf ich nicht, niemals, also mach ich das auch nicht. Ich hab gesehen, was Emily mit dem Messer gemacht hat, aber ich hab nichts gesagt. Sie hat es Ma in die Seite gestoßen und ist weggelaufen. Sie hat geweint. Ich weiß nicht, warum sie das gemacht hat. Ich bin auch weggerannt, gerannt und gerannt, weg vom Deck, bevor mich wer sehen konnte. Sie hat meine Ma geliebt, das weiß ich. Aber sie hat gesagt, dass ich ihr Sohn bin und sie meine Tu-so-als-ob-Mama, und das hat uns Spaß gemacht. Also hab ich nichts gesagt, als Emily meine echte Ma erstochen hat. Ich hab's Miss Hayter nicht erzählt und dem Kapitän auch nicht. Sie hätten Emily in ein schreckliches Gefängnis gebracht, weil sie so was Schlimmes gemacht hat, und dann wäre auch meine gespielte Mama weg gewesen. Dann hätte ich gar keine Ma mehr gehabt. Ich hab Emily nie gesagt, dass ich sie gesehen hab. Dass ich zugeschaut hab, und jetzt ist sie tot, und Joan wird meine Ma sein.

»Du bist so still, Bertie«, sagte Joan. »An was denkst du?«

Bertie antwortete nicht. Er dachte daran, was danach passiert war. Nachdem er es gesehen hatte. Wie er zu seiner Koje gerannt war und sich unter einer Decke versteckt hatte, bis Emily kam und ihn mitnahm zum Händewaschen und dann an Deck zu seiner echten Ma, nur dass sie schon weg und an ihrer Stelle nur noch Blut war. Doch das konnte er Joan nicht erzählen, also sagte er: »Es ist ein schöner Ort, Hobart. Oder?«

»Das finde ich auch. Schöne große Häuser und Bäume. Kannst du die Bäume sehen?«

»Werden wir auf den Berg hochgehen?«, fragte Bertie. »Machen wir Schneebälle?«

»Ich weiß nicht, Bertie«, antwortete sie. »Wir werden sehen. Ich hab die Bäume vermisst.«

Berties Augen waren weit aufgerissen. Er antwortete nicht, sondern blickte weiter auf den Hafen und die schneebedeckten Berge dahinter und die Bäume, die neben den Häusern in die Höhe ragten, und die Leute, die am Dock entlangliefen.

50
JETZT

19. Juli 1841
105. Tag auf See

Kezia war seit dem Morgengrauen auf den Beinen. Sie hatte mit den anderen an der Reling der *Rajah* gestanden, als sie sich dem Hafen von Hobart näherten, war dann jedoch bald wieder in ihre Kabine zurückgekehrt. Aufregung und Nervosität hatten sie erfasst, bei dem Gedanken an die Gäste, die an diesem Tag an Bord kommen und ihr Werk der letzten Monate sehen und beurteilen würden. Aus einer Schublade ihrer Kommode holte sie ein Kleid hervor und breitete es auf ihrer Koje aus. Sie hatte es in London in ihr Gepäck getan, auf der *Rajah* ausgepackt und es seitdem nicht mehr angerührt, sondern fünfzehn Wochen lang ordentlich gefaltet an seinem Platz gelassen. Kezia war froh, es wiederzusehen. Sie hatte es eigens für diesen Anlass mitgenommen: für die feierliche Überreichung des Quilts an Sir John und Lady Franklin.

Die Frauen auf dem Unterdeck waren ebenfalls dabei, sich fertig zu machen, das wusste Kezia. Es wurde sich mehr als üblich gewaschen, und die letzten verfilzten Haarsträhnen wurden ordentlich gekämmt. Wer in seinem Bündel ein gutes Kleidungsstück aufbewahrte, hatte es hervorgekramt, um es bei der Ankunft in Van-Diemens-Land tragen zu können.

Die Franklins waren für den frühen Nachmittag angekündigt. Der Quilt lag eingerollt in einem Laken bereit, um an Deck gebracht und ausgerollt zu werden. Als es klopfte, ging Kezia zur Tür und öffnete.

»Ah, Isaac, danke fürs Kommen. Hier ist er. Soll ich beim Tragen helfen?«

»Passt schon, Miss, danke. Ich kann ihn alleine tragen.« Er legte sich die Rolle über die Schulter und wandte sich zu Kezia um. »Genau wie die Teppichhändler auf ’nem Basar im Osten.«

»Warst du schon mal im Osten, Isaac?«, fragte Kezia, während sie die Tür schloss und sich gemeinsam mit dem Matrosen auf den Weg machte.

»Ja, klar, Miss. Ich war schon überall. China, Nordafrika, Patagonien. Überall. Aber in England ist’s am besten.«

»Wie wahr«, erwiderte Kezia. »Aber ich habe auch Gutes von Hobart gehört.«

»Stimmt, hier isses schön. Und sicher ein guter Ort für die Frauen.«

Sie hatten einen freien Platz an Deck erreicht, der für diesen Anlass sauber geschrubbt worden war.

»Wo wollen Sie ihn haben, Miss?«, fragte Isaac.

Kezia hatte die letzten Tage darüber nachgedacht, wie sie ihr Werk am besten präsentieren sollte. »Dort drüben, bitte. Vielleicht können Sie mir helfen, ihn auszubreiten?«

»Mit Vergnügen«, erwiderte Isaac.

Kezia wickelte den Quilt aus dem Laken und breitete ihn in seinem ganzen Farbenreichtum auf dem Deck aus.

»Hätte nie gedacht, dass es so herrlich aussehen würde, Miss. Nicht, solange Sie daran gearbeitet haben. Es ist ein wunderschönes Teil, find ich. Eine echte Pracht.«

»Danke, Isaac. Ich bin auch sehr zufrieden damit. Und alle haben sehr hart daran gearbeitet.«

* * *

Die Frauen stellten sich an der Stelle auf, die Kezia für sie vorgesehen hatte, während Charles, Mr Donovan und Mr Davies mit Sir John und Lady Franklin bereits auf sie zukamen. Sie sah, dass Susan und Tabitha Spitzenstoff gefunden und in ihrem Haar festgesteckt hatten. Sarah hatte ihr Tuch abgenommen, ihr langes, dunkles Haar zu einem Zopf geflochten und diesen zu einem komplizierten Gebilde in ihrem Nacken geschlungen. Alle hatten saubere Hände. Von Anfang an hatte Kezia darauf geachtet, dass niemand an der Patchworkdecke arbeitete, ohne sich die Hände zuvor gründlich in einem Eimer Salzwasser gewaschen zu haben, und heute bildete keine Ausnahme.

»Bitte erlauben Sie mir, Ihnen die Frauen vorzustellen, die diesen Quilt geschaffen haben«, sagte Kezia jetzt zu Lady Franklin, die neben ihrem Mann stand. Die Husarentressen an Sir Johns Uniform leuchteten hell. Lady Franklin trug einen eleganten Hut und warf den Näherinnen ein unverbindliches Lächeln zu. Kezias Beschützerinstinkt meldete sich. Sie wusste, dass die Frauen ärmlich gekleidet waren, aber sie waren alle sauber und hatten ihr Bestes gegeben, um sich vorzeigbar herzurichten. Selbst einer Lady Franklin wäre es überaus schwergefallen, unter den Umständen, die auf dem Sträflingsdeck der *Rajah* herrschten, ihr vornehmes Aussehen zu bewahren. Doch plötzlich verließ Sir Johns Frau die Seite ihres Mannes und trat auf die erste Frau in der Reihe der Näherinnen zu. Kezia freute sich über ihr Interesse und erklärte: »Das ist Rose Manners.«

»Angenehm«, sagte Lady Franklin und ging dann mit Kezia die Reihe der Frauen durch, um jeder Frau die Hand zu schütteln, nachdem Kezia sie vorgestellt hatte. Alle versuchten sich im Knicksen, was bei einigen eher als angedeuteter Hüpfer ausfiel, während andere einen umständlichen Kniefall machten und dabei das Kinn feierlich senkten. Als sie auch die letzte Frau begrüßt hatte, wandte sich Lady Franklin an die Gruppe und sagte: »Ich möchte euch beglückwünschen zu eurer Arbeit an diesem Quilt. Ihr habt eindeutig Großes geleistet. Dafür danke ich euch.«

Kezia ging zu ihrem Platz zurück, ohne genau zu wissen,

was sie gerade empfand. Sie war überwältigt angesichts ihres Werks, das für alle sichtbar auf dem Deck ausgebreitet dalag. Und dann erfüllte sie außerdem Stolz auf die Frauen und ein Gefühl der glücklichen Erleichterung. Sie sagte: »Und jetzt singen wir Ihnen das Lied vor, das uns während der Reise geleitet und uns Kraft gegeben hat.«

In Erinnerung an ihre Gesangsstunden wandte Kezia den Franklins, dem Kapitän, Mr Donovan und Mr Davies den Rücken zu und lächelte die Frauen an, die sie so entsetzt anstarrten, als ginge es gleich zum Henker. Sie hob die Hand, gab den Einsatz und begann zu singen. Die anderen fielen nach den ersten Worten ein, bis die Musik zu einem anständigen Pegel angeschwollen war. Hattie, dachte Kezia, während die Verse ihre perfekte Harmonie aus Wort und Klang entfalteten. Ich vermisse Hattie so sehr. Und auch Emily hatte wunderschön gesungen, trotz ihrer Verrücktheit und ihres Verbrechens. In Sarahs Gesang klang mehr Zuversicht mit, ebenso wie bei Joan. Kezias Stimme vereinte sich mit denen der anderen Frauen.

Am Ende klatschten alle, und Kezia lächelte vor Freude breit. Wie gut die Übergabezeremonie gelaufen war! Wie gut sich die Frauen benommen hatten! Gerade waren sie wieder auf dem Weg zum Sträflingsdeck, begleitet von den guten Wünschen der Umstehenden und den Hochrufen der Matrosen, die sie hatten singen hören.

»Sie sind zu beglückwünschen, Miss Hayter«, sagte Lady Franklin. »Sie haben wunderbare Arbeit geleistet. Und die Frauen machen Ihnen alle Ehre. Ich bin sicher, dass sie hier in Hobart ein besseres Leben finden werden.«

»Vielen Dank«, erwiderte Kezia. »Sie sind mir doch recht fest ans Herz gewachsen, und ich werde sie vermissen. Doch die Arbeit ihrer Hände lebt fort.«

Sie dachte an all die Ereignisse der vergangenen Monate, an das Auf und Ab der Gefühle, das Gelächter und die Tränen.

Der Quilt mit seinen unzähligen Stoffstücken war stummer Zeuge davon und nur beredt in den Erinnerungen der Frauen, die sie zusammengefügt hatten. Als Außenstehender konnte man solche Dinge nur erahnen, aber Kezia würde sich jedes Mal, wenn sie ihr gemeinsames Werk sah, an jedes Detail dieser Reise erinnern, das wusste sie. Ich werde keinen einzigen Tag und kein einziges Erlebnis je vergessen, dachte sie bei sich.

Die Franklins waren von Bord gegangen, und Charles und Kezia befanden sich in der Kapitänskajüte. »Ich bin entzückt, dass Lady Franklin den Quilt so gelobt hat«, sagte Kezia. »Außerdem war ich sehr stolz auf die Frauen.«

»Und zwar durchaus zu Recht. Und ja, die Franklins haben großen Gefallen an dem Werk gefunden.« Charles stand am Fenster und sprach zu Kezia über seine Schulter hinweg, wandte sich ihr dann jedoch ganz zu. »Kezia, würdest du bitte einen Moment Platz nehmen? Ich muss dich etwas fragen.«

»Natürlich, gerne.« Kezia ging zu einem der Stühle, die für Gäste bereitstanden, und ließ sich nieder. Charles setzte sich ihr gegenüber, hielt jedoch den Blick gesenkt.

»Diese Reise«, begann er, hielt dann inne und setzte erneut an. »Noch nie habe ich eine solche Fahrt erlebt, Kezia, in all meinen Jahren auf See nicht.«

»Ich habe …« Kezia verstummte. Sie hatte sagen wollen, dass sie an der Reise Gefallen gehabt hatte, aber entsprach das denn der Wahrheit? Hatte es nicht viele Tage gegeben, an denen sie verzweifelt, wütend oder traurig gewesen war und unter furchtbarem Heimweh gelitten hatte? Nach einem Moment des Schweigens sagte sie: »Ich habe an Bord der *Rajah* sehr viel gelernt. Vieles davon war sehr schwer für mich, aber dennoch bereue ich nichts. Und ich werde immer stolz sein auf das, was die Frauen geschaffen haben.« Dass Charles' Anwesenheit im Laufe der Zeit dafür gesorgt hatte, dass ihr jeder Tag an Bord zur Freude geworden war, brachte sie nicht über die Lippen.

Auch die Küsse, die sie ausgetauscht hatten, mussten unerwähnt bleiben, wenngleich sie in Kezias Gedanken gerade äußerst präsent waren. »Unsere Spaziergänge an Deck … Ich habe sie sehr genossen«, fügte sie schließlich noch hinzu.

Charles lehnte sich vor, nahm eine ihrer Hände und hielt sie zwischen den seinen. Kezia spürte, wie sich seine Wärme über ihre Finger in ihr ausbreitete, und errötete. Er schaute ihr lange in die Augen, bis Kezia den Blick abwenden musste. Von Anfang an hatte sie Interesse, Wohlwollen und Ehrlichkeit in seinen Augen lesen können. »Kezia, liebste Kezia. Der Gedanke, schon bald auf diesem Schiff fortsegeln und dich in Hobart zurücklassen zu müssen, während ich in Richtung England segele, eine halbe Weltreise entfernt, schmerzt mich mehr, als ich in Worte fassen kann. Es ist mir schier unmöglich, mir vorzustellen, dich nicht jeden Tag zu sehen.«

Charles' Empfindungen spiegelten Kezias eigene Gefühle so getreu wider, dass sie ihn nur wortlos ansehen konnte.

»Ich habe schon öfter versucht, meine Gefühle für dich zum Ausdruck zu bringen, und vielleicht hast du ja meine Absichten erraten, aber ich habe nie … Ich hätte mich dir schon eher offenbaren sollen. Willst du meine Frau werden? Willst du mich heiraten, Kezia? Du würdest mich sehr glücklich machen.«

Kezia schloss die Augen, von plötzlichem Schwindel erfasst. Seine Worte hatten all ihre Emotionen, all ihre Erwartungen so durcheinandergewirbelt, dass sie kein Wort über die Lippen brachte.

Er hat um meine Hand angehalten, dachte sie. Er hat mich gebeten, seine Frau zu werden. Kezia Ferguson.

Ungefütterter Quilt aus einfarbigen und bedruckten Stoffstücken aus Baumwolle. Mittig ein zentrales Bild aus weißer Baumwolle, mit aufgenähten blühenden Zweigen und kleineren Vögeln, umringt von vier großen Vögeln aus Baumwolldruck. Das Mittelstück ist eingefasst von mehreren Reihen bedruckter Baumwollquadrate und -dreiecke, die in geometrischen Mustern angeordnet sind. Der äußerste Rand besteht aus Baumwollstücken mit Applikationen und enthält eine mit Seidengarn gestickte Widmung.

51
JETZT

19. Juli 1841
105. Tag auf See

Clara

Das Deck der Frauen, auf dem normalerweise alles Mögliche herumfliegt, von Kleidung über Essensreste bis hin zu halb fertiggestellten Strickarbeiten, sieht so aufgeräumt und sauber aus wie nie zuvor. Es ist kein Gefängnis mehr, sondern ähnelt mit den vielen gestapelten Bündeln und der Geschäftigkeit der Frauen, die darauf warten, von Bord gebracht zu werden, einer typischen Lagerhalle am Hafen. Wir sind nervös, versuchen jedoch, unsere Furcht vor dem, was uns an Land erwartet, zu verbergen. Einige wirken sehr ernst und voller Bedauern über die anstehende Trennung von ihren Freundinnen. Wer trennt sich schon gerne von vertrauten Menschen?

Becky und Lily sitzen beieinander, zwischen ihnen liegen zwei sehr kleine Bündel. Wie üblich wirkt Becky blass und hält den Kopf gesenkt. Lily gibt ihr Bestes. Sie ist von Natur aus weder gesprächig noch besonders fröhlich, aber wie sie Becky gerade eindringlich etwas zuflüstert, scheint sie ihr aufrichtig zugetan. Jedenfalls dringt sie zu Becky vor, denn diese lauscht, und etwas wie ein Lächeln huscht über ihr Gesicht. Aber vielleicht habe ich mir das auch nur eingebildet.

»Becky«, sage ich. »Ich hoffe, du freust dich auf dein neues Leben hier.«

Sie nickt pflichtschuldig. Plötzlich will ich, dass sie ihre Zukunft als randvoll mit Möglichkeiten begreift. »Jetzt kannst du die Person sein, die du immer sein wolltest«, fahre ich fort. »Und, Lily, wirst du …« Ich weiß nicht, wie ich meine Frage formulieren soll. Wirst du dich um sie kümmern? Fühlt ihr euch beide wohl genug miteinander, um zusammenzubleiben, soweit es geht?

»Ja«, sagt Lily, als habe sie meine Gedanken gelesen. »Wir werden versuchen, zusammenzubleiben, nicht wahr, Becky?«

»Das ist gut«, sage ich. »Wir müssen füreinander da sein. Und, Becky? Heb den Blick. Schau nicht mehr nach unten.«

Da lachen Lily und Becky los. »Das ist doch Unsinn, Sarah«, sagt Lily, als sie sich etwas erholt hat. »Was, wenn da Stufen sind? Oder 'ne Pfütze, in die ich mich nich' reinlegen will? Manchmal muss man eben nach unten schaun.«

»Okay, Pfützen und Stufen geschenkt«, sage ich. »Aber in allen anderen Situationen schaust du bitte nach oben. Oder zumindest geradeaus. Hauptsache, du senkst deinen Blick nicht mehr. Versprich mir das, Becky.«

Becky erhebt sich und begegnet meinem Blick. »Versprochen, Sarah«, sagt sie und umarmt mich so plötzlich, dass ich gar nicht weiß, wie mir geschieht. »Ich werd nie vergessen, was du für mich getan hast, Sarah. Gott sei mit dir.«

»Und mit dir, liebe Becky«, sage ich und wende mich ab, um mein eigenes Bündel mit meinem Hab und Gut zu suchen. Als ich es finde, ist es so klein, dass ich einen Moment lang erwäge, meine Sachen an Bord zu lassen. Ich besitze nichts, das für mich von irgendeinem Wert ist, außer meiner Schere, samt den mit ihr verbundenen Erinnerungen.

Als ich an jenem ersten Tag auf der *Rajah* Mr Donovan bei unserer Einschiffung erklärte, ich sei Hutmacherin, war das eine Lüge. Doch vielleicht werde ich die Lüge wahr werden lassen. Ich habe den kühnen Traum, einen kleinen Laden zu eröffnen und dort die feinen Damen von Hobart und vielleicht sogar Lady Franklin zu empfangen, um sie mit wunderschönen Hauben zu versorgen. Die von uns so oft gesungenen Worte kommen mir in den Sinn: *Wer ausfegt wie für dein Gesetz, macht Haus und Handlung schön.* Ich werde versuchen, meine Handlungen schön zu machen, gemäß dem Gesetz und ganz gleich, was Van-Diemens-Land für mich bereithält.

Als wir von Bord gehen, steht Miss Hayter am Landungssteg und verabschiedet sich von jeder Einzelnen von uns.

»Sarah«, sagt sie und bringt dann kein weiteres Wort hervor. Sie tritt sehr dicht an mich heran und legt mir je eine Hand auf die Arme. Beide zittern wir. »Danke«, sagt sie.

»Ich danke Ihnen, Miss Hayter«, sage ich zum letzten Mal, und dann gehe ich den Landungssteg hinunter und betrete das Ufer. Dann wende ich mich noch einmal um und schaue zurück zur *Rajah*.

Ich entdecke Isaac und William an Deck sowie Jack und viele andere in der Takelage beim Festbinden der Segel an die Rahe. Mr Donovan winkt uns zu, während wir davongeführt werden. Mr Davies steht neben seiner Reisetruhe an Deck und wird gerade von seinen zahlreich an Bord geströmten Gemeindemitgliedern willkommen geheißen. Tatsächlich werde ich hier in diesem neuen Land nur zwei Menschen vermissen und ihrer gedenken. Der erste ist und bleibt und wird immer Edmund sein. Der zweite ist Miss Hayter. Ihr schulde ich mein Leben. Ich habe nach wie vor nicht viel übrig für Gebete, aber vielleicht werde ich in ihrem Fall eine Ausnahme machen und Gott bitten, uns ein Wiedersehen unter anderen Voraussetzungen zu bescheren. Soeben ist sie mit dem Kapitän an ihrer Seite an die Reling getreten. Sie sind einander leicht zugewandt und lächeln. Ich glaube, sie werden den Rest ihres Lebens miteinander verbringen und sehr glücklich sein.

Ich betrachte die *Rajah* mit ihren hohen, schlanken Masten, die sich elegant gegen das Blau des Himmels abzeichnen. Vögel haben sich auf den Rahen und im Tauwerk niedergelassen. Die *Rajah* hat uns um die halbe Welt gebracht, sie hat mich einem neuen Leben zugeführt, und hier, an diesen freundlichen Ufern, werde ich ein neuer Mensch sein: Sarah Goodbourne.

HISTORISCHER HINTERGRUND

Im April 1817 gründete die Sozialreformerin Elizabeth Fry ein aus zwölf Damen bestehendes Komitee, dessen Ziel es war, die Lebensbedingungen für weibliche Gefangene zu verbessern, zunächst in Newgate, später auch in anderen Gefängnissen. Ein Jahr später erweiterten sie ihre Bemühungen auf Frauen, die auf Sträflingsschiffen nach Australien transportiert wurden. Eine Zufallsbegegnung mit Kapitän – später Admiral – Young brachte Elizabeth Fry auf die Idee, die Frauen auf der langen Seereise mit Patchwork zu beschäftigen und sie so gleichzeitig in die Kunst des Nähens einzuweisen. Von da an händigte man jeder Gefangenen ein Bündel aus, das eine Bibel, zwei Schürzen, eine Haube, zwei Pfund Patchworkmaterial sowie Nähzubehör enthielt.

Die *Rajah* stach im April 1841 in London in See, mit einhundertachtzig Sträflingsfrauen an Bord, die wegen verschiedener Vergehen zur Verbannung nach Van-Diemens-Land, dem heutigen Tasmanien, verurteilt worden waren. Ebenfalls an Bord waren zehn Kinder, Dr. James Donovan, ein Schiffsarzt der Royal Navy, und eine kleine Anzahl von Passagieren, darunter Reverend Roland Davies, ein Pastor, der zu seiner Gemeinde zurückkehrte, und die 23-jährige Kezia Hayter, die im Jahresbericht des Damenkomitees von 1842 als »eine Frau, die sich besonders verdient gemacht hat« bezeichnet wurde. Für Kezia Hayter war die Überfahrt kostenlos, dafür sollte sie sich während der Reise dem Wohlergehen und der Besserung der Sträflingsfrauen widmen. Von April bis Juli 1841 leitete sie ein Patchwork-Projekt, dessen Ergebnis, der sogenannte Rajah-Quilt, heute zur Sammlung der National Gallery of Australia in Canberra zählt. Kezia Hayter war die Cousine von John und George Hayter sowie die Nichte von Charles Hayter, die alle am englischen Königshof als Maler tätig waren. Es ist daher wahrscheinlich, dass das Design des Quilts von ihr stammt.

Die Reise ist gut dokumentiert: Neben den Aufzeichnungen des Schiffsarztes und des Kapitäns liegen auch die Namen der Gefangenen und eine Liste mit deren Vergehen vor. Kezia Hayter war vor der Überfahrt zehn Monate lang im Millbank-Gefängnis tätig gewesen, wo sie sich gemeinsam mit Elizabeth Fry und den anderen Frauen des Damenkomitees für eine Verbesserung der Lebensbedingungen für die weiblichen Strafgefangenen eingesetzt hatte. Es ist belegt, dass sich Kapitän Charles Ferguson und Kezia Hayter auf der *Rajah* verliebten und sich, noch ehe das Schiff in Hobart einlief, verlobt hatten.

Dieser Roman ist eine fiktive Erzählung der Reise, und ich hoffe, mit den historischen Ereignissen respektvoll umgegangen zu sein. Es gibt Aufzeichnungen, nach denen mehr als zwanzig Sträflingsfrauen am Quilt arbeiteten, doch ich beschloss, nur achtzehn zu nennen. Außerdem wissen wir, dass eine Frau während der Überfahrt starb, doch die Ereignisse in diesem Buch sind erfunden und stehen in keinem Zusammenhang mit dem realen Todesfall. Die Charaktere in meinem Roman tragen fiktive Namen, da in Australien, und besonders in Tasmanien, heute noch Nachfahren der Sträflingsfrauen leben, die den Rajah-Quilt damals nähten.

DANKSAGUNG

Ich sah den Rajah-Quilt zum ersten Mal im Victoria and Albert Museum in London im Jahr 2009. Dort entstand der Wunsch, darüber zu schreiben. Von Anfang an erhielt ich Ermutigung dazu von Sophie Hannah, die stets bereit war, das Buchprojekt mit mir zu besprechen, erzählerische Entscheidungshilfen zu bieten und zahlreiche Versionen und Teilversionen zu lesen. Dafür bin ich ihr unendlich dankbar. Jenny Geras hat mich ebenfalls stets unterstützt und ermutigt und stand mir mit gutem – praktischem wie verlegerischem – Rat zur Seite.

Mein ganz besonderer Dank gilt meiner Freundin Carolyn Ferguson, die alles über Textilien des 19. Jahrhunderts und insbesondere über den Rajah-Quilt weiß. Ich war sehr auf ihre unermüdliche Recherche und ihr Auge fürs Detail angewiesen.

Lizelle de Jager und Jeremy Michell von den Royal Museums in Greenwich haben mir in Seefahrtsfragen weitergeholfen – vielen Dank!

Mein weiterer Dank gilt dem *Conservation Department der National Gallery of Australia*, das mir Fotos der vielen Stoffe gezeigt hat, aus denen der Quilt zusammengesetzt ist.

Ich schätze mich glücklich, Nelle Andrew von Rachel Mills Literary als meine Agentin und Jillian Taylor vom Verlag Michael Joseph als meine britische Lektorin zu wissen. Gemeinsam mit Amanda Bergeron, meiner amerikanischen Lektorin bei Berkley, haben sie sich alle unermüdlich für mich eingesetzt – und dafür bin ich ihnen sehr dankbar. Mein weiterer Dank gilt Hazel Orme, meiner wunderbaren Redakteurin.

Meine frühen Leserinnen Ann Pilling, Sally Prue und Linda Sargent stehen seit Jahren treu an meiner Seite, und ihre Freundschaft hat mir gutgetan, ebenso wie ihre Anmerkungen und Ratschläge. Außerdem möchte ich mich bei den »Gladstone Girls« bedanken, die mich immerfort ermutigt haben: Linda Newbery, Celia Rees, Helena Pielichaty, Julia Jarman, Yvonne Coppard, Cindy Jeffries und Penny Dolan.

Und schließlich geht ein großes Dankeschön an Helen Craig und Judith Lennox, die mir jahrelang zugehört haben, wenn ich über diesen Roman sprach.